소월(김정식)문학기념관
경암(이철호)문학기념관

경암
이철호 **증 정**

아무 일도 없었던 어느 봄날

이 철 호

저자약력
- 서울 봉래동 출생, 서울 농업고등학교 토목과 졸업
- 동국대학교 국문학과 졸업
- 경희대학교 한의학과 졸업 동 대학원 수료
- 한국문인협회 부이사장, 한국수필가협회 이사장
  국제PEN 한국본부 부이사장 역임
- 현) 한국소설가협회 최고위원
- 사단법인 새한국문학회 이사장
- 종합문예지 〈한국문인〉 발행인
- 김소월문학기념사업회 이사장

수상
- 국민훈장목련장 및 동백장 수훈
- 사회봉사 부문 대통령상
- 조연현문학상, 한국문학상,
  노산문학상, 후광문학상 등

저서
- 시집 『앉아서도 꿈꾸는 숲』 『홀로 견디기』
- 수필집 『무상연가』 『당신 품에 얼굴을 묻고 싶을 때』
- 평론집 『수필창작의 이론과 실기』
- 소설 『겨울산』 『신은 지금 어디에 있는가』
  『풍운의 태양인 이제마 1·2·3』
  다큐멘터리 『허준&동의보감 1·2·3』 외 60여 권
- 방송극 풍운의 태양인(라디오, TV 일일연속극)
  장터순례(TV 6시 내고향)
  그 해 여름(TV문학관)
  아무일도 없었던 어느 봄날(TV문학관)
  외 드라마게임 등 다수

아무 일도 없었던 어느 봄날

이철호 소설집

도서출판 명성서림

전집을 발간하며

　사진아, 그리고 진식, 상기 너희들에게 이제는 할 말을 해야겠다고 생각이 들었다.
　금년이 문단 데뷔한 지 58년이 되었고 아내가 세상을 떠난 지 만 10년이 되는 때다. 그런가 하면 어머니가 83세에 돌아가셨는데 내가 지금 83세를 맞이하게 되었구나. 어느 모로 보나 이번 해는 특별한 의미가 있는 한 해 같구나. 어쩌면 금년 내가 어머니를 따라, 먼저 간 상기나 종명이를 따라서 먼 여행길에 오를 수도 있겠지.
　그러나 사진이, 너는 우리 삼총사 중에서도 제일 오래 살 걸로 안다. 물론 나는 너보다 2살이나 아래지만 친구라기보다는 너는 항상 내가 어려울 때 도와주는 형 같은 존재였다. 지금 인생을 결산해야 할 이때 돌아보니 확실히 우리 친구 중에서 사진이 너만이 인생에 성공한 것이 아닐까 생각한다. 적어도 너는 자연을 사랑했고 또 평생 자연에 묻혀서 전원생활을 하면서 시골 학교 교장 선생님으로 전념을 다했다. 유명해져야겠다든가 출세를 해야겠다든가 또는 행복을 찾아서 너의 야심을 펼쳐야겠다는 생각은 하지 않고 오로지 주어진 운명대로 물이 흘러가듯이 순리를 따라 살았다는 생각이 드는구나. 자연과 어울려 자연의 섭리에 순응하며 산 네 모습이 정말 행복하게 보이는구나. 이제 와서 생각해 보니 네가 진정 인생의 승리자이구나.
　알다시피 대학에서도 학생회장으로 학회장으로 나는 야심을 쫓아서 마음이 원하는 대로 마구잡이로 손을 뻗쳐서 하고 싶은 일을 하는데 급급했다. 그때는 내가 성취하는 삶이라고 생각했는데 돌이켜

보니 내 야심에 쫓기는 삶이 아니었나 싶다.

그러나 너는 그렇지 않았다. 주어진 운명대로, 누가 보면 마치 무엇에 지시를 받아서 살아가는 순한 양처럼 인생을 관조하며 살았다. 이제 인생의 결산을 앞두고 보니 네가 가장 성공한 사람이고 네가 가장 행복을 누린 삶이 아니었나 생각이 드는구나.

지금 나는 58년 문단생활 동안 쓴 70여 권의 책을 정리해서 전집이라고 하는 것을 내놓게 되었다. 상기는 조상의 덕을 봐서 동덕여고 교사로 제일 먼저 사회생활을 시작했고 나중에는 동국대학교 교수로 종래에는 대학원장까지 했지만 후두암으로 하필이면 내 회갑, 출판기념일에 세상을 떠난 친구가 아니겠는가. 다만 우정에도 조금쯤은 인색했던 친구가 바로 상기가 아닌가 싶다. 지금쯤 내가 하는 말에 고개를 끄덕이는 네 모습이 보인다. 진식이는 아버지가 태백의 경찰서장이니 적어도 그 지역에서는 유지가 아니었겠는가. 그래서 졸업하고 고향에 내려가서 장학관 교육장까지 지내다가 몹쓸 병에 시달리다가 종무소식으로 세상을 떠난 줄로 알고 있다.

사진아, 성균관대학 뒤편 네 자취방에서 뒹굴며 숨길 것 없이 허심탄회하게 놀던 때가 그립구나. 아서원 같은 곳에서 약혼식을 할 때 내가 어김없이 사회를 보았지. 사회를 보고 나서 중국 최고의 요리관에서 양념병과 예쁜 그릇들을 가방에 휩쓸어 담아 사진이 네 집에 가서 그것을 풀어놓으면 네가 얼마나 좋아했던가, 지금도 눈에 선하다. 또 상기 방에서 뒹굴던 그때가 그립구나. 상기는 하숙을 했지만 자취한 것이나 다름없었지. 자취방에 고3 여학생을 끌어들여서 연애를 하더니 결국 나이 삼십 중반에 어린 고등학교 여학생을 꼬셔 결혼했던 것에 우리는 얼마나 분노했던가. 그러나 결국은 결혼해서 잘 살고 있질 않나. 물론 동국대학교 총장을 지낸 홍기삼이도 그때는 같은 또래로 허물없이 심한 장난도 많이 쳤지만 그래도 상기는 친구를 사귀어도 고급스런 친구들만 사귀었지. 그러나 사진아 너나 나는 그저 주어진 대로, 어디 기댈 친척들도 없이 외로웠지. 너는 그래도 7남매 속에서 생활하고 결혼해서도 많은 자녀들과 더불어 여생을 보내고 있지 않냐. 나는 그것에 실패를 하고 말았다. 그러한 이야기는 여기 책 속에 전부 적혀 있는 것이니 내 책이 나오는 대로 보낼 테니 한 번 정도 읽어서 탐독해 주었으면 좋겠다.

나는 점점 시력을 잃어가고 있다. 한쪽 눈은 이미 시력을 잃어버렸고 나머지 한쪽도 거의 보이지 않아, 내일 장님이 될지 낼모레 장님이 될지 모르는 가물가물한 상태에 와 있다. 자신만만하던 젊은 시절이 그립구나. 이 책이 나오는 대로 너의 집을 방문하고자 한다. 제수씨에게 안부 전해 주고 너도 건강해졌으면 좋겠다.

내가 발간사에 이러한 넋두리를 하는 것은 평생 둘러봐도 우리 삼총사가 대학 교정을 누비면서 캠퍼스에서 커다랗게 너털웃음을 웃던 그 시절만큼 좋은 때가 없었다는 그리움과 아쉬움 때문이다. 그것이 전부다. 마지막으로 내 회고록을 집필하고 있는데 그곳에 많은 이야기를 썼지만 우리 삼총사의 이야기는 안 쓰려고 한다. 너무 그립고 귀하고 사랑스러운 것이기 때문이다.

전집을 구상하며 제일 먼저 떠오른 것이 엉뚱하게도 대학 때 가장 친했던 친구들, 홍사진, 김진식(김종명) 그리고 조상기였다. 상기는 서라벌예대에서 편입해 왔기 때문에 나중에 친해졌고 우리 셋은 삼총사라 불릴 정도로 서로에게 애틋하였다. 하루라도 못 보면 아쉽고 서운해 다방을 하나 정해 두고 서로를 찾아다닐 정도였다.

그렇게 친했던 사이지만 미처 서로를 돌아보지 못하고 두 친구를 떠나보내야 했다. 무엇이 그렇게 바빴던 것일까. 마음을 나누고 친구와 함께 너털웃음을 웃는 일보다 더 귀하고 가치 있는 일 때문이었을까.

앞만 보고 달려왔던 시간들…. 많은 환자들을 돌보고 치료하며 보람도 느꼈다. 택시를 타도 버스를 타도 라디오와 텔레비전에서는 내 목소리가 흘러나왔다. 서울시의원으로 시민들을 위해 혼신을 다하기도 하였다. 그리고 틈틈이 작품을 쓰고 많은 제자들을 길러 내었다. 자랑스러운 일이었다.

하지만 70여 편의 글들을 정리하려고 하는 이 순간, 친구들과 함께 웃었던 그 시간이 왜 이토록 그리울까. 아, 그때 우리는 아무런 욕심 없이 아름다웠지….

내게 있어 문학은 그와 같은 본향에 닿기 위한 마음의 여로이기에 가장 선하고 가장 아름다운 '생명'에 맞닿아 있는 갈구라고. 그것은 일그러진 우리의 일상과 우리들 자신의 회복에 대한 염원이었노라 감히 말하고 싶다.

그렇게 한 권 한 권에 담아내었던 글들은 긴 여로에서 내 마음을 짓고 허물고 또 떠났던 흔적들이다. 바닥거리는 얼음 위를 걸으며 간절히 피어나길 바랐던 내 영혼의 울림들. 하지만 아직 그 여로는 끝나지 않았다. 하얀 눈 내리는 겨울을 걷고 있는 지금 여전히 심장이 뜨겁다.

서 문

김동리(소설가)

작가 이철호 씨는 보건학 박사로 이름난 한의학자이면서 소설과 수필 또한 이 방면 전문가들에 뒤지지 않을 만큼 많이 쓰고 있다. 건강도 건강이려니와 그 문학에 대한 샘솟는 듯한 정열은 참으로 놀랍다 하지 않을 수 없다.

지난번에는 사상설四象設의 창시자인 한의학자韓醫學者 이제마李濟馬를 모델로 삼은 일종의 전기소설인 『태양인太陽人』을 출간하여 문단뿐 아니라 한의학계에도 많은 관심을 끌게 하였는데 이번에는 그동안 문예지에 발표한 소설들을 한 권의 책으로 엮게 되었다고 한다.

평소부터 이분의 문학적인 정열을 놀랍게 생각해 오던 터이라 그의 작품들을 모조리 읽어 보았었다. 전체적으로 내용에 일관된 문학과 인생에 대한 애정은 여기서도 충분히 엿볼 수 있었다. 어느 작품에서나 주인공 내지 주요 등장인물들은 예외 없이 다 불행한 사람들이다. 일시적인 실수 또는 실패로 재산을 날려 버린 채 무서운 가난에 빠져 허덕이다 끝내 죽음에 이르는 사람, 또는 지극한 인간적인 탈선으로 평생 씻지 못할 고민과 불행을 면치 못하는 사람, 혹은 신경과민인 일종의 정신병으로 자살하는 사람, 거의가 그런 성질의 불행한 상황 속의 사람들이다. 내용 조건이 좀 다르다고 해도 어떤 불행 속에서 울고 있는 모습이란 점에서도 하나도 예외가 없다.

이것은 소설의 기초적인 조건의 하나라 해도 좋다. 왜냐하면 근대 문학 특히 소설문학의 근본적인 성격이 인간의 고뇌를 그리는 데 있기 때문이다. 언필칭 소설의 세계를 가리켜 '인간성의 탐구와 옹호에 있다'고들 하지만 그 '인간성의 탐구와 옹호'라고 할 때의 '인간성'이란 말이 범박한 의미의 인간성이기보다 '인간성의 어둡고 괴로운 면'을 가리키는 것이다. 여기서 그 연유와 실례를 들고 있을 수는 없지만, 하여간 소설문학의 본령이 인간의 고뇌를 그리는 데 있는 것은 사실이다.

이러한 점에서 작가 이철호 씨는 꾸준히 그 세계를 파헤쳐 들어가며 좀 더 기술면에 연마를 가해 주었으면 한다.

이상 간단한 몇 마디로 서문에 대신코자 한다.

*1987년 간행 이철호 소설집 『타인의 얼굴』 서문에서 발췌

차 례

발간사 ■ 4

서문 ■ 8

아무 일도 없었던 어느 봄날 ■ 13

타인他人의 얼굴 ■ 35

사랑의 조건 ■ 57

사십구일재四十九日齋 ■ 79

어떤 죽음 ■ 95

바람개비 여자 ■ 119

모닥불이 꺼질 때 ■ 139

그리움의 세월 ■ 239

기폭처럼 찢기다 ■ 261

무너지는 소리 ■ 287

점 괘占卦 ■ 315

작가평 ■ 336

아무 일도 없었었던 어느 봄날

아무 일도 없었던 어느 봄날

저녁나절 내내 오 박사는 창 곁에 앉아 펑펑 쏟아지고 있는 함박눈을 바라보고 있었다. 세상은 온통 흰 눈으로 장식되었다.

오 박사는 눈 탓으로 오랜만에 한가해진 기분도 있었겠지만 바닥을 알 수 없는 향수에 젖어들었다.

노크 소리를 들었던가?

그는 그때 마침 김이 무럭무럭 나는 만두가게에서 실컷 만두이거나 아니면 라면을 먹었을 법한 한 무리의 청소년들이 흰 눈을 빨아들이듯이 외치면서 눈 속으로 뛰어드는 몸 날갯짓에 현혹되어 있었던 참이었다.

"원장님 환자예요."

아마도 김 간호원은 두서너 번 그의 등 뒤에서 그를 재촉했을 것이다. 낮기는 하지만 당혹함이 섞여 있는 음성으로 보아 새삼 알 수 있었다.

그는 시선을 거두어 김 간호원을 쳐다봤다. 간호원 뒤에 지칠 대로 지친 바싹 마른 여자가 개구리처럼 배가 불룩 솟아 오 박사를 맞바라보고 있었다.

"앉으시죠. 진찰하시려구요?"

그는 모처럼 혼자의 시간을 빼앗긴 것 같아 달갑지 않았지만 여인 앞으로 다가설 수밖에 없었다.

여인은 비틀거리며 풀기 없이 소파에 허물어지듯 앉았다.

머리에 머플러를 깊이 뒤집어 썼지만 눈이 녹아서 이미 머리는 축축이 젖어 있었는데도 여인은 머플러를 풀어 버릴 생각은 전혀 없는 성싶었다.

"진찰권을 끊기는 했지만 진찰이 아니라 수술하려구요."

"수술이라뇨오?"

오 박사는 되물을 수밖에 없었다. 이미 작은 수박덩어리만큼 불룩 솟아오른 그녀의 배가 수술하기에는 눈짐작으로도 너무 늦어 있었기 때문이었다.

"몇 개월째입니까?"

오 박사는 초점이 불분명한 그 여인의 얼굴을 살피며 물었다. 혈색이 정상적으로 건강한 사람과도 같지 않음으로 보아 여인이 불면증에 시달리고 있음을 곧 느꼈다.

"7개월 되었습니다."

"7개월이 된 아이를 없애달라는 겁니까?"

오 박사는 어처구니없는 시선으로 되물었다.

"네, 이 아이를 지우지 않으면 제가 죽어야 해요."

한동안 여인은 멍청히 벽을 응시한 채 넋이 빠진 듯했다.

"선생님이 수술해 주지 못한다면 전 죽을 결심이에요."

오 박사는 난감해서 담배 한 개비를 피워 물었다.

"7개월 된 아이를 수술한다는 건 어떤 동기가 있든 제 양심으로선 살인이라고 생각합니다. 왜 무엇 때문에 자신의 목숨까지 버려야 되겠다고 결심을 하셨는지는 모르지만 돌아가셔서 오늘밤 잠을 푹 자 보십시오. 생각이 달라지실 겁니다."

"오늘 밤 돌아가서 생각해 보라구요? 내가 그런 여유 갖고 여길 왔겠어요. 선생님은 두 명이 없어져도 좋다는 얘기군요. 두 생명엔 양심이나 책임은 없고 단지 칼로 수술하는 아이의 생명에만 책임과 양심이 있다는 얘기군요."

"그게 아니라 수술할 수 없다는 결론을 말한 겁니다. 왜 여태 키워 온 생명을 무자비하게 버리려는 겁니까? 우선 먼저 우리들은 그 애를 보호할 의무가 있다는 겁니다."

여인은 오 박사가 질려 버릴 만큼 오 박사를 한참 동안 노려보더니 발딱 일어났다. 문득 그녀는 오 박사의 존재를 이제야 뚜렷이 의식한 태도였다.

"난 죽고 말 거예요. 보세요. 꼭 지금 나가는 길로 죽는다구요."

오 박사가 어리둥절할 여유도 주지 않고 여인은 병원 문을 밀고 뛰쳐나갔다. 여인의 발걸음 소리가 무겁게 들렸다가 멈췄다가 다시 이어지더니 이내 사라졌다.

오 박사는 일없이 담배 한 개비를 더 피워 물었다.

이튿날 병원에 도착하니 보통 때와는 달리 병원 안은 들떠 있다.

원장실로 들어서려는데 김 간호원이 신문을 그에게 바짝 내밀었다.

"선생님, 어제 저녁나절 왔던 그 이상한 환자 말예요. 여기 신문 보시면 아시겠지만 죽었어요. 세상에 이럴 수가…. 보니까 진찰권을 끊을 때 놔둔 백도 그대로 두고 갔잖아요. 백을 보니 얼마나 끔찍한

지…. 신문 보세요. 제가 백도 가지고 오겠어요."

겉으로는 침착한 채 김 간호원의 말을 듣는 듯했지만 속으로는 그 여인의 말처럼 두 생명을 죽였다는 생각 때문에 앞이 아득한 기분이다.

그는 신문을 펼쳤다.

신문엔 조그맣게 연고자를 찾는 기사가 났을 뿐인데, 신분을 알 수 없는 20대 후반의 여자가 달리는 차에 뛰어들어 자살을 했다고 했다. 임신 7개월이라고도 씌어 있었다.

뭔가 여인이 불길한 예감을 주지 않았던가?

그는 자신에게 의문하며 한숨을 깊이 내쉬었다. 그렇다면 여인이 말한 대로 아이를 지우기만 했다면 여인은 차에 뛰어들어 죽지는 않았을까. 죄책감에 사로잡히기는 어느 쪽이든 마찬가지일터이지만 어쨌거나 여인의 죽음은 자신이 그렇게 유도한 것처럼 되어 버렸다.

김 간호원이 이내 백을 들고 들어왔다.

"열어 봐!"

백 안에 뭔가 잡히는 게 있을지도 모르겠다 싶었다.

"벌써 궁금해서 우리가 열어 봤었어요."

김 간호원은 그렇게 말하면서 백을 털었다. 손수건 1장, 콤팩트, 루주 그리고 작은 돈지갑과 대학 노트가 나왔다.

"그 노트는 뭐지?"

오 박사는 정신이 번쩍 들어 잡아채듯 노트를 집었다.

"읽으려다 말았는데 자기 얘기를 쓴 것 같애요."

"그래?"

"커피 끓여 올까요?"

"아니, 필요 없어. 그리고 이걸 읽는 동안 어떤 환자가 와도 내가 아직 안 나왔다고 적당히 말해!"

"네……."

오 박사는 김 간호원이 나간 뒤 안에서 문을 잠그고 천천히 노트를 펼쳐 들었다. 글씨는 신경질적이었지만 또박또박 갈겨 쓴 채 빈틈없이 칸을 메우고 있었다. 그는 읽어나갔다.

아파트, 나는 갇혀 있다. 갇혀 있는 나를 아랑곳하지 않는 것은 밖의 저 소리다. 나는 그 소리 때문에 미칠 것 같다. 시멘트를 깨는 소리……. 수도공사를 하는 모양이다. 사람들은 물 없이는 하루도 살지 못하니까…….

나는 귀를 막고 창밖을 내다본다. 남편이 나를 감금시켰다. 그건 분명하다.

다행히도 창밖을 바라볼 수 있는 권리를 주었으니 다행이라고 생각해야 되겠지.

아니 창을 열 수도 있다. 창을 열고 밖을 내다보는 내 눈의 위치에서부터 대략 45도 각도로 고개를 돌려 아래를 내려다보면 시선이 닿는 곳에 어린이 놀이터가 있다. 놀이터래야 미끄럼틀·그네·시소가 전부일 뿐이지만 아이들은 날마다 소리 지르며 뛰어논다. 사내아이들과 계집애들이 어울려 활짝 핀 수국처럼 모였다가 저녁때쯤이면 미련 없이 빈터를 돌아봄 없이 사라져 간다.

모든 소리들은 살아 있다. 소리들이 나를 미치게 한다. 나는 끝내 미치고 말 것이다.

옛날에 당신은 이렇게 침묵만 하지 않았었다. 나는 당신 곁에 눕는다. 당신은 이미 6개월 전부터 조금씩 변색되어 가고 있었다. 내가 아이를 갖고 한 달까지는 그렇지 않았었다. 당신의 침묵 곁에 누우면 나는 당신의 침묵에 말려들어 캄캄한 진흙빛 침묵의 갑甲을 둘러쓰게 된다. 우리는 말없이 누워 있다. 당신이 아무 말도 하지 않으니 나는 아무 말도 할 수 없다. 나는 안타까워 견딜 수 없다. 그런 만큼 나는 가끔 당신의 미동도 없는 얼굴을 바라본다. 당신의 눈까풀에 묻어있는 먼지를 털어 주려고 손을 들다가 나는 그만 무력하게 손을 내리고 대신에 내 눈에 젖어지는 눈물을 닦아 낸다.

나와 당신이 죽어 가고 있다. 누에고치 똥 같은 작은 아파트 속에 갇혀서 달빛을 비껴보지도 못한 채 내가 누워 있는 맞은편 벽에는 당신이 6개월 전에 입었던 옷이 걸려 있다. 검은 양복이다. 때로는 그 양복이 며칠째 없어지는 날도 있다. 이상하다고 생각하며 나는 내 눈의 시력이 약해졌다고 생각하고 반듯이 창을 열고 아이들의 놀이터를 바라본다. 아이들의 놀이터에 모든 것은 그대로 있다. 문득 나는 웬 남자가 방문을 따고 당신과 나를 아무렇지 않게 넘어 정결하게 걸려 있는 양복, 바로 당신의 양복을 꺼내가는 것을 몇 번이고 목격했다는 것을 알아차린다. 남자는 당신과 너무 닮아 있다. 평범하지만은 않은 창백한 얼굴이다. 아니 당신하고 똑같아서 나는 당신이 일어나 양복을 입고 어디론가 사라졌다가 다시 돌아오는 거라고 느낀다. 더듬어 나는 당신을 찾는다. 당신은 그대로 내 옆에 침묵하며 누워 있다. 나는 안심한다. 나는 꿈을 꾸었다고 생각한다.

아니 당신과 닮은 남자는 가끔 며칠에 한 번, 혹은 이틀, 어느 날은 1주일 동안 내내 현관문을 따고 들어와 말없이 마루를 사이에 둔 다른 방으로 사라진다. 나는 그 방이 환할 때 그 남자가 잠을 자지 않고 있음을 눈치 챈다. 그 방에 불이 켜 있을 땐 이 방까지 방문 위 창으로 비쳐든 불빛 탓으로 얼굴을 아슴아슴 볼 수 있다.

어느 날인가 당신과 닮은 남자는 술이 몹시 취해서 들어와 마구 당신을 걷어차며 울부짖기까지 했다.

"도대체 이게 인간이야? 이게 사람이냐구? 미쳐도 분수가 있지."
당신을 닮은 남자가 분노하여 당신의 몸을 마구 짓이길 때 나는 그만 기절하고 말았다. 당신의 팔이 동강나 있었으니까, 그러나 눈을 떠 보니 당신의 동강난 팔은 그대로 예전처럼 붙어 있다.
나는 당신을 닮은 옆방 남자가 오지 않기를 날마다 기도하지만 기도한 것만큼 남자는 굳세게 찾아왔다. 나와 당신에게 먹을 것을 주기 위하여…….
나는 그 남자의 정체를 알기엔 너무 지쳐 버렸는지 모른다. 다행한 것은 이 세상 모든 사람들 친구까지도 우리를 이제는 아예 잊어버렸지만 그 남자만큼은 우리를 잊지 않았으니 그것만도 고마운 일이었다.
당신과 닮은 남자가 누구이던 상관할 바 없다.
보상금은 받았지만 우린 그 돈을 쓸 데가 없다. 당신이 죽어 가는데 그 돈을 어디에 쓸 가치가 있을까? 저금통장은 이제 우리에게 있어 휴지 조각이 되어 버렸다.
당신은 내가 먹여 주는 음식만 받아먹는다. 처음에 둘은 울기만 했다. 마치 울기만 하면 모든 일이 해결이나 되는 듯이…….
우리는 말없이 울기만 했다.
눈물도 말랐다. 죽음의 냄새가 구석구석 배어 있다. 아! 나는 당신이 죽어가는 것을 안다. 나는 아이를 낳을 수 없다. 나도 당신과 함께 죽어야 한다. 나는 당신을 사랑하므로 당신이 존재하지 않는 이 세상을 혼자 살아갈 생각은 없다.
매일 시켜주던 당신의 세수도 언제부터인가 이틀 아니면 사흘 걸러 마지못해 해주는 형편이 되었다. 당신은 이런 내 마음의 변화에 뭐라 말은 못하지만 서운해 하는 것 같았다. 당신은 이러다가 내가 당신 곁을 떠나는 건 아닌가, 불안해한다. 갑자기 눈을 번쩍 뜨고 나를 찾는 것으로 알 수 있다. 나는 그럴 때마다 당신의 손을 잡아 준다. 당신의 손은 끈적거린다. 따스함은 사라져 버렸다. 어느 순간 나는 당신이 전에 내 남편이 아닌 것에 섬뜩함을 느껴 뒤로 물러선 적도 있다.

바람이 분다. 일요일이었다. 하늘은 당신과 나의 행운을 예감했는가, 바람이 윙윙거리며 세차게 불자 거리의 휴지 조각 그리고 심지어는 주스 깡통까지도 공중으로 비행을 하던 음산한 날이었다.

내 생일날이기도 했다.

의사가 내게 말했지.

"임신을 하면 여자들은 까닭 없이 우울증에 빠지거나 히스테리가 유발됩니다. 부인같이 남달리 신경이 섬세한 분은 신경 안정이 특히 필요하지요. 게다가 초산에 자연 유산을 하셨기 때문에 더욱 안정하셔야 됩니다."

나는 당신에게 의사가 들려주던 말을 되돌리면서 오늘은 내 생일이기도 하니 함께 있어 달라고 말했다.

"공사현장을 나가야 되겠는데…… 어쩌지? 미안해 여보……."

당신은 짜증이 날 정도로 회사에 충실한 사람이었다. 오후에 전화를 하겠다며 당신은 서둘러 나갔다.

나는 창밖에서 바람 속으로 사라지는 당신의 등을 바라보고 있다.

막대한 자본과 인부가 투자된 매머드 건물을 짓는데 하루라도 당신이 빠지면 안 된다는 것을 물론 내가 모를 리 없다.

그 날은 그럼에도 불구하고 마음이 텅 비어오는 게 당신이 원망스럽기만 했다. 그리고 두 시간이 지났을까.

전화벨이 울렸다. 당신의 전화라고 생각하며 전화를 받는 내 몸이 떨기 시작했다.

"큰 사고가 났습니다. 속히 부속병원으로 오셔야겠습니다······."

분명 그 전화는 잘못 걸려온 전화가 아니라 당신의 사고를 알리는 전화임이 분명했다.

"여보세요······. 여보세요. 그 아이가 어떻게 되었다구요? 네 뭐라구요?"

병원으로 어떻게 달려갔는지도 모른다.

당신은 두 팔을 베드 아래 축 늘어뜨린 채 있었는데 피로 엉겨 붙어 있었고 다른 부위는 온통 붕대로 감겨 있었다. 복부까지······. 얼굴까지. 그것은 이미 생명체라 일컬을 수 없는 흉상이었다.

순간 내 의식은 쑥 빠져 버려 있었는지 모른다. 두런거리던 소리를 어렴풋이 들으면서 나는 눈을 뜬 것으로 기억된다. 나의 망막에 처음으로 비친 것은 냉정해 보이도록 차가운 빛을 내고 있는 반질반질한 은회색의 벽이었다. 나는 내가 왜 여기 와 있는지를 이상히 여길 만큼 어리둥절해 있었는데 조선 무 같은 시누이의 길쭉한 얼굴이 눈에 들어오는 것이었다.

시누이의 얼굴이 이처럼 순해 보이고 기가 죽어 있는 것은 처음 있는 일이었다. 나는 내 눈을 의심했다. 도대체 그처럼 잔뜩 독을 품고 빈정거림과 불만을 가시처럼 내게 꽂던 얼굴이 어찌 저리 초연해진 것일까.

물론 시누이의 얼굴엔 오빠의 사고로 눈물이 범벅되어 있었다. 눈물이 범벅되면 저리 달라지는 얼굴이 되는 건가.

시누이는 이태 전에 교통사고로 남편을 잃었다. 초등학교 1학년인 아들과 단 둘이서 구멍가게를 하며 살고 있었다. 구멍가게에서 번 돈으로 두 사람은 충분히 살련만 당신에게 어떻게 한 푼이라도 뜯어가야만 직성이 풀리는 그녀였다.

나는 시누이를 왜 그처럼 질시했는가는 그녀 나름대로 정당한 이유가 있었다. 그의 말에 의하면 외며느리인 나를 잘못 얻어 횡액이 낀 탓으로 나의 시어머니가 돌아가셨다는 것이다. 시누이의 어머니이기도 한 그분께서 나 때문에 돌아가셨다니 그게 이유가 되는 것일까.

어쩌면 나의 강박관념은 이제부터 비롯되었는지 모른다. 나의 아기도 시누이의 관념에 쫓겼다. 피로한 신경……. 나는 날마다 내 의식이 톱질당함을 느꼈다. 아기가 덜컥 자연 유산되었다.

시어머니가 돌아가신 것은 시집에 와서 석 달, 아기가 들어섰다고 당신을 비롯하여 시어머님까지 경사가 났다고 출렁거리던 때였다. 상상치도 못하게 급작스레 돌아가셨다. 육순의 나이답지 않게 정정하시던 분이다. 그날 친정집에 갔었다. 아이 때문에 몸이 괴로워 쉬기 위함이었다.

그 후부터 시누이는 내게 날을 세웠다. 내 배 속의 새 생명이 한 사람(시어머니)의 생명을 따잡고 태어나려는 것이라 했다. 그건 내가 팔자 드센 여자로 원진살 횡액이 끼어서라는 거였다. 시누이가 자꾸만 그러니 나 자신도 그런 것 같았다. 어느 날 유명하다는 점쟁이를 찾아갔다. 점쟁이 말이 또한 그러했다.

"어허! 당신은 아이를 갖지 말아야 하겠소. 아이만 가졌다 하면 집안에 횡액이 생기겠소."

두 번째 아이를 가졌을 때 이번은 누구 차례인가 하는 두려움이 생긴 것이다.

"여보, 아이가 생겨도 반갑지 않아요. 당분간 아이를 갖지 않을까 했어요. 아이가 생겼으니 어떡하면 좋아요?"

"어떻게 하다니? 당신은 너무 미신적이야. 도대체 뭘 두려워하고 있어?"

당신은 내게 화를 냈다. 어쩌면 화를 내는 것만큼 당신 또한 우리들의 아이가 무슨 횡액을 또 가지고 올 것인지 겁내 하고 있었는지 모른다. 나는 적어도 당신의 눈을 보고 그렇게 믿었다. 예감처럼 당신은 기어코 쓰러지고 말았다. 쓰러진 당신을 보고 시누이는 왜 내게 순한 얼굴만 하고 울고 있는 걸까? 왜 내게 할퀴지 않는가. 우리들의 아이를 저주하는 주문呪文을 읊조리지 않는지 속은 기분이다.

나는 눈을 닫았다 도대체 지금 당신은 어찌 되어 있는가. 나는 왜 이런 생각에 급급해 있는가. 싫다. 나 자신이 싫다. 시누이의 말처럼 내가 아이만 가지면 횡액이 끼어 식구들 누군가를 잡는 게 맞는 말인지도 모른다.

남편이 이렇게 된 것이 증거가 아닌가.

나는 돌연 광기에 사로잡힌다. 눈을 번쩍 뜨고 시누이에게 달려든다.

"형님은 무엇 때문에 우세요? 이젠 내가 남편까지 죽였다고 소리치고 싶죠? 그 소리를 내지르지 못하니 그냥 울고만 있는 거죠? 내 배 속의 생명을 원망하고 있는 거죠? 왜 옛날처럼 그런 눈으로 날 보지 않는 거예요? 무엇 때문이에요?"

나는 악을 쓰며 시누이에게 덤볐다. 있을 수 없는 일이다. 죄인인 양 숨 조이며 대하던 내가 감히 어찌 이런 힘이 솟구쳤을까.

응급실의 사람들이 나를 쳐다본다. 미친 여자로 보는 눈길들이다. 이미 나는 미치고 있었는지 모른다. 누군가 간호원을 불러오고서야 나는 진정제 주사를 맞고 그대로 울부짖음을 멈출 수 있었다.

그 후 시누이는 다시는 내 앞에 나타나지 않았다. 내 발작이 겁나서였거나 아니면 내게 자극을 주지 않기 위해서였는지 모른다.

남편이 쓰러지고 나서 내 방 천장에는 횡액만 덕지덕지 붙어 있는 것 같았다. 아이가 커 갈수록 횡액은 점점 빵처럼 더욱 부풀어지는 것을 어쩔 수 없었다.

결혼할 때 우린 성혼 선언문에 손을 얹고 모든 하객들에게 맹세했었다.

"죽음이 우리를 갈라놓을 때까지……."

죽음이 우리를 갈라놓을 때까지 우리 둘은 과연 그렇게 함께 있을 수 있을 것인가.

아파트 스피커에서 뭐라고 하는 소리인지 들린다. 귀를 기울인다.

"오늘은 반상회 날입니다. 한 분도 빠짐없이 반상회에 참석해 주십시오. 다시 한번 안내말씀 드립니다. 오늘은 반상회 날입니다. 한 분도 빠짐없이 참석하시길 거듭 부탁드립니다."

반상회? 그래……. 나도 반상회에 참석해야지. 나는 대한민국의 시민이니까……. 나는 거울 앞으로 다가가 옷을 골라 입고 치장을 한다. 거울을 향해 미소를 짓는다. 그러나 이내 내 얼굴은 젖은 행주가 된다. 반상회 사람들이 저마다 소곤거릴 것 같다.

날 쳐다보면서…….

"저 여자 있잖아요. 시어머니, 남편을 잡은 여자예요. 임신만 하면 사람 잡는 불길한 여자예요. 저 여자가 우리한테 횡액을 주려고 나타났어요. 도망갑시다. 아이 끔찍해……. 여봐요. 우리 남편, 우리 애를 잡으면 어째요."

나는 거울을 깨며 몸부림치며 통곡한다. 그래……내 뱃속의 아이가 횡액이야, 횡액…….

그러나 뱃속의 아이는 천진하게도 꼼지락거린다. 이내 늦은 건 아닐까. 이 아이가 횡액이라면 이 아이를 없애는 거야. 그러면 남편은 다시 살아날 수 있을 걸!

병원에서 집으로 옮겨 오던 날 당신은 식물이 되어 있었지. 끝내 당신은 썩어가며 죽으리라고 의사는 예언했다.

나는 당신의 곁으로 다가가 눕는다. 갑자기 당신과 나라는 끈이 끊어져서는 안 된다는 생각이 든다. 당신이 죽으면 나 또한 죽어 버리면 그뿐이다. 죽음이 우리를 갈라놓을 때까지가 아니라 죽음이 우리를 갈라놓을 수 없다.

당신의 백치같이 초점 없는 시선이 나를 멍히 바라보고 있다. 아니 당신은 아무것도 바라보고 있지 않다. 다만 내가 당신이 그렇게 보고 있는 게 아닌가하고 인정할 뿐이다.

만약 당신과 내가 바뀐 처지라면 당신은 어떤 행동을 나에게 보여주었을까. 그건 예측할 수 없지만 당신은 나와 같지는 않았을 것이다. 당신은 남자니까……. 남자는 늘 곁에 여자가 있다. 여자로서 자기를 풀어낼 수 있다. 당신은 그리하여 횡액 따위는 겁내지 않고 아이를 낳을 것이다.

오, 가엾은 나.

그래. 난 괴로워할게 없다. 아이를 없애면 된다. 횡액 덩어리를……. 횡액을 낳는다고 해서 내게 기쁨이 있을까? 그러나 나는 아이에 대한 연민 때문에 금방 절절 운다. 나는 내 아이를 사랑해! 이 세상에서 가장 소중한 내 아이인 걸! 아이를 죽일 순 없어!

스피커 소리가 멎고 똑딱거리는 괘종소리가 째깍째깍 귀를 후비며 들린다. 나는 갑자기 당신이 원망스럽다. 당신이 바보 같다. 횡액을 이기지도 못하는 남자는 남자가 아니라는 기분이 든다. 난 아이를 낳고 시누이처럼 살아야지! 그래, 그 여자도 횡액이 낀 여자인 걸.

시멘트 바닥을 깨는 소리가 들린다. 시계의 째깍거리는 소리와 시멘트 깨는 소리가 하모니를 이루며 들려온다. 수도 공사가 끝나면 내일쯤 물을 마음대로 쓸 수 있을 것이다.

당신을 발끝에서부터 머리끝까지 말끔히 목욕시켜야 하겠다.

당신도 기분 좋아하겠지. 그리고 아주 말끔히 옷을 입혀야겠다. 당신은 만족할 테지만 내게 그런 표현을 하지 못해 속으로 정말 미안해 할 것이다.

"여보……. 지금 기분은 어때요?"

나는 이젠 말이 하고 싶어 못 견딜 지경이다. 살아 있는 사람과 살아 있는 말을 한다는 것이 바로 살아 있다는 거니까. 나는 그동안 너무 말하지 않고 살아왔다. 갑자기 사람들이 그리워진다. 오늘 밤 내 남편의 옷을 가끔 입고 나가던 건넌방의 남자가 들어오면 말을 시켜야 하겠다. 그는 내 말에 귀 기울이고 친절하게 대해 주겠지. 그는 친절한 사람이다. 단지 내 남편을 몹시 싫어하고 끔찍해 하는 것 같다. 왜 그럴까? 그야말로 이유가 있을 것이다. 어느 누가 누워만 있는 멍청이를 좋아할 수 있겠는가.

나는 그 동안 안하던 짓을 했다. TV스위치를 꽂는다. 사람들이 그립기 때문인지도 모른다. TV는 치지직 비음 섞인 소리만 내고 화면이 나오질 않는다. 아! 그제야 나는 깨닫는다. 이 시간엔 TV를 방영하지 않는다는 걸 알게 된다. 이번엔 라디오를 켜 본다. 라디오에선 뉴스가 나오고 있다.

피랍된 우리 어선을 북괴 측에 돌려주도록 촉구하는 성명을 발표하는 한편 적십자에서도 우리 국민의 뜻을 밝혔다고 한다. 아시아 친선 농구 대회가 장충체육관에서 벌어지고 있는데 한국이 일본을 크게 이기고 있다. 반면 극심한 가뭄으로 인해 아직 해갈이 안 된 벼가 타들어 가서 농부들이 안타까워하고 있단다. 양수기 보내기를 권유하는 보도도 있었다. 그리고 강남구에서 변사체로 발견되었던 대학

교수의 살해 사건도 아나운서는 얘기하고 있었다.

역시 세상은 나와 당신이 죽어 가는데도 계속 돌아가고 있다. 나는 소외감을 한층 더 느낀다.

초등학교 5학년 때이던가?

나는 문득 어렸을 때 받았던 아픈 상처를 떠올린다.

학업 도중 갑자기 고열이 났다. 초여름이었다. 그럼에도 불구하고 나는 갑자기 몰아닥치는 한기를 걷잡을 수 없어 덜덜 떨었다. 정신도 몽롱했다. 전신에 맥이 주욱 풀렸다. 반 아이들이 덮을 수 있는 것이라곤 모두 내게 끌어 모아서 덮어 주었었다. 그래도 한기는 여전했다.

그 날은 우리 학년 전체가 노고산으로 송충이를 잡으러 가는 날이다. 우리들은 이미 비닐봉지와 핀셋 혹은 나무젓가락을 준비해 가지고 있었다. 송충이 잡으러 가는 일은 재미있을 것 같아 전날부터 가고 싶던 참이었다. 그렇지만 내가 이처럼 아프니 모두들 송충이 잡는 것을 다음으로 미뤄 주면 싶었다. 허나 선생님은 당번만 남기고 훌쩍 떠나는 거였다. 모두 호기심에 마음들이 들떠 왁자지껄 희희낙락이다.

나는 노랗게 보이는 교실 천장만 바라보았다. 내 가슴에 몰아치는 황량한 바람은 내가 겪고 있는 한기보다도 나를 더 차갑게 하고 있었다.

점점 몽롱해지는 의식이었다. 나는 울고 있었던 것 같다. 누군가 나를 업는 사람이 있었다. 어머니였다. 어머니는 나의 소외감은 알 리 없는 듯 나를 업고 황망히 교실을 뛰쳐나갔다. 누가 집에 연락했을까? 선생님일 것이다.

그때 나는 장티푸스에 걸렸다는 것을 병원에 가서야 알았다. 1주일을 꼬박 결석했다. 외향적이지 못했던 나는 그때 더욱 내성적이고 말없는 아이로 성장했다. 이상한 성격 탓으로 결혼도 할 수 없을 거라고 나를 아는 사람들은 모두 말했다. 당신도 당신 성격은 너무 외곬이라고 말했다. 나는 그때 세상이 너무 무정해서 앞으로도 내게는 무정한 세상만 있을 거라는 이상한 생각에 사로잡히게 되었는지도 모른다.

그때처럼 내 의식은 세상이 무정하다. 나는 무정한 세상을……. 횡액을 이기고 싶어진다.

창 곁으로 다가선다. 눈이 내린다. 갑자기 살고 싶어진다. 깨어나고 싶다. 아이들은 눈발을 맞으며 뛰어논다. 그들의 머리 위에 소복소복 눈이 쌓인다. 아이들은 눈사람을 만든다. 나는 전화 코드를 꽂는다. 누군가 전화를 잘못 걸어와도 좋겠다. 아니 바라고 싶다. 그가 전화하면 나는 말하리라.

'여보세요. 흰 눈이 펄펄 날려요. 우리의 가슴에도 눈이 내리는 것 같잖아요. 어때요? 지금 명동이나 종로 거리엔 젊은이들이 붐비고 있겠죠. 우리 만나요. 만나서 눈 속을 헤매요. 그러면 제가 모든 걸 해결해 드리겠어요. 샹들리에 불빛 아래서 성찬을 먹어요. 얘기를 하면서 말예요. 아……. 나는 미칠 것 같아요. 그런 시간들이 그리워서 말예요.'

그러나 전화벨은 결코 울리지 않았다. 나는 절망한다. 영원한 절망만 내게 있을 것 같다. 나는 그걸 안다. 나는 일어난다. 옷을 입는다. 눈발 속으로 뛰쳐나가고 싶기 때문이다. 횡액을 버려야 되겠다는 생각이 극단을 치닫는다. 산부인과를 찾아가야 한다. 이런 상태로는 더 견딜 수는 없다. 만일 아이를 절제해 줄 수 없다고 의사가 말한다면 죽어 버려야 한다. 당신 또한 죽을 것이거늘 나 살면 뭣할까?

다시금 스며올 저 어린 날의 소외감으로부터 해방되는 것은 죽음 이외엔 없다. 여기에서 여자의 글은 끝나 있었다. 오 박사는 노트를 덮고 일어났다. 어제 머플러를 뒤집어쓰고 휘적휘적 걸어오던 그네의 모습을 다시 찾을 양 그는 창 곁으로 다가섰다.

해가 많이 떠올라 있었다. 눈발 대신에 지붕 위에 쌓인 투신 태양이 하얗게 반사시켜 눈을 부시게 했다. 그토록 이층에서 내려다 본 주위는 하얗기만 하다. 밝고 청명하고……. 그러나 자세히 보며 차들이 들어선 국도는 녹은 눈으로 질리고 더럽다. 점차 지붕 위의 눈도 녹아들 것이다. 여자는 삶에서 눈이 녹듯 횡액 때문에 녹아든 것이다.

어제 수술을 했다면 여자는 살아남았을 것일까? 오 박사는 그 의문에 미지수를 남기며 양심에 찔러지는 아픔 때문에 견딜 수 없어진다.

오 박사는 여자의 죽음 앞에 목이 졸리는 듯한 숨 막힘을 느낀다. 그는 창 곁을 떠나 노트를 뒤진다. 주소를 찾는다. 주소가 노트 귀퉁이에 있음을 발견한다. 위대한 발견이나 되듯 그는 황망히 병실을 빠져 나간다.

"원장님 어디 가세요?"

"음, 잠깐이면 돼."

그는 지금 자신이 그 여자를 죽였다는 살인자 같은 압박감에서 허덕이고 있는 자신을 느끼고 있었다. 그는 그 여자의 남편이 죽어가고 있는 아파트를 찾아갈 판이었다. 그는 그 여자의 반쪽이었던 남편을 만나 무슨 얘기든 하고 싶었다. 그가 설령 아무 말도 하지 못한다고 하더라도 그 여자의 모든 것을……. 죽기 전까지의 목격자였음을 들려주어야만 마음 편할 것 같았다. 당신과 내가 공범자요 라고, 아니

어쩌면 그 횡액이라는 미신적 망상이 그 여자의 살인자가 아니었을까 라고.

그는 차를 몰아 그 여자가 살고 있었던 아파트를 찾아갔다. 3층, 문을 열려고 했으나 아무도 문을 열어 주지 않는다. 그는 어찌 할 바를 모른다. 부인의 죽음도 모른 채 남자는 죽어 가고 있는 거다. 그는 다시금 문이 부셔져라 문을 두드린다.

"누굴 찾으시오?"

수위인 듯한 사람이 앞으로 다가섰다. 50쯤 되어 보이는 (늙어갈 판의) 남자다.

"이 집 주인을 찾아왔습니다."

"이 집 주인은 부인의 죽음을 알고 방금 나갔소."

"어디로 갔습니까?"

"S병원 영안실로 가 보시오."

"감사합니다."

오 박사는 그 여자의 남편, 식물인간이나마 누군가(시누이라도 좋다)가 들것에 들려 싣고 병원까지 갔으리라는 상상을 했다. 불행한 사람들이라면 이보다 더 불행한 일이 어디 있을까.

오 박사는 병원까지 찾아가야 되겠다는 생각이었다. 자기 자신 속에 있는 말을 하지 않고는 죄책감에 견딜 수 없을 것 같았기 때문이다.

S병원 영안실로 찾아가 이내 나는 그 여자가 누워 있는 곳을 발견했다. 신문에 난 것을 보고 친정 쪽이거나 누군가 시신을 모신 것 같다.

오 박사는 그녀의 남편이 들것에 누워 있으리라는 상상을 하며 그녀의 남편을 찾았으나 그런 사람은 보이지 않았다. 남편은 다시 집으로 간 것일까.

어쨌든 그는 자기가 지닌 노트를 여자의 연고자에게 넘겨주어야 하겠다는 생각이 들었다. 마침 그때 30대 중반의 건강한 남자가 상복을 입은 채 그 여자 시신 곁으로 다가섰다. 그는 그에게 한껏 죄를 지은 것처럼 공손히 머리까지 숙이며 이 노트를 죽은 여인의 남편 되시는 분께 전해 달라고 말했다.

"남편은 접니다. 무슨 일이십니까?"

오 박사는 자지러진다.

"아니, 남편은 빌딩 공사를 감독하다 빌딩에서 떨어져 6개월째 식물인간이 되어 버린 걸로 알고 있는데요."

"물론 저는 빌딩에서 떨어지지 않았습니다. 내 아내는 내가 현장 감독이라는 것 때문에 늘 불안해했지요. 임신을 하게 되자 정신질환을 일으킨 거죠. 아내는 자기 곁에 늘 고무인형을 두고 그것이 마치 자신의 남편인 것처럼 망상에 사로잡혔었습니다."

그제야 오 박사는 뭔가 잡히는 게 있었다. 여자의 남편은 그런 아내를 보살피면서 아이를 낳을 때까지만 기다렸는지 모른다. 더러는 술을 마시고 집에 돌아가지 않는 날도 있었을 것이다.

"그러면 당신은 왜 아내를 정신병원에서 요양하도록 두지 않았습니까?"

오 박사의 음성은 떨리고 있다.

"병원에서는 휴식만 잘 취하라고 했거든요. 평소에는 정상이기도 했습니다. 나 자신도 아내의 신경이 이토록 날카로운 줄은 몰랐습니다."

오 박사는 어제 그 여자가 병원을 다녀간 얘기, 아기를 수술해 주지 않으면 죽어 버리겠다고 하던 얘기를 모두 하고 그에게 노트를 읽어 보라고 준 뒤 돌아섰다.

"부인은 횡액과 아이에 이상한 미신 같은 망상에 사로잡혀 당신 역시 배 속의 아이가 죽이고 말았다고 착각한 병에 걸렸던 것 같습니다."

남자의 눈에 얼핏 물기 같은 게 스치는 것을 보며 오 박사는 영안실을 나왔다. 그 여자를 죽인 것은 횡액이 아니라 그 여자를 그렇게밖에 놔둘 수 없었던 남편과 자신, 그리고 이 세상이라는 늪이 아니었을까 하고 그는 생각했다.

오 박사는 자신도 모르게 아아 하고 안타까운 비음을 지르며 원망스레 하늘을 노려보았다.

타인他人의 얼굴

타인他人의 얼굴

　어디선가 두런두런, 얘기 소리가 들린 것도 같고 아닌 것도 같다. 희명은 눈을 떠보려고 애를 썼지만 천근이나 되는 듯 눈꺼풀은 꼼짝도 않고 희명을 짓누르고 있을 뿐이다. 손을 버둥거려 나를 좀 깨워 달라고 외쳐 보고자 했으나 말이 소리되어 나오지 않고 팔마저 쇠사슬에 묶인 듯 꼼짝을 하지 않았다. 다리의 심한 통증이 희명을 못 견디게 만들었다. 이대로 가만히 있어서는 꼭 죽어 버릴 것 같았다. 희명은 자신이 이젠 죽는 것이라 생각했다.
　그러나 그것도 잠시뿐 희명은 또다시 몽롱한 의식을 느끼며 까무러쳤다. 아니, 잠이 들었다.
　그녀는 평소 자기가 그렇게도 입고 싶어 하던 은재의 투피스를 입고 있었다. 은재가 그 투피스를 양장점에서 찾아오던 날이 생각났다. 은재는 희명을 목청껏 불렀다. 뒤에 서서 자기의 옷맵시를 봐 달라는 주문이었다. 옷은 멋지고 값져 보였으나 모델이 시원치 않았다. 눈은 작은 것이 위로 조금 치켜 올라갔고 코는 동글동글해, 어쩌면 귀염성은 있어 보였으나 사람들이 돼지코라고 말하는 걸 들은 적이 있지 않던가. 그러나 몸매 하나만은 누구도 탐내지 않을 수 없을 만큼 잘 빠져 있었다. 그녀의 뒷모습을 보고 밤길에 따라붙는 남자가 한둘이 아니었다. 그러나 은재는 끝내 그들에게 앞모습을 보이지 않고, 마치 콧대 세우는 도도한 숙녀인 양 총총히 도망을 치곤 했다. 그리고 밤에 은재는 침대에 누워 그 날 따라오던 남자의 모습을 이렇게도 저렇게도 그려 보고 마음 달아했다. 은재는 얼굴의 피부 또한 무척 거칠고 아직 채 아물지 않은 여드름의 상처로 울긋불긋하기도 했으며 가끔씩은 푹 패어 있기도 했다. 그래서 그녀는 화장을 무척 진하게 했다.

  어느 무더운 여름날, 희명은 대문을 열어 주러 나갔다가 깜짝 놀란 일이 있다. 비 오듯 쏟아지는 땀으로 인해 얼굴에, 덕지덕지 찍어 바른 화장품의 얼룩이 너무 심하게 져서 마치 화상을 입은 것 같은 꼴에 희명은 하마터면 소리를 지를 뻔했다. 감히 아무 소리도 못 냈지만, 희명의 표정을 보고 대번에 눈치 챈 은재는 들고 있던 가방으로 희명의 머리를 후려치고는 총총히 현관으로 들어갔다.

  어쩌다 낯선 방문객, 예를 들면 월부 책 장수나 전기 검침원, 혹은 사람이 바뀐 화장품 수금 사원이 올 때면 희명은 조마조마했다. 왜냐하면 그들은 꼭 희명을 그 집 주인이나 되는 줄 착각하고 은재에겐 눈도 주지 않기 때문이다. 거기까진 그래도 괜찮은데 그들이 물러난 다음엔 희명에게 꼭 보복을 하기 때문이다. 밤늦도록 사정없이 희명을 부려 먹거나 자신의 머리를 빗기라고도 하고 찬장의 그릇을 모조리 꺼내서 다시 깨끗이 씻어 놓으라고도 했다.

  은재는 스물일곱의 이혼녀로 혼자 살고 있었다. 이혼 사유는 남편의 외도에 있었다고 시골에 소문이 나 있었지만, 살다 보니 그런 것 같지도 않았다. 우연히 청소하다 그녀의 앨범을 뒤적인 일이 있는데,

결혼사진은커녕 남자와 찍은 사진 하나도 발견되지 않았다. 극히 싫어하는 게 사진 찍기라 사실 스물일곱 해를 지나는 동안 찍은 그녀의 사진은 손으로 꼽을 수 있을 정도였다.

물론 이혼했다고 하니 결혼사진 따위는 그녀의 수중에 없는 것도 당연했지만 어째 미심쩍은 일이 한두 가지가 아니었다. 돈은 꽤 있는 모양으로 툭하면 새 옷을 사들고 왔다. 그러나 그 옷들은 모두 오래가지 못했다. 옷장 속에서 썩고 있는 옷이 수도 없이 많았다.

그런데 은재가 맞춰 입은 옷 중에서 가장 마음에 들었던, 연한 보랏빛이 은은한 투피스를 희명이 입고 있었던 것이다. 앞의 목선이 깊게 패었지만 높이 솟구쳐 올린 어깨선과 목 주위의 가지런한 기계수의 꽃 모양 때문에 천박해 보이지 않고, 약간의 주름이 있는 스커트에 살짝 얹힌 청색 벨트가 더욱 앙증스럽고 예뻤다. 이런 옷을 내가 입다니……, 희명은 감격하면서 자꾸자꾸 거울을 보았다. 거울 속에 비친 얼굴은 옷 때문인지 훨씬 더 매력적이었다.

희명은 사실상 은재의 먼 친척 간이었으나, 가정부로 은재의 집에 들어왔으니 가정부 취급을 받는 건 당연하다는 생각을 하지 않는 건 아니다. 그러나 유난히 이상한 성격의 소유자인 은재로 인해 남다른 정신적인 고통을 겪고 있었다. 시골이긴 하지만 고등학교까지 마친 희명이 은재의 집에 오게 된 데에는 그만한 이유가 있었다. 희명의 아버지가 은재의 아버지에게 빌려 쓴 돈이 많았기 때문이다. 갚을 능력이 없는 희명의 아버지는 대신 은재에게 가서 일을 해 주라고 했던 것이다. 친척이긴 했으나 워낙 촌수를 따지기 어려울 정도로 먼 친척이기 때문에, 사실 어떻게 보면 친척이라고 굳이 말하기도 그렇고 그런 사이였다. 둘은 나이가 동갑으로 스물일곱이었으나 은재의 생일이 석 달인가가 빨랐다. 그것을 트집 잡아 은재는 희명이 자기를 꼭 언니라고 부르게 했다. 그 정도야 못할 바도 아니지만 가끔 희명에게 이상야릇한 행동을 보일 때가 있어 희명은 그것이 참기 힘들었다. 그렇다고 자기 수중에 월급이 쥐어지는 것도 아니고 단지 은재가 입다가 싫증난 옷 몇 벌을 얻어 입을 뿐이었다.

 은재는 그녀가 스무 살 적에 아버지를 여의고 어머니는 재가를 하였다. 아버지의 유산은 그러나 은재에게 많이 물려져 호사스러운 생활은 하였으나 그러한 은재의 생활에 무슨 윤택이라든가 생기는 전혀 감돌지 않았다.

 가끔씩 한숨짓는 그녀의 얼굴에서 희명은 처량함을 읽은 적도 있었지만 그 표정을 희명이 엿보았다고 생각되는 순간에는 얼굴빛이 표변하여 마치 살쾡이같이 날을 세우기도 했다. 은재의 생활이 그랬으므로 스무 살부터 스물일곱 살까지의 그녀의 행적에 대해 자세히 아는 사람은 고향에서도 드물었다. 단지 희명이 듣기로, 아버지가 그녀의 집에 빚이 많다는 것, 그리고 어떻게든지 갚기로 생전에 은재의 아버지와 약조를 했으므로 지키지 않을 수 없다는 것, 그리고 언젠지 모르지만 결혼을 하여 딸 하나를 두었는데 남편이 바람을 피워 이혼했다는 것 정도밖에 모른다. 그러나 그것을 아무도 눈으로 확인한 사람이 없어 사실인지의 여부를 캘 수가 없다. 그런 상황에서 희명이 은재의 집에 올 때는 적지 않은 불안함이 있었다. 희명의 꿈은 공장 같은 곳에 취직해 야간 대학이라도 가는 것이었기에 아버지에게 완강히 저항하기도 했다. 그러나 늙은 아버지가 막내딸을 그런 데로 보내기로 결심하기까지 고민과 찢어지는 가슴을 얼마나 많이 달래었을까 생각하니 아버지의 청을 차마 거절할 수 없는 입장이었다. 3년간만 꾹 참자, 하고 은재의 집에 첫발을 디뎠던 것이다.

 처음 당도한 날 저녁, 희명은 어둠 속에서 희미하게 은재의 얼굴을 보았을 뿐으로 별 생각 없이 곧장 자기 방이라고 지정해 준 곳으로 피곤한 몸을 뉘었다. 그리고 다음날 아침 일어났을 때는 이미 은재의 모습은 없었다. 은재의 방은 굳게 잠겨 있어서, 그녀의 방만 빼놓고는 거실과 마당, 그리고 주방을 말끔히 치워 놓았다. 그동안은 누가 집안일을 했었는진 몰라도 부엌에도 어디에도 먼지 하나 손에 잡히지 않았다. 그것은 은재의 성격을 잘 말해 주고 있었다. 그러나 희명은 알지 못했다. 그녀는 결벽증이 심했고 신경질에다가 심술궂기까지 하였다.

　아침 일찍 없어진 은재가 희명의 앞에 나타난 것은 오전 11시경이었다. 나중에 안 일이지만, 은재는 아침 일찍 헬스클럽에 나가고 있었다.

　희명은 그때 비로소 은재의 얼굴을 자세히 보았는데 그 충격은 다소 컸다. 왜냐하면 참으로 보기 드문 추녀였기 때문이다. 그래서 희명은 은재가 혹시 남편에게 버림을 받지 않았나 하는 생각을 갖기도 했다.

　은재는 희명에게 꼭 지켜야 할 몇 가지 사항을 일러 주었다. 그것은 절대로 자기의 방에 들어오지 말 것과 아무도 집에 출입시키지 말 것이었다. 그러나 희명은 그 두 가지를 사실상 벌써부터 어기고 있었다. 가끔 모르고 그러는지 은재의 방문이 잠겨 있지 않을 때가 있었다. 그럴 때면 희명은 그녀의 방에 들어가 이것저것 들쳐보기도 했고 옷이 그득한 옷장을 열고 몇 벌의 옷을 입어 보기도 했다. 또 하나 그녀가 없는 틈에 가끔 시골에서 사귀던 기철이를 집으로 불러들여 맛있는 것을 먹이기도 했다. 기철이는 고등학교를 졸업하자마자 서울의 어느 공장에 취직하여 성실하게 살고 있었다. 얼굴이 무척이나 잘생긴 기철이는 옛날부터 희명이라면 죽는 시늉까지 할 정도로 그녀를 아꼈다. 그래서 가끔 이 집에 불러오면 희명을 껴안으려고도 하고 거칠게 덤비려고도 했다. 그러나 희명은 항시 그러는 기철을 안정시키는데 성공했다.

희명은 자신이 보아도 말쑥한 피부에 포도알 같이 까만 눈이 예쁘기만 했다. 게다가 도톰하며 분홍빛이 도는 입술은 깨물고 싶도록 탐스러워서 그녀는 자신의 외모에 흡족해 하고 있었다. 그러나 자신의 몸을 지키는 데에는 어느 무엇보다도 소중히 했다. 그래서 기철은 올 때마다 혼자 애달아하고 오늘은 꼭……. 하며 다짐하지만 번번이 실패하곤 했다.

그런데 언젠가도 은재가 외출 중에 부랴부랴 기철에게 연락하여 점심시간에 왔다 가도록 했다. 하나 꼬리가 길면 잡힌다는 옛말 하나도 그른 적이 없는지 은재가 불쑥 나타난 것이었다. 그때 둘은 식탁에 마주앉아 점심식사를 하고 있었다. 평소 은재가 즐겨 찾는 오징어 튀김과 샐러드도 한 쟁반 담겨 있었다.

은재는 무척 놀라는 눈치였으나 아무 소리 않고 자기 방으로 들어가서 나오지 않았다. 희명은 놀라서 가슴이 콩닥거려 얼른 기철을 내몰았다. 그런 후 희명은 은재의 방을 노크했다. 몇 번 조용히 두드렸으나 대답이 없어 희명은 열쇠 구멍으로 안을 들여다보았다. 그때 희명은 깜짝 놀라 하마터면 소리를 지를 뻔했다. 실오라기 하나 걸치지 않은 알몸으로 은재가 반듯하게 침대에 누워 있었기 때문이었다. 흡사 그것은 시체 같았다. 그러나 그 몸매는 아주 훌륭했다. 어디 하나 흠잡을 데가 없는 아주 탄력 있고 매끄러운 완벽한 몸이었다.

그 후부터 희명에게는 이상한 버릇이 생겼다. 잘 때는 모두 벗어버리고 자는 습관이 생긴 것이다. 이불을 덮지 않고 나신으로 반듯이 누워서 자는 것이다. 가끔은 열쇠 구멍으로 은재의 알몸을 훔쳐보기도 했다. 그것은 같은 여자일지라도 흥분을 시켰다. 그래서 다음에 기철을 만날 때는 그의 청을 들어줘 버릴까도 생각했다. 그러던 어느 날 희명은 꿈인지 아닌지 잘 구별이 안 되는 상태에서 은재를 보았던 것 같았다. 그날도 희명은 알몸을 요 위에 누이고 반듯하게 자고 있었다. 그런데 이상한 느낌이 든 것 같기도 하고 무의식중에 눈을 떴는데 그의 머리맡에 사람의 물체가 있는 것 같았다. 그 물체 역시 발 가벗었던 것 같고 즉시 그 물체는 은재일 거라고 판단함과 동시에 또 잠으로 빠져 들고 말았다. 그래서 그것이 꿈인지 생시인지 구분이 가지 않는 상태에서 어설픈 잠을 잤다. 그러나 아침에 본 은재의 얼굴에서는 아무것도 느낄 수가 없었다. 그래서 희명은 그것이 꿈이라고 단정을 지었다.

　은재는 가끔 희명에게 자신의 옷을 입어 보도록 명령을 하였다. 그리곤 옷을 입은 희명의 모습을 자세히 보는 것이었다. 앞과 뒤 그리고 옆모습까지도 은재에게 보이며 희명은 흡사 모델 같은 포즈를 취해야 했다. 그런 후에는 꼭 은재는 미친 듯이 소리를 지르며 빨리 옷을 벗으라고 악을 바락바락 쓰곤 했다.

　희명은 은재가 없을 때면 그녀의 방에 들어가 옷을 걸치고 이것이 다 자기 것이라면 좋겠다고 생각하곤 했다. 그리고 은연중에 은재가 희명에게 주문했던 포즈를 이것저것 해 보기도 했다.

　몇 달 전인가 은재는 방 열쇠를 잃어버렸다며 온 구석을 찾아다녔다. 희명도 덩달아 샅샅이 뒤졌으나 열쇠는 발견되지 않았다. 이튿날 청소를 하다가 거실 카펫 사이에 끼어져 있는 열쇠를 발견했다. 그러나 희명은 은재에게는 말하지 않았다. 그래서 희명은 은재의 열쇠를 가질 수 있게 되었고, 은재는 또 다른 열쇠로 문을 잠그곤 했다.

　희명은 점차 그녀의 식성을 버리고 은재의 음식을 탐하기 시작했다. 은재용으로 만든 치즈와 야채, 사과 등을 사이에 끼운 샌드위치도 몰래 더 만들어 놓았다가 먹고 처음엔 느끼해서 먹지 못하던 우유도 은재가 남기면 죄다 먹어 치웠다. 텔레비전 프로도 은재가 즐겨 보는 것을 보게 되었다. 은재는 주로 외화를 즐겨 보곤 했다. 그러나 사실 그것은 조금만 한눈팔아도 줄거리를 알 수 없는 단점이 있었다. 그래도 무슨 의무인 양 희명은 그것을 보려고 노력했다.

언젠가 은재가 집을 며칠 비운 적이 있었다. 설악산인가에 한 닷새 동안 쉬다 올 테니 집 잘 지키라고 하며 은재는 떠났었다.

그때부터 희명은 은재의 모든 것을 흉내 내기 시작했다. 머리 모양도 은재같이 앞머리를 내리고 풀어헤쳤고, 은재가 집에서 자주 입는 꽃자주빛의 홈드레스를 입었다. 게다가 은재의 슬리퍼, 은재의 매니큐어까지 칠하고 은재가 잘 취하는 포즈인, 두 무릎을 세우고 팔로 껴안는 자세로 소파에 앉아 있었다. 마치 그녀 자신 돈 많은 은재가 된 듯한 착각으로 우유 잔을 얌전히 기울였다. 그뿐만이 아니었다. 저녁에는 은재의 방에 들어가 그녀의 침대에서 잠을 잤다. 아침에는 잠옷 바람으로 주방으로 나가 살짝 구운 식빵에 잼과 버터를 바르고 커피를 블랙으로 마셨다. 그녀는 흐흠 하며 코웃음치는 것까지 은재를 닮아 갔다. 기철에게 몇 번 전화를 했지만, 그는 공장을 옮겼다는 공장 측의 말을 듣고서 맥없이 수화기를 놓았다. 이렇게 예쁜 모습을 기철에게 보여주고 싶었지만 할 수 없는 일이었다.

희명은 은재가 돌아온다던 닷새째가 되자 모든 걸 감쪽같이 원상 복귀 시켜 놓았다. 은재는 떠나기 전보다 다소 밝은 얼굴빛이었고 처음으로 희명에게 친절한 말을 건넸다. 은재는 자신의 방의 아무런 변화도 눈치채지 못한 듯했다.

은재는 언제부턴가 헬스클럽 나가는 일을 그만둔 듯했다. 그리고 정확히 아침 8시에 나가서 저녁 7시경 귀가했다. 가끔씩 1주일에 두 번 정도는 12시가 다 되어서야 들어왔다. 은재가 뭘 하러 돌아다니는지 희명으로서는 알 길이 없었으나 어슴푸레 그녀가 무슨 직장엔가 나가기 시작한 거라고 짐작을 했다.

희명은 이제 이 집에 있을 날도 1년 정도밖에 남지 않았음을 생각하고 기뻤다. 그러나 한편으로는 자기가 하고 있는 유희를 못하게 될까 봐 겁이 나기도 했다.

은재가 직장에 나가고부터 그녀의 성격은 눈에 띄게 변모를 하기 시작했다. 앞머리로 지저분하게 가리고 있던 이마를 활짝 노출시켰다. 그리고 찢어진 듯한 눈은 아이라인으로 어느 정도 감추기 시작했다. 그녀의 앞이마는 조금 튀어나온 듯했지만 동글동글하니 예뻤다. 앞이마를 내놓은 그녀의 얼굴은 다소 밝아 보였다. 자신의 피부를 감추려고 덕지덕지 찍어 바르던 파운데이션도 이젠 거의 안 바른 듯이 살짝 발랐다. 아직 여드름 자국은 있었으나 전보다 훨씬 얼굴이 밝아 보였다.

혹시 은재가 사랑을 하는 건 아닌가 하고 희명은 생각하며 웃었다. 아무리 돈이 있어도 얼굴은 나만 못해! 희명은 단호히 고개를 흔들었다. 그때 문득 기철이 보고 싶다는 생각을 했다. 왜 연락이 없을까 궁금했다. 기철의 이글거리던 눈빛과 우뚝 선 콧날이 생각날 때마다 그녀는 오금이 저렸지만, 그는 지금 희명의 옆에 없었다. 안타까운 마음이었다.

이제 은재는 발가벗고 자지 않았다. 연한 미색의 잠옷으로 단장하고 잠을 자는 모습을 희명은 열쇠구멍으로 보았다 아침에는 버터를 바른 빵 대신에 밥을 먹기 시작했으며, 희명을 예전처럼 못살게 굴지도 않았다. 가끔씩 용돈도 주었다. 예전처럼 병적으로 뻔질나게 옷을 구입하지도 않았고, 이젠 찬장이나 유리창 창살에 손가락을 찍어 먼지가 있나를 검사하지도 않았다. 그리고 얼굴도 점점 생기가 돌았다.
 그러나 희명은 달랐다.
 희명은 여전히 발가벗고 반듯이 누워야만 잠이 왔다. 그리고 이젠 어느 구석에 먼지 한 점이라도 있는 듯하면 참을 수가 없었다. 목욕도 하루에 한 번씩은 해야 했고, 커피도 자주 생각나고, 버터를 바른 모닝빵도 먹고 싶었다.
 희명은 자신의 변화를 모르는 듯했다. 거의 무의식적이었다. 다만 은재가 이상하게 변해 가는 것을 갸웃할 뿐이었다.
 남자와 여자 사이에 애정이 교차되는 장면만 나오면 채널을 돌리곤 하던 은재는 이제 감미롭고 애틋한 내용의 텔레비전만 보려고 했다.
 희명은 짜증이 나기 시작했다. 갑자기 온순해진 은재가 미웠다. 은재는 희명의 주인이다. 옛날처럼 대해 주었으면 좋겠다고 생각했다. 그러나 은재는 확실히 부드러워졌다. 어제는 희명에게 이렇게 말했다.
 "벌써 2년이 흘렀구나. 어쩌면 내가 남은 기간을 축소시켜 줄지도 몰라."
 그러나 희명은 뽀로통했다. 이젠 시골 따위엔 가고 싶지 않은 거였다. 여기서 언제까지라도 살았으면 싶었다. 희명은 그릇을 마구 다루어 소리를 내면서 설거지를 해 대었다. 얼마 후 일요일, 아침부터 전화가 걸려 왔다. 전화는 거의 모두가 은재가 받기로 되어 있었다. 희명에겐 올 전화도 없었고, 모두가 은재 전화일 게 당연했기 때문이다. 그런데 이날은 전화벨이 여러 번 울리도록 은재가 받는 기척이 없었다. 그래서 희명은 황급히 거실에 놓인 수화기를 집어 들었다.

상대방은 말했다.

"어, 은재군. 왜 이렇게 전화를 안 받지?"

"아닌데요. 잠깐 어디 나갔나 봐요. 조금 후에 걸어 주세요."

말이 채 끝나기도 전에 저쪽은 전화를 끊은 듯했다. 성미가 꽤 급한 사람이라고 생각하며 희명은 그 전화의 목소리가 무척 귀에 익다고 느꼈지만 이내 그 생각은 잊었다. 한 10분쯤 후 은재는 미장원에 다녀온 듯 머리가 손질되어 있었다. 또다시 걸려온 전화기에다 무언가 몇 마디 주고받더니 은재는 이내 가벼운 청바지 차림으로 외출 차비를 했다.

"나 며칠 다녀올게. 연휴잖니. 자, 그동안 먹고 싶은 것 있으면 먹도록 해."

은재는 희명에게 돈을 얼마간 주고 떠났다.

혼자 있을 때마다 기철이 생각은 더욱 간절했지만, 그와는 전혀 연락이 되지 않고 있었다. 그녀는 또다시 은재의 흉내를 내기 시작했다. 은재의 가방과 은재의 구두와 은재의 옷으로 치장한 희명은 이미 신문에서 보아 두었던 영화를 보러 집을 나섰다. 일요일이라 그런지 영화관 앞에는 사람들의 행렬이 장사진을 이루고 있었다. 매표구에서부터 끝없이 이어진 사람들의 줄은 극장 이름과 같은 상호의 빵집을 돌아 무슨 냉면이라고 간판이 붙은 음식점도 한참을 지나서까지 이어져 있었다. 집도 오래 비워 두어선 안되겠고 해서 희명은 어쩔까 하고 두리번거리고 있는데, 어디선가 청년 하나가 그녀 옆으로 다가와 속삭였다.

"지금 것인데요, 싸게 드릴게요."

희명은 천원 더 얹어서 그 암표를 사서 영화관에 들어갔다. 영화는 곧바로 상영되었다.

젖은 듯한 파마머리의 여주인공이 이미 마음이 떠나 버린 애인의 앞가슴에 기대어 울고 있었다. 그 청년은 냉정히 말했다.

"너는 그때 나에게 어떻게 행동했었지? 이젠 네가 혼이 나 볼 차례야. 나에게 이런 식으로 매달리지 마, 시간이 없어. 나는 조금 있다 열차를 타야만 해."

애인은 매우 쌀쌀했다.

그때 희명은 문득 기철이 생각났다.

그래, 기철의 옛날 공장엘 가 보자. 그러면 어쩌면 그의 연락처를 알려 줄지도 몰라. 희명은 벌떡 일어났다. 뒤에서 "야! 안보여"라고 누군가 고함을 질렀다. 희명은 출구를 찾았다. 빨간 등이 켜져 있는 곳을 향해 걸었다. 바깥엔 눈부신 햇살이 수도 없이 뿌려져 있었다. 눈이 부셔 한참을 찡그리고 있다가 희명은 구로에 있다는 기철의 공장을 찾아가기로 다시금 결심했다. 서울 지리를 잘 모르기 때문에 하는 수 없이 희명은 아까와 마찬가지로 택시를 이용하는 수밖에 없었다. 공장을 찾기란 거의 불가능했다. 공장 이름을 대며 사람들을 잡고 물어보았으나 다들 모른다고 했다. 누구 하나 친절한 사람이라곤 없었다. 전화번호를 적어 놓은 수첩을 집에 두고 온 것이 너무나 후회스러웠다.

희명은 지친 몸으로 집에 돌아가는 수밖에 없었다. 집에 당도했을 땐 이미 저녁때가 지나 있었다. 한참을 멍하니 소파에 앉았다가 정신을 차렸을 땐 이미 밖엔 별이 총총히 떠 있고 실내는 암흑이었다. 희명은 그제서야 자신이 기철을 좋아하고 있음을 깨달았다.

기철은 오래 전부터 희명에게 자기의 마음을 고백했지만 희명은 코웃음만 쳤다. 그런데 이제 기철이 곁에 없음을 알자 그녀는 외로웠다. 기철은 시골에서 모든 처녀들의 가슴을 콩닥거리게 만들던 남

타인他人의 얼굴 | 47

자였다. 기철은 중학교 때부터 그랬다. 계집아이들은 기철이와 저마다 이야기하고 싶어 했다. 그러나 기철은 한 번도 한눈을 판 적이 없었다. 그는 희명이밖에 몰랐었다. 그런데 이제 기철이 멀리 떠나 버린 것 같은 허전함에 희명은 오싹했다. 생각할수록 희명은 기철이 필요했다. 기철은 희명에게 결혼의 뜻을 비친 적도 있었다. 그러나 희명은 코웃음치며 흥미 없는 척했었다. 결혼한다고 할 걸……. 희명은 끝없이 후회를 했다.

희명은 은재의 방에 들어가 은재의 옷을 본래대로 정리해 두고 그녀의 홈드레스를 입었다. 그리고 전축을 틀었다. 외로움이 그녀의 전신을 휘감아왔다. 희명은 자신이 공중에서 둥둥 떠돌아다니는 것 같은 느낌에 두 팔로 온몸을 감싸 쥐었다. 그래도 그녀는 아무것도 쥐어지지 않은 것 같은, 비어 있는 느낌에 치를 떨었다. 그리고 문득 생각했다.

"나는 희명이지 은재가 아니야."

그 사실이 희명을 무섭도록 처절하게 만들었다. 은재의 껍데기를 쓰고 살던 2년간의 세월을 그녀는 새삼 떠올렸다.

처음엔 은재를 증오했다. 그리고 몹시 미워했지. 그러나 언제부터인가 나는 은재의 모든 것을 숭배하기 시작했어. 그녀의 숨 쉬는 것조차도……. 그리고 그녀의 미운 얼굴도 그때부터 미워 보이지 않았다. 그녀같이 생활할 수만 있다면 내 얼굴을 그녀에게 주어 버려도 좋다고 생각했어. 그녀의 옷을 입고 그녀의 음식을 먹고 그녀의 커피를 마시면서 나는 끊임없이 생각했지. 희명은 은재와 다름없어. 나라고 은재같이 되지 말라는 법은 없지 않나. 나는 얼굴도 은재보다 나은 걸. 그러면서 그녀의 걸음걸이를 배우고 그녀의 음악을 들으려 애쓰고……. 그녀의 모든 것을 내 것으로 하려고 했지.

그런데……. 왜 은재는 변하고 나만이 은재가 되려고 하고 있을까. 나는 미친 것일까. 나는, 실재의 나는 이미 사라져 버린 것일까.
 희명은 점점 두려워졌다. 어둠이 싫었다. 희명은 정신 나간 사람처럼 일어나 불이란 불은 모조리 켰다. 주방의 붉은 등도, 은재 방의 둥그렇고 우윳빛 나는 등도, 자기 방의 불도, 거실의 네 개짜리 석류알 같은 등도 모두모두 켰다. 그래도 무서웠다. 자신이 아닌 자신이 두려웠다. 주체하기 힘들 정도의 피곤과 괴로움이 엄습해오기 시작했다.
 그녀가 다시 눈을 뜬 것은 이튿날 밤이었다. 그러나 그녀는 맨 처음, 하루가 지났다는 것을 생각지도 못했다. 다만 마당에 아무렇게나 버려져 있는 이튿날의 날짜가 적힌 조간신문을 보고서야 그녀가 꼬박 24시간 잠을 잤든지 아니면 정신을 잃은 것이라는 걸 알 수 있었던 것이다.
 그녀는 그 시각부터 은재가 오기를 애타게 기다렸다. 아무리 기다려도 은재는 오늘 돌아오지 않을 것이다. 그녀는 지금 누군가와 사랑을 하고 있음이 분명하다고 희명은 또다시 확신했다.
 그녀의 어둡고 음울한 성을 환히 비춰 준 남자는 과연 누구인가. 철저한 금남의 성벽을 허물어뜨린 남자는 과연 누구인가. 남자라면 고개부터 돌리던 그녀에게 남자를 찾아가도록 만든 사람은 도대체 누구일까.
 그렇다면 나도 기철을 만나야 해. 은재가 사랑을 받는다면 나도 그래야 해. 나는 은재의 모든 것을 그대로 모방할 수 있지 않은가. 나는 반드시 은재의 남자보다 더 훌륭한 남자를 만날 수 있을 거야.
 희명은 그렇게 생각하자 다시 온몸에 생기가 도는 듯했다. 마치 시들어가는 화초가 물을 담뿍 먹고 생기가 돋듯이, 그렇게 함초롬히 물기를 머금은 듯한 희명의 포도알 같은 까만 눈망울이 금세 윤기를 내뿜었다.

그녀는 일어나 청소를 깨끗이 하고 신문을 얌전히 접어 탁자 위에 놓았다. 그리고 토스트를 꺼내 식빵 두 쪽을 그 기계 속에 넣었다. 조금 있자 톡 하는 경쾌한 소리와 함께 빵이 위로 튀어 올랐다. 희명은 또 다른 두 쪽의 빵을 그 속에 넣고, 노릇노릇하게 구워진 두 개의 빵 사이에다 버터를 담뿍 발라 천천히 씹었다. 그리고 생각했다. 이젠 절대로 시골엔 안 갈 거야. 어떻게 된장국만 먹고 노상 푸성귀만 먹을 수 있어. 밭에서 나는 음식이라면 진저리가 다 나. 상추쌈이나 깻잎? 콩자반? 시래깃국, 그런 건 가끔씩 먹어야지 어떻게 내가 매일 그런 것만 먹으면서 살 수 있단 말인가.

희명은 버터 바른 식빵 맛을 음미하며 행복한 꿈에 젖었다. 기철을 떠올리며 내일은 기철의 고향 집에 편지를 하리라고 마음먹었다.

희명은 그날 밤도 은재의 침대에서 잤다. 침대 맡에 놓여 있는 스탠드의 불빛을 흐리게 하여 놓고 그녀는 안락하고 풍요로운 잠을 청했다.

은재는 이튿날 점심 무렵 도착했다. 은재의 방은 이미 말끔하게 감쪽같이 치워 놓았다. 희명은 그런 일엔 이제 이력이 나 있었다.

은재는 떠날 때의 청바지 차림 대신 진한 국방색의 폭 좁은 바지를 입고 나타났다. 그것은 청바지보다 훨씬 어울리지 않는다고 희명은 고소해했다.

은재의 얼굴에선 윤기가 흘렀다. 그녀는 목욕탕으로 곧장 들어가 콧노래를 부르며 샤워를 하기 시작했다. 싱그러운 물소리가 그녀의 알몸을 때리는 소리가 들렸다. 희명은 잠깐 은재의 알몸을 생각하며 은밀한 미소를 입가에 물었다.

희명은 은재의 점심식사를 준비했다. 식탁 위에 그녀의 수저와 밥그릇을 놓고 은재가 나오기를 기다렸다.

그러나 은재는 점심식사를 했다며 식탁은 거들떠보지도 않았다.

"난 먹었다. 대신 너나 먹으렴."

그러나 희명은 은재가 들어간 뒤 그녀 몫으로 차린 음식을 죄다 쓰레기통에 버렸다.

"나는 뭐 자기가 먹기 싫은 찌꺼기만 먹는 줄 아는 모양이지."

희명은 심술을 부리며 모두모두 쓰레기통에 부어 버렸다. 이럴 때의 그녀 성격은 흡사 예전의 은재 같았다.

은재는 아직 채 마르지 않은 머리를 손가락으로 쓸어 올리며 잠시 후 자기 방에서 나왔다. 어제까지 희명이 걸치고 다녔던 물색의 하늘하늘한 홈웨어가 그녀 몸에서 가볍게 물결치고 있었다.

"희명아, 나 어쩌면 결혼할 거야. 빠르면 한 달 이내에……. 그러면 이젠 너는 집으로 돌아가도 좋아."

팽팽한 풍선같이 부풀어 있는 은재의 얼굴을 보며 희명은 그녀를 저주하고 있었다.

희명은 은재에게 매달리고 싶었다. '제발 나를 그대로 데리고 있어줘. 나는 이젠 시골엔 가지 않을 거야.'

그러나 이미 은재는 희명의 눈앞에서 사라진 지 오래였다.

희명은 그날 밤도 알몸으로 잤다. 선뜻선뜻 추위를 느끼게 하는 초가을의 날씨가 그녀를 춥게 만들었다. 그녀는 이불을 목까지 끌어 올리면서도 옷을 입진 않았다.

그로부터 며칠 후 은재는 희명을 불렀다. 돈을 손에 쥐여 주며 영화 구경이나 하고 저녁 9시경 들어오라고 했다. 희명은 그 까닭을 단박에 눈치 챌 수 있었다. 뻔한 일이다. 은재의 남자가 집을 방문하는 거겠지. 어쨌건 희명은 일찍부터 외출을 해야만 했다. 근 열두 시간을 밖에서 시간을 보내야 한다고 그녀는 계산했다. 은재가 자금은 넉넉히 주었다. 희명은 우선 나갔다. 한산한 골목을 지나 큰길로 나가니 바삐 사는 사람들의 발걸음과 차의 빵빵거리는 클랙슨 소리에 정신이 하나도 없었다. 노량진 전철역 앞은 더욱 그 도가 심했다. 이런 곳에서 어떻게 열두 시간이나 보낼 수 있을까? 희명은 자신이 없었다.

희명은 우선 영화관을 찾았다. 그러나 아직 매표를 하지도 않을 뿐 아니라 극장문도 굳게 잠겨 있었다. 그래서 근처 다방엘 들어갔다. 아직 잠이 덜 깬 듯한 여자가 와서 엽차를 불친절하게 놓고 갔다.

얼마 후 극장에 갔을 땐 매표구가 열려 있었다. 극장은 한산했다. 아직 아무도 입장하지 않은 듯했다.

희명은 팝콘 한 봉지와 우유 하나를 들고 텅 빈 극장 안에 들어섰다. 휴일도 아닌 이런 날 이런 시각에 극장을 찾을 사람은 희명이 같은 여자뿐일 거라고 그녀는 자조의 웃음을 지었다. 화면에선 열심히 광고를 하고 있었다. C.M송에 맞춰 여자들이 무슨 아이스크림인가를 입에 물고 춤을 추고 있었다. 희명은 서서 건성으로 그것들을 보다가 어둠에 눈을 맞춘 뒤 가운데 자리를 찾아 앉았다. 막 우유를 한 모금 마시려는데 남자의 목소리가 그녀의 얼굴을 들게 만들었다.

"혼자이십니까?"

목소리가 다소 가느다란 남자였다. 그래서인지 그 목소리에는 소심함과 조심성이 엿보였다. 그러나 희명은 대답하지 않았다. 남자도 더 이상 말을 붙이지 않았다. 다만 옆자리에 앉아만 있었다. 한 번만 더 말을 걸어오면 망신을 주리라 벼르고 있는데, 그 남자는 묵묵히 영화가 끝날 때까지 침묵을 지켰다. 그러니까 오히려 희명이 쪽에서 호기심이 일었다.

　영화가 끝난 후 극장에서 나왔지만 희명은 잠시 머뭇거렸다. 그 많은 시간을 보낼 데가 도대체 막막했기 때문이었다. 우선 점심을 먹는다고 하더라도 역시 시간은 많이 남을 것이다. 희명은 어정쩡한 모습으로 극장 앞 건널목에서 서성였다. 건너야 할까, 아니면 곧장 위로 올라갈까. 그때였다. 아까 그 목소리가 가는 남자가 희명의 앞을 가로막았다. 희명은 다소 놀라는 척했으나 결과가 이렇게 되리라고 짐작을 하고는 있었던 터였다. 남자는 점심식사를 제의해 왔다. 희명은 곧바로 대답 안 하고 거만한 듯한 표정으로 그 사내를 쳐다보았으나 그 남자 또한 만만치 않았다. 목소리에서 짐작한 것과는 반대로 얼굴 모습은 단단하고 영글어 보였다. 나는 네 속마음을 다 안다는 듯한 얼굴이었다. 남자는 그러나 예의 바르게 희명을 에스코트하며 어느 조용한 일식집으로 안내했다. 벽에 써 붙여 있는 음식 이름 중 희명이 아는 것이라곤 김밥밖에 없었다. 그래서 그녀는 그것을 먹고 남자는 뭔지 모를 찌개류를 먹었다.

　식사 후 그 남자는 제의를 해 왔다.

　"서로 별 볼 일들 없는 사람 같은 데 오늘 하루 같이 지냅시다. 절대로 아가씨에게 피해를 입히진 않겠어요."

　점심식사가 끝나니 시간은 2시가 조금 넘어 있었다. 남자는 택시를 잡았다. 그들은 남산에서 내렸다. 남산은 별다른 구경거린 없었고, 다만 야외 음악당이라고 하는 곳에서 무슨 쇼인가를 하고 있었다. 많은 사람들이 그것을 구경하고자 바닥에 주저앉아 있었다. 대부분의 노인들인 그 군중들 속에 희명과 남자가 끼어 앉았다. 재미도 없고 시시껄렁한 쇼였다. 그러나 3시 반경 그것도 끝나 버리자 아쉬웠다.

　희명은 또다시 시계를 보았다. 그 남자가 물었다.

"어디 약속 있으세요?"

희명은 고개를 저었다.

"혹시 일찍 들어가야 됩니까? 나는 늦게 들어가야만 하는데요……."

"어머, 왜 꼭 늦게 들어가야 하나요?"

"……."

"말씀해 보세요. 실은 저도 9시까지 시간을 보내야 해요. 주인의 손님이 그때 돌아가니까요."

그 남자는 놀란 듯 희명을 바라보았다. '당신과 나는 처지가 같은 모양이군요. 내 주인도 손님이 왔거든요. 그래서 나는 내몰린 거랍니다'라고 그 남자의 눈은 말하고 있었다.

"나는 어느 과부와 아이 둘이 살고 있는 집의 운전기사로 취직해 있습니다. 주로 주인아주머니가 차를 이용하는데, 그 아주머니는 얼마 전부터 애인이 생겼어요. 며칠 전 아이들은 모두 시골 외가에 보내졌고 그 집엔 젊은 애인이 출입을 하기 시작했어요. 오늘도 아침부터 그 애인이 방문을 했지요. 나는 애인이 돌아갈 시각인 10시경에 맞추어 집에 들어가야만 해요. 그래야 애인을 모셔다 줄 수 있으니까요."

"어쩌면!"

희명은 놀라서 부르짖었다. 세상엔 놀라운 인연도 다 있구나. 시간을 보내기 위하여 그들은 분수가에도 앉아 있어 보았고, 식물원에도 들어갔다. 케이블카를 타고 남산 타워를 가자고 남자가 말했으나 희명은 무서워서 싫었다. 그래서 남산도서실 근처의 벤치에 앉아 오가는 사람들을 구경하며 시간을 보냈으나 그래도 시간은 6시가 조금 못 돼 있었다. 남자는 영화를 한 편 더 보자고 제의해 왔다. 그러나 희명은 그러고 싶지 않았다. 희명은 말로만 듣던 백화점의 호화스러움도 눈이 어지럽도록 보아 두었다. 그러나 그 구경도 다리가 아파서 오래는 못했다. 백화점에서 나오니 8시가 되어 있었다. 남자는 희명을 데리고 한식집엘 들어갔다. 불고기 냄새가 실내를 진동하고 있었다. 남자는 음식점 한 귀퉁이에 자리하고서 불고기 2인분을 시켰다. 남자는 선량한 듯했다. 별말이 없는 것이 희명을 편하게 만들었다.

남자와 희명은 9시 정각에 헤어졌다. 남자는 희명의 주소도 전화번호도 알려고 하지 않았다. 단지 시간을 같이 보내 줘서 감사하다는 말만을 했을 뿐이었다. 집에 돌아오면서 희명은 기철을 생각했다. 기철과 오늘 하루를 보냈더라면……. 집에 도착한 시각은 9시 반. 이만하면 충실한 하인 노릇을 잘했다고 여기며 희명은 낯익은 대문을 쳐다보았다. 은재의 방은 이미 불이 꺼져 있었으나 거실은 밝은 불빛을 내뿜으며 희명을 기다리고 있었다. 잠을 자는 것 같은 은재를 깨우기도 미안해서 희명은 담을 뛰어넘어 살금살금 거실로 들어갔다. 그런데 은재 방 쪽에서 두런두런 이야기 소리가 들리는 듯했다. 분명히 하나는 은재의 목소리였고, 또 다른 목소리는 남자였다. 희명은 주방의 냉장고 문을 열었다. 시원한 보리차 한 잔을 컵에 따라서 거실로 나왔다. 그때 은재의 방문이 가볍게 열리며 인기척이 났다. 그러나 더 이상 다가오는 소리는 나지 않았다. 희명은 순간적으로 그 쪽을 돌아보았다. 희명의 눈에, 두 남녀가 꼭 껴안고 입을 맞추는 장면이 선명하게 드러났다. 희명은 너무 뜻밖의 장면에 놀라 그 자리에서 꼼짝도 않고 서 있었다. 소리를 내기도 그렇고 가만히 있자니 비겁한 것 같아 어쩔 바를 몰라 했다. 그러나 두 남녀는 희명이 있는 줄도 모르고 태연히 거실로 걸어 나오고 있었다. 아마 남자가 집에 돌아갈 모양이었다.

그때였다. 희명과 그 남자의 눈길이 마주친 것은……
 희명은 아, 소스라치게 놀라며 들고 있던 물컵을 바닥에 떨어뜨렸다. 쨍그랑 유리 깨지는 소리 같은 건 이미 그녀 귀에 들리지도 않았다. 은재의 놀란 눈이 더욱 위로 치켜떠지고 있었다. 그 남자는 그 자리에 붙어 버린 듯 꼼짝도 하지 않았다. 희명은 뭔지 모를 외마디소리를 지르며 맨발로 뛰쳐나갔다.
 희명의 눈에 맨 처음 들어온 것은 하얀 회칠을 한 벽이었다. 소독약 냄새가 코를 찔렀다. 희명이 말고도 다른 환자들이 몇 명 침대 위에 누워 있는 게 눈에 띄었다. 희명은 벌떡 일어나려 했으나 온몸을 저며 오는 통증 때문에 꼼짝할 수가 없었다.
 "깨어났나 봐요."
 어디선가 소리가 들렸다. 소리 나는 쪽으로 고개를 돌리려 했으나 그것마저 여의치 않았다. 달려오는 자동차에 자기 몸이 받혔다고 느끼는 순간부터 희명은 기억이 나지 않았다. 그러나 그 이전은 생생한 기억이 되어 그녀의 머리를 들쑤셔댔다. '그래, 그 불 꺼진 방엔 은재와 기철이 누워 있었던 거였다. 나보다 못난 은재가 기철을 가로챈 거였어. 아, 그때부터 은재가 변했던 거야. 나는 바보같이 은재 흉내나 내고…….'
 경찰관 한 명이 뭔가 물어 올 듯한 표정으로 희명에게 다가오고 있었다. 운전기사인 듯한 노란 상의의 중년 남자가 어쩔 줄을 몰라 하며 그 옆에 축 늘어진 모습으로 서 있었다. 그러나 희명은 이젠 아무것도 안 보려는 듯이 눈을 도로 닫아 버렸다.

사랑의 조건

사랑의 조건

거의 식물인간처럼 되어 버린 오빠를 의숙은 바라보고 있다.

부부란 돌아서면 남이라고 흔히들 말하곤 한다. 그 말을 요즈음처럼 실감한 적이 없다.

오빠는 어려서부터 몸이 허약하고 신경질적이었다. 남매가 함께 자라면서도 오빠의 허약한 신체 때문에 부모님들은 의숙에게 보다 오빠에게 더 많은 시간과 노력을 들였다.

지금 기억되는 오빠의 소년 시절, 그것은 창백한 얼굴과 빼빼 마른 팔이었다. 식탁에서도 유난스럽게 편식을 하곤 해서 한때 의숙은 오빠를 미워한 적도 있었다. 누구하나 감히 수저가 가지 못하는 특별한 음식에도 오빠의 수저는 주저 없이 재빨리 들락거렸고 오빠가 그 음식에 손을 대지 않을 때쯤 해서야 의숙은 그것을 맛볼 수 있었다.

언젠가 이런 일도 있었다. 작은 아버지가 바나나를 몇 개 사 오셨다. 나눠 먹으라며 오빠에게 주었는데 오빠는 그것을 모두 자신의 서랍 속에 집어넣어 버렸다. 그래서 의숙은 울먹이면서 부엌에서 저녁 준비를 하는 엄마에게 달려갔다. 그러나 엄마는 나중에 또 사 줄 테니 그냥 오빠 다 먹게 내버려 두라고 하셨다. 의숙은 그 때 오빠가 죽어버렸으면 좋겠다고 생각한 기억이 난다.

그 때 오빠는 열한 살이었고 의숙은 아홉 살이었다.

그러나 차차 철이 들면서 오빠는 모든 것을 의숙과 나눠 먹었고, 어릴 때처럼 욕심도 부리지 않았다.

잦은 병치레로 쇠약한 몸이 때로는 동생의 눈에도 가엾어 보여 의숙은 될 수 있는 한 다정한 누이가 되고자 노력해 왔던 것도 사실이다.

그래서 오빠가 결혼할 나이가 되었을 때 의숙은 그가 간호원과 결혼하기를 바랐다. 그 마음은 엄마나 아버지도 마찬가지여서 될 수 있는 한 그런 직업을 가진 여자와 오빠를 맞선을 보게 하였다.

올케는 의숙의 친구의 먼 친척 언니 되는 여자였다. 의숙의 소개로 만난 둘은 양가 부모들의 서두름으로 인해 곧 결혼 날짜를 받았다. 궁합도 기가 막히게 좋다고 했고 오빠의 허약해 보이는 신체가 올케의 부모들 눈에는 걱정이 됨직도 했는데 그들은 그런 눈치는 별로 없었다.

의숙의 집안은 충청도 단양에서도 대대로 내려오는 소위 **뼈대**가 있다는 가문으로 이름나 있었다. 올케의 부모들은 그 조건을 가장 흡족해 했다. 어차피 중매라고 하는 건 조건 대 조건으로 처음 만남이 시작되는 만치 오빠의 다소 약해 보이는 것쯤은 무슨 흠이 되는 건 아니라는 태도였다.

올케는 D대 간호학과를 졸업한 후 그 대학 부속병원에서 간호원을 하고 있었다. 깨끗한 외모에 친절하고 상냥한 성격은 누가 보더라도 호감을 가질 만했다.

당초 약속대로 의숙의 부모는 그들에게 23평 아파트를 사주었고 틈틈이 쌀이라든가 음식 같은 것도 장만해서 서울로 갖다 주었다. 오빠는 개인 회사에 취직을 해서 월급쟁이를 했고 올케는 직장을 그만두고 들어앉아 살림만 하였다.

다행히 결혼 후 오빠의 건강은 별 이상이 없었다. 그래서 의숙의 부모는 커다란 혹 하나 없어진 것 같은 가뿐하고 편안한 나날을 보내며 딸의 신랑감 물색에 나섰다.

오빠가 결혼 후 6개월인가 의숙은 우연히 오빠의 일기장을 발견하였다. 다락에 쟁여 있는 오빠의 낡은 책들과 노트를 치워 버리려고 그것들을 들추다가 발견된 것이다. 의숙은 별 마음 없이 그것을 한 장 한 장 들추다가 그녀의 눈길을 멎게 하는 곳이 있었다.

**19년*일*일
하늘은 파랗고 날씨는 상쾌하다.
오늘은 그녀를 만났다. 그녀는 언제나와 같이 다정했고 친절했으나 너무나 먼 곳에 있는 것 같아 나를 안타깝게 만든다. 아직 나는 스물 두 살의 학생이지만 내가 만약 결혼을 한다면 그녀와 하겠다고 맹세했다. 그 말을 듣고 그녀는 고개를 뒤로 젖히고 잠깐 동안 짧게 웃었다. 그녀의 웃음이 승낙을 의미하는 것인지 아니면 나를 조롱하는 것인진 몰라도 나는 그녀의 그런 모습을 좋아한다.

의숙은 잠깐 노트에서 눈을 뗀 후 5년 전의 오빠를 상기해 보았다.
우울한 표정과 섬세하고 소극적이었던 오빠의 모습이 떠올랐다. 그 시절도 역시 오빠는 허약했다. 별다른 병은 없었지만 항상 지친 듯한 모습을 의숙에게 보이고 있었고 표정은 몹시 어두웠다. 자신의 허약한 몸에 대한 자학인가 그 까닭은 알 수 없어도 아무튼 오빠는 마음 놓고 크게 소리 내어 웃은 적이 없는 것 같았다. 오빠와 의숙은 두 살 터울이었기 때문에 가깝게 지내려면 얼마든지 친구같이도 지낼 수 있는 처지였음에도 불구하고 오빠가 그녀와 접촉을 했던 기억은 별로 나지 않는다.

오빠는 늘 책상에 앉아 시집이나 혹은 다른 문학 서적을 읽고 있었으며 집을 방문하는 친구는 거의 없었다. 품행은 누가 보든지 방정했고 술이나 담배 따위도 전혀 가까이하지 않았다. 더군다나 오빠가 열애를 했다는 기억은 조금치도 없었다. 오빠는 그저 양순한 부모님의 외아들로서, 다소 신경질적인 성격이긴 했지만, 그들의 말에 순종했고 도리에 어긋난 일은 절대 하지 않았다. 다만 남자로서 너무 소극적이고 내향적인 성격 탓에 가끔 아버지가 혀를 차던 적은 있었다.

그래서 오빠의 이러한 기록은 의숙에게 생소한 느낌을 불러일으켰다.

19**년*월8일
바람이 다소 불고 음울한 날씨.
집을 나섰지만 학교에 갈 마음보다는 그녀를 만나고 싶은 생각이 앞섰다. 나는 그녀를 찾아갔다. 그녀는 이미 출근하고 없었다. 다방은 한산했다. 넋을 놓고 앉아 있는 그녀의 모습이 나의 가슴을 헤집고 들어왔다. 그녀는 나를 보더니 미소를 띠며 몸짓을 했다. 마주앉은 그녀의 얼굴이 몹시 안 돼 보였다. 어젯밤 술을 좀 마셨다고 그녀는 얘기했다. 그러면서 그녀는 짧게 웃었다. 그 웃음이 나를 잡고 놓지 않았다. 그녀는 나더러 학교에 갔다 오라고 하였다. 그녀는 누나 같고 또 어느 땐 귀여운 동생 같기도 하다.

19**년*월*일

그녀를 찾아 헤매었으나 허사였다. 다방에서도 그녀의 행방을 모른다고 했고 자취방의 주인도 몰랐다. 다만 집주인 여자가 나의 귀를 때리는 한 마디를 해 주었다. 그 말은 내게 하지 말았어야 했다. 품행이 나쁜 여자라는 그 말을 나는 믿지 않는다. 나는 그녀를 찾겠다. 그녀를 찾는 날 부모님께 모든 걸 말씀드리고 허락을 받아 내겠다.

오빠는 한때 방학 때에도 항상 외출하곤 했던 적이 있다. 너무나 부지런히 꼬박 한 달간을 그러고 다니기에 집안에서도 걱정이 대단해서 지금도 기억하고 있다. 어디 가느냐고 물으면 영어 회화 학원에 다닌다고 했는데, 그런 것 같진 않았다. 다만 그 무렵 오빠는 그녀를 찾아다녔는가 보다.

하루 종일 나갔다가 밤에 돌아오면 오빠의 구두며 바지 밑이 더러워져 있었다. 그러나 의숙은 그런 오빠의 구두를 말끔히 닦아 놓곤 해서 엄마는 그 사실을 몰랐다.

뭔가 모르게 막연히 오빠를 괴롭히는 것이 있다는 생각은 했지만 그것이 오빠의 연애였으리라고는 감히 생각도 하지 못했다.

오빠는 여자에 대해 별로 흥미가 없는 듯한 태도를 항상 보여 왔기 때문이다. 언젠가 의숙이 자기 친구를 오빠에게 소개시켜 주려고 하자 오빠는 흥미가 없다는 듯 고개만 흔들었다. 그렇다고 오빠의 학교 성적이 월등히 뛰어났다거나 그렇진 못했다. 그는 학교 공부보다는 주로 문학 서적에 도취되어 있었던 것이다.

그 후로 일기는 더 계속되고 있었다.

19**년 *월 *일

몹시 추운 겨울 날씨.

몇 겹의 옷을 껴입어도 자꾸 떨리기만 한다. 남보다 추위를 더 타는 나. 그녀의 소식을 모르며 지낸 지 석 달. 미칠 듯한 마음이라 누군가에게 호소라도 하고 싶지만 그럴 만한 적당한 상대가 없음이 나를 외롭게 한다. 술을 마시고도 싶지만 자신 없는 건강이 그것도 거부하고 있다. 나는 어려서부터 너무 보호되고 감싸지면서 자라왔다. 그래서 나는 용기가 없고 나는 약골이다. 나는 내가 싫다.

그녀를 찾아 나서긴 했지만 그녀와는 상관없이 해안으로 갔다. 양말을 벗고 발을 물에 담가 보았다. 물론 몹시 차가웠으나 잠시 후에는 인어의 비늘이라도 돋아난 듯 따스한 어떤 은빛 피부가 몸을 감싼 기분이 들었다. 도전을 받아 피는 새로운 힘을 내며 환희했다.

내가 열네 살 때에야 비로소 바다를 보게 되었다는 건 생각만 해도 이상하다. 나는 그 후로 바다를 좋아하게 되었지만 별로 바다에 가 볼 기회가 없었다. 항상 염려하는 부모님의 눈길은 나를 멀리 떠나지 못하게 하였다. 그래서 나 스스로 나의 모든 자유로움과 젊음을 포기하려 했다.

그러나 그녀는 포기할 수가 없을 것 같다. 만약 그녀만 내 곁에 있어 준다면 나는 밝게 웃으며 살 수 있을 것 같다. 그녀가 떠나 버린 지금 그 마음은 더욱 절실하다. 나는 그녀와 잠을 같이 자 보고 싶다. 아니 같이 누워만이라도 있고 싶다.

19**년 *월 *일

몇 년 만의 추위라고 떠들어 대는 날.

설상가상으로 바람까지 불어 나를 떨게 만들었다. 앙상한 나뭇가지에 안간힘을 쓰며 매달려 있는 마지막 남은 하나의 잎사귀가 나를 안타깝게 만들었다. 그녀가 일하던 다방에 들러 보았다. 그녀는 내게 편지 하나를 전하고 있었다. 그 편지는 내게 아무 의미가 없었다. 그녀가 늘상 내게 말했던 것이었기 때문이다. 나를 위해 떠난다니 그게 어디 나를 위하는 것인가. 나는 이렇게 괴로워하고 있는데…….
 그러나 나는 그녀를 꼭 찾을 것이다. 그녀는 내게 처음으로 사랑을 주었고 더러는 내게 보호를 받고 싶어 하는 작고 추운 토끼 같은 여자이다.
 내가 보호받지 않고 내가 보호할 수 있는 무엇. 그것은 어느 무엇보다도 나에게 살 수 있는 의미를 부여하고도 남는다.

 오빠는 그 여자를 절실히 원했지만 끝내는 찾지 못했는지, 아니면 그녀를 찾아 뭔가 결말을 보았는지는 의숙으로서도 알 수 없다. 일기는 더 이상 계속되지 않았고 노트는 하얀 백지인 채로 많이 남겨져 있었다.
 올케는 처음의 인상 그대로 우리에게 친절했으며 상냥했다. 그러나 어딘지 모르게 냉정한 듯한 그녀의 눈은 의숙에게 정을 품게 만들지 않았다.
 그들이 결혼 후 1년이 지나자 의숙에게는 조카아이가 하나 생겼다. 그 아이는 오빠와 올케를 반반씩 닮아 있었다.
 오빠는 당초의 염려를 씻고 아기와 그리고 자신의 부인과 더불어 잘 살았다. 그다지 뛰어나진 않지만 성실했으므로 회사에서도 그런 대로 신뢰를 받고 있는 모양이었고 틈틈이 가족들이 서로 왕래를 하며 단란한 시가와 며느리, 올케 사이를 유지했다.
 올케는 반면에 허풍스러우리만치 반면에 미소를 가득 머금고 우리를 맞곤 했었는데, 나중에 생각해 보니 그것조차 위선이었지 않나 하는 생각이 든다.

오빠의 병은 갑자기 찾아왔다. 오빠가 힘이 없어 하고 자주 피로를 느낀 것은 조카아이의 첫돌이 지나고부터였다고 한다. 회사에서 돌아오면 곧장 방에 들어가 누워 있기가 일쑤였고 좀처럼 결근도 안 하던 사람이 결근과 조퇴도 심심치 않게 하게 되었다.

그러나 오빠와 식구들은 그것을 별달리 생각지 않았다. 어려서부터 늘상 허약해 왔던 몸이었기에 보약만 해서 먹였다.

그러나 그때 진작 병원을 찾았어야 했다. 허긴 병원에 가 보긴 했다고 한다. 병원에서는 며칠 입원하여 종합 진단을 해 보라고 했다. 어느 날 올케가 의숙을 보고 말했다.

"아가씨 그이는 종합 진찰을 받아야 한대요."

그러나 의숙은 그 말을 부모님에게 전하지 않았다. 일만 있다하면 돈을 싸 들고 오빠네를 찾는 엄마였기에, 이번에도 그럴 것이 뻔했기 때문이다. 올케 역시 그것을 계산에 넣고 의숙에게 말한 것이다. 그러한 올케가 얄미워 의숙은 일부러 시골에다 연락을 하지 않았다. 올케는 시골에서 돈이 오지 않자 오빠를 입원시키는 걸 늑장 부렸다. 그러다가 오빠가 너무 자주 누워만 있고 회사 다니는걸 아예 포기하려고 하자 그때서야 깜짝 놀라 입원 수속을 밟았다. 그러나 이미 늦어 있었다.

오빠는 뇌종양이라 했다.

그러나 모두 그것을 믿으려 하지 않았다. 더러는 오진도 있다고 하니까, 하며 기대를 버리지 않았다. 그래서 다른 병원에 가 보았다. 마찬가지의 진단이 내려졌다. 또 다른 병원에 가 보았다. 또 마찬가지였다. 모두들 고개를 흔들어 퇴원하라고 했다.

처음엔 올케가 오빠를 간호했다. 간호원이었으니 오죽 병간호를 잘 하랴 싶었다. 그러나 그것도 반년이 지나자 올케는 지겨워했다. 노골적으로 오빠를 내팽개치고 자신의 생활을 찾고자 쫓아다니기 시작했다. 의숙이 그 집에 들른 날, 올케 없이 오빠만 멀뚱히 누워 있는 것을 목격한 적이 한두 번이 아니었다. 올케는 아이를 데리고 어디를 돌아다니는지 잘도 집을 비웠다. 더러는 미장원에 갔다고도 했고 또 더러는 동창 모임에 갔다고도 했다.

그녀는 남편이 지겨워진 것이다. 몇 년, 아니 10년이 걸릴지도 모르는 병간호에 미리 진저리를 치고 있었다. 그녀는 더 이상 성의를 보이지 않으려 했다.

의숙은 자신과 형섭의 사이를 생각해 보았다. 만약 형섭이 오빠의 처지가 되었다면 나는 어떤 행동을 취할 것인가.

오빠는 시골집으로 옮겨졌다. 올케는 따라오지 않겠다고 했다. 그래도 오빠가 올케와 아들을 보고 싶어 하리라고 판단, 의숙은 올케에게 전화를 하였다. 그러나 전화벨만 계속 울릴 뿐이었다.

그녀는 이미 짐을 싸 가지고 친정으로 간 뒤였다. 의숙은 올케의 친정을 찾아갔으나 그 집에서는 올케를 대면시켜 주지 않았다. 자기 딸 신세 망친 집과는 더 이상 왕래하고 싶지 않다는 듯한 쌀쌀맞은 태도였다. 올케는 약삭빠르게 오빠에게서 빨리 도망칠 궁리를 하고 있었다. 단 1년도 못 참고.

그녀는 이혼을 곧 요구해 올 것이 분명했다. 몇 년이 될지도 모르는 남자의 병간호에 자신의 젊음을 바치고 싶지 않은 거였다.

오빠는 뇌종양으로 인한 마비가 서서히 오기 시작했다. 수족도 마음대로 움직이지 못하게 되었다. 의숙은 오빠의 대소변을 가려 주면서 오빠가 불쌍하다는 생각보다는 올케를 저주했다.

형섭은 가끔 의숙에게 편지를 보내왔지만 의숙은 답장을 해 주지 않았다. 의숙은 형섭의 군 입대와 더불어 그와의 관계를 끊고자 결심했고, 또 그렇게 형섭에게 이미 통고를 해주었으나 그는 집요하게 의숙의 문을 두드리고 있었다. 형섭은, 의숙의 엄마가 생각하기에 자기의 마땅한 사윗감이 아니었다. 그래서 의숙에게 그 남자를 만나지 말 것을 종용했다. 그러나 의숙은 형섭을 한 때 누구보다도 사랑했으며 또 지금도 그 마음은 변치 않았으나 그녀는 감히 엄마의 명을 거역할 수가 없었다. 자랄 때부터 엄마는 절대적인 존재였다. 가문이 좋은 집으로 시집은 왔으나 살림살이는 기울어 가고 있었던 이 집을 엄마는 오늘날만큼이나 부유하게 일으켜 세운 장본인이었다. 그런 까닭에서인지 의숙의 집은 아버지보다도 엄마의 존재가 엄청나게 더 컸다.

형섭이 군에 입대한 후 의숙은 엄마의 철저한 선별로 몇 번 맞선을 보기도 했다.

문득 의숙은 오빠의 일기장에서 읽었던 여자가 생각났다. 지금도 오빠가 그 여자를 사랑하고 있다면 의숙은 그 여자를 오빠 앞에 데려다 주리라 마음먹었다.

의숙은 오빠의 눈을 들여다보며 말을 했다.

"오빠, 난 다 알고 있어. 대학 시절 오빠가 좋아했던 여자가 만나고 싶으면 고개를 끄덕거려. 내가 노력해 볼게."

오빠에게서 반응이 왔다. 오빠는 사물에 대한 기억도 점점 잊어가고 있었지만 여자의 이름과 그녀가 다녔던 다방 이름은 정확히 기억하고 있었다.

다행히 5년 전의 그 다방은 아직 주인이 바뀌지 않고 있었다. 그 다방을 발판으로 상당히 돈을 모은 억척스러워 보이는 늙은 여자가 주인이었다. 5년 전 그 다방을 시작했을 때 그녀는 마담으로 손수 일하기도 해서 오빠의 그 여자에 대한 행방은 쉽게 찾을 수가 있었다.

주인 여자와 오빠의 그 여자와는 아직껏 돈 거래가 있었기에 소식을 알고 있었다.

그 여자가 있는 곳은 서울의 삼류 술집이었다. 지나치게 붉은 조명과 쥐 뜯어먹은 듯한 벽지가 의숙에게 불쾌감을 안겨 주었다. 그 집은 맥주와 통닭 등을 파는 곳이었다. 그곳은 초라하고 좁았다. 손님은 없고 세 명의 여자가 껌을 씹으며 화투를 치고 있었다. 그녀들은 의숙이 들어와도 별로 반기지 않았다. 팁을 줄 남자 손님이 아니어서 그랬던 모양이다.

그 여자는 타락한 여자의 전형 같았다. 그래서 의숙은 과연 그 여자와 오빠를 대면시켜도 될까에 대해 잠시 생각해 보았다.

그 여자가 오빠를 기억하기에는 많은 시간이 필요했다. 그 여자에게 오빠는 별로 큰 존재로 남아있지 못했다. 거추장스럽게 쫓아다닌 바보 같은 숙맥에 불과한 것이었을까.

"지나치게 맑았어요. 아파 보였구요. 나 같은 여자야 그런 상대보다는 더 사회에 물든 돈 많은 어른이 더 좋았지 않았겠어요?"

그 여자는 담배를 입에 물었다. 그녀의 모습은 불결했다. 의숙은 그녀를 오빠에게 데려가지 않았다. 그녀의 모습을 오빠가 본다면 실망을 할 거라고 짐작했다.

오빠는 의숙을 볼 때마다 뭔가를 묻고 있었다. 그 눈은 말하고 있었다.

'그녀를 찾았니?'

그러나 의숙은 고개를 저었다. 오빠는 실망을 감추지 않았다.

의숙은 부인에게서마저 버림받은 오빠가 가엾었다. 아들도 보고 싶을 텐데……. 의숙은 다시 한 번 올케에게 연락을 했다. 조카라도 데리고 와서 오빠 곁에 두고 싶었다. 그러나 올케는 단호히 거절했다. 아이에게 그러한 광경은 이롭지 못하다는 게 그녀의 지론이었다.

오빠는 계속 의숙에게 묻고 있었다.

"그녀를 찾았니?"

그러나 의숙은 계속 고개를 저었다. 오빠는 그녀에게 눈물을 보였다.

이제 오빠는 목구멍으로 음식도 못 받았다. 코에 호스를 대고 말간 죽을 넣어 주었다.

오빠의 상태가 갑자기 나빠지기 시작했다. 그러자 올케는 오빠를 찾으려고 했다. 그러나 이번엔 의숙의 집에서 올케를 못 오게 했다.

올케는 계산에 밝은 여자였다. 오빠가 죽으면 아파트라도 손에 넣겠다는 속셈이 뻔했다. 당초에는 오빠의 병이 오래 갈 것 같아 그를 피하고자 했으나 이제 그가 죽어 버린다면 그의 유산이기도 한 아파트라도 자신이 가지려고 하는 것이었다.

의숙은 올케의 오빠에 대한 처사로 인해 인간의 얄팍한 심성에 염증을 느꼈다. 아무리 물질 만능 시대라지만 죽음을 눈앞에 둔 남편에게 그렇게까지 노골적일 수 있을까. 그러나 오빠가 원한다면 괘씸하나마 올케를 그 앞에 불러들여야 할 것이기에 의숙은 오빠에게 물었다.

"오빠, 올케언니 데리고 올까?"

그러나 오빠는 고개를 저었다.

"그러면 아이만 데리고 올까?"

역시 오빠는 고개를 저었다.

오빠는 아직 그 여자를 보고 싶어 하는 것이라고 의숙은 생각했다.

그래서 의숙은 결심을 하고 서울로 갔다.
 그 술집은 여전히 붉은 조명이었고 여전히 더러웠다. 탁자 위에는 바퀴벌레가 한 마리 기어가고 있었다. 의숙이 의자에 앉아 그 여자가 아는 체하며 다가왔다.
 "실은 오빠가 아파요. 며칠 못 살 거예요. 아가씨를 몹시 보고 싶어 해요."
 여자는 망설이는 듯했다. 그러나 의숙은 다그치듯 말했다.
 "같이 가요. 꼭, 오빠는 아가씨만을 필요로 하는 것 같아요. 오빠……. 아직도 아가씰 못 잊어 해요."
 여자는 안으로 들어갔다. 시간이 오래 걸렸다.
 한 시간쯤 지났을까. 그녀의 모습은 완전히 변모해 있었다. 요란스럽게 바글거리던 머리도 조금 얌전해졌을 뿐더러 무엇보다도 그녀의 얼굴엔 화장이 지워져 있었다. 울긋불긋하던 눈 화장과 볼연지를 지워 버린 그녀의 모습에서 의숙은 왜 오빠가 이 여자를 좋아했는지 조금 알 것 같았다. 여자는 전혀 천해 보이지 않았고 그 표정이 오빠를 닮아 있었다. 짙은 화장으로 감추고 있던 피부가 숨을 쉬고 있었다.
 밖에서 조금씩 어둠이 내리고 있었다. 그녀의 얼굴에 어둠과 같은 짙은 우울이 깔렸다.
 의숙은 오빠의 일기에 씌어 있듯 그녀의 고개를 뒤로 젖힌 짧은 웃음은 기대하지 않았다. 그러나 그녀의 얼굴에 정이 갔다. 어쩌면 이 여자가 오빠의 부인이 되었더라면 사태가 이렇게까지 되지는 않았을 것 같은 느낌마저 드는 건 왜일까.
 올케와 오빠가 궁합이 좋다고? 의숙은 코웃음을 쳤다.
 "무슨 생각을 하세요?"
 차창에 기대어 있는 그 여자에게 의숙이 물었다. 마주 본 그녀의 눈에 물기가 어려 있었다. 그녀의 눈물을 보는 순간 혹시 이 여자도 오빠를 사랑하지 않았나 하는 생각이 불현듯 빠르게 스쳐갔다. 그러나 의숙은 말하지 않았다. 이젠 다 지나가 버린 일. 기적이 일어난다 하여도 오빠는 회생될 것 같지 않았다. 그만큼 오빠에겐 죽음의 그림자가 이미 많이 드리워져 있었다.

 그녀의 옷차림은 소박했다. 일부러 그렇게 차린 듯했다.

 '이런 모습은 아름다워.'

 의숙은 올케를 생각해 보았다. 올케는 오빠가 누워 있는데도 양장점을 드나들고 파마를 하러 미장원에 다니곤 했다. 그녀는 남보다 못하다.

 의숙의 집에 도착하자 그 여자는 머뭇거렸다. 그러면서 중얼거렸다.

 "이사를 여태 안 가셨군요."

 오빠가 누워 있는 방에 가까이 가자 여자는 또 머뭇거렸다. 그러나 의숙은 방문을 열고 여자를 안내했다.

 오빠는 잠을 자는지 눈을 감고 있었다. 의숙은 오빠와 그 여자를 남겨둔 채 조용히 방을 나왔다. 그리고 부엌으로 가서 물을 끓였다.

 커피를 쟁반에 받치고 오빠 방문을 열려는 순간 안에서 말소리가 들렸다. 조용하면서도 슬픔이 깃든 여자의 목소리였다.

 "내가 잘못했어요. 나는 그 때 당신에게서 떠나지 말았어야 해요. 실은 걷잡을 수 없이 당신에게 치닫는 마음을 억제할 수 없어 떠났던 거예요. 자신이 없었어요. 앞으로 부딪히게 될 당신 집안과의 갈등은 나를 미치게 만들 것 같았어요. 전에도 그런 일이 있었기에……."

 여자의 말이 끊겼다. 간간이 울음소리가 새어 나왔다.

 "당신은 나의 웃음을 좋아한다고 했었지요. 나는 당신 소식 다 들고 있었어요. 최근 2년간만 빼놓고 말예요. 당신이 결혼을 하게 될 거라는 말을 듣고 나는 서울로 옮겨 버렸어요. 네, 아직 나는 그 바닥에서 헤매고 있어요. 그러나 이제 약속하겠어요. 새 생활을 찾겠어요. 당신은 떠나고 말면 그뿐이겠지만 이제 나는 애써 잊었던 과거 때문에 또 몇 년간은 괴로워하겠지요."

의숙은 커피가 다 식도록 멍하니 서 있었다. 의숙은 그 커피를 도로 들고서 대청마루로 가 앉았다.

그 여자가 오빠를 기억 못한 체한 것은 허세였다.

의숙의 볼을 타고 눈물이 흘러내렸다. 사랑하는 사람과 맺어지지 못하는 것처럼 불행한 일이 또 있을까.

의숙은 형섭을 생각했다. 그녀는 형섭을 찾아 면회를 가리라 결심했다. 모든 일이 마무리 지어 지는 날 그녀는 형섭을 찾아갈 것이다.

엄마는 용한 점쟁이에게 간다며 아침 일찍 길을 떠났는데 아직 돌아오지 않고 있었고, 아버지는 기도원에 들어가신 지 이틀이 지났다.

의숙은 마루에 누웠다. 그리고 눈을 감았다. 깜빡 잠이 들었다 싶었는데 깨어 보니 벌써 11시가 되어 가고 있었다. 의숙은 오빠 방으로 가 보았다. 아무 소리도 나지 않았다. 살며시 문을 열어 보았더니 그 여자는 오빠와 한 이불을 덮고 누워 있었다. 올케는 살이 닿는 것조차 치를 떨었는데······.

의숙은 뜨거운 눈물이 마구 볼을 타고 흘러내렸다.

오빠의 일기가 생각났다.

'나는 그녀와 같이 잠을 자 보고 싶다. 아니 같이 누워만이라도 있고 싶다.'

'오빠는 이제 그 소원을 이룬 거야. 오빠 알고 있어? 그 여자가 오빠 옆에 누워 있잖아.'

이튿날 아침 일찍부터 전화벨이 요란스럽게 울렸다.
"아가씨예요. 어젯밤 꿈이 하도 이상스러워서."
의숙은 바락 신경질을 냈다.
"오빠 아직 죽지 않았으니 염려마세요. 이젠 올케 전화도 역겨워요!"
의숙이 전화기를 쾅 소리 내어 끊음과 동시에 오빠 방문이 열리며 그 여자가 나왔다. 여자는 무척 창백했다.
여자에게 뭔가 먹기를 권했으나 고개를 저어 보였다. 그녀는 몸이 주체스러운 듯 의숙에게 상체를 기댔다. 몹시 운 듯한 눈이 많이 부어 있었다.
의숙은 여자의 머리칼을 쓰다듬었다. 머릿결은 뻣뻣했고 상해 있었다. 의숙은 그녀에게 깊은 연민을 느꼈다.
그 여자는 다시 방으로 들어갔다. 의숙은 간단한 음식을 차려 방으로 들어갔지만 여자는 억지로 몇 숟갈 뜨는 듯하더니 손을 놓았다. 눈물이 상위로 뚝뚝 떨어지고 있었다.
오빠의 손이 약간 움찔거렸다. 의숙보다 그것을 먼저 발견한 그 여자는 그에게로 달려가 손을 감싸 쥐어 자신의 볼에 갖다 댔다.
오빠의 눈이 의숙을 보고 있었다. 오랜만에 보는 평온한 눈빛이었다.
의숙은 상을 들고 나왔다.
그들은 많은 말을 주고받고 있었다. 비록 소리는 나지 않지만 그들은 영혼으로 대화를 하고 있었다.
의숙은 자꾸만 외치고 있었다.
'바보들
바보

오빠는 바보다.'

어젯밤을 밖에서 보낸 엄마가 오후가 되어서야 대문을 들어서고 있었다.

"점쟁이가 아직 네 오빠 몇 달은 끄덕 없대더라. 불쌍한 놈, 몇 달이라도 더 살면 그게 어디냐."

마치 몇 달 더 살면 그것이 점쟁이 덕이라도 되는 듯 엄마는 말했다.

엄마는 마루에 앉더니 까매진 버선을 벗어 두 짝을 마주대고 두들겼다. 짝! 하는 소리가 조용한 집안을 울렸다. 엄마는 항상 그랬다. 마치 버선짝은 그렇게 벗어야 하는 것처럼.

의숙은 여자를 엄마와 인사를 시킬까 하다가 그만 두었다. 그런 절차는 오빠가 원하지 않을 것 같았기 때문이다.

문틈으로 다시 본 오빠와 여자는 마치 부부처럼 아니 오누이처럼 잠을 자고 있었다.

의숙은 형섭에게 엽서라도 띄우고 싶었다. 단지 그를 사랑하고 있다는 그 말 한마디를 전하고 싶었다. 그것은 몇 장의 편지보다 더 많은 말을 할 것이다.

사랑은 모든 걸 다 용서하고 모든 걸 다 포용하고 있다.

의숙은 형섭이 입대하는 날 그에게 서운하게 한 걸 몹시 후회했었다. 기다려 달라는 형섭과 곧 결혼하게 될 거라고 매몰차게 끊듯이 말했던 의숙 자신. 그 모두가 너무나 계산적인 자신의 이기심에 있었음을 의숙은 오빠와 그 여자를 보고 새삼 깨달았다.

죽음이 임박할 때 인간은 사랑을 찾는다. 하나님의 사랑을 혹은 사랑하는 사람들을 찾는다. 사랑은 인류가 존재하는 한 그것은 최초이며 최후이다.

'조건 대 조건은 난 이제 용납하지 않겠어. 비록 형섭이 우리 엄마를 만족시키지 못한다 해도 나는 그를 택하겠어. 나는 죽는 순간 마지막으로 겨우 찾는 그런 어리석은 짓은 하지 않을 거야.'

 언젠가 엄마는 의숙 자신도 몰래 형섭을 만난 일이 있었다. 딸과의 교제를 끊어달라고 그에게 말했다고 형섭을 통해 전해 들었다. 그러한 엄마에게 분노를 한순간 느끼기도 했지만 그것이 진정한 딸에 대한 사랑이라고 그 분이 느끼는 한 그것은 탓할 바가 못 된다고 당시는 생각했었다. 그러나 이젠 달랐다.

 의숙은 먼 산을 바라보았다. 참새가 떼를 지어 날아가고 있었다. 어디선가 허수아비를 골리고 나락을 까먹고 도망치는 거겠지. 누렇게 벼가 익어 그 고개를 한껏 숙인 황금들판, 이 풍성하고 은혜로운 결실의 가을에 왜 오빠는 어둡고 침침한 방 한 구석에서 썩어 가고 있는 것일까.

 그의 운명이 그렇게밖에 될 수 없다면 순응할 수밖에 없겠지만 오빠의 젊음이 너무나 아까웠다.

 "휴- 늙은이나 데려가지 않고, 하늘도 무심하지……."

 엄마는 땅이 꺼지게 한숨을 쉬었다.

 의숙은 대청마루에 앉아 있는 엄마 옆으로 다가갔다. 엄마의 눈은 하얗게 뚫려 있었으며 요 근래에 들어 할머니가 다 되어 버렸다.

 "점을 보는 김에 저번에 너와 선을 본 그 남자의 생년월일을 넣어 보았더니……."

 "엄마! 점쟁이 얘긴 하지도 말아요. 지금 저 방에 누가 와 있는지나 알아요?"

 엄마의 눈이 커졌다.

 "누구냐. 네 올케냐?"

"오빠 옛날 애인이야. 대학시절……."

엄마의 눈이 더 커졌다.

"아니, 그 다방 계집애 말이니?"

이번엔 의숙이 놀랄 차례였다. 어떻게 그걸 엄마가 알고 있었을까.

"엄마, 어떻게……."

엄마는 한숨을 또 내쉬었다.

엄마는 이제껏 아들도 남편도 몰래 간직해 온 비밀을 털어놓았다.

엄마의 친구 중에 다방이나 가정집에 드나들며 미제장사를 하는 아주머니가 계셨다. 그 다방에도 자주 들르곤 하는 그 아주머니가 아들의 충격적인 다방 여자와의 교제를 엄마에게 전해 줬다. 가문을 항상 자랑했던 엄마로선 가만히 앉아 구경할 수만은 없었다. 그래서 그 길로 다방에 찾아가 그 여자로 하여금 당장 오빠 곁을 떠나도록 명령을 했다.

아무도 모르는 그 사실을 엄마는 이제껏 혼자서 간직하고 있었다. 여자가 없어진 후 그토록 괴로워하는 아들을 옆에서 지켜보면서도 엄마는 그런 사실은 전혀 모르는 척 시치미를 떼고 있었던 것이다. 가엾은 오빠.

본능적으로 일어나 오빠 방으로 가려고 하는 엄마를 의숙은 가로막고 나섰다.

"지금도, 이렇게 된 지금도 체면을 위하여 그 여자를 내쫓으려고 하세요? 엄마가 나 몰래 형섭씨 만난 것도 난 다 알고 있었지요. 왜 그런 식으로 자식들의 행복을 막으려 해요?"

앙칼진 의숙의 기습에 엄마는 잠시 아연해 하더니 맥을 놓고 안방으로 들어갔다.

"행복을 막으려 하다니…… 내가 왜 너희들의 행복을……."

엄마의 목소리가 오래도록 의숙의 귓전에서 뱅뱅 돌았다.

적막에 휩싸인 가을날의 오후.

빛도 이제 그 뜨거움을 잃어버리고 동네 강아지들이 햇볕을 찾아다니는 가을날 오후에 의숙은 이쪽과 저쪽 방에서 각자 자신들의 과거를 후회하며 눈물짓고 있는 사람들을 생각해 보았다.

잠시 후 의숙은 형섭에게 편지를 썼다. 온통 그를 사랑한다는 말로만 꽉 채워진 편지를 의숙은 쓰고 있었다.

사십구일재 四十九日齋

사십구일재四十九日齋

 산사山寺의 가을은 별리를 앞에 둔 연인들의 가슴처럼 촉촉한 허전함이 단풍가지마다 알알이 열렸다. 첩첩한 나무 사이로 빠끔히 보이는 하늘의 숨결은 저녁노을의 열기를 붉게 내뿜는다. 비탈길 모퉁이마다 박힌 고집 센 돌들은 본당을 향하여 올라가는 동자승의 발길을 가다가 멈추게 한다.
 학수는 동자승이 펄럭이는 가사 자락에서 풍기는 먹물의 내음에서 진숙의 영상이 언뜻 지나가는 환각 속에서 돌부리에 넘어질 듯 비틀거렸다.
 "선생님, 올라가는 길이 험해 조심하셔야 넘어지지 않아요."
 동자승이, 뒤를 돌아보며 염려스러운 표정으로 말한다.
 두 사람은 본당 앞에 도착했다.
 조그만 절의 본당 앞마당은 정갈하게 쓸어져 있고 성미 급한 낙엽 몇 잎이 떨어져 바닥에 끌려 다니고 있었다. 본당 안에선 주지승이 촛대에 불을 붙이고 있다. 학수는 신을 벗고 들어가 진숙의 사진 앞에서, 또 부처의 자비 앞에서 정중히 합장을 한 후 향에다 불을 붙였다. 사진 속의 진숙이는 웃고 있었다. 그 화사한 웃음의 그늘에는 그녀가 이 세상에 육친들이 하나도 없는 고아로서의 외로움이 조금도 묻어 있지 않았다. 외로움으로 인한 끈끈한 점액질과 같은 분위기를 그녀는 상대에게 조금도 허락하는 것을 원치 않았다. 가난하고 외로웠지만 청청한 자존심과 자랑스러운 긍지로 살다 간 진숙의 영혼 앞에, 학수는 통곡하는 마음으로 사진 앞에서 계속 절을 하였다.

진숙의 혼백은 지금 이 법당 어딘가에 머물러 학수를 향해 바라보고 있다는, 다만 유체로 화한 그녀의 몸이 너무나 가벼워 한 곳에 머물지 못하고 떠 있어서 잡지 못한다는 절실한 믿음이 학수로 하여금 더욱 애통하게 만들었다.

고혼을 달래어 극락으로 천도해 준다는 지장청地藏請을 주지승은 목탁을 두드리며 열심히 외고 있었다. 이 지장청 안에 십대왕이 다 들어 있어 한 많은 이승은 아직도 미련을 가지고 떠 있는 진숙의 맑은 넋을 극락으로 잘 천도해 주리라 학수는 믿으며 부처님께 합장을 드렸다. 향불 앞에서, 그리고 학수의 합장한 손속에서 진숙은 가물가물 스며들며 학수의 기억을 열게 하였다.

그 기억은 10년 전의 가을에서 열렸다.

꽃바람 내음 같은 가볍고 향기로운 오전의 햇살을 등에 업고 선 간호원의 가슴은 여린 듯하지만 꽤나 탄력 있어 보인다. 학수가 B시에 자리 잡고 있는 결핵요양소에 들어온 지 1주일쯤 되었다. 쥐새끼가 각목 모서리를 갉아가듯 생의 한 모서리가 조금씩 조금씩 없어져 간다는 명백한 사실은 제2기라는 무거운 중증에서 비롯된 구체적인 확인인 것이다. 생에 대한 애착과 허무로 향한 학수의 고뇌는 새끼줄

꼬듯 그를 동여매기 시작했다. 지금도 반쯤의 잠 속에서 그 꼬여진 새끼줄 다발에서 헤어나듯 몸부림치는 눈길에 그녀의 건강한 앞가슴이 나팔꽃 화문이 열리듯 활짝 다가들었다.

"약을 드실 시간이 됐어요."

그녀의 손에는 사각의 약봉지와 물컵이 들려 있었다. 학수는 그녀의 건강한 눈빛에 눈이 시린 듯 눈을 감고 서울의 미애를 떠올렸다. 살구씨 같은 미애의 큰 눈이 온 몸을 싸안자 학수의 몸에는 소름기가 솟아났다.

"망할 계집애!"

간호원은 놀란 듯 학수를 쳐다보더니 침착하게 말했다.

"욕은 건강에 해롭답니다."

학수는 눈을 뜨고 천천히 몸을 일으켜 앉으며 간호원을 바라보았다. 자기가 내뱉은 말 한 마디가 오해를 받고 있다는 것을 알면서도 학수는 변명할 기력을 찾지 못했다. 간호원은 그런 이상야릇한 오해를 간직한 채 돌아갔다.

"이봐요? 당신 간호원한테 웬 욕이오?"

학수의 옆 침대에 누워 있던 환자 하나가 재미있다는 듯이 웃으며 말했다. 학수보다 1년 먼저 이 요양원에 들어 온 그는 이제 거의 완쾌가 된, 서울에서 온 병호라는, 한 살 아래 24세인 청년이다.

"나 욕 안 했소"

"허허허……. 당신 분명히 망할 계집애라고 했는데 안 했다니? 당신 참 웃기는 친구요."

학수는 쾌활한 병호가 싫지 않아 그를 보며 씩 웃었다.

"망할 계집에는 서울에 있단 말이오."

"그래요? 그럼 간호원한테 오해를 풀어 주어야 할 것 아니오?"

"차차 풀게 되겠죠."

"그렇지 않아요. 난 오해로 인해 먹는 것만큼이나 좋아했던 여자애와 헤어진 쓰린 기억을 갖고 있답니다."

긴 직사각형으로 열린 창문으로 내다보이는 하늘은 고흐의 풍경화만큼이나 짙은 물감 냄새가 코 밑에 와 닿는 듯 생생하다. 하늘빛의 투명함은 어떤 운명감마저도 느끼게 하는, 바로 미애의 하늘빛 옷자락처럼 보였다. 그날의 미애는 다른 날보다 더 곱게 곱게 보였다. 여학생 복을 벗어던지고 처음으로 숙녀복으로 갈아입어 보는 19세의 여대생 1학년처럼 그녀의 볼은 복사꽃물이 발갛게 물들어 있었다. 군대에서 제대하고 집으로 막 돌아온, 그리고 기울어진 자세로 하여 어두워진 학수의 마음과는 달리 미애의 가슴은 화사한 화문처럼 주위의 어떤 것도 받아들이지 않는 오만함마저도 있었다.

"미애, 오래간만이다."

미애는 학수의 강렬한 시선을 피했다.

"왜 편지를 끊었지? 무슨 일 있었어?"

빵집 안의 사람들은 들며나며 수선스런 바람을 일으키고 그 일으키는 수선함에 시선을 던지고 있던 미애가 학수를 똑바로 쳐다보기 시작했다. 미애가 상대를 똑바로 쳐다본다는 것은 결심을 뭉쳐가며 뭔가 이야기를 하려는 전초 시위라는 것쯤은 학수도 알고 있는 미애의 특징이다. 그 특징을 오늘따라 두드러지게 나타내는 것은 참으로 말하기 힘든 이야기라고 생각하면서,

"말해 봐, 우물거리지 말고, 나도 짐작은 하고 있어."

"……."

"미애의 마음이 전 같지 않다는 것을 느끼기 시작한 것은 편지가 없고서부터야."

"학수, 난 학수를 좋아했어. 그런데 학수와는 결혼할 수 없을 것 같아."

"……."

"이제 앞으로 우린 만나지 않는 게 좋겠어."

학수는 미애의 변심을 알았다. 스스로의 마음이라기보다 부모들의 강경한 반대 때문이라고 하겠지. 괴롭지만 부모님의 뜻을 거역할 수 있는 불효녀는 될 수 없다고 생각하겠지만, 한 남자의 사랑을 저버리는 매정한 여자라고는 왜 생각지 않나.

"미애, 미애는 철저한 통속적인 여자야. 말해 볼까? 우리 아버지의 사업 실패, 전셋집으로의 하락, 내 건강의 악화, 그 어느 것도 미애의 마음을 충족시켜 줄 수는 없지."

"그건 너무 지나친 독단이야. 그런 것으로 하여 변심할 세속적인 여자가 아니야. 난."

"싫다고 가는 미애를 붙들지 않겠어. 그것은 내게 마지막 남은 자신감 때문이야. 내 자신감마저 나를 지탱해 주지 못하면 난 쓰러지는 거야. 내 자신감은 곧 내 의지라고도 할 수 있어. 잘 가, 미애. 행복하게 살아라."

학수는 자리에서 벌떡 일어났다. 뒤도 돌아보지 않고 걸어 나왔다. 그날 밤, 학수는 대폿집에서, 포장마차에서 술을 퍼마셨고, 기가 막힌 효과로 영화 속에서처럼 궂은비도 내렸다. 타인보다 자기 자신에게 이긴다는 것은 얼마나 힘든 일인가. 자신에게 져서는 안 된다. 손가락에 낀 보석 반지처럼 그렇게도 소중하고 빛나던 미애와 결별이라는 이 아픔에 나를 내던질 수는 없지. 그러기에는 내가 너무나 소중하다. 학수는 비를 맞고 걸으며, 생각하며 거리를 헤매다 1시 가까워 집으로 돌아왔다. 엄숙한 생존을 위하여 학수는 이리저리 방황하였고, 그의 병은 졸업을 앞두고 악화되었다. 입으로 토해지는 선홍빛의 빛깔 앞에 학수는 생명의 소중함을 절감했고, 그 죽음의 빛깔로부터의 해방을 위하여 요양소로 들어왔다.

"나쁜 계집애."

학수는 병호의 눈길을 의식하면서도 또 한 번 소리 내어 뱉어 버렸다. 병원 뜰의 코스모스가 노을 속에서 죽은 망부를 그리워하는 미망인의 옷자락처럼 하얗게 주름 잡히며 흔들거리고 있다. 간호원이 들어와 학수의 체온을 체크하기 위해 체온계를 겨드랑이에 밀어 넣었다.

"나쁜 계집에는 간호원 양이 아닙니다."

학수가 말했다.

"저의 이름은 박진숙이에요."

그녀의 목소리는 생기 있게 울려 나왔다. 이슬에 젖은 풀잎처럼 생명력이 넘쳤다.

"제게 욕을 하셨다 하더라도 이해가 됩니다."

"아니? 이해라니……."

학수가 놀란 듯 되물었다.

"환자들은 신경과민이 되거든요. 그것을 간호원인 제가 이해 못하면 누가 하겠어요."

병호가 끼어들었다.

"박 간호원은 우리들의 천사입니다."

문 입구 침대 위에 드러누운 60이 넘은 노인 환자가 괴로운 듯 흐느끼고 있었다. 박 간호원은 재빨리 노인 쪽으로 가 그를 달래듯 등을 가볍게 토닥거려주었다. 따사로운 엄마의 손길에 닿은 어린애가 울음을 그치듯 노인의 신음소리가 멈췄다.

"할아버지, 또 우시는군요. 우시면 가슴이 더 아파요."

노인의 눈물 자국을 그녀는 살짝 없앴다.

"할아버지, 자 일어나셔서 저하고 산책하고 돌아오실까요?"

박 간호원은 노인을 일으켜 앉혔다.

병호가 두 사람을 향해 큰 소리로 말했다.

"할아버지나 저나 이제 병이 거의 나아가는데 뭐가 아프다고 우십니까?"

박 간호원은 노인을 부축해서 걸어 나가며 대답했다.

"외로우시니깐 그렇죠. 할머니는 작년에 돌아가셨고 아드님은 캐나다로 이민 갔어요."

박 간호원과 노인은 문 밖으로 나갔다.

병호가 한숨 섞인 목소리로,

"저 간호원의 마음속을 모르겠어요. 우리들 모두의 어머니 같은 여자이기는 한데 남자의 사랑을 느낄 줄 아는 여자 같진 않단 말이야."

"왜 그렇게 생각합니까?"

학수가 물었다.

"분배의 원칙은 공동의 소유죠. 한쪽에 쌓아둘 수 없지 않습니까?"

"무슨 뜻이지요?"

"나한테만 사랑을 베풀어줬으면 좋겠다는 말이지요."

학수는 병호의 말에 오래간만에 재미있게 웃었다.

시일이 지나자 박 간호원은 학수가 문학을 좋아한다는 사실을 알자 문학 서적을 계속 구해다 주었다. 가끔씩 학수와 문학에 관한 이야기로부터 철학, 음악, 미술의 영역으로 내용이 넓어져 갔다. 병호는 둘이 이야기를 할 때는 한 옆에서 이불자락을 펄럭이며 먼지를 뿌리듯 심통을 부렸다. 그런 동작도 지치고 나면 이젠 종이쪽지에다 힘차게 큰 소리로 코를 풀어댔다.
"박 간호원? 나도 언제쯤 저렇게 힘차게 코를 풀 수가 있게 될까요?"
학수가 병호를 부러운 듯 보며 말하자,
병실 안에 있던 환자들은 모두 웃었다. 병호만 제외하고는.
"염려마세요. 저보다 더 힘차게 코를 풀 수가 있게 될 거예요. 희망을 가지세요."
학수의 병은 조금씩 좋아져 갔고 요양소의 생활이 즐겁기조차 했다. 박 간호원의 밝은 미소와 변함없이 베푸는 사랑은 병실 안에 쏟아지는 햇살처럼 따뜻했다. 그 따뜻한 사랑을 거부하는 단 한 사람, 그는 병호였다. 여러 사람에게 베푸는 햇살 같은 사랑이 싫다는 것이었다. 자기에게만 은밀하고 진한 사랑을 보내 달라는 신호를 보냈지만, 박 간호원은 투정을 부리는 어린애를 달래듯 잘 달래어 그를 진정시켰다. 얼마 후 병호는 완전히 완쾌되어 요양소를 떠났다. 노인도 떠났다. 떠난 지 한 달쯤 되었을 때 학수와 박 간호원 앞으로, 다니던 의대에 다시 복교했다는 소식이 왔다.
몇 달이 지나갔다. 학수의 병은 의외로 빨리 호전되어 갔다. 병호가 누웠던 침대에 40대의 남자가 들어왔고, 노인의 침대는 젊은 남자가 차지했다. 박 간호원은 새로 들어온 환자에게도 따사로운 햇살 같은 사랑을 뿌렸다.
긴 겨울이 지나고 봄이 되었다. 학수는 요양소를 떠나면서 박 간호원의 건강한 눈빛과 힘차게 움직이는 앞가슴을 선물로 가졌다. 서울로 돌아온 학수는 새로 태어난 각오로, 늦었지만 다시 시작한다는 결심으로 의대에 복교했다. 좌절감에 빠질 때나 실의에 허덕일 때마다 학수에게는 박 간호원의 영상이 힘이 되어 주었다. 잊히지 않는 영상의 찬연함은 그 빛이 퇴색해지지 않았다.

학수는 의대를 졸업하자 곧 박 간호원을 찾아 나섰다. 그때 그곳, B시의 요양원을 찾아갔지만 박 간호원의 모습은 보이지 않았다. 간호 장교로 지원하여 월남 전선으로 떠났다는 허전한 소식이었다. 학수는 박 간호원이 던지고 간 그림자 속에서 언젠가는 만날 수 있다는 인연의 오묘함을 믿으며 살았다.

그 믿음을 향한 학수의 집념은 질겼다. 학수는 종로에 병원을 차렸다. 여름 장맛비가 줄기차게 쏟아지는 오후 3시쯤, 병약해 보이는 30대의 여자 환자가 병원으로 들어왔다. 간호원의 안내로 학수 앞에 앉은 여 환자의 얼굴은 누렇게 말라 있었다. 가냘픈 팔뚝에서는 시퍼런 힘줄이 파랗게 솟아 있었다.

원피스가 마른 몸 위에서 자유스럽게 움직였다. 곧 쓰러질 듯한 병약한 몸과는 달리 활발하게 좌우로 흔들흔들하는 옷 때문에 그녀의 마른 몸은 더욱 안쓰러워 보였다. 여 환자는 말없이 위 사진을 찍은 X레이 소견서를 학수 앞에 가만히 내밀었다. 어떤 가능성도, 희망도 차단된 사형수의 선고를 기다리는 침착한 몸짓처럼 공허하게 보였다. 학수는 기록 카드를 쭉 훑어보았다. 절망적인 위암이다. 수술도 할 수 없는 막다른 길목이 들어선 상태다.

"좀 일찍 오시지 않구요."

여 환자는 말없이 고개를 숙이며 가만히 웃었다.

그 때 전화벨이 울렸다.

학수는 수화기를 들었다.

우렁찬 병호의 목소리가 전선을 타고 가깝게 들렸다.

"오래간만이오. 장마 피해는 없었소?"

"장마 안부 전화인 모양인데, 염려해 주는 덕으로 조그만 피해도 없없소."

"그게 아니고, 굉장한 뉴스를 알려 주려고 전화한 것이오. 저 박 간호원 그곳에 안 갔습니까?"

반가운 감정이 학수의 온 몸을 뜨겁게 만들었다.

"아니, 오지 않았는데, 당신 소식 알고 있소?"

"그곳에 갈 겁니다. 내 입으로 그녀의 소식을 말하는 것보다 직접 만나서 확인하는 것이 좋을 것 같습니다."

"아니, 그게 무슨 말이오?"

"가슴 아파서 더 말 못하겠어요, 어쨌든 만나 볼 것이요."

병호의 전화가 끊겼지만 학수는 아직도 수화기를 들고 병호의 말을 다시 생각해 보았다. 병호는 X레이 전문의로 일하고 있었다. 순간 학수는 뭔가 스치는 것이 있어 기록 카드의 이름 란에 적혀 있는 이름을 보았다.

박진숙, 학수는 너무나 놀라운 사실에 목줄기로 침을 꿀꺽 삼켰다.

"아! 박 간호원?"

학수는 박 간호원의 여린 손목을 잡았다. 마른 가랑잎에서 바스락 소리가 나듯이 그녀의 손은 차고 메말라 있었다. 학수는 할 말을 잊고 그녀를 바라만 보았다. 그 당당한 탐스런 앞가슴은 가뭄의 논바닥처럼 갈갈이 갈라져 붙어 있었다. 10여 년 전의 박 간호원의 자취는 그 어느 곳에서도 찾아볼 수 없었다. 다만 학수를 바라보는 눈빛, 그 건강한 눈빛만이, 아직도 잔영을 간직한 채 잔잔히 웃고 있었다.

"무엇이 박 간호원을 이렇게 만들었습니까?"

학수의 말은 차라리 신음과도 같이 그 발음이 분명하지 못했다.

"10여 년이 지나간 세월 때문이라고 해야겠죠."

박 간호원은 웃는 눈꼬리에 서너 겹의 잔주름이 잡혔다. 희고 가지런한 치열만은 그 아름다운 광택과 모습을 잃지 않았다. 학수는 X레이 소견서를 다시 한 번 들여다보았다.

무엇이라고 말해야만 하나. '당신의 병은 암입니다' 이렇게 말해야 하나.

"선생님, 괜찮아요. 말씀해 주세요."

학수는 박 간호원의 모습을 또다시 바라보았다.

상아빛처럼 희고 곱던 건강한 피부는 찾아보려야 찾아볼 수도 없었다.

대개의 환자들은 암이라는 선고를 받으면 약 이틀간은 슬픔을 이겨내지 못해 몸부림치는 제반언행을 거치게 된다고 하는데, 그것을 의학적인 용어로 그리프 리액션이라고 한다. 그 이틀간의 고통의 절정기를 지나면 마음의 균형이 잡혀지면서 의사의 지시를 협조적으로 받아들이며 무엇보다도 중요한 것은 암의 진행 경과가 양호해진다는 것이다. 자신의 병을 몰라서 불안 초조한 상태를 지속시켜 주느니 차라리 알려주는 것이 의사의 양식이라고 결단한 학수는 박 간호원을 향해 말했다.

"암입니다. 그러나 박 간호원! 절망해서는 안 됩니다. 이 병을 이기는 데는 박 간호원의 의지와 신념이 더 중요한 것이에요."

"학수 씨, 분명히 말씀해 주셔서 고마워요. 이곳에 온 것은 학수 씨를 한번만이라도 만나고 싶어서 온 거예요. 의사가 되셨다는 소식은 저의 위를 찍은 병호 씨로부터 들었어요. 병호 씨를 만난 것은 병원에서 우연히 환자와 의사로서지요. 학수 씨, 저의 기대에 어긋나지 않고 훌륭한 의사가 되어 주셨군요. 정말 고마워요."

"고마운 것은 오히려 내 쪽입니다. 그때 실연을 했고, 병고와 투쟁

하는 나의 어두운 인생에 박 간호원이야말로 사랑의 햇살로 어두움을 몰아내 주었지요. 나는 때때로 그때를 생각하지요. 내 일생 중에서 그때가 가장 소중하고 행복했던 때라고 서슴없이 말할 수 있습니다. 박 간호원은 우리들의 구원의 여인상이었습니다. 구원의 여인상은 죽을 수 없습니다. 우리들의 가슴에 영원히 살아 있습니다."

박 간호원의 눈빛에 물기가 스며들면서 그 눈빛은 건강하게 빛을 내었다.

박 간호원은 자리에게 일어났다. 학수는 박 간호원의 손을 다시 가만히 잡았다. 그녀의 얇은 눈꺼풀이 바르르 떨면서 눈물방울이 굴러 떨어졌다.

"학수 씨, 지금 저의 눈물은 슬픔의 눈물이 아니에요. 모두가 고맙고 감사한 눈물입니다. 저는 죽음을 두려워하지 않아요. 제가 절망적인 암이라는 것, 저의 생이 얼마 남지 않았다는 것도 다 알고 있어요. 저는 죽음마저도 기쁘게 받아들이면서 이제 얼마 남지 않았다는 것도 다 알고 있어요. 저는 죽음마저도 기쁘게 받아들이면서 이제 얼마 남지 않은 생이나마 활발하게 살고 싶어요. 저의 의지의 힘은 힘차게 뻗어나가지만 저의 육신은 말을 듣지 않는군요. 사람이 산다는 의지의 힘은, 또 인간다움의 승자는 바로 병들지 않는 정신이 아니겠어요. 저는 지난날을 돌이켜 보면서 후회 없는 나날이었던가를 반성하면서 생의 마지막 날을 위해 정리하고 있어요."

"박 간호원, 당신의 모습은 변했지만 당신의 정신은 하나도 변하지 않았군요. 박 간호원은 우리들의 구원의 여인상입니다. 구원의 여인상은 죽을 수 없습니다. 영원히 우리들의 가슴에서 살고 있습니다."

"학수 씨, 제가 바라는 마지막 소망은 제가 영원히 살고 싶다는 것이었죠. 제가 학수 씨를 만났을 때 23세의 나이였죠. 그 때 그 소망은 뚜렷한 윤곽으로 저의 인생의 길을 열게 해 주었어요. 영원히 산다는 것은 한 사람의 가슴 속이라도 좋아요. 그 가슴속에서 저의 영혼은 영원하게 안주할 수 있는 것입니다."

박 간호원은 자리에서 일어나 문을 향해 걸어 나갔다. 그녀의 가느다란 두 다리는 곧 휘어질 듯 위태로워 보였고, 그 위태위태한 걸음걸이로 그녀는 문밖으로 나갔다. 차를 잡아 주려고 뒤쫓으려는 학수를 향해 그녀는 밝게 웃으며 말했다.

"학수 씨, 아직은 내 힘으로 차를 타고 갈 수 있어요."

학수는 뒤쫓으려는 걸음을 멈추었다.

"박 간호원!"

학수는 더 이상 말을 한다는 것은 그녀에 대한 예의가 아니란 것을 알았다.

그녀가 딛고 간 문밖에는 빗발이 더 기세 좋게 쏟아졌다. 학수는 의자에 깊숙이 파묻고 앉아 담배를 피워 물었다. 아름답게 살고 싶다는 것은 누구나 바라는 이 세상의 정상인 것이다. 그래서 예술가들은 시와 음악과 그림을 통하여 아름다움을 재현하는 창의적인 작업에 일생을 맡긴다. 권력가들은 권력의 위세와 절대적인 근사치의 힘을 이 세상의 가장 아름다운 정상으로 생각하고 있는지도 모른다. 담배 연기가 공중으로 퍼지면서 10여 년 전의 박 간호원의 얼굴과 지금의 얼굴이 포개어지면서 맴돈다.

전화벨이 울렸다. 학수는 전화기에서 울리는 병호의 목소리조차 박 간호원의 목소리로 착각하도록 박 간호원 생각으로 꽉 차 있었다.

"납니다. 박 간호원 만나 보셨소?"

"만났소."

"당신 목소리 왜 그래요? 울고 있소?"

학수의 목소리는 목젖에 닿아 마디마디 끊겨져 나왔다.
"아니! 운다는 것은 박 간호원에 대한 모독이오."
"그럼 웃고 있단 말이오?"
"아니, 웃지도 않소."
"난 말입니다. 박 간호원을 만나고 나서 그 날 진창으로 술을 마시면서 소리 내어 엉엉 울었단 말이오. 그 탐스럽던 여자가 해골이 되어 나타나 죽음의 선고를 받아야 하다니……. 박 간호원이 너무나 불쌍해서 견딜 수가 있어야죠."
"그녀는 죽지 않아요."
학수의 분명하고 확실한 한마디에 병호는 놀란 듯 되물었다.
"아니? 그럼 당신이 그 암을 고칠 수 있단 말이오? 정말로 고칠 수 있단 말이오?"
병호의 물음은 다급했고 그렇게 될 수 있는 가능성에 매달리듯 진지했다.
"아니! 그것이 아니오. 박 간호원은 당신과 내 기억 속에서 영원히 사라지지 않는 생명력이오. 우리들이 죽을 때까지 박 간호원도 죽지 않아요. 같이 숨 쉬며 같이 인생의 아름다움을 이야기할 것이오. 그녀는 영원히 죽지 않습니다. 영원히요."
학수는 수화기를 놓았다.
박 간호원이 걸어 나갈 문을 향해 학수도 그 문을 열고 빗발치는 천둥 속으로 뛰어들었다. 초가을의 날씨치고는 냉랭한 한기가 아침저녁으로 옷깃으로 스며들었다. 오전의 진료 시간을 끝내고 점심 약속이 있어 마악 나가려는데 한 50은 넘은 듯한 비구니 스님 한 사람이 조심스럽게 들어왔다.
"저 김학수 원장님이세요?"

"네, 접니다. 어디서 오셨습니까?"
학수는 반갑고 한편으로는 놀라운 눈빛으로 스님을 의자에 앉으라고 권하였다. 스님은 가지고 온 보따리 속에서 두툼한 일기장 같은 노트 하나를 꺼내 학수에게 넘겼다.
"진숙이는 죽었어요. 이 일기장을 전해 달라는 부탁이 있어서 제가 온 것입니다."
"아니? 언제 죽었습니까?"
"한 달 되었어요?"
학수는 탈진한 듯 떨리는 손으로 일기장을 어루만졌다.
스님은 돌아갔고 학수는 점심 약속도 잊은 채 진숙의 일기장을 한 장 한 장 넘겨갔다. 진숙이가 고아라는 것도 사랑에 대한 향심의 척도도 비로소 알게 되었다.
'…… 남자와 여자의 사랑을 육체적으로만 확인하려는 세상 사람들의 그 흔한 사랑을 나만은 따르고 싶지 않다. 어떤 공간성도, 시간성도 초월한 영과의 사랑을 지향하려는 내 의지는 한 남자와의 사랑에서 세속적으로 빚어지는 배신이라든가, 변심 같은 것을 무서워하는데 내 고집 센 이기심은 아닐까?'
학수는 일기장을 가만히 놓았다. 진숙은 끝까지 겸손하게, 그리고 자신에 대한 무서운 반성으로 인생을 살다 간 여자가 아닌가?
며칠이 지나 학수는 스님이 있는 절을 향해 떠났다.
사십구일재만은 학수의 마음으로 지내고 싶었다. 그 아무도 없는, 학수 혼자만이, 아니 아직 극락세계로 떠나지 못하고 이승에서 돌고 있는 진숙의 영혼과 단둘만이 사십구일재에서 만나고 싶었기 때문이다.

어떤 죽음

어떤 죽음

　봉순 어멈은 한길에 지니고 나갈 좌판을 챙겼다. 머리를 손으로 쓱 훑고 허리의 끈을 고치는 아내를 바라보고 있던 봉순 아범의 눈길이 그녀의 수박만한 배에 멎는다. 순간 그 막강한 배의 압력으로 현기증이 나는 것 같다.
　"뭘 본다여?"
　봉순 어멈은 힘겨운 듯 몸을 추스르고 남편을 넌지시 바라보았다. 백 번을 생각해 보아도 시집 한 번 직싸게 잘 와 저런 인간을 만나 이 고생이라는 생각에 이빨이 빠드득 갈리는 판인데⋯⋯. 뭘 멍뚱히 쳐다본담.
　"당신 배 말여 괜기찮을까?"
　"괜기찮음, 시방 워째여?"
　"으음⋯⋯. 쯔쯧"
　"부엌에 국수 한 웅큼 있으니 그걸 삶아 먹던지⋯⋯."
　봉순 어멈은 좌판을 이고 밖으로 나온다. 등 뒤에서, 봉순 아범의 기침소리가 귀청을 때린다.
"콜록……콜록……"
"싸게 죽지도 않고 옘병바가지여……."
 혼자 중얼거리며 걸어가는 봉순 어멈의 뇌리에는 또 그 생각이 안쪽을 감돌며 무겁게 짓눌러 왔다. 어쩌면 이렇게 살라고 모든 게 다 약속되어 있는 건지도 몰랐다.
 '봉순이를 낳을 때였지. 그때도 지금처럼 배는 복통만 했어. 나는 빨리 봄이 오기를 기다리는 것처럼 얼른 첫애를 낳고 싶었어."
 그때만 해도 남부럽지 않게 농사를 짬짬이 하며 잘 살았었다.
"어딜 가여?"
"아무데도 안 가여."
"쐬죽 좀 끓여 놔야 할께유."
"쐬죽?"
"배가 거북하니께 당신이 좀 해주오잉?"
"재너머 돌쇠 집에 가야 할 텐데……."
"노름 버릇 또 시작하는 거 아니라우?"
"시끄러, 어서 들어가여."
 봉순 아범은 큰소리를 치며 뒷문으로 빠져나갔다.
"여보오오."
 봉순 어멈이 튀어 나가며 부르짖을 때는 이미 그의 그림자는 보이지 않았다.
 이튿날 빗소리에 잠이 깨었다. 밤새 잠을 설치다 깜빡 잠이 들었던 모양이었다. 문을 여니 봄을 재촉하는 겨울비가 구성지게 내리고 있었다. 잔설이 희끗희끗한 산은 비로 꺼멓게 변해 버리고, 군데군데 억새풀이 끈질기게 나 있을 뿐 들판은 그림 없는 액자같이 허전했다.

빗발이 흩뿌리는 들판과 산 아래 옹기종기 모여 있는 집채를 바라보면서, 남편에게 무슨 일인가 일어나고 있다는 것을 느꼈다.
'또 그 짓을 저지른 게여!'
마음 속 깊숙이 스며 들어온 빗소리는 봉순 어멈의 눈에서 불길이 되어 혹 뿜어 나왔다. 부엌의 칼이 눈에 어른거렸다. 노름을 했다면 저 죽고 나 죽자는 생각에 손이 떨리고 있었다. 그리고 아무것도 보이지 않았다.
남편이 돌아왔을 때 그의 오른손이 피에 젖어 있었다. 엄지손가락과 검지손가락이 댕강 잘라져 나가 있었다. 옷 위에 얼룩진 피.
목에 차오르는 가쁜 숨을 헉헉거리며 봉순 어멈은 목을 꺾은 채 앞으로 푹 꼬꾸라졌다. 이미 논밭과 집이 노름으로 어젯밤 사이에 날아가 버렸다는 것을 그녀는 그의 몰골로 보아 듣지 않아도 짐작할 수 있었던 것이다.
그때, 한 생각이 별똥처럼 그녀를 가로질러 갔다.
'……. 이 판국에 아예 죽는 거여.'
봉순 어멈의 긴 그림자가 굽어 치더니 문을 박차고 밖으로 나갔다. 부엌에서 칼을 들고 남편에게로 다가섰다. 동강난 손가락 사이에선 실개울처럼 피가 흐르고 있었다. 노름을 하고 돌아오던 땅골아재가 왜 산에서 목을 매고 죽어야 했는지를 알 것 같았다……. 그러나 남편은 그녀의 시퍼런 눈길을 피해 우악스런 손으로 칼을 빼앗아 버렸다. 모진 것이 생명인가? 억새풀처럼 여태껏 그렇게 살아올 수밖에 없었다. 그땐 하루도 살 수 없을 것 같았는데…….
봉순 아범은 무어라고 아내에게 한 마디쯤 됨박을 주고 싶었지만 기침이 그의 말을 가로막았다.
'……콜록 콜록…….'

건강 때문에 폐인이 되어 버린 후 그는 자신의 모든 형상이 무너지고, 간신히 숨통만이 열려 있는 자신을 문득 깨닫는다. 갈기갈기 찢긴 물결처럼……

그는 봉순 어멈의 등을 얼마 동안 넋 나간 듯 바라보다 부엌으로 내려간다.

아내는 늘 이맘때면 한길로 나가 좌판을 벌인다. 온종일 쭈그리고 앉아 있어서인지 무릎 밑에는 땀띠가 성해 있었다. 아내가 쥐꼬리만큼 벌어오는 돈으로는 언제나 생계조차도 아슬아슬한 곡예를 하는 것 같았다.

그는 부엌으로 들어가 옛날의 일들, 잘 살았던 그 모든 것이 이제는 남의 일이 되어 버렸다는 생각에 그는 조금 처연해진다. 검지와 엄지의 뭉툭해진 손가락을 입안에 넣고, 이것 때문이었다고 다시 한 번 울분을 터뜨린다. 불행은 여기서부터 시작되었으니까. 그는 그 흔한 나이드라지드 대신 소금을 한 움큼 입안에 쓸어 넣었다. 폐병약 대신에 소금을 장기 복용하면 낫는다는 이야기를 그는 믿는다. 아니, 믿고 싶다. 2년 동안 늘 이렇게 해 왔다. 그는 부엌을 나오면서 언젠가 보았던 창경원의 동물원을 떠올린다. 동물원에는 사자나 호랑이 같은 사나운 짐승들이 철망 속에 갇혀 있었다. 철망 속이 뛰쳐나갈 수도 없게 너무 좁았다. 얕고 숨 막혔다. 그들은 그것을 알기에 태연했다. 체념일 것이다. 그와 마찬가지로 그 자신도 뛸 수 없다는 것을 알고 있었다. 정신이 아니라 마음도 아닌 육신 탓이다. 그는 어슬렁거리며 민수가 있는 곳으로 슬슬 걸어 나갔다. 이것은 그의 일과였다. 아침나절 이곳저곳을 기웃거리다 오후에는 한숨 죽은 듯이 잠을 자고 봉순 어멈이 돌아오면 일어나는, 그는 룸펜이었다. 한 마디로 그는 병든 남자였고 죽기 직전에 있었다. 염소 떼가 풀을 뜯다가 심심했던지 폴짝거리며 이쪽 공지로 터무니없이 내려오고 있었다. 간들간들 수염을 흔들고, 꼴같잖게 음메헤……. 실없이 울었다. 그는 간절한 소망이 다시금 핏줄에 날을 세우며 고개를 뻣뻣이 들고 일어나는 것을 의식했다.

염소 한 마리를 훔쳐서 보신을 하고 싶은 마음이 꿀떡 같았기 때문이다. 그럴 수만 있다면 얼마나 좋은지에 대한 상상은 형용할 길이 없다. 그럴 수만 있다면 아내의 병약해진 몸도 보신을 시킬 수 있을 터이다. 그런 음모 때문에 차라리 봉순 아범의 얼굴이 파랗게 질려 있었는지도 몰랐다.

"어머나, 아저씨, 안색이 왜 그러세요?"

삽을 들고 나오던 민수의 아내 수진이가 봉순 아범의 얼굴을 보며 물었다.

황당무계한 생각에 쏠려 염소만 겨누고 있던 봉순 아범이 퍼뜩 깨어난다.

"아, 아뇨. 내야 뭐……. 늘 그렇지라우."

봉순 아범이 방자하게 코웃음을 쳤다.

"아줌마는 나가셨어요?"

"예."

그 때 설핏 수진의 눈이 염소 떼들에게 꽂혔다. 그녀의 얼굴은 가을의 가랑비를 맞은 것처럼 파랗게 질려 버린다.

"어마, 또 저놈의 염소들이 내려오잖아."

수진은 중얼거리며 부삽을 고쳐든다. 그랬다. 염소 떼가 민수가 찍어 놓은 블록들이 쟁여 있는 곳으로 내려오면 블록은 염소 떼들에 의해 다 망쳐 버리기 때문에 예삿일이 아니었다. 게다가 염소 주인은 미안해하기는커녕 덩달아 염소들처럼 천방지축 억지를 부렸다. 그

심보를 이길 수 있는 사람은 이 철거민 부락엔 없었다. 미리 염소들과 싸워 몰아내는 방법밖에는 없는 터다.

"저럴 수 있을까요?"

수진은 망연자실하여 봉순 아범을 향해 말한다.

"허허……때려잡지라우……때려잡아……."

"글쎄, 그럴 수도 없고 정말 염소까지 속을 썩여 죽겠어요."

수진은 부삽을 휘두르며 염소들 쪽으로 쪼르르 달려갔다.

"너희들 진짜 그러기니, 응?"

"음메헤에……음메헤에……."

"요것들이 그냥……."

수진은 씨근덕거리며 염소들의 꽁무니를 쫓아 이리 뛰고 저리 뛴다. 염소들은 같잖은 수염을 거만히 흔들며 죽어도 양생하는 블록으로만 자꾸 요리조리 피하며 가려고 했다.

"글쎄, 글루 가면 안 된다는데 왜 글루 가느냐구?"

수진이 두 손을 위로 치켜들며 부삽을 아래로 꽝 때리고 또 염소들과 술래잡기를 한다. 멀리서 바라보고 있던 민수가 낄낄거린다.

"아하핫……마누라 염소들 하고 아침부터 신나게 춤추는데…."

"뭘 웃는다여, 자넨?"

"어, 아저씨. 저 우리 애어멈 좀 보세요. 딱 열세 살 먹은 계집애 같잖아요. 깡충깡충 뛰는 게……."

"원 사람도……. 남은 화가 나서 호독호독 하는데 웃음이 나여?"

"하긴 저놈들 때문에 골탕도 많이 먹었죠."

봉순 아범은 힘이 드는지 모래 위에 아무렇게나 털썩 주저앉았다.

"염소 주인을 만나 모두 뭉쳐 항의를 해 보지라우?"

"그렇게도 해봤지요. 콧방귀만 뀌더군요. 워낙 이곳 토박이라서 세도가 둘째가라던 서러운 사람이었어요.”
"그건 그렇고, 요 앞선 블록 때문에 싸우고 다친 떡보가 치료받은 후 아예 풋내기루 갈아치웠다던데……. 그게 사실여?"
떡보는 철거민 부락에서 의리도 좋고 힘깨나 쓰는 청년으로 알려져 있었다.
봉순 아범의 뉴스 통은 이곳에서도 제일 빠른 통신으로 유명했다. 그는 호기심이 잔뜩 서린 표정으로 물었다. 물론 이 사건은 민수 자신도 알고 있는 터였다. 그러나 아는 체하기가 싫었다.
"신마이 기리까이라뇨?"
"아, 거 몰랐네비. 니나노인네 빼어난 미모에다 돈도 잘 벌고 말여, 그래서 바짝 움켜 줄 심인디, 꿩 먹고 알 먹고 그 사람은 떡살처럼 심핀 게 아니라우?"
"왜? 아저씨, 부러워요?"
"히잉! 그야 부럽지 않을 수 없지. 헌데 내야 말여…….”
민수는 봉순 아범의 해골 같은 얼굴을 측은한 듯이 바라본다. 눈조차 퀭하게 들어간 영양실조의 몸을 가지고……. 차라리 그런 것은 내 것조차 될 수 없다고 왜 체념마저 못하고 사는 걸까? 그래서 민수는 딱한 나머지 이렇게 말했다.
"아저씨, 니나노 여자도 요즘 세상에는 말예요, 아무한테나 들러붙는 게 아니랍니다. 떡보야 덩치 좋겠다, 인물 사내답겠다, 어느 여잔들 척척 안 붙겠어요? 돈 없는 게 한이지."
"헤헤헤……. 내도 젊은 시절엔 떡보만 했을라디.”
"그야, 그러셨겠지요.”
민수는 블록 틀에다 시멘트를 퍼 담는다. 나중에 잘 살게 되면 이 블록 틀에다 로스구이를 해 먹자고 수진은 말했었지. 민수는 속으로 웃으며, 이젠 잡담 그만하고 개어 놓은 시멘트를 마저 찍고 일손을 놓아야 되겠다는 생각이었다.

아침 한 차례의 일이 그래도 하루 중 가장 능률이 올랐다. 블록들을 잡고 위로 치켜든 틀을 아래로 철썩 내리는 일을 수없이 되풀이하다 보면 팔의 근육은 어느덧 마비가 되어 감각조차 둔해진다. 그의 하늘색 반바지와 러닝셔츠는 이미 시멘트로 얼룩져 갔다. 그랬다. 문득 민수는 봉순 아범을 통하여 깨달아지는 것이 있었다. 모든 사람들이 자신의 과거는 잘났고, 오늘은 못난 사람들이라고 저마다 생각하고 있는지도 모른다는 생각을 했다. 그러나 나는 지나간 과거의 내가 오늘보다 더 잘났다고는 생각하지 않는다. 과거의 나와 지금의 나는 다르니까. 민수는 멀어져가는 봉순 아범의 앙상한 목덜미를 쳐다보며 처량한 생각에 손마디에 힘이 다 빠지는 듯했다. 떡보의 토담집 앞 빈터에서 모깃불이 타고 있었다. 철거민 부락 사람들이 오늘의 때 아닌, 잔치 아닌 초대에 입이 찢어져서 붙여놓은 불이었다. 불길은 어둠을 가르고 기세 좋게 하늘로 타올라갔다.

마당에는 가마니가 깔렸다. 긴 나무판자 위에는 닭볶음, 동태찌개, 묵무침, 시금치나물, 깍두기 등……. 진수성찬이 차려져 있었다. 이것은 모두 금옥이의 혼자 솜씨라 했다. 금옥은 술집에 나가기는 했지만 떡보를 만난 후로 마음을 잡기로 작정한 터였다. 모인 사람들은 철거민들 중에서도 떡보와 특히 절친한 열댓 명 정도였다. 모두들 금옥이의 음식 솜씨를 칭찬해 가며 먹기에 바빴다. 시원한 여름 바람이 불어와 온종일 등에 배었던 땀 냄새를 실어가고 있었다.

막걸리도 항아리째 있었고 청자담배도 댓 곽 서비스로 나왔다.

떡보가 좌중을 휘 둘러보며 말했다.

"얼추 다 모였지요?"

아무도 대답하진 않았지만, 그 누가 이런 진수성찬의 모임에 참석지 않을까!

그때 민수와 그의 아내가 바쁘게 도착했다. 민수 아내의 손에는 하이타이 가루비누와 성냥이 들려져 있었다.

"이게 뭐요?"

"신접살림 차렸다고 초대받았는데 그냥 올 수는 없잖아요."

수진은 웃으면서 떡보에게 사 온 물건을 내밀었다.

"허, 아주머니도 신접살림이라뇨? 그냥 이 사람과 한 식구처럼 살게 되었으니까 모이자 한 거지요."

"아무렴, 금슬 좋게 잘 살아보시라요."

수진과 민수도 사람들 곁에 끼어 앉았다.

"자, 제 잔 드립니다."

떡보는 이곳에서 가장 나이가 높은 똥털영감으로 불리는 노인에게 술을 따랐다.

"오며 가며 만난 사이지만서두 서로 인연이닝께 백년해로 해여잉."

똥털영감은 떡보가 따라 준 술을 단숨에 들이켜서 역시나 그답게 한마디 하는 걸 잊지 않았다.

"영감님도 새장가나……."

"와아 하하핫……."

누구의 말인지 좌중이 웃음을 터뜨렸다.

"예끼 늙은일 놀려? 불알을 깔 테여……."

술잔이 돌기 시작하자 웃음바다가 되어 버렸다.

술잔이 오고 가고 콧노래가 흥얼흥얼 나오고, 낄낄거리는 속에 만찬은 한없이 흥청거린다. 두 번째 동태찌개가 상에 오르고 있었다.

사람들은 그제야 봉순 아범과 봉순 어멈이 생각났던지, 그들을 궁금해 했다. 봉순네 집은 불빛조차 없이 어둠에 싸여 있었다. 수진은 걱정스러운 듯 시금치나물을 집다 말고 말했다.
"곧 해산날이 다가온 것 같던데, 애기 낳으러 시내 병원을 간 건 아닐까요?"
"조산원 부를 돈도 없을 텐데 시내 병원이 다 뭐야?"
민수가 아내의 말을 받았다. 모두의 시선이 그쪽으로 박혔다.
"요즘 먹을 것도 제대로 안 되는지 봉순 아범이 콜록거리며 쑥을 뜯으러 다니던데……."
책 월부장수 강 씨가 한 마디 거들었다.
"쑥은 왜요?"
"쑥죽을 끓여 먹으려고 했겠지요."
"쑥죽?"
강 씨는 봉순 아범의 입장이 자기와 다른 것도 없다고 생각하고 있었다. 그는 늘 주눅 들린 얼굴로 언제나 말이 없었다. 저런 사람이 어떻게 책장사를 할 수 있을지 의문이 갔는데, 한 번은 민수를 찾아와 이렇게 말한 적이 있었다.
"빌어먹을, 입심이 좋아야 뭘 해 먹죠. 나 같은 놈은 그나마 말솜씨마저 없으니까 문을 탕 닫아걸면 주로 끝나는 거죠."
그러나 몇 달이 걸려도 천성은 못 고치는가. 여전히 집으로 돌아오는 그의 어깨는 이불에서 뜯어낸 실오라기처럼 축 처져 있었다. 강 씨는 지방 농과대학을 반 개월 다니다 중퇴했다고 한다. 그의 말로는 서울 가서 한 번 잘 살아보자고 상경했는데, 잘 살기는커녕 주변머리도 없는 주제에 책 월부 세일이라니……. 그나마 오죽할까 보냐는 자신의 푸념이었다.

"그러면 둘 다 어디를 갔을까? 살다 참 별 일 다 보겠네."
"복 없는 사람들은 하는 수 없어. 그래, 이런 날 어디 가서 없담?"
"쑥죽 먹고 해산이나 제대로 할지."
"글쎄, 저녁나절에도 있는 것 같던데……. 가 보니까 아무도 없고 봉순이 혼자 자고 있던데요."
"아 그럼 곧 오겠제, 우리 먹고 마시고 할 동안 봉순 아범이나 어멈 닭다리는 냉겨 놓고 먹제잉!"

모두들 한 마디씩 했다. 똥털영감이 민수에게 술잔을 건네주었다.

"민수, 자네 내 술잔 받게."
"네, 주십시오."
"싸게 싸게 잘 생각혀. 예서 자넨 떠나야 한당께. 자넨 여기서 블록이나 찍고 있을 사람이 아닌디 말여, 세상이 이러다 보니께 잡놈이 다 된 것이제. 자넨 훨훨 털구 어이 가야 허여. 우리네야 갈 곳이 없으니 어차피 여기 있지만 언제 쫓겨날지 모르는 이곳에 자네는 뭣 땜시 있느냐 말이여."
"사내 한 번 맘먹고 들어온 거 버텨 볼랍니다."

이 때 그들의 등 뒤에서 고함소리가 벼락 치듯 들렸다. 키가 작으나 오닥지게 생긴 남자가 낫을 들고 그들 곁으로 다가왔다.

"염소, 내 염소를 못 봤소?"

그는 염소 주인 권 씨였다.

"염소라니? 이 밤중에 뭔 말여?"
"어느 연놈 짓인지 염소를 훔쳐갔소!"

권 씨는 눈이 뒤집힌 사람 같았다. 숨을 헐떡거리며 낫을 휘두르는 그의 모습은 불빛 속에서도 정신이 나간 사람같이 눈이 허옇게 뒤집혀 있었다.

"염소털 노린내가 나덩가? 아무리 없어도 말여, 염소 끄슬려 복장 채울 우린 아녀."

눈알을 굴리며 염소뼈다귀를 찾는 양 번잡을 떠는 권 씨에게 똥털 영감이 역겨운 표정으로 일침을 놓았다.

"기분 좋은 자린디, 딴 데 가서 찾아 보랑께."

시퍼런 낫에서 푸른빛이 번뜩였다.

권 씨는 이마에 흘러내린 땀을 손등으로 걷으며 말했다.

"씹할, 내 가만 있나 봐라. 어느 년, 놈이든 붙잡히기만 해봐, 이 낫으로 제 목도 치고 말테니까……."

핏발이 선 눈으로 한참 노기 승천하여 떠들더니 권 씨는 휙 가 버린다. 워낙 염소 주인은 이쪽 블록 상인들과는 앙숙인 터였으므로 권 씨로서도 뭐랄까 깊은 원한이 사무쳐 있었던 바였고, 블록 상인들은 그들대로 허구한 날 블록을 망치려 드는 염소였기에 속으로는 거참 고소하게 잘 되었다는 저마다의 마음이었다.

"누가 그런 짓을 했을까? 한 마리 잡아 치우긴 치운 모양인데?……."

문득 그 순간 수진의 뇌리에 스치는 일말의 예감이 있었다. 그랬을지 몰라, 염소 주인 권 씨에게 들키면 어쩌지! 수진의 눈길은 봉순 아범의 집으로 자신도 모르게 흘끗 시선이 간다. 아직도 그 집은 어둠 속에 웅크리고 있었다.

'봉순 아범 내외는 지금쯤 저 산등성이를 지나 염소 껍데기를 벗기고 있는지도 몰라.'

이틀 전의 일이 생각났다. 깊은 한밤이었다. 부엌이랄 것도 없는 방 밖에서 딸그락거리는 소리가 났다. 처음에는 잠결에 쥐가 그러려니 했다. 그런데 그 소리는 무언가 조심스러운 듯한 소리였고 사람의 체취가 스며든 듯한 소리였기 때문에 수진은 잔뜩 긴장을 했다.
 소리는 여전히 무언가 살피며 찾는 듯한 소리였다.
 도둑이다. 섬뜩한 생각이 들자 뻣뻣한 긴장이 등골을 훑었다. 그녀는 소리를 지르고 싶었지만 도무지 일어날 수도 없었다. 만약 괴한이 방문을 열고 들어와 칼질이라도 한다면……. 그러나 도둑은 계속 뭔가를 열심히 더듬는 듯하였다. 강력 도둑은 못되는 좀도둑임에는 분명한 것 같은데……. 대체 뭘 찾는 것일까. 그렇다. 반말쯤 사둔 쌀독을 찾는가 보다. 수진은 살그머니 남편을 꼬집을까 잠시 망설였다. 그러나 잘못 건드렸다가 칼침을……. 밖에 몇 놈이 있을지 그것도 불안한 일이라는 생각이 들었다.
 '도둑은 잡는 것이 아니라 쫓는 것이라고 했었지.'
 수진은, 그렇다고 가만있을 수도 없지 않느냐고 자문해 보았다. 무슨 수를 써서라도 저 도둑을 쫓아 보내야 할 텐데……. 이미 몸은 사시나무 떨 듯 떨리고 있었다. 그녀는 손을 뻗어 자리 속에 감춰 두었던 플래시를 꼭 쥐었다. 이걸 왜 진작 생각 못했을까. 그리고 엉금엉금 문 앞으로 기어가 조그만 구멍에 플래시를 들이대고 상대를 겨누었다. 순간 불이 환하게 밝혀졌다. 상대는 기절할 만큼 놀라서 후다닥 밖으로 뛰어나갔다. 그러나 기절할 만큼 놀란 것은 도둑보다 그녀였다. 봉순 어멈이었던 것이다. 봉순 어멈이란 것을 알아차리자 목에 걸리는 게 있었다. 차라리 모른 체 내버려 둘 것을……. 실 같은 아픔이었다. 오죽하면 애를 가진 여자가 쌀을 훔치려 했을까.
 "당신 뭘하구 있어?"
 잠을 깬 민수가 그녀에게 물었다.
 "아무것도 아녜요. 쥐가 덜그럭거리며 회를 치는 것 같아서요."
 "그만 자!"

"네에."

 이튿날 수진은 봉순 어멈을 찾아가 모른 체하며 쌀 한 되를 내밀었다. 봉순 어멈 자신도 아무 일 없었다는 듯 그녀를 바라보았으나 쌀을 받는 손길이 여리게 떨리고 있었다.

 "시상에 고맙지라우, 쌀밥 한 그릇 먹어 보는 게 소원이었는데, 이젠 죽어도 한이 없지라우!"

 방에서는 봉순 아범의 기침소리가 들려왔다. 콜록, 콜록……. 어쨌거나 수진의 마음은 불안하였다. 권 씨의 서슬이 퍼랬던 눈과 낫이 무엇보다도 가슴을 후볐다.

 이날 밤 그들은 마음껏 노래하고 떠들며 핏대를 올리기도 했고 주정도 했다.

 똥털영감은 꼽추 춤을 추어 여러 사람을 웃기기도 했다. 불이 모두 꺼지고 술도 바닥이 나서야, 드디어는 하나 둘씩 지치고 취해서 제집으로 돌아갔다. 그때까지 봉순 아범과 봉순 어멈의 모습은 보이지 않았다.

 그로부터 사흘 후 봉순 어멈의 집에서 꺼이꺼이 우는 소리가 들려왔다. 봉순 아범의 흐느낌 소리 같은데 그 소리는 꺼지는 듯하다 다시 소용돌이치며 한없이 울어대는 것이었다. 새벽이었다. 아침 해가 번지면서 철거민 부락의 하루가 시작되는 그 무렵, 철거덕거리며 블록을 찍기 위하여 저마다 신선한 아침 공기를 들이마시는……. 두 팔을 벌리고 기지개를 켜기도 하는 그 시간, 봉순 아범이 울 만한 이유가 없는 것이다. 염소 사건도 이틀이 지나자 그럭저럭 막을 내리고 있었다. 봉순 어멈이 다녀간 것도 바로 어젯밤이 아닌가.

 자정이 깊은 시간이었다. 아무도 모르게 야밤을 타고, 고양이 살금거리듯 그런 모습으로 그녀가 나타났다. 엄청난 배를 쑥 내밀고 심사

숙고한 표정이었다.
　밤중에 찾아온 그녀인지라 의아했는데, 그녀의 손에는 냄비가 쥐어져 있는 게 아닌가.
　"이거……."
　그녀는 우물거리며 냄비를 내밀었다.
　"뭔데요? 아줌마, 좌우간 들어오세요."
　"잡수시우, 별 거 아니지만……."
　불빛이 일렁이는 속에 그녀의 표정은 당혹한 빛마저 띠었다.
　"뭣하러 밤늦게 가지고 오세요? 내일 가지고 오셔도 될 텐데…"
　"혼자 먹자니 애기엄마네가 걸리지라우……그래 가지구 왔는데, 다른 사람헌테는 말하지 말아유……."
　"그래요?"
　"고깃국인디 하도 담고 좋아서유……. 좀 잡수라고."
　수진은 냄비를 열어 보았다. 고깃국이었다. 후딱 스치는 게 있었다. '염소탕이로구나.'
　"아줌마 고마워요. 잘 먹겠어요."
　수진은 냄비를 비워 건네주었다.
　"가겠지라우."
　"조심해 가세요."
　수진은 오랫동안 희끄무레하게 사라지는 봉순 어멈을 지켜보았다. 두 사람만의 공모 사실이 있고 나서 수진으로서는 왠지 모르게 봉순 어멈에 대한 연민이 바람 스적이듯 마음을 스적이고 있었던 터였다. 될 수 있으면 알게 모르게 그녀를 위해 자신이 도울 수 있는 일이 있다면 하루에 한 끼니만이라도 봉순이를 먹여 주리라는 생각에서, 그런 얘기도 비춰 볼 양인데 봉순 어멈은 이날따라 무척 미적거리며 그 자리에 있는 것조차 어려워했다.

봉순 어멈이 나간 뒤 수진과 민수는 고깃국을 멀뚱히 쳐다본다.

"아빠 아시죠?"

수진이 눈웃음치며 민수에게 물었다.

"뭘?"

민수가 능청을 떨며 반문한다.

"이거 냄비국 말예요."

"확실하군!"

"봉순 어멈이 잘못한 걸까요?"

"그렇지 않아. 자, 당신하고 나하고도 먹어 주지."

수진과 민수는 그 국을 맛나게 먹었었다. 이렇게 염소 사건은 구렁이 담 넘듯 넘어가서 일단락 지어진 것이다. 그런데 봉순 아범의 눈물은 무엇 때문일까? 가난이 죄인가……. 한 세상 살다 죽어가는 목숨이 어이하여 파리만도 못한 것일까. 전생에 무슨 업이 있길래 질기디 질긴 목숨이 이토록 허무하게 죽을 수 있단 말인가? 무슨 죄가 그리도 많기에…….

가래가 끓는 봉순 아범의 목이 더욱더 어기가 질려 탁탁 막힌다. 눈감고 어이 당신 죽겠소. 죽은 후라도 한 많은 세상 하늘이라도 보게 할 테야……. 해서 봉순 아범은 봉순 어멈의 사신死身을 움막 앞 빈터에 안치해 두었다. 거적을 씌워 놓고 이미 이 세상 사람이 아닌 아내의 곁에서 봉순 아범은 울고 있는 것이었다. 봉순 어멈은 원기 부족인 터에 애를 낳았고, 애를 낳는 순간 그만 까무러쳤으며, 정신이 순간적으로 돌았다고 한다. 애를 억지로 낳기는 했는데 손수 탯줄을 끊는다는 것이 염소로 보였을까? 그걸 끌어다 질겅질겅 씹었다고 했다.

어떤 죽음 | 111

봉순 아범은 그때 산에서 아내를 위하여 염소국을 데웠다고 했는데, 냄새가 겁이 나 깊은 산으로 들어가 있었다는 것이다. 그가 돌아와 보니 아이와 아내는 죽어 있더라는 것이다. 참혹한 광경에 자신도 까무러치는 줄 알았다고 했다. 병원비만 있었어도 이런 비극은 없었을 것이었다.

'아니야……' 봉순 아범은 또 울부짖는다. '이 세상 탓할 것 없고, 죄인은 나이지, 나고말고……못난 남편 만난 당신의 죄도 많지만 당신을 죽인 범인이 바로 나인데……아니지, 잘 죽었다. 살면 뭣해. 끼니도 쉽지 않은 것을. 세상 팔자에 없는 자식 하나 더 낳고 어떻게 살려고……잘 죽었지. 살아본들 그게 사람 사는 건가. 사람 사는 게 그게 아니고 보면 일찌감치 이역만리 더 멀고 먼 천당 가는 게 나을 거야. 일찍 자리 잡고 가서 한평생 살다 못한 한恨이나 푸념하며 나를 기다리기나 하게. 으흐흐…….'

오열은 멎지를 않는다. 그러다가도 떠꺼머리의 봉순이가 입을 굳게 다물고 앉아 있는 것을 보면 가슴이 내려앉아 한 마디 말도 더 못할 것만 같은 모양이다. 민수와 수진이가 봉순 아범의 곁으로 왔을 때 사람들은 하나 둘씩 모여들고 있었다. 아무도 입을 여는 사람이 없었다. 그들은 한동안 넋 나간 듯이 무어라 형용할 수 없는 가슴들인 것 같았다. 실로 슬픔 이전의 바로 그것이었다.

똥털영감이 이 소식을 듣고 "뭐여?"하고 헐레벌떡 달려왔다.

그의 눈에는 분노 때문에 불길이 솟았다.

"봉순 어머이가 죽어?"

똥털영감은 큰소리로 말했다.

"봉순 어멈을 죽인 건 우리랑께……. 해산하는 줄 알면서 모른 체했단 말여, 이럴 수가 있단 말여? 이럴 수가 잉?"

아무도 대꾸하는 사람은 없었다. 봉순 어멈의 죽음을 앞에 두고 저마다 자기의 모습을 보는 듯했다. 그것은 인생의 단면이 아니라 인생 자체를 보는 듯하였다. 죽음이란 대체 무엇인가? 하나의 거적을 쓰고 한 세상 살다갈 것을 그리도 고통스러웠단 말인가? 슬픔은 하늘과 땅을 덮는 듯하였다. 봉순 어멈의 죽음은 누구 탓일까? 똥털영감의 말처럼 우리 모두의 탓인지 모른다. 모체에서 떨어져 나온 죄…… 세상의 죄……. 누가 봉순 어멈의 죽음을 남의 일로 볼 수 있을까? 어떻게 이것이 나의 일이 아니라고 대답할 수 있을까?
  그들은 저마다 봉순 어멈의 죽음 앞에 숙연해진 모양이었다.
  금옥이는 봉순 어멈의 죽음 앞에서 또 하나의 죽음을 생각하고 있었다.
  어머니와 내가 살던 집에는 사당祠堂이 있었지. 우리는 그 사당에 많은 꽃을 가졌었다. 불두화, 함박, 막잽이꽃, 백합, 대봉 살잽이, 모란, 연산홍 이렇게 오색꽃이 만발했다. 어머니는 늘 이 알록달록한 꽃 속에 신장神將님을 모시고, 그 신장님께 끝없이 빌었다. 비단 옷을 휘휘 두르고 그 신장님께 끝없이 빌었다. 비단 옷을 휘휘 두르고 살포시 눈을 내리감은 섬섬纖纖한 엄마의 모습은 늘 파랗게 요기妖氣를 띠었다. 잠자리 날개와도 같았다. 쪽을 지고, 하얀 쪽을 내놓고 얼어붙은 듯 엄마는 잔인하리만치 작은 소리로 빌었다.
  "신령님, 보소, 보소, 왕대밭에 달라 들어 재래 만들어 쓰고 시細모시 대大장삼에 백팔염주 목에 걸고 신아 단주 팔에 걸고 육환장 너머 짚고 앞에 아홉 상재(좌) 뒤에 열 상재 거나리고 허늘거리고 비옵니다……."
  어머니는 신장대감께 이렇게 비는 날도 있었지만 어둠이 깔리고 있는 그 허망스런 사당에서 꼼짝도 하지 않고 앉아 있기도 했다. 그럴 때면 유독 신장대감 앞에 켜 둔 향내가 온 집안 가득히 가득 가득 차지는 것이었다. 나는 어렸었고, 엄마가 어둠 속에 그토록 꼼짝 않고 있을 때는 꼭 엄마가 앉은 자세 그대로 파묻혀 가고 말 것만 같은 착각이 들곤 하였다. 무엇이 엄마를 어둠 속에 갇히도록 불러들였는가? 아무 말도 못하는 칼을 든 신장대감이라면 차라리 신장대감을 죽이고 싶다.

"엄마, 난 저 신장대감이 무서워."

엄마는 아무 대꾸도 하지 않았다. 다만 아직 넌 어려서 모를 테지, 네가 크면 내 영靈의 순간이, 저 신장대감과 합일하는 순간이 있다는 것을 너는 알게 될 거야, 라고 말하는 눈치였다.

"신장대감을 없앴으면 좋겠다, 엄마야."

"에그, 그런 소리 하면 못써."

엄마의 얼굴이 하얗게 질렸다. 나는 겁이 났지만 묻지 않을 수 없었다.

"그런 말 하믄 저 신장님이 우릴 죽여?"

"그래, 너랑 엄마랑 모두 잡아가지."

"엄마는 아빠가 없어도 좋아?"

"엄만 아빠 대신에 신장님하고 사는 걸."

"그래, 엄만?"

"그럼, 다른 여자하고는 틀리니까."

아버지의 얼굴조차 기억할 수 없는 나였지. 어느 남정네한테 하룻밤 풋사랑을 하고 얻은 나라고 했다. 철쭉꽃이 흔들거리는 산마루에서 남정네와 굿을 하고 돌아오다 나를 가졌다고 했다. 달빛이 얼마나 교교하게 흐르던지 대낮처럼 밝은 밤이었다고도 말했었지. 그런 엄마가 어디가 아픈 건지 갑자기 시들시들 앓기 시작했다. 사람들이 말하기를 엄마의 혼령이 머리에서 쏙 빠져 달아났기 때문이라고들 했다. 나는 엄마에게 병원엘 가자고 했다. 엄마는 의사도 자기의 병은 절대로 못 고치는 병이라고 했다. 그럼 엄마 병은 누가 고쳐? 신장님이 고치시지! 그런데 신장님은 날 버리셨어. 엄마는 눈을 멀뚱히 뜨고 천장만 바라보았다. 땀에 젖어 있는 옷은 물에 빠진 것처럼 적셔 있었다. 그때부터 사당은 썰렁해지기 시작했고, 다시는 향내도 풍겨오지 않았다.

어느 날, 어떻게 된 일인지 옆에 있어야 할 엄마가 보이지 않았다. 안개가 낀 새벽이었다. 새벽닭이 울었다. 나는 벌써 일어나 사방을 둘러보았다. 역시 엄마는 없었다. 밖으로 나왔지만 그래도 엄마의 모습은 보이지 않았다. 엄마야, 하고 불러보았다. 엄마를 사당 앞에서 기다리다 나는 신장님이 있는 사당 문을 쳐다보았다. 혼자……. 문을 밀기가 무서웠다. 공포 때문에 몸이 덜덜 떨렸다. 그곳을 지나 나는 다시 방으로 돌아왔다. 벽에 기대어 서서 엄마가 나타나기를 기다렸다. 아무 기척도 들려오지 않았다. 지붕 위로 돌 굴러가는 소리가 들렸다. 나는 신장대감에게로 달려갔다. 정신없이 문을 밀 때였다.

들어가려고 한 발짝 떼는 순간 나의 눈앞을 확 막아서는 것이 있었다. 내가 본 것은 푸줏간의 고기처럼 대롱대롱 매달린 어머니였다. 눈자위는 허옇게 뒤집혔고 혀를 빼물고 있었다. 오색 꽃이 어머니의 발밑에 있었고 신장대감은 여전히 눈을 부릅뜨고 칼을 들고 서 있다. 나는 두 사람의 부릅뜬 눈을 마주하고 그 자리에서 옴짝달싹도 못한 채 기절하고 말았다.

밤이면 꿈을 꾸었다. 엄마의 꿈을 꾸었다. 목을 매단 엄마의 시체. 식은땀을 흘리며 '악!' 하고 비명을 지르며 밤마다 꿈을 깼다.

"장례를 우리가 해야 될 것 같소."

민수의 침통한 소리에 금옥은 퍼뜩 꿈에서 깬 듯 정신이 들었다.
"그렇고말고……그런데 이러구만 있으면 어쩔 테여? 준비를 해야 할 것 아닌감……."
똥털영감은 쇳소리였다. 떡보가 고개를 끄덕였다.
"진즉에 이럴 줄 알았으면 미리 손을 써서 이렇도록 만들지는 않을 수 있었을 텐데……하늘에게 부끄럽습니다."
"억울합니다. 억울해."
떡보는 봉순 어멈의 시신을 내려다보며 말한다. 봉순 어멈의 한쪽 발끝이 거적 아래 비죽이 드러나 있었다. 인생의 삶도 여러 가지의 형태가 있듯이 죽음도 역시나 여러 형태가 있다는 생각이었다. 이런 죽음은 스산한 겨울바람이 불어오는 어느 폐허의 골목보다도 더 살풍경한 것이다. 살풍경한 곳엔 리듬조차 지니고 있지 않았다. 수진은 먼동이 트여오는 햇살이 서서히 안개자락을 밀어내며 눈부시게 번져오는 것을 느꼈다. 햇살은 반짝이며 봉순 어멈의 거적 위에도 떨어졌다. 그 햇살은 수진으로 하여금 보다 더 절실한 것을 부각해왔다. 얼굴을 타고 내려오는 눈물……. 삼일장으로 봉순 어멈의 사신은 둑방을 떠났다. 장지로 가는 영구차에는 그 흔한 친척 하나 없이 이웃사람들만이 관을 둘러싸고 있었다. 차가 움직이면서 떠나기 시작하자 관에서는 이상한 냄새가 났다. 그것은 쓰레기더미 속에서 썩고 있는 생선 썩는 냄새 같기도 했고 시궁창 냄새와 황색이 젖이 썩는 것을 혼합한 냄새였다. 관에서는 연하디 연한 검자줏빛 물이 관 틈새로 흘러내리기 시작했다. 여름철이라고 걱정을 하던 민수의 말이 그제야 왜 그랬는지 수긍이 가는 수진이었다. 차는 세 시간 가량의 길을 계속 달렸다. 차에서 영구를 내려 묘혈墓穴로 향할 땐 고여 있었던 썩은 물이 뚝뚝 떨어지기 시작했다. 간단하게 산제山祭를 지내고 매장을 하기 시작했다. 관 뚜껑을 열자 꽁꽁 묶인 봉순 어멈의 시체가 드러났다. 온 전신이 이미 부패하여 하얀 천이 얼룩져 있었다. 영원한 자리로 돌아가는, 필경은 흙으로 돌아가고 말 마지막의 순간, 이것이 우리 모두의 생애이다. 썩는 냄새를 퍼뜨리며 끝을 맺는…….

 봉순 어멈의 시체는 묘혈로 들어갔고, 흙으로 덮여지고 사람들은 밟아서 다졌다. 봉순 아범은 눈물조차 말랐는지 울지도 않았다. 화톳불이 피워지고 관이 치지직거리며 탔다. 봉순 어멈을 두고 그곳을 떠날 때 그제야 봉순 아범은 으흐흐 오열을 터뜨리며 울었다. 그들은 저마다 다시 한 번 허망을 가졌다. 똥털영감은 먼 하늘을 아득한 듯 바라보고 있었다. 다음은 마치 자기 차례라는 듯이……. 그 모습은 차라리 망두석望頭石 같기도 했다.

 "아저씨, 차를 타셔야죠."

 민수가 똥털영감의 등을 밀었다.

 "인간의 마지막은 누구나 허무하다더니 참 허무하구먼 잉!"

 "태어나서 죽고 또 태어나고……."

 민수는 우울한 음성으로 자신에게 말하듯 했다. 그들은 약속이나 한 듯 침묵을 지키며 차에 올랐다. 봉순 아범의 얼굴은 백짓장 같았다. 그의 콜록거리는 기침소리가 차의 엔진소리로 사라지고 있었다.

바람개비 여자

바람개비 여자

　어제 아내에게서 짙은 화장 냄새만 나지 않았더라도 내 바보스러운 행복은 하루 더 연장되었을지도 모른다. 나는 어릴 때의 지독한 기억 이후 화장 냄새만 나도 구토증을 느끼곤 했다. 성숙한 대부분의 여자들이 화장을 하고 다니기에 익숙해지려고 무던히 노력도 해 보았지만 결코 생각하고 싶지 않은 부끄러운 과거 어머니의 기억 때문에 나는 항상 화장 냄새에 쫓기고 있었다.
　어쩌다 셔츠 하나를 사려고 백화점엘 가도 여 판매원의 화장 냄새 때문에 고역을 치르곤 했다. 결코 짙지 않은 화장품 냄새라도 나에겐 견디기가 힘든 것이었다. 남들과 같이 아이를 누가 소유하느냐는 문제로 권리를 주장해 보지도 못하고, 당연히 그렇게 될 줄은 알고 있었지만 —항시 모든 일에 아내는 나를 압도하고 있었다.— 아내는 아무튼 그녀 하고 싶은 대로 모든 일을 처리해 나갔다. 두 살 난 아이를 집어 나 없는 사이에 집을 빠져 나가 버린 아내가 다시 돌아온 것은, 생전 안 볼 듯이 나간 지 근 반년이 다 되어갈 무렵이었다.

맹세컨대 절대 나에게 하자가 있었던 것은 아니었다. 그녀의 급작스러운 가출 이후 처음엔 생활이 불편했던 까닭도 있었겠지만, 괘씸한 아내였지만 나도 모르게 곧잘 그리워하곤 했었다. 허나 차츰 그것도 익숙해지려던 무렵, 바로 어제 아내가 불쑥 사무실 지하다방에서 전화를 걸어온 것이었다. 반가움과 노여움과 두려움, 갖가지의 상념이 빠르게 머릿속에서 교차되면서 아내와의 통화를 끝낸 후 아예 퇴근 준비까지 서둘렀다.

아내는 다소 굳어 있는 얼굴이었으나 탄력 있고 아름다운 얼굴과 오만한 자세는 여전했다. 조금 마른 듯한 얼굴에서 연민마저 느끼며 그녀 옆에 다가가 앉으려는 순간, 하필이면 그놈의 화장품 냄새가 왜 그리 지독하게 코끝을 어지럽히는지…….

아내가 즐겨 쓰던 라일락향의 향수뿐이었다면 그런대로 익숙해져서 괜찮았을 터이었다. 아니, 그것은 그동안 내게 익숙해지기도 했지만 예외적으로 아내의 그 냄새만은 내가 무척 사랑하였던 것이다.

그런데 이날의 냄새는 정말 지랄 맞게도 그 옛날 어머니가 나를 질식시켰던 짙은 화장의 냄새와 너무나 닮아 있었다. 그리고 불그레한 얼굴의 색조 화장 때문에 나는 그만 방향을 바꿔 앞자리에 앉아 버리는 실수를 저지르고 말았다. 그것은 큰 실수임에 틀림없었다. 아내는 내가 항시 자기 옆에 앉아 주기를 바랐었기 때문이다. 아내도 화장에 대한 나의 결벽증을 알고 있을 터인데 왜 하필 오늘, 생의 방향이 바뀌질지도 모를 오늘 같은 날 저러고 나왔느냐 말이다.

심한 낭패감에 나는 말이 콱 막혀 버리고 말았다. 그리고 계속 담배 연기만 훅훅 내뿜고 있었다. 아내도 그저 그렇게 앉아 있기만 했다. 실내는 경음악이 낮게 흐르고 있었지만 다방의 분위기와는 별로 걸맞는 성싶지 않았다. 머리가 벗겨진 하릴없는 듯한 40대의 어떤 남자와 입이 유난히 길게 찢어져 있는 레지 아이가 서로 시시덕거리며 농을 하고 있었다. 그리고 한 자리 건너엔 어떤 남자가 우리의 어색한 침묵과 그쪽을 교대로 힐끔거리며 훔쳐보고 있었다.

'제기랄, 뭐가 안 되는군.'

나는 가래침이라도 칵 뱉어 버리고 싶은 심정을 엽차 마시는 것으로 대신했다. 나는 그저 예전과 다르게 반달형으로 곱게 다듬어져 있는 아내의 눈썹을 멀거니 바라보며 어처구니없게도 또 어머니를 연상하고 있었다. 나는 찬찬히 그녀를 탐색해 나가기 시작했다.

까만 아이라인 위로 보라와 녹색이 정성스럽게 칠해져 있었고 코는 예와 변함없이 오똑했다. 입술은 색의 밝은 오렌지 빛을 띤 커피색으로 단장을 했고 볼 뼈를 중심으로 위로 치솟게 기술적으로 칠한 볼연지가 진하다싶게 색칠해 있었다. 이 여자에게서 는 건 화장술밖에 없군.

아내를 처음 만난 것은 3년 전 초복 중복 다 지나고 말복이 내일 모레인가 하던 날, 무성한 잎사귀 마디마디에서 퍼런 물이 뚝뚝 떨어지고 말 듯한, 그렇게 녹음이 짙어 한창 푸르름을 자랑하던 여름 어느 날이었다. 크게 기지개를 켜며 무심코 창밖을 쳐다본 순간, 마치 무성한 잎사귀의 분신인 양 늘어진 수양버들 밑에 꼭 그렇게 짙은 색의 원피스를 걸친 어떤 소녀가 곧 무너져 버릴 것 같은 안타까움을 느끼게 하며 나무에 기댄 채 서 있었다. 그 소녀는 이층의 우리 사무실을 쳐다보고 있는 듯했다. 그렇지만 난 곧 그 소녀를 잊어먹고 다시 밀린 원고를 작성하기 시작했다.

오늘 석간은 이미 인쇄에 들어갔기 때문에 원고는 마감이 되었지만 내일 판의 고정란인 「문학순례」를 작성하고 있었다.

……. 헌데 퇴근 무렵이었다. 그 소녀가 불쑥 우리 사무실에 쳐들어 온 것은……. 나는 굳이 처들어왔다는 표현을 하고 싶다. 정말 그녀는 갑자기 어디서 불쑥 튀어 나왔기 때문이었다. 그리고 더욱 놀랍게도 그 소녀는 주저 없이 제법 탄탄한 걸음걸이로 곧바로 나의 앞에 와서 오뚝 서는 것이었다. 사무실의 모든 눈이 나에게 집중되고 난 약간 당황했다. 자세히 보니 그 소녀는 나에게 그리 낯선 얼굴을 하고 있진 않았지만 그녀에 대한 기억은 이렇다 하게 나지는 않았다.
　그녀는 먼발치에서 본 느낌보다는 훨씬 성숙된 여인의 표정을 지니고 있었다. 촉촉이 젖어 있는 입술은 꽤 육감적이었을 뿐더러 이목구비도 미모에 속했다. 수진-그녀의 이름은 수진이었다-은 얌전히 접은 쪽지 하나를 내 앞으로 디밀었다. 그 쪽지는 인천에 있는 K 형의 글을 담고 있었다.
　'E 군.
　오늘 저녁 이 아이와 함께 오게나. 내 근사한 생선회와 술을 대접함세.'

　피식 웃음과 함께 K 형의 단아한 옆얼굴이 떠올라 왔다. 그러고 보니 수진은 K 형의 동생임에 틀림없다. 아까 나에게 낯선 얼굴이 아니었던 것도 K 형의 얼굴을 닮아 있기 때문이리라. 궁금해하는 동료들의 얼굴 하나하나에 의미 있는 눈웃음을 보내며 나는 갑자기 마음이 상쾌해 옴을 느꼈다. K 형은 나에게 그런 존재로 항상 군림을 하고 있었다.
　인천으로 향하는 차 안에서 수진은 별 말이 없었다.
　새로 칠을 한 듯한 깨끗한 가게로 안내된 나는 오랜만에 맡은 비릿한 바다 내음에 정신이 맑아지는 듯했다.

아래층은 한산한 듯했으나 이층엔 거의 자리가 없을 정도로 모두들 앉아서 소주와 사시미, 혹은 매운탕과 밥들을 테이블에 늘어놓고 상추쌈을 연신 입으로 가져가면서 저마다 얘기의 꽃을 피우고 있었다.

K 형이 나타난 것은 수진이 날라다 주는 도미와 민어, 광어회랑을 한 접시 거의 해치웠을 때였다. 시원한 바람을 안고 온 듯한 K 형의 마구 헝클어진 머리칼은 때마침 붉게 물들어 있는 저녁노을을 배경으로 무척이나 멋들어져 보였다.

'K 형은 매사에 극적이란 말이야.'

나는 공연히 K 형을 보자 벙실벙실 입귀에 웃음을 잔뜩 물었다.

K 형이 내 앞에 앉자 비로소 술판이 벌어진 우리 좌석은 오랜만에 푸근하게 고향에 돌아온 듯한 야릇한 해방감마저도 느끼며 코가 비뚤어지도록 술을 퍼마셔댔다.

언제나 슬픔과 반짝이는 재기를 담고 있는 듯한 K 형의 눈을 진실로 좋아한다고 느끼며 나는 알코올을 입으로 연신 털어 넣었다.

K 형을 쳐다보며 벙실 웃고 또 한잔 하고······.

K 형은 어부들의 옷차림이었다. 무릎까지 오는 꽤 질겨 보이는 긴 누런 고무장화에 위아래 붙은 작업복, 그리고 구호물자 같은 색 바랜 체크무늬 와이셔츠, 검게 그을린 얼굴, 소금물에 젖어 온통 이마를 어지럽히고 있는 머리칼, 그러나 재기가 번뜩이는 눈만은 여전해 나는 너무 기뻐 K 형을 붙잡고 엉엉 울어버릴 뻔했다.

'K 형, 형이 붓을 꺾으면 그 어느 누가 감히 글을 끄적이겠소.'

K 형은 대학 1학년 재학 당시에 이미 신춘문예에 당선하여 화려한 데뷔를 한 이후 엄청난 식욕을 못 이겨 자꾸만 먹어재끼듯 그렇게 대학 4학년 동안 기가 막힌 작품들을 문예지에, 교지에 발표했었다. 문

학을 지향하는 모든 이들의 선망의 대상으로 학창시절을 빛으로 꽉 메우던 그가 어느 날 사라져 버렸다. 천재는 박명하다던가. 그를 아끼고 사랑하던 모든 사람들을 안타깝게 만들고 그는 자취도 없이 사라져 버린 것이다. 졸업식을 며칠 앞둔 어느 날…….

많은 구구한 소문들이 꼬리에 꼬리를 잇고 날개 돋친 듯 여기저기를 분주히 날아다녔다. 그는 거짓말같이 정말로 없어졌다. 졸업식날 행여나 하는 나의 기대를 무너뜨리게 한 K 형 때문에 나는 무척 허전했었다. 혹시 K 형이 나타날까 해서 나는 사람들을 비집고 졸업생들 가까이에 서 있었던 것이다. 그의 졸업장은 다음해 3월이 되도록 조교의 책상 서랍 속에서 잠을 자고 있었다. 그리고 그 이후부터는 내가 간직하고 있었다. 그리고 나도 그 이듬해 졸업을 한 후 M일보 편집국에서 나름대로 소신을 펴면서 일을 하고 있었다.

그로부터 4년이 지난 1976년 어느 날, 그의 작품이 실린 책은 하나도 남김없이 간직하고 있던 나는, 책 정리를 하면서 무심코 그의 작품을 이것저것 들추고 있었을 때였다. 그의 마지막 작품이라고 여겨진 '분노A'를 차근히 읽어 내려가던 나는 괴이한 느낌을 받았다.

……. 그렇게 석 상처럼 얼어붙은 듯이 앉아 있던 민욱이 갑자기 그 커다란 몸뚱이를 일으키더니 포효하는 목소리로 온 산이 쩌렁쩌렁 울리도록 울부짖기 시작했다.
"으어, 으어"
하늘을 우러르며 짐승 울음을 울면서 민욱은 울부짖었다. 옆에서 꼬리를 축 늘어뜨리고 길게 누워 있던, 꼭 민욱을 닮은 듯한 커다란 개도 귀를 하늘로 세우고 주인을 닮은 몸짓을 하고 있었다.
민욱의 울부짖음에 온 산이 울고 있었다. 민욱의 소리는 메아리 되어 산을 울리고 있었다. 민욱은 잃어버린 옛날의 전설을 그리워하듯, 지금의 자신을 안타까워하듯 그런 몸짓으로 처절하게 산 울음을 울었다. 민욱이 우는 이 날, 산사엔 새 한 마리 푸드덕거리지 않는다. 얼마 되지 않는 산사의 사람들도 꼼짝 않고 집에 처박혀 있다. 민욱은 산사의 두려움이자 사람들 마음속의 수호신이기도 했다…….

산사는 경상도 하동의 C읍에서 10km 남짓 산을 타고 올라가다보면 쉽게 찾을 수 있다고 쓰여 있었다.

헛일하는 셈치고 나는 두근거리는 마음을 진정시키며 혹시나 하는 마음으로 C읍을 찾아갔다. 왠지 민욱은 K 형 자신이 아닐까하는 생각이 들었기 때문이었다.

C읍에 가는 동안 내내 민욱과 K 형의 얼굴이 겹쳐 보이며 심사가 편칠 못했다. K 형은 어찌할 수 없는 분노를 안으로만 새기며 살아댔고 민욱은 착각 속에 싸이며 C읍에 도착했을 때는 빗방울이 후두둑 듣기 시작할 무렵의 5시 경이었다.

늦가을의 산이라 그런지 조금은 쓸쓸한 정취를 담은 채 얌전히 바람 한 점 없이 후두둑 빗방울을 고스란히 받으며 그림같이 앉아 있었다.

산 이름도 모른 채 오긴 했으나 보기 드물게 완곡하고 아름다운 산세를 하고 있었다. 인적이 전혀 없는 듯 길도 따로 없이 울창한 소나무와 갈대만이 빽빽이 끝도 없이 숲을 이루고 있었다. 조금만 어두워도 감히 발자국을 뗄 엄두도 못 내게끔 전혀 사람 손이 닿지 않은 듯했다. 두려움을 안은 채 얼른 서두른 덕에 날이 아주 저물기 전에 산사에 무사히 도착할 수가 있었다.

드물게 오는 객이어서 그런지 노승의 따뜻한 영접을 받으며 나는 하룻밤을 공손히 청했다. 흔쾌히 승낙이 떨어지고, 그 밤 산사를 여기저기 기웃거려 보았으나 민욱의 흔적도 K 형의 발자취도 전혀 찾을 수가 없었다. 다만 후두둑 내리던 빗방울만이 더욱 굵어져 온 산을 요란스럽게 두들겨 대었다.

빗소리와 잠결에 들은 듯한 민욱의 울부짖음, 그리고 간간히 들리는 목탁소리에 잠을 잤는지 어쨌는지도 모르게 아침이 밝았다.

산사의 아침 날씨는 유리알처럼 투명하고 상쾌해져 있었다. 심호흡을 하며 있는 대로 입을 크게 벌려 하품을 하고 있는데 어젯밤 노승이 문안 인사를 왔다.

노승은 민욱을 알고 있었다. 그러나 K 형의 이름은 전혀 생소하다고 갸웃했다. 민욱은 4년 전 겨울, 하늘도 땅도 꽝꽝 얼어붙은 독하게도 추운 겨울날 오들오들 떨며 눈만을 반짝이며 이 산사를 찾아와서 근 2년여를 있었다 한다. 그는 수염도 깎지 않고 흡사 원시인의 모습으로 잡일을 다 해내었다고 한다. 선천적으로 벙어리인 민욱은 그렇게 갑자기 왔다가 2년 전 또 훌쩍 인사 한마디 없이 떠나 버렸다 했다.

"몇 안 되는 사람들이 살지만 우리들은 그를 무척 소중히 여겼지요."

노승이 민욱의 방에서 발견된 원고 뭉치를 내게 건네주었다. 언젠가는 다시 올지 모른다는 기대에 여태 그대로 보관해 두었는데, 손님이 알아서 처분하라며 모두 나에게 넘겨주었다.

그것은 K 형의 원고가 틀림없었다.

K 형은 왜 벙어리로 그렇게 살아야만 했을까. 어떤 연유로 벙어리 행세를 하게 된 것일까. K 형은 현실과 소설을 굳이 별개로 생각지 않았었는지도 모른다. 아니, K 형은 민욱이 되고파서 짐짓 그렇게 민

욱을 닮아 보려고 그런 행위를 했을 것이다.
 이런저런 잡념에 어떻게 산을 내려왔는지도 모르게 겨드랑이까지 오는 갈대숲을 헤치며 나는 C읍행 버스정류장에 서 있었다. 양손에 보자기에 싼 K 형의 원고를 든 채로 어정쩡하게. 이젠 어디서 K 형을 찾을까. 원고 뭉치를 집에 갖다 놓고 매일 조금씩 읽어 내려가다 나는 또 어떤 글에 눈이 모아졌다. 무슨 예감이랄까.
 이 글의 주인공도 민욱이었다.
 "……. 민욱아, 글쎄 왜 그러니, 또 어딜 가려고."
 민욱의 어머니는 하소연하며 민욱이 바짓가랑이를 찢어져라 꽉 부여잡았으나 그는 엄마를 거칠게 뿌리치고 뒤도 돌아보지 않고 내닫기 시작했다.
 민욱을 받아주는 곳은 아무데도 없었다. 민욱은 그저 "어, 어"하며 자기를 써 달라고 애원을 해보았으나, 막노동판에서조차 민욱을 써주려는 곳은 없었다. 기진맥진한 몸으로 마지막 당도한 곳은 바닷가였다. 새벽바다를 미끄러져 떠나가서 반짝이는 햇빛을 받으며 아침에 돌아와 팔팔 뛰는 물고기를 배 안 가득 토해내는 뱃사람들을 민욱은 물끄러미 바라보았다. 정에 목말라 있는 그에게 늙수그레한 노인이 다가와 그의 안식처를 마련해 주었다. 민욱은 어부들과 함께 새벽에 떠나가 그물질을 하도록 허락을 받은 것이었다.
 민욱은 덩치도 크고 남보다 힘이 좋아 두 사람 몫은 족히 하고도 남았다. 말 한 마디 없고 묵묵히 힘껏 배 밑바닥 청소까지 말끔히 끝내 버리는 민욱을 어느 덧 뱃사람들은 사랑하게 되었다.
 그런데 가끔 그에겐 이상한 버릇이 나왔다. 손가락 마디 하나만한 작은 게가 뚫어 놓은, 구멍으로 온통 가득 찬 서쪽 끝에 있는 개펄 위 작은 바위 위에 앉아 이상한 짐승 울음을 구슬프게 우는 것이었다.

"으어, 으어"

이때 사람들은 모두들 조용히 하던 일을 멈추고 귀를 기웃거리곤 했다. 하늘을 우러르며 뱉어내는 민욱의 소리는 온 동네를 슬프게 만들었다. 그리고 어느새 사람들은 그의 울음을 사랑하게끔 되었다…….

여기까지 읽자 나는 또 무엇에 홀린 양 벌떡 일어나 옷을 주섬주섬 주워 입었다. 민욱은 아니 K 형은 지금쯤 어느 바닷가에 있을 것이다. 그렇지 않으면 적어도 바닷가에서 그의 흔적만이라도 건질 수 있을 것이다. 민욱은 C읍 가까운 바닷가 어딘가에 꼭 있을 것만 같았다.

그가 사람들의 사랑을 너무 받아 또 그곳을 뜨기 전에 얼른 찾아가야 한다고 생각하여 나는 서둘러 허둥지둥 집을 빠져 나왔다.

나는 C읍의 그 산사를 다시 찾아 나서기로 했다.

그러나 노승도 전혀 집히는 곳이 통 없다며 고개를 저었다. 그러면서 근처 고기잡이 할 만한 곳을 몇 곳 가르쳐 주었다.

기대가 허물어지는 듯한 느낌을 받았으나 곧바로 바닷가를 뒤지기 시작했다.

다행히 K 형의 흔적을 찾을 수는 있었지만 역시 그는 없었다. 전번과 같이 원고 뭉치만 들고 맥없이 돌아왔다.

신문사에 들러 일을 본 다음 동료들의 술집행의 권유를 완강히 물리치고 급히 집으로 돌아왔다.

이번 원고에서의 민욱은 변해 있었다. 갑작스러운 민욱의 변신에 나는 한참을 어리둥절해야만 했다.

……민욱은 집으로 돌아오는 길에 잘 익은 홍시를 한 봉지 가득 샀다. 홀로 된 어머니에게 한 접시 안겨드리고 싶었던 까닭이다. 자식의 방황이 어머니를 그리 쇠잔하게 만들 줄이야. 민욱은 새삼스런 마음으로 허공을 올려다보며 너무 늙어 버린 어머니 얼굴을 생각해 냈다. 푸른 하늘에 푹신한 하얀 구름이 몇 조각 떠 있었다. 그것은 따뜻한 어머니의 마음 같았다.

"어머니."

민욱은 가만히 내뱉어 보았다.…….

나는 문득 원고를 옆으로 밀어 놓은 채 한참동안 잊었던 어머니를 생각해 보았다. 내 어머닌 분홍저고리 남치마에 흰 앞치마를 입고 늘 입가에 미소를 머금었었다. 나는 꿈속에서 비를 만나면 항상 오줌을 쌌다. 그러한 나에게 어머닌 궁둥이만 한 번 찰싹 때릴 뿐 마구 혼내 준 적도 없었다.

내 어렸을 때 어머니의 모습은 갓 스물을 넘긴 아리따운 자태였을 것이다. 풀머리를 곱게 빗어 쪽을 지고 그 쪽의 복판에는 항상 자주 댕기가 물려 있었다. 남색치마와 진분홍 저고리 그리고 항상 정결한 옥양목 행주치마 밑으로 살짝 보이는 남치마의 뒷모습은 나의 망막 속의 영원한 여신상이었다. 그 뿐만 아니라 성장해 가면서의 어머니에 대한 기억은 내가 너덧 살 때였을 당시 어머니의 모습을 지금까지 간직하게 해 주었다.

유년의 기억은 자못 나를 즐겁게 해 주곤 했었다. 철둑 밑 얕은 내에서 발가벗고 미역을 감을 때면 나는 항상 반질반질 곱디고운 차돌멩이만을 골라가지곤 집으로 갔다. 그리고 어머니의 하얀 앞치마를 펴 잡고 그 속에 한 움큼 집어넣으면 어머닌 나를 꼬옥 껴안고 내 눈에 입 맞춰 주었었다.

　동네 아이들이 모두 옆 마을 냇가로 가재 잡으러 가던 날, 너무 어리다고 나만을 떼어 놓고 아이들끼리만 가버리자마자 나는 온 동네가 떠나가라고 울어 제쳤었다. 이때도 어머닌 옥양목 행주치마에 연분홍 물겹저고리 차림으로 어느 틈엔가 달려와서 나를 덥석 안아주었다.

　'만일 6·25전쟁이 없었다면······."

　지금도 내 코끝에서는 어머니의 화장 냄새가 진하게 코를 찌른다.

　6·25전쟁으로 인해 흩어져야만 했던 우리 가족, 아버지는 돌아가시고 어머니와 나만이 휴전이 된 후 겨우 만나게 되었다.

　어머니의 방이라는 데서 한참을 기다리다 깜빡 잠이 들었었나 보았다. 얼핏 눈을 떠보니 어머니의 얼굴이 내 얼굴 바로 위에 둥그렇게 떠 있었는데······

　반가움보다도 화장 짙은 낯선 어머니의 얼굴을 대하게 되자 갑자기 무서운 생각에 막 울음이 터져 나왔던 것은 지금 생각해 봐도 무척 불행했던 기억이었다. 그리고 나는 조금 후 주인집 안방으로 잠시 쫓겨 가 있어야만 했다. 방구석에 쪼그리고 앉아 눈치만 살피고 있는 나에게 아주머니들이 소곤대는 소리가 들려왔다.

　"쯧쯧 에미라고 찾아와 본들······. 저년에게서 화냥기가 그냥 뚝뚝 돋는다니깐. 검둥이고 흰둥이고 간에 다 끼구 지랄이니······. 난리 통에 살기 어렵다고 다 양갈보 짓을 하면 세상이 어떻게 되게? 에이 더러운 년."

　그들은 연민과 모멸에 찬 눈초리를 나에게 보냈다. 그때 이미 내 날개는 찢겨져 나갔다. 난리 통에 혼자서 별 거지 노릇을 다 했어도 그땐 희망이 있었는데.

기막힌 모자의 상봉.

어머니의 방으로 도로 돌아오자 어머니는 내 가슴에 얼굴을 쏟으며 통곡했지. 전쟁 통에 폭격 맞아 아버지가 돌아가시자 입에 풀칠이라도 하기 위해 조그만 가게를 내고 미군 상대로 군복 수선하는 바느질을 했었다고 한다. 오로지 자식을 만나려는 일념밖에 없었다고.

그 후 미군부대 세탁소에서 일을 하게 되자 생활도 조금 나아졌는데 세탁소에서 일하고 귀가하는 길의 어느 날 검둥이에게 그만 강간을 당하고 말았다.

어머닌, 이왕 이렇게 된 것인데 폭격 맞은 집터에 새 집도 짓고 우리 한 번 떵떵거리고 잘 살 때까지만 참아달라고 나에게 말했었다. 어머니의 청순한 이미지는 간 곳 없었지만 그런대로 사람은 제각기 다 적응하면서 살기 마련인가 보았다. 우리는 부대만을 따라서 이동했다. 어느 땐 2개월도 채 못 있고 또 옮기기도 했다. 비록 군복이지만 몸에 꼭 맞게 고쳐 입고 내 발에는 반짝반짝하면서 가죽 소리가 신선하게 나는 워커가 신겨 있었지만 가슴 속은 항상 회색으로 흐려 있었다.

암울했던 시절, 하늘이 낮게 드리워져 있던 오산으로 옮긴 지 3일이 지난 어느 날이던가 어머니와 나는 어두컴컴한 방구석에 틀어박혀 모처럼 한가해 있었다. 작은 제니스 라디오에선 유행가가 구성지게 나오고 있었다.

잘 있거라 나는 간다.
이별의 말도 없이
떠나가는 새벽열차
대전발 영시 오십분

어머니는 옛날 버선이 예쁘게 신겨 있었던 그 발목을 까닥거리며 배를 방바닥에 주욱 깔고 엎드려서 박자를 맞추고 있었다. 이때 불청객이 들어왔다.

양팔에 끼고 온 레이션 박스를 나에게 던져주며 눈이 파란 그 미군은 갓뎀을 연발했다. 머리 위로 피가 솟았지만 별 수 없이 나는 쫓겨 나와야만 했다. 툇마루 옆 부엌 가까이에 그 미군의 M1 소총이 세워져 있었다. 순간 그 놈을 쏘아버리고 싶었지만 이내 참았다. 미군은 방에서 알 수 없는 소리를 씨부려가면서 화대의 값어치를 충분히 뽑아낼 양으로 열심인 모양이었다.

나는 쪼그리고 앉아 M1 소총의 안전장치를 풀고 만지작거렸다. 그런데 이때 옷을 입는 기척이 나기에 나는 얼른 자리를 피해 부엌으로 뛰어 들어갔다. 미군은 나오자마자 총을 찾았다. 그리고 총대를 어깨에 멘 채 상체를 구부리고 워커 끈을 매고 있었다. 그런데 바로 그 찰나였다. 벼락 치는 총성이 밤하늘을 갈라놓았다. 구두끈을 매고 있던 미군이 비명을 지르며 옆으로 나동그라졌다.

다행히 그는 죽진 않았고 자신의 안전사고로 처리되었다. 그것을 계기로 어머니도 남의 손가락질 받던 그 일을 그만두고 의정부로 집을 옮겼다. 그러나 역시 어머닌 그 주인집 아주머니 말대로 화냥기가 있는 것인지 그곳에서 아버지의 친구라는 사람과 가깝게 지내기 시작했다. 그리고 가끔 셋이서 같이 자기도 했다. 어느 밤, 이상한 소리에 눈을 떠 보니 내 옆에는 어머니가 없었다. 엷은 미명 속에서 삼베 이불이 세차게 들썩대고 있었다. 나는 언젠가 창식이네 개가 흘레 치르는 것을 지켜본 적이 있었다.

노여움과 수치심에 부르르 떨던 나는 거칠게 이불을 벗겨내곤 그 사람을 발길로 세차게 걷어찼다. 그 길로 나는 집을 나와 버렸다. 그리고 혼자만의 피나는 생존 싸움이 계속되었던 것이다. 아이들과 어울려 하우스보이 노릇을 했다. 그리고 이모를 찾아가 교복과 책가방을 사달라고 졸라서 그 속에 양담배, 껌, 초콜릿 등을 넣고 가짜 고학생티를 내며 장사를 시작했다. 양평 역에서 청량리역가지 무임승차를 하고 청량리 역에 내려선 전차로 동대문 평화시장에 들러 동료들의 단골가게를 많이 알아냈다. 신문팔이, 껌팔이 등도 안 해 본 것이 없이 하면서 고학을 하기 시작했다. 구두닦이를 하다가 깡패에게 얻어맞아 퉁퉁 부은 얼굴을 해 가지고서도 밤을 새고 공부를 했다. 온갖 가시에 찔려가면서 한 끼의 식사를 위해 그리고 한 자의 공부를 위해 이를 악물고 살았다. 검은 먹구름으로 점철된 시절이었다.

생각하고 싶지 않은 과거지만 그래도 어머닌 때로 나에게 향수를 불러일으키곤 했었다. 남색치마와 물겹저고리 그리고 옥양목 앞치마는 아마 내 평생 잊지 못할 아름다운 추억이 될 것이다. 그러나 나는 지금도 지독한 화장품 냄새는 못 참는다. 나는 이번에는 K 형의 주소를 알기 위해 학교를 찾아가 보았다. 졸업생 명단을 뒤져 K 형의 주소는 쉽게 알아내었지만 현재 살고 있는 집을 찾는 데는 한참이 걸렸다. 몇 번인가 집을 옮긴 까닭에 동회만도 네 번을 갔었다.

그 당시는 K 형 찾는 일을 빼고는 도시 할 일이 없을 것 같았다. 신문사 일은 뒷전이었다. K 형 집을 찾을 때는 숫제 결근계까지 제출하고 뛰어 다녔다.

그렇게 해서 나는 아내 수진을 만날 수 있었다. 수진도 그 오빠의 피를 많이 닮아 있었던 듯, 어느 땐 종잡을 수 없는 행동을 할 때가 있었다.

수진은 악마와 천사의 얼굴을 너무 표적 나게 잘 사용하곤 했었기 때문에 나는 그녀가 착한지 아니면 정말 못돼 먹은 여자인지 끝내 파악하지 못한 채 그녀를 놓쳐 버리고 말았던 것이다.

사건 발단의 잘못은 전적으로 아내에게 있었다.

그날은 마침 토요일이어서 퇴근하는 대로 일찌감치 집엘 가기로 작정하고 서둘렀다. 거리의 가로수에는 파릇파릇한 잎이 나기 시작했고 잔뜩 물기를 머금은 팬지꽃도 유난히 예쁘게 보여 괜스레 마음까지 둥둥 뜨던 날이었다. 아내가 좋아하는 통닭까지 두 마리 사들고 덜렁덜렁 집에 도착했는데 반쯤 열려진 대문 사이로 아기의 울음소리가 자지러지듯 새어나오고 있었다. 통닭 봉지를 마루에 내팽개치고 방으로 들어가 보니 두 살 난 아이는 반쯤 기진해 있었다.

아내가 돌아온 것은 10시가 다 되어 갈 무렵이었다. 내가 다그치지 않았으면 그녀는 행선지도 밝히지 않으려 했던 모양이었다. 철썩이는 파도를 보지 않고선 도저히 견딜 수 없어서 미친 듯이 갔었다고 한다. 어이가 없는 일이었지만 그날은 심하게 야단을 치지 않고 일단 끝이 났다. 그런데 며칠 후 또 일이 발생한 것이었다. 그때는 아예 아이까지 데리고 아내가 온데간데없이 사라진 것이었다. 기가 막힐 노릇이었다. 아내는 그 다음날 초췌한 얼굴로 나타났다. 그리고 불쑥 한다는 말이, 자기는 바닷가에서 살고 싶다고 했다.

더 기가 찬 건 만약 내가 반대하면 자기 혼자라도 가서 살겠다고 고집이었다. 이런 일은 생전 듣도 보도 못한 일이라 나는 그저 아연실색할 수밖에 없었다. 어처구니없는 싸움 끝에 아내는 결국 아이를 들쳐 업고 휑하니 집을 나가 버렸던 것이다. 그 후 나는 통 그녀의 소식을 몰랐다. 어느 바다에서 소원대로 살고 있으리라는 짐작밖에는.

찾아보려고도 아니했고, 소식을 기다리지도 않았다. 나에겐 K 형에 대한 경험이 있었기 때문에 그녀를 찾아 나선다는 것은 무척 피곤한 일이고 내가 그녀 고집을 이기리라곤 전혀 기대조차 않았기 때문에 나는 홀아비 생활에 하루빨리 익숙해지도록만 노력을 기울였다.

그런데 어제, 아내가 갑자기 나타나서 내 생활의 균형을 또다시 깼던 것이다. 처음엔 잔뜩 경계를 했었지만 그래도 한 조각 기대가 없는 것은 아니어서 받아들일 마음 자세로 다방으로 나왔는데 그 놈의 화장 때문에 나는 고통을 받았던 것이다. 나는 아내의 몰상식하고 해괴한 행동의 가장 큰 피해자임에도 불구하고 바보스럽게 아직 아내를 사랑하고 있다는 것을 고백하지 않을 수 없다.

그 화장기 짙은 아내의 얼굴을 본 순간 나는 큰 낭패감을 맛보며 일은 이미 글러 버린 것이라고 나름대로 판정을 해 버렸다. 이건 내 쪽에서가 아니라 그녀 쪽에서 나를 거부하러 나온 것이나 다름없는 일이다. 왜냐하면 아내는 내가 화장 짙은 얼굴을 제일 싫어한다는 걸 누구보다도 잘 알고 있는 터였기 때문이다. 그러니까 내가 맨 처음 그녀 맞은편에 앉은 것이 일을 그릇되게 만든 발단이 된 게 아니라 그녀가 그렇게 하기를 원하고 있었기 때문이라고 얘기하는 것이 옳다. 여리여리했던 그 여름 첫인상과는 너무나 판이한 아내의 경직되고 뚜렷한 개성과 이기는 참으로 전천후의 것이라 일컬어도 되었다.

내가 한참을 그렇게 말이 없자 아내가 입을 열었다.

"우리 정식으로 헤어져요."

'이혼이라. 그럼 우리가 이혼을 하지 않았었던가. 원한다면 해드리지.'

나는 이렇게 항상 아내보다 한 수 뒤지고, 항상 당했다는 느낌을 가졌다. K 형이 나에게 그러했듯이 그녀 역시 나에게는 압도적이었다, 매사에.

전화를 받고 퇴근 준비까지 서둘러 나온 나는 그 길로 그녀와 구청에 가야 했다. 그녀는 야무지게 다문 입을 끝내 열지 않았다. 나는 자꾸만 웃음이 허허 나왔다.

'참 세상사는 것도 갖가지네.'

　나의 웃음은 집에 돌아와서도 그칠 줄을 몰랐다. 잠자리에 들 때까지 그 웃음은 내 입에 머물러 있었고, 아침에 되어서도 나는 계속 웃고 있었다.

모닥불이 꺼질 때

모닥불이 꺼질 때

어머니

악마가 게마 비구니를 유혹하며 말했다.
"당신은 젊고 아름다우며 나 역시 젊고 청춘에 충만해 있소. 자, 게마여, 우리 함께 다섯 가지 악기를 연주하면서 즐깁시다."
게마가 대답했다.
"병들기 쉽고 부서지기 쉬우며 썩어버릴 이 육신 때문에 나는 괴로워하고 육신을 부끄럽게 생각하고 있습니다. 이제 애욕은 그 뿌리부터 근절되었습니다. 모든 욕망은 칼이나 창과 같습니다. 그것은 개인 존재의 다섯 가지 구성 요소의 집합체여서 단두대와 같은 것입니다. 당신이 지금 욕락欲樂이라 한 그것은 이제 나에게는 '욕락이 되지 못하는 것'으로 되었습니다. 쾌락의 기쁨은 가는 곳마다에서 다 파괴되고 무명의 어두운 덩어리는 부수어져 버렸습니다. 악마여, 그대는 이제 나에게 졌고 멸망되었습니다. 나는 바르게 깨치신, 최상의 사람에게 절하고 그 스승의 가르침을 실천해서 모든 괴로움에서 벗어났습니다."

성진오는 읽던 책을 덮고 눈을 감았다. 눈두덩이 부었는가 묵직한 무게가 느껴졌다.

산바람 소리와 구슬피 우는 이름 모를 산새들의 소리에 밤새 뒤척이며 잠을 이루지 못한 성진오였다. 그것은 그를 유혹도 하였고 혹은 꾸짖는 듯 쉴 새 없이 소리를 냈다. 그것만이 자신이 할 수 있는 일인 것처럼 바람은 지치지도 않고 불어댔다. 지법당 문인지 가끔 덜컹덜컹 소리를 내며 열렸다간 닫히고 닫혔다가는 또 열리기도 했다.

아직 어둠이 채 달아나지 못한 새벽녘, 법현 스님의 발자국 소리가 성진오의 방문 앞에까지 와서 잠시 멈추는 듯했으나 그는 자리에서 일어나지 않은 채 귀만 곤두세웠다. 그러나 법현 스님은 그대로 그의 방을 지나쳐 가 버렸다. 여간해서 발자국 소리를 내지 않는 분이었지만 마당 전체에 깔리다시피한 낙엽으로 인해 발 디딜 적마다 바스락 소리가 스님의 자취를 말해 주고 있었다. 낙엽이 부서지며 바스락바스락 작은 소리를 냈다.

사람의 인생도 그 하찮은 낙엽의 일생과 다를 것이 없다. 파릇파릇 새싹이 나고 그것이 성장하여 무성한 잎사귀를 이루다가 종래에는 땅에 떨어져 뭇사람들의 발밑에서 밟히고 수없이 채이고 불태워진다. 인간들은 그 낙엽 태우는 냄새를 좋다고 했던가. 어떤 문학가는 낙엽 태우는 냄새를 커피 끓이는 구수한 냄새와 비유하기도 했다. 오색으로 아름답게 단풍이 든 낙엽이야 우리 중생들에게 즐거움과 기쁨을 맛보게도 하지만 '어디 인간들이야 그런가. 늙고 병들면 추악해지고 미련만 남아 끝까지 그것을 물고 늘어지려고 발버둥을 친다. 그러나 인명은 재천이라, 어쩔 수 없이 땅에 묻히고 세월이 많이 흐르고 나면 그 흔적조차 없어지고 만다. 인간은 낙엽과 같이 구수한 냄새도, 아름답게 채색된 빛깔도 선사하지 못한 채 일생동안 돈과 명예와 권력에 연연해 하다가 땅에 묻히고 종래엔 육신이 썩고 만다. 그래서 명예욕과 돈 같은 것이 얼마나 헛되고 물거품과 같은 것인지를 우리 인간들은 조금씩 다 알고 있다. 그러나 그것들은 모두 이성으로는 자제하기 어려운 크나큰 어떤 매력 같은 걸 지니고 있는 것도 사실이다. 그래서 그 매력에 이끌려 흡사 손가락을 절단하고도 노름을 멈추지 못하는 노름꾼과도 같이 물욕과 사사로운 하찮은 것들에 매달려 더러는 친구도 잃고 더러는 중요한 사람들과의 관계도 무디어진 채, 외면한 채 또 그것을 별로 깨닫지도 못하면서 일생을 마치는 사람이 얼마나 많은가.'

성진오는 맨 처음 어머니를 생각해 보았다. 아내와 두 아이를 제외하면 자신의 유일한 혈육인 어머니. 그러나 그에게 있어서 어머니는 애틋한 정을 간직한 보통의 어머니와는 다르게 그의 가슴 속에 남아 있다. 항상 가슴 속에서 그리움과 아쉬움과 원망이 뒤범벅되어 있는 존재가 바로 그의 어머니였다.

만일 6·25전쟁이 없었다면……. 그는 웃었다. 가당치도 않는 일이었다. 제물이 된 것은 그의 식구뿐만이 아니다. 많은 우리나라 사람들이 그 저주스러운 6·25전쟁으로 인해 만신창이가 되지 않았던가.

6·25때 헤어진 후 구사일생으로 다시 만난 어머니는 그에게 어떤 모습으로 나타났었던가. 지금도 코끝에서는 어머니의 화장 냄새가 진하게 코를 찌른다.

당시 어렵게 만난 어머니를 보자 반가움보다도 화장 짙은 어머니의 얼굴을 대하자, 혐오감이 앞선 것은 어쩔 수 없었다.

차라리 그때 그의 나이가 조금이라도 어렸었다면, 그래서 당시를 기억해 내지 못했다면 그의 인생은 또 달라졌을 것이다.
 그러나 그때 성진오의 나이가 이미 열한 살이 아니었던가.
 평소, 아버지는 그를 무슨 신주덩어리나 되는 듯 아꼈었다. 여섯 살 때 이미 천자문을 다 떼고 동네잔치란 잔치엔 다 불려 다니며 한바탕 노래 솜씨 자랑을 하곤 하던 꼬마 성진오는 동네에서 신동으로 이름나 있었다.
 아버지는 당신이 아끼는 천재(?)가 혹시 고단할까 봐 시장에 데리고 나갈 때도 등에 업고 다니셨고 먼 친척집에 갈 때도 귀한 아들의 고무신에 행여 흙이 묻을세라 그 먼 길을 안고 다니셨다.
 그러나 아버지는 풍문에 의하면 빨갱이들에게 총살을 당하셨다고 했다. 남편이 빨갱이에게 죽은 것만도 억울한데 그 빨갱이에게 몸까지 버려야 했던 아내. 이제 몸을 파는 아내를 지하에서 남편이 본다면 얼마나 가슴을 치며 통곡할 노릇인가.
 당시 성진오의 눈에 비친 어머니는 측은하면서도 미웠다. 어느 땐 손님에게 매를 맞았는지 눈두덩이 퍼럴 때도 있었다.
 엇갈린 감정이 교차하는 가운데 어머니와의 생활은 당분간 계속되었다. 그러나 이러한 엇갈린 이해와 감정은 날이 갈수록 심화되었고 그에게 일생동안 지우지 못할 깊은 상처를 만들어 주었다.
 어머니도 옛날의 어머니가 아니었고 꼬마 성진오도 이미 아버지의 귀여움을 받으며 응석을 부리던 그 옛날의 천진하던 성진오가 아니었다.
 시간이 흐를수록 서로 얼굴을 마주 대하기조차 싫어지는 사이가 되어 갔다. 어머니는 한편으론 그를 귀찮아하기도 했고, 그 역시 어머니의 생활을 가만히 지켜보기란 말도 못할 고욕이었다.
 언제나 낯선 곳에서 살았고 그곳에서 낯을 익힐 만하면 또 떠났다.

후조처럼 이곳저곳을 날아다니던 어머니와 아들.

그러나 아들은 끝내 어머니 곁을 떠났다. 그때부터 그의 인생 유전은 시작되었다. 책가방 속에 양담배와 껌, 비누, 초콜릿을 가득 채워 넣고 통근차에 탔다. 양평역에서 청량리역까지는 멀지 않은 거리였다. 그래서 당시에는 기차로 서울까지 통학하는 학생들이 상당수가 되었다. 그도 고학생으로 위장하였다.

혼자 살 만한 돈은 어렵지 않게 벌 수 있었다. 어설픈 장사는 오래도록 지속되었다.

어머니는 그를 찾지 않았다. 그때만 해도 그는 혼자 힘으로 살아야 한다는 일념뿐이었는데 청량리 전차 정거장에서 우연히 옛 친구를 만나게 되었다. 그 친구는 K중학 배지를 가슴에 달고 있었다. 그 배지는 그에게 눈부신 빛을 던져 주고 있었다.

순간 그의 핏기는 모두 땅속으로 빠져나가는 것 같았다.

그는 한참 동안 친구가 타고 간 전찻길을 응시하면서 결심했다.

기어코 저 아이보다 더 훌륭한 길을 가야 한다.

그 뒤 성진오는 독학을 하기 시작했다. 돈을 벌면 그것으로 책을 사고 그 책이 다 떨어져 너덜너덜해질 때까지 읽고 외우고 썼다.

그렇게 해서 다시 태어난 그의 인생 역정. 자칫했으면 거리의 부랑아가 되었을 그가 새롭게 생을 시작한 것이다.

흔히 하는 말로 책으로 엮어도 몇 권은 되는 그때의 고생과 수모와 천시는 지금 나이 마흔일곱이 되도록 환상처럼 그를 따라 다니고 있었다.

양키 물건 장사, 구두닦이, 신문팔이, 안 해 본 것 없이 다하며, 닫히는 눈꺼풀을 찬물로 씻으면서 공부를 했다.

지역 깡패들에게 맞아 얻어터진 입술과 퍼렇게 멍이 든 몸뚱이를 가지고도 그는 이를 악물고 책을 놓지 않았다.
 낮에는 일하며 밤에는 학교를 다녔다. 그렇게 고등학교까지 마친 후 그는 대학 진학을 결심했다. 게다가 법대를 희망했다.
 담임은 그가 충분히 합격할 수 있다고 했고 또 실제로 무난히 합격했다. 그러나 그가 원하던 장학생이 되진 못했다. 그래서 휴학계를 낸 뒤 돈을 벌기 시작했다. 여기까지 왔는데 포기할 순 없었다.
 어머닌 여전히 그를 찾지 않았고 그 역시 어머니를 찾고자 하지 않았다. 그는 학비를 모으기 위하여 끼니도 밥 먹듯 거르고 막노동에서부터 안 해 본 일이 없었다.
 그러한 모든 역경 속에 그는 대학의 사각모를 쓰고 졸업을 했다. 그러나 그는 거기서 중단하지 않았다. 그를 기다리고 있는 것이 있었기 때문이다.
 사법 고시 패스.
 너무나 처절하고 피눈물 나는 과거였기에 그의 사법 고시 공부는 어쩌면 당연한 것이었을지도 몰랐다.

송광사의 가을

 성진오는 이부자리를 개서 방의 한 옆에 밀어 놓았다.
 벌써 차갑게 느껴지는 물을 느끼며 그는 마음을 씻어내듯 세수를 정성들여 했다.
 "일찍 일어나셨군요. 성 선생님."
 법현 스님이 맑게 웃음을 지어 보였다.
 "예, 간밤엔 어찌나 바람이 세차게 불고 새들도 울어대는지……."

"허허, 그래서 성 선생님도 잠을 못 이루셨구려. 법당문을 꼭 안 닫았는지 밤새 덜컹거립디다. 그래 그 문을 닫아걸려고 나왔다가 나도 그만 잠을 잃고 말았지요."

"그러셨습니까. 제가 닫을 걸 그랬습니다."

"허어, 무슨 말씀을……. 손님에게 일을 시키는 주인이 어디 있답니까. 그런 건 당연히 저희들이 해야지요. 나무관세음보살."

법현 스님은 자꾸 떨어지는 낙엽을 머리에도 팔에도 맞으며 법당 쪽으로 걸어갔다.

저쪽에서는 어린 승려가 비질을 하고 있으나 그건 소용없는 일이었다. 낙엽은 쉴 새 없이 우수수 떨어지고 있었다.

오늘이 지나면 나뭇가지엔 잎사귀가 하나도 매달려 있을 것 같지 않은, 몹시 바람이 부는 새벽이었다.

세상살이의 온갖 시름이 저 바람에 실려 멀리 멀리 날아가 버린다면 얼마나 좋을까.

비몽사몽간에 밤이 지나고 아직 잠이 덜 깨어 있는 피곤함이 남았지만, 새벽 예불에 참여하는 기쁨이란 형언할 수가 없었다.

경쇠가 울리면서, 헌향진언— 음 바아라 도비야 훔이라고 암송하며 다 함께 절을 한다.

새벽의 맑은 정기로 감싸여 있는 법당엔 경건함과 신비로움까지 있어서 소란스러운 그를 조용하게 만들어 주는 힘이 서려 있는 듯하다.

반가부좌에 눈을 반개하고 바위마냥 가만히 앉았지만 갖가지 상념이 구름처럼 성진오를 덮고 헤어나질 못하게 했다.

경건한 분위기를 행여 자신이 더럽힐세라 그는 눈을 내리감고만 있었다. 아침 공양 시간이 지나자 하나둘씩 도반이 찾아왔다. 그들은 절에서는 웃으면 안 된다고 생각하는지 모두가 입을 다물고 경건해 지려고 애쓰는 듯했다.

성진오는 산책을 나가기로 했다.

그러나 법현 스님의 인도로 산방으로 갔다. 그곳에서 법현 스님이 손수 따라 주는 작설차의 개운한 맛을 음미했다.

다방에서 마시는 커피의 자극적이고 강렬한 맛이 아닌 은은하고 개운한 산사의 차 맛이란 일품이었다.

"40여 년 동안 이곳에서 지내시다 열반하신 송암 스님을 아시오? 그분은 40여 년 동안 한 발짝도 이곳을 떠난 적이 없으셨지요. 그렇지만 그분은 모든 우주만물과 대화의 문을 열어 놓고 계셨습니다. 그분은 소승이 알고 있는 분 가운데 가장 훌륭한 분 중의 하나이지요."

"어떻게 바깥 세계에 나가 보지 않고도 그 세계에 사는 사람보다 더 사물을 꿰뚫어 보고 그렇게 모든 현상을 통찰할 수가 있었을까요?"

"허허……. 그러게 훌륭한 분이 아닙니까."

"예에……."

"성 선생님 마음이 오늘따라 어수선해 보여서 이렇게 모셨습니다. 이 개운한 차를 드시고 마음을 씻으십시오."

성진오는 합장을 하고 고개를 숙였다. 온갖 상념과 번뇌가 이 머릿속에, 이 마음속에 있다. 모든 미련을 버리고 깨끗한 정신이 되고자 이곳에 왔건만 왜 이리 나는 정신이 통일되지 않는가. 물론 성진오는 중이 되기 위해 이곳에 있는 것은 아니다. 그러나 산란하고 병든 몸과 마음을 조금이라도 청정하게 하고 싶어 이곳을 찾았는데, 날이 흘러가도 그에게 어떤 진전의 조짐이 보이지 않았다.

삶에 대한 포기는 곧 삶에 대한 애착과 연결이 되는 것인가. 왜 이렇게 아이들이 생각나고 가정의 따스한 품속이 안타깝게도 그리워지는 것인가.

"스님, 오늘 저 잠시 집에 가보고 오겠습니다."

"그러십시오. 부인과 아이들이 좋아할 겁니다. 벌써 넉 달이 지나지 않았습니까."

"예. 제가 어디 있는지 알리지 않았기 때문에 몹시들 염려할 테지요. 하지만 그동안 편지는 몇 번 했기 때문에 별걱정은 하지 않을 것입니다."

"그래도 가 보십시오. 선생께서는 환자 아니십니까. 몹시 기다릴 겝니다."

"예, 스님."

성진오는 그 길로 절을 떠났다.

이곳에 온 이후로 처음 내려가 보는 길이었다.

확실한 유래는 알 수 없으나 고려 때 백제의 후예들이 3천 궁녀의 넋을 위로하기 위해 지었다는 전설이 내려오는 절이다. 고란초와 백제왕들이 식수로 사용했다는 고란수가 유명하며 낙화암과 백마강이 백제의 슬픈 종말을 말없이 전해 주고 있는 충청남도 부여에 위치한 송광사. 그가 이곳에 오게 된 동기는 전혀 의도적이 아니었다.

그냥 발길 닿는 대로 이 절 저 절에서 몇 밤씩 묵다가 이곳에도 우연히 들르게 되었는데, 이제까지 주저앉게 된 것이다. 유난히 마을과 멀리 떨어져 있고 숲이 우거진 속 한가운데 독야청청하게 자리한 까닭도 있지만, 무엇보다도 그를 잡고 놓지 않는 것은 법현 스님이었다.

법현 스님은 어머니의 품속과도 같은 포근한 마음을 가졌고 모든 것을 다 용서해 주고도 남을 너그러운 미소를 지녔다. 법현 스님은 전생에도 아마 불가에 계셨을 것이라고 때때로 생각될 만큼 그의 얼굴을 한참 보고 있노라면 흡사 부처님의 모습을 보는 듯 착각될 정도로 모든 언행에 자비로움과 감히 마주할 수 없는 기품이 서려 있었다.

어려서부터 절에서 자란 탓이기도 하겠지만 무엇보다도 그 스님의 본질 탓이라고 그는 생각했다.

법현 스님은 송암 스님 밑에서 잔심부름도 하면서 송암 스님을 마치 아버지와도 같이 여기며 자랐다. 학교라고는 전혀 근처에도 가보지 않은 분이었지만 학문의 깊이는 변호사를 10년 넘게 해온 성진오보다 깊고 넓었다. 그러한 스님에게서 느끼는 바가 참으로 많았다. 그래서 성진오는 더욱 이 송광사를 떠나지 못하는지도 몰랐다.

성진오는 문득 하늘을 올려다보았다. 여전히 바람은 불었지만 하늘은 구름 한 점 없이 맑았다.

눈이 시리도록 청명한 하늘 꼭대기로 유난히 키가 큰 감나무가 하나 있었다. 나무 꼭대기에 단 하나 빨갛게 달려 있는 감은 그것이 홀로 있어서 슬프다기보다는 천상천하 유아독존을 외치며 탄생하신 부처님과도 같은 자신만만함을 성진오에게 전해 주고 있음은 어인 까닭인가.

옛날부터 우리나라 사람들은 감이 익으면 나무 위의 감을 모두 따되 이렇게 하나의 감만은 남겨 놓곤 하는 풍습이 있다. 그것을 우리네는 언제부터인가 까치밥으로 불렀다.

언제 까치가 와서 그것을 먹는지는 몰라도 겨울이 오고 그 남겨둔 감도 잊어먹을 즈음해서 가 보면 어김없이 그 감은 자취도 없다.

어렸을 적엔 그 감을 정말 까치가 먹어 치웠다고 신기해하곤 했지만 지금 생각은 다르다. 그것은 배고픈 나그네의 요기가 될 수도 있고, 혹은 다른 날짐승이 쪼아 먹기도 할 것이다.

까치밥은 그만큼 우리 민족 마음 한구석의 너그러움과 여유를 잘 말해 주고 있다.

언덕 아래로 유유히 흐르는 백마강을 바라보며 성진오는 바위에 걸터앉았다. 30분 남짓 걸었다고 생각되는데 벌써 숨이 차고 걷는 것이 힘에 부쳤다. 1년 전만 하더라도 의욕적으로 일하며 동분서주하던 성진오.

이젠 오래 걷는 것조차 힘들어 바위에 주저앉아 하염없이 도도하게 흘러가는 강물을 바라보고 있다.

1년 전의 일이 주마등처럼 그의 뇌리를 스쳐갔다.

과거도 미래도 함께 떠내려가 무상의 이미지로 화한 저 말없는 강물과는 달리 그는 과거도 좀처럼 묻어지지 않고 미래 또한 불안하기 그지없다.

마음의 안정이란 이렇게도 어려운 것일까. 헐벗고 굶주리던 어린 시절, 오로지 배워야겠다는 일념으로 잡생각이 없던 시절은 다 남의 일같이 느껴지기도 한다.

"불교는 자신을 바로 아는 것이고 마음이 바로 '참 나'임을 깨닫는 배움이지요. 그 배움은 철저한 자기반성에 의한 자각적 자기 투철의 과정이며, 인간 존재의 통합과 그 의미 충실의 과정이고, 자연과의 관계, 자기 자신과의 관계, 그 모든 연동連動으로서의 연관의 핵심을 자각하고 현성現成하는 과정인 것입니다."

〈법구경〉의 법문을 인용하여 온화한 미소와 함께 말씀하시던 법현 스님의 얼굴이 떠오르자 성진오는 다소 차분해지는 마음을 느꼈다.

마음이 모든 것의 근본이 되고

마음이 모든 것의 주인이 되어
마음이 모든 일 주재하나니
마음에 악한 일을 생각하면
그 말과 행동 또한 그러하여서
허물과 괴로움이 뒤따라오리.
바퀴가 수레를 따르듯이

성진오는 조용히 법구法句 한 수를 읊어 보았다.
그러면서 어머니의 조금은 비굴하던 모습이 떠올랐다.
사법 고시에 합격이 되던 날 성진오는 어머니를 찾을 결심을 했다. 어머니는 쉽게 찾을 수 있었다. 그녀는 의정부에서 새로운 남편을 맞이하여 자식을 낳고 살고 있었다. 의붓아버지는 예전에 성진오 아버지 밑에서 조수로 있던 사나이였다.
혼자서 살고 있으리라고 예상을 하진 않았지만 그렇게 가정까지 꾸리고 살면서 단 한 번도 아들을 찾아보지 않은 어머니에게서 또 한 번 심한 배신과 갈등을 느꼈지만, 이 세상에서 단 하나뿐인 혈육이라는 생각이 역겨움보다 앞선 것은 피가 물보다 진한 탓일까. 그 핏줄을 나 몰라라 할 수 있었겠는가.
어머니와 의부, 그리고 씨가 다른 형제가 넷, 이들은 찢어지게 가난한 살림살이를 하고 있었다.
갑자기 나타난 아들의 행색이 반듯해 뵈자 어머니는 그에게 달라붙었다. 만약 그러지 않았더라도 성진오는 어머니와 그녀의 가족들을 떠맡았을지도 모르겠지만 속셈이 환히 들여다보이는 태도에는 구역질이 날 정도였다.
성진오는 그 당시 결혼하여 딸 하나를 두고 있었다. 아직 부유하다고는 할 수 없는 살림살이였으나 그의 앞날은 누구보다 탄탄대로에 서 있었다.

수석은 아니더라도 당당히 차석으로 합격한 사법 고시생의 앞날에 어떠한 거리낌도 있을 리 만무였다. 누구보다도 젊은 나이에 인생의 쓴맛을 본 탓인지 몰라도 그의 말투엔 신념이 있었고 불굴의 투지가 불타고 있었다. 그래서 사람들은 서슴없이 그를 '유능한 인물'로 첫 손가락 꼽는 데 인색치 않았다.

둘째아이를 가져서 배가 부른 아내를 어머니에게 인사시킨 뒤 그들을 서울로 이사케 했다.

그리고 그 후부터 그들은 성진오가 벌어다 주는 돈으로 먹고 자고 입었다. 의붓동생들 네 명을 모두 공부시키는 짐까지 그는 떠맡게 되었다.

그러던 어느 날, 그러니까 1년 전의 일이었다.

책상에 쓰러져 있는 그를 여비서가 발견하였다.

그때부터 3개월간 병원 신세를 져야만 했다.

과로로 인한 악성 빈혈이라고 의사는 웃음을 띠지 않은 얼굴로 그에게 말했다.

매일같이 수혈을 하고 주사를 맞고 약을 먹고……. 생각하면 끔찍한 석 달이었다.

원래부터 여리고 마음이 모질지 못한 아내는 그의 앞에서 통곡을 했다.

의사는 이제부터 손을 놓고 푹 쉬라고 했지만 그는 아직 그럴 수가 없었다. 어떻게 살아온 인생인데 벌써부터 쉬란 말인가.

"말도 안 돼!"

성진오는 세차게 외쳤다.

20여 년간 모아놓은 재산도 꽤 되었지만 밑 빠진 독에 물붓기식으로 여기저기 뿌려지는 돈이 많아 사실 빛 좋은 허울일지도 몰랐다.

다달이 어머니와 계부에게 가는 생활비, 그리고 설상가상으로 시집보낸 의붓여동생의 생활까지 떠맡게 되었고 아직 더 공부시켜야 할 의붓동생들에게 들어가는 교육비만도 상당했다.

그러나 그들의 생계 때문이 아니었다. 그는 눈을 감는 그 순간까지 일을 해도 여한이 남을 만큼 그의 인생은 남다른 것이었다.

그만큼 사회적 위치가 확고한 사람이라면 외도 한 번 생각 안 해 본 사람이 어디 있겠는가. 하지만 성진오는 달랐다. 생의 즐거움이라면 즐거움이랄 수 있는 도락을 모두 뿌리치고 오로지 일에만 전념했다. 시간을 낭비하기에는 너무도 기막히게 걸어온 파란만장한 생애였기 때문이었다.

몇 년 전인가는 어머니가 여관을 하겠다고 해서 돈을 대 주었다. 그러나 얼마 못 가 어머니와 의부는 그걸 들어먹었다. 그리고 또 손을 내밀었다. 이젠 음식점을 좀 해봤으면 하고…….

그때 성진오는 처음으로 어머니를 붙잡고 눈물이란 걸 보였다.

"어머니, 저라고 왜 남들이 다 하는 환락의 생활을 하고 싶지 않겠습니까. 어느 땐 기생집에 가서 젊고 새파란 여자들 궁둥이라도 만지고 싶고, 친구들과 골프도 치러 다니고 싶습니다. 왜 저에게 이렇게 큰 고통을 지워 주십니까. 헐벗은 내 어린 시절, 내 청년 시절은 다시 보상되지 않습니다. 그러나 어머니, 지금부터라도 나는 홀가분한 마음으로 인생을 즐기고 싶어요. 제발 절 이젠 그만……."

그는 말을 더 이상 잇지 못했다.

어머니와 성진오는 부둥켜안고 울었다. 그러나 마음이 약한 성진오는 은행 대출까지 얻어 가며 끝내 어머니의 청을 들어 주었다.

하지만 밑 빠진 독에 물붓기식인 그런 일은 언제가 돼도 끝날 줄을 몰랐다.
의사는 그에게 병을 숨기려 했지만 세상을 여태껏 눈치 하나로 살아온 성진오를 속일 순 없었다.
그의 병은 악성 빈혈이었다. 점점 백혈구가 감소해서 말라 죽는 병. 그 병은 소설이나 영화에서처럼 로맨틱한 병은 아니었다. 시한부 인생이 그에게 선고된 것이었다.
"세상에 지지리도 복이 없는 놈이 바로 나다!"
병실에서 성진오는 암담한 기분으로 내뱉었다.
병원 침대에 누워 있으면서 그는 느낀 바가 있었다.
죽음에로 향하는 길은 아무도 동행할 수가 없다는 사실, 또 그 고통도 아무에게도 나눠줄 수 없다는 사실이었다. 외롭고 긴 투병 생활을 하는 사람은 고통으로 죽는다기보다는 이미 고독과의 싸움에서 생을 포기하는지도 몰랐다.
아파 누워 있는 사람에게 와서 아내는 생활비 얘기를 하고 새로 들여놓은 응접 소파 얘기를 했다.
아이들은 아빠에게 옷을 사고 싶다고 했고 또 한 놈은 수학여행을 간다며 들떠 있었다.
그러나 성진오는 웃으며 그들의 시중을 들어 주었다. 오히려 그는 위로받아야 할 병자라기보다는 상담을 해 주는 카운슬러였다. 여태까지 모든 사람들이 성진오에게 의지하여 살았듯이 그것이 철칙처럼 굳어 버려서 환자에게조차 모든 사람이 응석을 부리며 기대려 했다. 심지어 아내는 그가 죽어 버린다면 앞으로의 생활은 어떻게 할까, 그 생각부터 먼저 하는 듯했다.
어머니는 또 어떠했는가.

그가 입원해 있는 중에 어머니의 생일이 돌아왔다. 그를 찾아온 어머니의 행색이 무척 초라해 보였다.

성진오는 옆에 있는 아내에게, 통장에서 30만 원을 찾아서 어머니께 드리라고 했더니, 죽어가던 어머니의 안색에 희색이 만면하는 것이었다.

그러면서 그녀는 아들의 손을 덥석 잡았다.

"얘, 고맙다. 너밖에 없구나."

"죄송합니다. 누워있지 않으면 생신상을 크게 차려드려야 할 텐데……."

성진오는 슬픔 같은 것이 목구멍에 차 올라왔다. 어머니가 가엾어서 그러는 것이 아니었다. 인간의 얄팍한 심리가 기막히게 슬퍼서 그를 아프게 한 것이었다.

이 많은 업을 다 어떻게 하고 나 홀로 먼 길을 떠나야 하나…….

성진오는 유유히 흐르는 백마강을 넋을 잃고 바라보았다. 그러면서 천천히 일어섰다. 아이들과 아내의 얼굴이 보고 싶었다.

인간이란 병든 존재, 고통의 존재이다. 태어나고, 늙어 가고, 병들고, 죽어 가는 고통, 즉 사고四苦를 가지고 있는 것이 바로 우리 인간이다. 그뿐만 아니라 사랑하는 사람과 헤어지는 것, 미운 사람과 함께 살아야 하는 것, 가지고 싶은 것을 얻지 못하는 것, 몸과 마음이 왕성할 때 그것을 억제해야 하는 것이 모두 고통이다. 그리하여 인간은 이러한 고통을 물리치고 향락을 추구한다. 고통을 완전히 제거하겠다는 생각 자체가 덧없다는 것을 모르면서 계속 향락을 추구한다. 그러나 향락은 고통과 마찬가지로 미망에 불과한 것이다. 육체의 향락은 결국 고통을 주게 마련이기 때문이다.

그러나 성진오, 그는 젊었던 시절 향락을 추구해 보지도 못했다.

그러면서 그에겐 항상 고통이 그를 그림자처럼 따라다녔다.

그가 눈을 감는 날, 그것은 그와 함께 묻히려는가.

훔쳐 본 재회

그가 서울에 도착한 시각은 저녁 7시경이었다.

이미 어둠이 온 대지를 삼켜 버린 후였다. 갑자기 낮이 짧아진 겨울로 들어서는 문턱에 있는 늦가을. 아쉬움을 담은 사람들의 발걸음도 점점 빨라지고 있었다.

나를 보고 아이들은 뭐라고 할 것인가. 너무도 놀랍고 반가워서 와— 소리를 지를 것이다. 그러면 나는 우선 사내놈부터 안아서 번쩍 들어줘야지. 그리고 큰 딸에겐 내일 백화점에 들러서 멋진 선물을 할 것이다.

아내는 뭐라고 할까?

그녀는 아마 나를 보고 울음을 터뜨릴 것이다. 항상 하루라도 내가 없으면 자기는 못살 것이라고 하지 않았나. 귀엽게 살집이 붙은 아내의 오동통한 종아리. 항상 나는 그 종아리를 만지며 좋아했었지. 참 아내의 보조개는 일품이었어. 딱 꼬집어 예쁜 얼굴은 아닐지라도 곰살맞고 복 있게 생긴 하얀 얼굴은 언제까지라도 나만 쳐다보며 살 것만 같았지.

아내는 아직도 그 분홍색 가운과 나비 같은 잠옷을 입고 잘까. 허전한 침대 옆에는 어쩌면 아들놈을 눕혀서 재울지도 몰라.

그 놈은 유난히도 나를 닮아 사람들은 우리가 지나가면 모두 웃었어.

"어쩌면 저렇게도 닮았을까?"

이구동성으로 사람들은 말을 했지. 그럴 때마다 나는 혈육의 뿌듯한 정을 나를 빼닮은 녀석에게서 느꼈었지.

택시 정류장에서 보이는 공중전화 박스를 그는 잠깐 쳐다보았다.

'전화를 걸어 줄까? 아니야— 갑자기 나타나서 놀라게 해 주어야지.'

가장이 없어진 쓸쓸하고 외로운 집안에 활력을 가득히 불어넣어 주고 싶었다. 노크도 없이 문을 활짝 열고 들어가서 소리칠 것이다. 나는,

"얘들아, 아빠가 왔다!"

그러면 그들은 모두 어떤 표정을 지을까. 처음엔 놀라움을 금치 못하다가 다들 우르르 나에게 몰려들 것이다.

아, 가족의 뿌듯한 느낌. 핏줄만이 느낄 수 있는 진한 연대감. 생각만 해도 그것은 좋은 일이다. 오늘 저녁 그는 그것을 만끽할 것이다.

오랜만에 먹어 볼 아내의 음식.

내가 왔다고 아마 아내는 늦은 시각임에도 불구하고 내가 좋아하는 물오징어를 사러 시장에 갈지도 모르지. 살짝 삶아 칼집을 내놓은 오징어와 양념장은 항상 그에게 군침이 돌게 만들었다.

산나물과 향내음으로 거의 산사람이 되다시피한 나에게 그것들은 새로운 생기를 불어넣어 줄 거야.

언제 어디서라도 가족이란 좋은 것이다. 어쩌면 나는 오늘을 계기로 해서 집에 머물게 될지도 모르지.

아니다. 그런 세세한 감정은 과감히 떨쳐 버려야지. 나는 내 시간을 가져야만 하니까. 그동안 나는 얼마나 많은 세월을 남을 위해서만 살았나.

생각해 보면 아깝고도 기가 막힌 긴 세월이 아닐 수 없다.
성진오는 택시를 탔다.
운전기사가 백미러로 보며 물었다.
"어디로 모실까요?"
"예, 정릉으로 갑시다."
"아, 좋은 동네 사십니다그려."
"예, 좋지요. 아주 좋은 곳입니다."
성진오는 집이 가까워오자 점점 흥분되어 오는 자신을 느꼈다.
잔돈을 거슬러 받지 않고 그는 자신의 집 대문 앞에 섰다.
'아, 나의 집이다.'
이렇게 보금자리가 가슴이 벅찰 정도로 좋다니. 코끝이 찡해왔다. 대문 앞에는 낯익은 자신의 검정 레코드 승용차가 버티고 서 있었다.
그는 가만히 차를 쓸어 보았다. 그리움이 왈칵 그의 전신을 휩쌌다. 대문은 마치 그를 환영이라도 하는 듯 삐죽이 열린 채 있었다. 그는 대문을 열고 한 발짝 발을 내디뎠다.
강아지 퀸이 많이 자라 있었다. 퀸은 한 번 멍! 하고 가볍게 짖더니 이내 꼬리를 흔들며 그에게 기어 올라왔다.
멀리 보이는 거실의 불빛이 안락하고 따사로웠다.
이곳 정원에도 예외 없이 가을은 찾아와 온통 울긋불긋하였다. 떠날 때 새파랗던 잔디는 황금색으로 물들어 있었고 만개하던 꽃들도 그 빛이 스러져 있었다. 양쪽으로 가로등이 켜져 있어 정원은 대낮같이 환했다. 벅찬 감정을 가다듬으며 천천히 현관으로 향했다.
거실과 가까워지자 웃음소리가 까르르 터져 나왔다. 그 웃음소리는 성진오의 들뜬 마음에 찬물을 끼얹었다. 그는 현관문을 열려다 주춤 멈춰 섰다. 웃음소리는 그의 발걸음을 멈추게 만들었다. 현관문

손잡이를 비튼 채 한참을 서 있다가 불빛이 새어 나오는 유리창께로 갔다.

유리창은 반쯤 커튼이 쳐져 있었으나 반은 열려져 있었기 때문에 안이 들여다보였다.

그는 도둑 고양이마냥 그곳으로 살금살금 걸어가 거실을 엿보았다.

응접세트의 위치가 바뀌어져 있었고 벽에는 못 보던 액자가 걸려 있었다. 그 속에 가족들이 놓여 있었다. 막내 놈은 코미디 프로를 보는지 연신 구부려 가며 웃고 있었고, 딸아이와 아내는 뒷모습을 창 쪽으로 보이며 나란히 앉아 있었다.

둘은 무슨 책인가를 들춰보며 연신 웃고 있었다.

"엄마, 이것 좀 봐. 이쪽이 우리 선생님이고 저쪽이 3반 선생님인데 말야……."

"응, 그런데 왜 이러고들 있니?"

"글쎄, 전날 밤에 우리가 몰래 매직으로 안경과 수염을 그려 놓았거든. 그런데 그걸 눈치 못 챈 거예요."

"어머, 그랬구나. 우리도 옛날엔 그랬단다."

"얼마나 재미있었다구. 또 갔으면 좋겠어요."

"그래? 그럼 우리 오는 일요일에 놀러 갈까?"

"정말?"

"어디로 가고 싶니?"

"아무데나……. 얘, 명길아───."

딸아이가 동생을 불렀다. 행선지를 의논할 모양 같았다.

성진오는 얼른 고개를 숙였다. 아들놈이 이쪽으로 올 기세였기 때문이다.

"왜, 누나?"

"이번 일요일에 넌 어디로 가고 싶니?"

"저번 일요일엔 재미도 없더라. 인천에 가서 회나 실컷 먹었으면······."

"그래? 좋아. 그럼 인천으로 결정할까?"

그들의 대화 속에 이미 아버지는 사라진 지 오래였다. 이미 잊혀져 간 인물이 되어버린 것일까.

성진오는 한참을 동물마냥 웅크리고 있었다.

다시 텔레비전 소리가 커지고 그들은 잠잠했다.

성진오는 고개를 숙인 채 마당으로 나왔다.

저들은 한 사람이 없어진 공백을 이미 메우고 있었다. 그의 상상은 완전히 빗나갔다. 한 사람이 더 끼어들면 그들이 불편해하고 비좁아 할 것 같았다.

성진오는 참담한 기분이 되어 걸어 나왔다. 퀸이 낑낑대며 그의 구두를 핥았다.

"퀸! 너만은 변함없구나. 내가 왔었다는 걸 저들에겐 비밀로 하자꾸나. 하산하지 말았어야 하는 것을. 내 감정에만 골몰해서 나 자신에게 상처를 입히고 말았구나. 퀸! 잘 있거라."

성진오는 다신 이곳에 오지 않으리라 작정했다.

조용히 문을 닫고 그곳을 떠났다.

도시 속의 방랑자

그는 불빛이 휘황찬란한 네온사인이 새삼스러워 기가 질리고 있었다.

지금 시간에 부여로 향할 순 없고, 그는 우선 숙소를 정해야 했다. 택시를 타고 신사동에서 내렸다. 예나 변함없이 그곳엔 술집도 많았고 호텔도 많았다.

아직 공사가 한창인, 임시로 만들어 놓은 나무로 된 육교를 건넜다. 그의 눈에 맨 처음 들어온 불빛을 따라 걸었다. 어지러웠다. 빨간 조명이 그 술집의 이름을 알리고 있었다.

'카사비안카'

그 술집은 '카사비안카'라는 낯선 것도 같고 낯익은 것도 같은 이름을 하고 성진오가 들어오길 기다리고 있었다.

멀리서 보던 것과는 달리 꽤 규모가 큰 듯했다. 바닥엔 분홍빛의 카펫이 주욱 깔려 있었고 피아노 건반을 두드리는 여인의 얼굴이 희미한 조명을 받아 슬퍼 보였다.

그를 반기는 곳은 가정이 아니라 술집이었다. 두세 명의 계집애같이 생긴 웨이터들이 연신 허리를 굽신거리며 인사를 해댔다. 웨이터가 그를 칸막이가 쳐진 밀실로 안내했다. 그는 웨이터가 권하는 대로 좋다는 술을 주문했고, 이 집의 특별 메뉴라고 불리는 안주와 이 살롱에서 가장 인기 만점이라는 미스 장을 곁에 앉혔다.

미스 장이 따라 주는 술을 한 잔 벌컥 들이켰다. 금세 알코올이 전신에 스며들어 어지러웠다.

"나쁘지 않은걸. 미스 장도 한잔 하고 싶은가?"

"저, 실례가 되지 않는다면 제겐 권하지 마세요. 사장님. 전 벌써 취했는걸요."

"사장님? 사장님이라구? 하하하."

"왜 웃으세요?"

"난 말단 사원에 불과한데 왜 사장님이라고 부르지? 손님은 모두 다 사장인가?"

그는 실없이 자꾸만 웃었다.

웃음소리는 그러나 곧 이어 터져 나온 박수 소리에 묻혀 버렸다. 피아노 연주가 끝났는가 보았다.

"사장이라고 하면 다 좋아하데요. 그래서 손님에겐 다 사장님이라고 부르죠. 그게 제 원칙이에요."

"별 괴상한 원칙도 다 있군. 그래 내가 뭐하는 사람 같아 보이나?"

"음, 가난하진 않구요. 설계사? 아니면 법조인?"

"흐흠 법조인이라? 그건 내가 하고 싶어 하는 직업인데……."

"그래요, 저같이 이런 곳에 오래 있으면 점쟁이가 다 되고 말아요. 사장님 연세도 맞춰 볼까요?"

"사장님 연세? 그래 몇 일 것 같은가?"

"——마흔 넷, 다섯, 여섯 중의 하나예요. 맞죠?"

"귀신인데?"

"거봐요. 우린 기가 막혀요. 어느 땐 고등학생이 가발 뒤집어쓰고 옷도 노숙하게 입고 올 때도 있어요. 그러나 우린 대뜸 알지요. 그러나 모른 척해요. 그게 다 장사예요."

두 잔째 술을 마시려다가 도저히 삼킬 수가 없어 한참 동안 얼굴을 찡그렸다. 미스 장이 얼른 안주를 집어 그의 입에 넣어 주었다. 그러는 그녀의 손이 몹시 떨리고 있었다.

"왜 그렇게 떨지?"

미스 장은 손을 탁자 밑으로 숨겼다.

"……."

"왜 그러지? 알코올 중독인가? 아니면 마약?"

"사장님, 제발 주인 언니에겐 아무 말도 마세요. 딸린 식구가 모두 저만 바라보고 살아요."

"식구는?"

"병든 아버지에, 엄마, 남동생 둘, 여동생 둘."

미스 장은 줄줄 외었다. 그러나 그것이 거짓말이란 걸 그는 느낌으로 알 수 있었다.

중생들이라 모두 불쌍하다. 어딘가에서 이 가엾은 여자에게 빌붙어 살지도 모를 놈팡이가 그녀를 붙잡고 있는지도 모른다.

약육강식의 비참하고도 악랄한 사회의 밑바닥. 한번 발을 디디면 헤어 나오기 힘든 원시림의 늪과도 같은 사회의 밑바닥 인생들. 그러나 그들도 항상 슬픈 마음만으로 살지는 않는다는 걸 언젠가 알고는 성진오는 기이하게 여긴 적도 있다. 그곳에서도 기쁨을 찾고 보람을 찾고 또 자위를 하면서 살고 있었다. 하긴 항상 불만과 고통만 있다고 생각하는 사람이 이런 생활을 지속하겠는가.

언젠가 이런 일이 있었다.

말끔한 신사와 창녀가 경찰서에서 서로 싸우고 있었다. 신사는 창녀가 자기의 돈을 훔쳤다고 주장했고 창녀는 그런 일이 없었노라고 대들고 있었다. 옷을 뒤져 보면 들통날 일을 가지고 창녀는 눈 하나 깜짝 않고 거짓말을 하고 있었다.

길거리에서 투닥거리고 있는 걸 경찰이 붙잡아다 놓았는데, 경찰서에서도 쉬지 않고 싸웠다. 마침 그때 서장을 만나 볼 일이 있어서 그곳에 들렀다가 그 일을 목격하게 되었는데, 둘 다 가관이었다. 신사는 순진해 보였는데 어찌어찌하여 여자에게 끌려간 게 틀림없었다.

"아, 글쎄 지나가는 사람을 이 여자가 자꾸 끄는 거예요. 난 그런 일엔 도통 경험이 없고 해서 도망치려는데 이 여자는 막무가내로 내 팔을 끼는 거예요. 불결한 느낌에 더 이상 두고 볼 수가 없어서……."

"뭐 이 새끼야, 불결해? 뭐 이런 새끼가 있어? 야, 넌 뭐 하늘에서 떨어진 줄 알아. 너도 네 에미 애비가 다 그 짓해서……."

"시끄럿!"

그때 경찰관 한 명이 책상을 치며 버럭 소리를 지르지 않았으면 그 여자의 험한 입은 언제까지 다물어지지 않았을 것임이 분명했다.

경찰관이 남자를 보며 말했다.

"계속해 보세요."

"끌려가다가 안 되겠기에 이 여자의 손을 뿌리치고 막 뒤돌아섰어요. 헌데 이상한 예감이 나를 스쳤어요. 아니나 다를까 안주머니에 넣어 두었던 월급봉투가 고스란히 없더라 그 말입니다."

"야, 이 새끼야. 어디서 잃어버리고 나에게 누명을 씌워? 그것으로 돈 벌어먹고 살아도 도둑질은 안한다. 이거 왜 이래?"

그때 경찰관이 눈을 번쩍이며 그 여자에게 말했다.

"그럼 몸수색을 해도 되겠지?"

여자는 고개를 꼿꼿이 들고 대꾸했다.

"좋아요."

그 여자는 몸수색을 한다고 해도 눈 하나 깜빡하지 않았다. 그러나 여순경이 다가오자 그때서야 비로소 여자는 사색이 되었다.

여순경은 그녀를 데리고 안으로 들어갔다. 예상대로 그녀는 신사의 돈을 훔쳤다. 브래지어 속에 그것은 감춰져 있었던 것이다.

안에서 나온 여자는 갑자기 경찰이 가지고 있던 돈 봉투를 빼앗더니 그 신사에게 내동댕이를 쳤다.

"치사한 새끼! 야, 내가 이 돈 좀 먹으면 어떠냐. 나를 할퀴고 간 나쁜 새끼들 복수를 하려면 아직 멀었어!"

여자는 막무가내로 추태를 부렸다.

그런 여자에 비하면 미스 장은 순수 쪽에 가까운 것일까?

그녀의 거짓말에 속아 주면서 성진오는 미스 장에게 지폐를 쥐어 주었다. 그녀는 떨리는 손으로 그것을 받아 브래지어 속에다 넣었다.

참 이상했다. 여자의 젖 가리개란……. 그것은 어느 땐 참 편리한 주머니 역할도 한다.

어렸을 적 어머니의 고운 한복 속에는 그런 것이 있지 않았다. 그는 전쟁이 나기 전까지 어머니의 젖을 만지며 잤다. 말랑말랑하면서 푸근한 어머니의 젖가슴은 그의 방황 실절 그를 목마르게도 그립게 했다.

그러나 어머니의 배 위에서 포복하고 있던 흑인병사의 일이 그의 망막 위로 오버랩되어 오면서 푸근한 어머니의 젖가슴은 지워지곤 했다.

어느 땐 어머니 가족의 엄청난 생활비를 대 주면서 생각했다.

'과연 내가 이럴 필요까지 있는가.'

노름으로 돈을 깨먹곤 하는 남편을 둔 어머니의 인생도 불쌍하지만 그 의부와 피가 다른 동생들의 뒤치다꺼리를 모두 해야만 하는 나는 더욱 불쌍하다. 전생에 나는 무슨 업보를 크게 져서 저렇게까지 무거운 짐을 지고 태어났는가.

가끔 다 그만두고 혼자만 해외로 도피해 버릴까도 생각한 적이 있었다. 그러나 그때마다 생각나는 이야기가 하나 있어 그를 인도하곤 했다.

석가모니가 기원정사에서 설법하고 있을 때의 이야기이다.

당시 인도의 바라나시국에서 '라고'라는 중신이 쿠데타를 일으켜 라자 대왕을 살해하고 그 국토를 빼앗은 다음 그의 왕자들이 거느리는 인근 소국들을 침입하여 제1왕자 제2왕자를 차례로 죽였다. 제3왕자는 정변 소식을 미리 듣고 왕비와 슈쥬라이 태자와 더불어 피란길을 떠났다.

이웃나라로 도망치는 길은 두 길이 있는데, 한 길은 7일간 걸리고 다른 한 길은 14일간이 걸린다.

헌데 먼 길로 잘못 드는 바람에 양식이 떨어져 오도 가도 못하게 되었다. 적은 쫓아오고 살아날 길은 세 사람 중에 누군가를 죽여 그 인육을 먹음으로써 도망치는 길밖에 없었다.

임금은 기절한 왕비를 죽이려 했으나 효성이 지극한 태자의 눈물겨운 만류로 이를 실행하지 못한다.

그리고 태자의 간청으로 자신의 허벅지 살을 베어내어 각기 한쪽씩 먹고 기운을 차려 하루의 여정을 걸었다.

다시 남은 살을 도려내어 하루를 더 걸음으로써 하루의 여정만이 남았다. 그러나 두 다리와 골수만이 연결된 태자는 결국 기절하여 쓰러지고 말았다.

이 처참한 지경에서 왕과 왕비는 더불어 죽어 버리자고 맘먹었으나 효자인 태자는 "아직 내 뼈마디 사이에는 살이 좀 남았으니 그것을 마저 먹고 두 분이 마지막 남은 하루의 여정을 마치십시오."라며 간청하여 그대로 하였다.

멀리 떠나가는 부모의 뒷모습을 보고 기절한 태자의 몸은 어느새 사방에서 피 냄새를 맡고 날아온 모기떼에 마저 남은 피를 빨리고 인고의 시련까지 당한다.

그 괴로움 가운데서 태자는 기원을 한다.

'지금 나는 몸으로써 부모에게 공양하여 그 은혜에 보답하였다. 부모는 행복하게 될 것이다. 그리고 나머지 남은 나의 살 찌꺼기로 굶주린 모기들을 양성하였다.'라고.

이 기원이 제석천에 감천하여 태자의 육체는 본래대로 회복되었고 하얀 젖 같은 청정한 피가 온 몸에 감돌았다.

이렇듯 제 목숨을 버리면서까지 부모에게 효를 행하는데 어머니를 위해 그까짓 것 못하랴 싶은 생각은 성진오의 마음을 가다듬어 주곤 했다.

그 인고의 세월은 지금 생각하면 그래도 그것이 인간이 사는 세상이려니 싶다. 이제 죽음만이 남은 것의 전부가 되니까 어머니도 아내도 다 나를 찾지도 않지 않느냐. 아니, 그건 성진오의 옳지 못한 편견일지도 모른다. 왜냐하면 굳이 붙잡는 그들을 모두 떨치고 몇 개월 전 휑하니 나온 장본인은 바로 성진오 그였기 때문이다.

누가 나가라고 쫓아낸 것도 아니고 귀찮다고 눈치를 준 사람도 없다. 아니 그들은 성진오에게 그럴 수가 없었다. 야박하게 말한다면 곧 성진오가 그들의 생활을 꾸려 주는 자금 때문이다.

돌이켜 보면, 어떤 의미에서 그의 마흔일곱의 인생은 바보처럼 살아온 인간의 전형이고, 어떤 의미에선 성실하게 살아온 착한 시민의 표본이었다.

그것은 지금 후회와 후회의 점철로 시시각각 그를 괴롭히고 있었다. 그가 병원에서 퇴원을 결심한 것은 남은 기간만이라도 자신만의 인생을 살아보고픈 생각에서였다.

사춘기 시절과 청년 시절이 굶주림과의 싸움이었다면 장성해서 기반을 잡을 무렵부터는 자신보다도 남을 위한 희생만을 강요받으며 숙명처럼 살아왔던 성진오였다.

어머니, 의부, 의붓동생들, 아내, 아이들, 크고 작은 지면이 있는 사람들, 이 모든 사람들이 모두 성진오의 얼굴만을 바라보며 살았다.
 신기할 정도로 그는 그들을 모두 먹여 살렸고 또 그 자신도 그리 가난치 않게 어느 정도는 안락한 생활을 누려 왔다. 그것은 모두가 한눈팔지 않고 오로지 일벌레처럼 일만 하며 돈을 모은 탓이었다. 술집에 가서 헛돈 한번 쓰지 않고 그 흔한 해외 나들이 한번 못해 보았다. 악착같이 돈을 벌려는 의도보다는 주위 환경이 끊임없이 그를 물고 늘어졌기 때문이었다.
 그러나 지금, 죽음을 생각해야 하는 시기에 이르자 왜 그렇게 미련스럽게 살았나 싶은 생각에 회한과 후회의 소용돌이가 그를 마구 감싸왔다.
 "술은 왜 안 드세요, 사장님?"
 미스 장이 안주를 집어 먹으며 그를 올려다봤다.
 이 여자에겐 전혀 호감이 가지 않아 키스조차 해줄 마음이 나지 않는다.
 "사장님, 우리 춤춰요."
 칸막이 너머 저쪽 작은 스테이지에서 몇몇이 부둥켜안고 춤을 추고 있었다.
 그러고 보니 참 복잡한 구조의 술집이었다. 아홉 시 정도까지는 피아노가 홀의 분위기를 그럴싸하게 만들었는데, 그 이후부터는 밴드가 쿵작쿵작 시끄럽게 술에 취한 취객들의 흥을 돋았다. 그러나 성진오에게 그것은 하나도 자극제가 되지 못했다.
 더구나 이 미스 장이란 여자와 부둥켜안고 춤출 생각은 추호도 없었다. 그 가난했던 대학 시절에, 아내와 연애를 하면서 그녀와 함께 춤을 춘 적이 있었다.
 대학 축제 마지막 날을 장식하는 쌍쌍 파티에서였다. 그녀는 하늘

하늘 잠자리 날개 같은 비취색 원피스를 입었었다 성진오는 아르바이트를 하던 집 학생의 형의 양복을 빌려 입고 나간 파티였다. 그 양복은 그럴싸하게 그의 몸을 감싸 주었지만 장본인은 하루 종일 옷이 부자연스러워 어쩔 줄을 몰랐었다.

난생 처음 입어 보던 양복, 옅은 베이지색 양복에 갈색 체크무늬 넥타이를 매었었지.

아내 이명희는 그런 그를 보고 깔깔대고 웃었지만 곧 진지한 표정을 지어서 우린 둘 다 웃어 버렸지. 대학 4년간 감히 축제에 참석하리라곤 생각도 않았다. 물론 학술제나 그 밖의 연극 관람 등에는 참석했지만, 축제 기간의 피날레이자 피크인 쌍쌍 파티엘 3년 동안 줄곧 참석하지 못했다. 파트너 없이는 참석하지 못하는 것이 문자 그대로의 쌍쌍파티였다.

대학 생활이라면 곧 미팅을 연상할 정도로 학창 생활 중 낭만의 하나가 여학생과의 미팅이었다. 그러나 성진오는 그 미팅에 참석하지 않았다.

여학생을 만나려면 찻값, 식사 값 등이 꽤 많이 들게 마련이기 때문에 당시 그의 상황으로선 생각지도 않았다. 그것은 사법고시 준비의 장해물밖에 안 된다고 여겼다. 그런데 4학년 봄 축제를 앞둔 어느 날, 친구 녀석 하나가 자리를 메워 달라고 부탁을 해 왔다.

"무슨 자린데?······"
"미팅. 남학생이 하나 부족해. 가서 앉아만 주면 돼."
"글쎄······."

망설이는 그의 등을 밀며 끌고 간 곳이 지금도 잊히지 않는 무교동의 왕자다방이었다.

이미 여학생과 남학생들은 짝이 지어진 듯 이야기들을 도란도란 나누고 있었는데, 그중 두 여학생의 앞자리가 비어 있었다.
친구가 그에게 다가왔다.
"자, 넌 5번이야. 이쪽이야. 잘해 봐, 인마."
친구는 그의 머리를 툭 치고는 한 여학생의 맞은편 자리에 앉았다. 성진오도 나머지 여학생의 앞좌석에 앉았지만 도무지 무슨 말을 해야 할지 몰라 서먹서먹한 분위기만 감돌았다.
"저, 법대 4학년 성진오입니다."
"저는 가정대 4학년 이명희예요."
그 다음엔 또 무슨 말을 할 것인가.
그는 그냥 어색한 분위기를 만들며 친구를 힐끔 쳐다보았다. 녀석은 구변 좋게 잘도 지껄이고 있었고 상대편 여학생도 킥킥대며 웃고 있었다.
그러나 그는 초조하다거나 하는 감정이 있는 것은 아니었다. 애당초 목표를 하고 나온 미팅도 아니었고 잠시 후 일어나 헤어지면 그뿐이었다. 여학생도 그리 썩 예쁜 타입은 아니었다. 무슨 형이냐 하면, 때 하나 묻지 않은 온실 속의 화초 같은 느낌을 주었다. 고생이라곤 모르고 부모 밑에서 응석만 부리고 자랐겠군. 이렇게 생각하며 그가 여학생을 바라보았을 때 마침 그를 쳐다보던 이명희와 눈길이 마주쳤다. 그녀는 후닥닥 시선을 거두었으나 성진오는 찬찬히 그녀를 훑어보았다.
그리고 문득 자기가 이런 쓸데없는 곳에서 시간을 낭비할 필요가 없다고 느껴졌다.
"나가실까요?"
성진오는 그녀에게 의향을 물었다. 그녀가 발딱 일어나 먼저 나갔다. 화가 난 뒷모습이었다.

찻값을 지불하는 성진오의 목덜미에 대고 친구 녀석이 소리를 질렀다.
"잘해 봐!"
다방에서 나와 보니 이명희는 다방 문 옆에 기대 서 있었다.
성진오는 그녀에게 목례로 작별 인사를 한 후 곧장 걸어 나갔다.
그가 서너 발자국 걸어갔을까, 그때 그의 뒤통수를 한방 먹이는 소리가 들려 왔다.
"야, 네가 뭔데 그렇게 도도하게 구니? 비쩍 마른 멸치 같은 녀석이……. 내가 벙어리 노릇하고 무시당하려고 아까운 시간 낭비해 가며 이곳에 온 줄 알아!"
지나가던 사람들이 모두 걸음을 멈추고 그들을 바라보았다.
성진오는 너무나 급작스러운 반격에 깜짝 놀랐다.
그는 그녀에게 성큼 걸어가서 그녀의 앞에 다가섰다. 그때였다. 짝! 하고 그의 뺨을 가르고 지나가는 여린 손과 그 손을 움켜쥔 그의 손이 거의 동시에 네 개의 눈동자 앞에서 시위를 하듯 버티고 섰다.
그때를 회상할 때면 언제나 아내와 성진오는 까닭 모를 충만한 기쁨에 서로 마주보고 웃곤 했다.
"그때 처음 본 당신의 인상이 어땠는지 알아요? 꼭 이 세상의 고독과 우울을 혼자 다 짊어지고 사는 사람 같았어요. 그러나 당신이 나를 쳐다볼 때 그 반짝이던 눈망울을 본 순간, 난 당신의 아내가 되리라 결심했었죠. 당신은 그때 꼭 비루먹은 망아지 같았어요. 남루한 옷에 영양이 없어 뵈는 얼굴, 거기에다 키는 왜 그다지도 훌쩍 큰지, 멀리서도 당신은 눈에 띄었어요. 그러나 당신의 눈동자는 욕망과 총명으로 번뜩이고 있었어요. 그래서 이 사람은 무엇인가 해내겠구나 하는 느낌을 받았어요. 그런데 내가 당신을 그냥 가게 내버려둘 것 같았어요?"

이명희도 맹랑한 여학생이었다.

알고 보니 그녀는 그 미팅을 주선한 여학생 측 대표였고 그녀 학과에서도 과대표를 지내고 있었다.

단란한 가정에서 귀엽게 자란 외동딸로서 그녀에 대한 집안에서의 애착이란 대단했다. 그것은 한때 그들의 결혼을 저해하는 요소가 되기도 했지만 그의 사법 고시 패스로 인해 일약 장인과 장모에게는 자랑스러운 사위로 돌변했다.

연애 시절, 주로 그녀가 그를 사먹였고, 버스표도 손에 쥐여주곤 했다.

먼저 첫 월급을 받은 그녀에게서 양복을 얻어 입었고 구두도 한 켤레 얻어 신었다.

"구두를 사주면 채인다던데……."

이명희는 농담 삼아 얘기하면서도 그에게 까만 구두 한 켤레를 선사했다.

그때부터 그에겐 행운의 여신이 미소를 짓는 듯했다. 그 후 이명희와 결혼을 했고 첫딸이 태어났다. 둘째를 가졌을 때 그는 어머니를 찾고자 결심했고 그녀 가족의 부양을 서슴지 않고 떠맡았다. 처음에 아내는 완강히 그것을 거부했다. 누구보다도 그의 과거를 잘 알고 있는 아내로서는 시어머니가 미웠고 또 그의 의부는 더더욱 그와는 무관한 사람이라고 그를 설득하려 했다.

그러나 성진오는 오히려 그녀를 설득했다.

"아이 사장님, 이젠 너무 늦었어요. 밴드도 다 끝났는걸요."

미스 장은 어느새 성진오의 곁에 착 달라붙어 앉아 그의 허벅지를 슬슬 문지르고 있었다.

성진오는 오랜 꿈속에서 깨어나듯 정신을 차렸다. 그와 동시에 미스 장의 손을 그에게서 떼어 놓았다.

"사장님, 어디로 가실 거예요? 오늘 밤 제가 모실까요?"

성진오는 대답 대신 술값을 치렀다. 벌써 1시가 넘어 있었다. 통금이 없는 서울 거리엔 드문드문 사람들의 발걸음이 있긴 했지만 거의 모든 사물이 적막에 싸여 있었다.

거대한 빌딩에도 불은 모두 꺼져 있었고 휙휙 지나는 택시의 속도감이 성진오를 질리게 만들었다.

성진오는 전화박스를 찾았다. 집에 전화를 하고 싶었다. 그곳까지 가서도 가족을 만나지 않았던 자신이 못 견디도록 바보 같았다.

"몇 번이었더라?"

성진오는 전화번호가 생각나지 않았다.

"그렇지. 오랜 세월 동안 전화를 못 해 봤지. 전혀 생각이 나지 않는 걸."

정말이지 도무지 번호가 생각나지 않았다.

그는 소리치고 싶었다.

'여보시오, 우리 집 전화번호를 좀 가르쳐 주십시오, 제발, 제발······.'

그러나 포도에 뒹구는 낙엽만이 그의 주위에서 바스락거릴 뿐 이미 사람들은 그의 주위에 없었다.

산속의 절간보다 더욱 적막하고 절망적인 이 도시의 밤. 그것은 낮의 얼굴과는 너무도 다른 싸늘한 아스팔트와 깜깜한 공간과 청암색의 하늘뿐이었다.

그것들은 모두 차가운 빛이어서 성진오를 자꾸만 자꾸만 몰아내고 있었다.

넌 이미 이 도시에서 도태하고 말았다. 어서 산으로 돌아가. 네가 선택한 곳이 그곳 아닌가. 너는 가족에게서도 친구에게서도 모두 잊혀졌어. 너는 한시 빨리 혼자 사는 법을 익혀야 한다.

네가 그동안 많은 도움을 주었다고 해서 그 도움을 받은 자들이 지금 이 시각 단 한 명이라도 너를 생각하는 줄 아느냐. 제발 깨어나라. 너는 혼자다.

성진오는 누구에게건 전화를 해서 같이 벗을 하고 싶었다. 그러나 아무도 연락 번호가 생각나지 않았다.

무수한 얼굴과 이름은 생각나건만 잡힐 듯 말 듯 전화번호는 하나도 제대로 잡히는 것이 없었다.

제기랄!

그는 포기하기로 했다.

슬픈 눈의 아이

소년이 헤헤 웃으며 키를 가지고 앞장서서 들어갔다. 복도엔 자줏빛 카펫이 좁고 길게 깔려져 있었다.

이 도시는 모두 붉은 빛이 판을 치고 있는 것일까.

309호실 앞에 소년이 멈추어 섰다. 소년은 성진오에게 먼저 들어가라는 몸짓을 하며 키를 그에게 건네주었다.

"프런트 부르려면 0을 돌리세요. 술 갖다 드릴까요?"

"술?……음……좋도록……."

소년은 또다시 헤헤 웃으며 그를 정면으로 바라보았다.

"아찌, 여자도 불러 드릴까요. 근사한 아가씨가 있어요. 나이는 스물이구요 늘씬해요. 나이트클럽에서 노래하는 가수예요."

성진오는 소년의 나이를 가늠해 보며 아연해 하며 물었다.

"너 몇 살이니?"

"그런 것 뭣하게요?"

갑자기 소년은 경계의 빛을 띠며 몸을 도사렸다.

"아니, 그냥……. 자 팁이다. 사탕이나 사 먹어라."

"아찌는 내 나이에 무슨 사탕이에요. 어떻게 할까요. 그 가수 불러 줄까요?"

"네가 알아서 하렴."

소년은 헤헤 웃으며 휘파람을 불며 사라졌다.

길고 좁은 복도의 양 옆으로 많은 회색의 문이 말없이 줄을 지어 서 있었다.

잠시 후 여자아이에 의해 맥주가 댓 병 날라져 왔다. 그녀는 깡총한 미니를 입고 있었으며 노랗게 염색된 머리가 어깨를 훨씬 넘게 덮었다.

"처음 뵙겠습니다. 전 리나에요."

"리나? 서양 이름 같군."

무심코 말하며 여자의 얼굴을 쳐다본 순간 그녀가 반은 진짜 서양 아이라는 걸 알게 되었다.

그녀를 보는 순간 성진오는 짜릿한 아픔이 전해져 왔다. 나이로 보아서 6·25의 비극에 의한 씨앗은 아니겠지만, 그래도 이 땅에 전쟁의 위험이 도사리고 있기에 뿌려진 씨앗이 아니겠는가. 아직도 주둔하고 있는, 아니 통일이 되지 않는 한 영원히 이 땅에 살고 있을 주한 미군들. 그중 어느 한 병사와 직업여성 사이에서 태어났을 소녀.

가슴이 아팠다.

자신의 어머니와 같은 또 하나의 비정한 모성을 통감하면서 그는 울고 싶은 심정이 되었다. 생채기투성이인 이 나라와 이 나라 백성들과 후예들을 생각했다. 지금도 비극은 도처에 있다.

성진오는 술을 따랐다.

리나가 당황한 듯 자신이 술병을 쥐려고 했다. 마치 자신의 임무를 이행하지 못한 것처럼 그녀는 당황했고 서둘렀다.

"괜찮아. 아가씨는 그냥 옆에만 있으면 돼. 졸음이 오면 내 침대에서 먼저 자도 좋아."

리나는 잠자코 있었다.

"노래를 부를까요?"

"부르고 싶나?"

"아니에요. 이제껏 불렀는걸요. 하지만 어떤 손님들은 억지로라도 노래를 시키려고 해요. 그래서 혹시 손님도……."

"아니, 괜찮아. 나는 음악을 좋아하지 않아."

"예……."

리나는 조그맣게 말했다.

'차라리 미국이나 다른 어느 서양에라도 가면 소외감은 덜할 텐데…….

검은 눈과 흑발 투성이인 이 나라에서 노란 머리와 푸른 눈동자는 너무 튀지 않니? 너는 차라리 이 나라를 떠나렴. 왜 그렇게 슬픈 눈으로 이런 곳엘 드나드니?'

성진오는 술을 한잔 가득 따랐으나 마시지 않았다. 마실 수가 없었다.

불교에서는 '여자는 타락신'이라고 한다. 남자들에 비하여 계율을 지키기가 어렵고, 보다 잘 타락하여 계를 어긴다는 뜻일 게다. 그리하여 사미니가 비구계를 받기 위해서는 '식차마나니계'를 받아야만 한다.

식차마나니는 사미니로서 비구니계를 받으려고 하는 사람을 말한다. 이 계는 비구니계를 받을 만한가를 시험해 보고, 아기를 배었는지의 여부도 시험한다.

하물며 중생들의 세계에 있어서의 여자란 더욱 타락하기 쉽지 않은가. 그런 부산물 중의 하나가 리나라는 가엾은 소녀였다.

아직도 인간의 수명은 칠성七星이 좌우하고, 바다에서의 생사문제는 용왕이 주도한다고 믿는 사람이 있다.

이러한 믿음은 산과 산신인 호랑이, 바위와 나무 등에까지 이르고 있으며, 이는 다 믿을 것과 믿지 못할 것을 판단하지 못하고, 덮어놓고 믿는 인간의 무지에서 비롯된 것이다. 아무리 인간이 무지하다 해도 사물에 대한 기본적인 판단과 이해는 가능하며 선과 악, 좋고 나쁜 것쯤은 구별이 가능하다.

그러나 아직도 도처에 악이 뿌리박고 있으며 악이라고는 굳이 말할 순 없지만 좋지 않은 것이 만연해 있다.

그러나 그 모든 것은 삶에 연결되어 있는 악이며 부정이지, 죽음과는 연결되지 않는다. 죽음이란 이 모든 것들의 종말을 의미하기 때문이다. 사랑하는 사람과도 이별이고, 더러움과도 행복과도 맛있는 것과도 심지어는 이 세상에 널부러져 있는 쓰레기와도 이별을 뜻한다.

죽으면 그것으로 끝이다.

그러나 스님은 그렇게 말하지 않았다.

"스님, 죽음을 생각하면 두려워집니다."

"우리는 육체와 영혼을 구별해서 보지 않습니다. 육체라는 '것'이 있고 영혼이라는 '것'이 따로 있다고 보는 것이 아니라 그저 마음이 송두리째 변하여 육신이 된 것이지요. 마음은 물론 시간과 공간의 제약을 받는 일이 없고, 신통이 자재하여 무엇이나 못하는 일이 없지만 육신은 이러한 제약을 언제나 받으며 그 능력에도 한계가 있습니다. 그러므로 마음과 육신은 같은 것이 아니지요. 그러나 반면에 마음이 송두리째 굴러서 현실로 나타난 것이 육신이며, 그것이 그것으로 된 것일 뿐이므로 마음과 육신은 다른 것도 아니지요. 이와 같이 우리는 마음과 육신은 같은 것도 아니지만 다른 것도 아니라고 보고 있어요."

"불교에서는 윤회설을 주장하고 있는 줄 아는데요. 제 육신이 죽어도 다시 다른 무엇으로 태어납니까?"

"사람이 죽으면 그의 전6식前六識은 모두 무너지고, 그리고 그 배후에서 작용하던 제7말나식末那識—즉 자아의식—도 해체되지만 모든 사람의 생명의 근원이 되어 있는 제8아라야식阿賴耶識만은 없어지지 않고 그대로 남아서 다음 삶에로 이어지지요. 본래 아라야식은 그것이 지니고 있는 '업'을 따라 일정한 생명체로서 자신을 나타내는 것이며 이리하여 하나의 육신이 생겨나서 삶을 유지하게 되는 것이지만, 그러한 육신으로서는 더 이상 아무런 일도 할 수 없게 되었을 경우에는, 이 아라야식은 자신의 모습을 바꾸기 위하여 그 육신을 버리고, 다시 새로운 육신을 찾아 나섭니다. 이리하여 하나의 육신은 죽고 다른 또 하나의 육신이 태어난다고 사람들은 말하지요. 하지만 아라야식의 입장에서는 태어남도 죽음도 없는 것이며, 다만 그 나타난 모습만이 바뀌어졌을 뿐인 것입니다. 이리하여 끝없이 삶은 계속되는 것인데, 이것을 우리 불교에서는 윤회라고 하지요."

"우리는 흔히 나쁜 일을 많이 한 사람은 지옥으로 떨어지고 선한 일을 행한 사람은 천당으로 간다고 합니다. 그래서……. 더러 죽음에 임박한 사람들은 종종 두려움을 느끼곤 합니다만……."

"허허……. 천당과 지옥이라?"

"누구도 죽어서 그런 곳에 가 본 사람은 없었기 때문에 그런 것은 가설에 그칠 뿐이고, 종교적 신앙의 대상이 되어 있을 뿐입니다. 사람이 죽어서 가는 곳은 천당도 아니고 지옥도 아닙니다. 그저 또 다른 몸으로 세상에 태어나는 것을 원칙적으로 보고 있습니다. 따라서 죽은 다음의 일을 두려워할 필요도 없으며, 그저 미소 지으며 가면 되는 것입니다."

'윤회설'의 가르침에 의하면 사람의 육신은 마음의 나타난 모습에 지나지 않으며 그것 자체로서 자성自性을 가지고 있는 것이 아니다. 그럼에도 불구하고 사람들은 이 육신이 그것으로서 존재한다고 착각한다. 그리고 사람이 이러한 착각을 하는 것은 그에게 '자기'라는 의식이 있기 때문이다.

자기라고 부를 만한 아무것도 없음에도 불구하고 육신을 그러한 자기라고 착각하고서 그 자기에 대하여 무한한 애착심을 갖는다. 이것은 마치 하늘의 꽃을 정말로 꽃이 있는 것으로 착각하는 것과 같다. 그리고 이러한 착각은 모두 '자기라는 의식'에서 유래하는 것이며, 이러한 의식을 불교에서는 '말나식'이라고 부른다. 사람의 온갖 잘못은 결국 이러한 말나식에서 유래하는 것이며, 그렇기 때문에 불교에서는 이러한 말나식이 작동하지 못하도록 억제해 두라고 가르친다. 그러나 말나식이 작동하지 못하도록 한다는 것은 여간 힘든 일이 아니다. 여기에는 피나는 노력이 수반되지 않으면 안 된다. 말나식이 작동하지 못하도록 하기 위해서는 우선 물질에 대한 욕망을 억제해야 한다. 그렇다고 해서 모든 물질 생산을 중지해야 한다는 것은 아니고, 또한 물질 소유를 금지해야 한다는 것도 아니다.

물질을 생산해서 소유는 하되 그것을 필요로 하는 사람이 있는 경우에는 서슴없이 그에게 주라는 것이다. 이런 것을 불교에서는 보시라고 한다.

성진오는 그간 산에서 주워들었던 법현 스님의 말씀을 하나하나 기억해 보았다. 모든 것이 옳고 진리이건만 또 그것이 가장 어려운 일이기도 하다는 것을 알았다.

리나는 소파 등받이에 기대어 자고 있었다. 노랑머리와 움푹 팬 눈이 그의 시야에 들어왔다. 초미니의 스커트는 그녀의 모든 허벅지를 다 드러내놓고 있었고, 볼륨 있는 히프가 성진오의 눈길을 끌었다. 목이 많이 패인 청색 티셔츠 위로 커다란 유방이 솟아올라 있었으나 성진오는 그것들에게서 아무런 성감도 느끼지 않았다.

성진오는 침대 위에 얹혀 있는 모포를 집어다 리나를 덮어 주었다. 그녀는 모포를 두 손으로 잡아당겨 더욱 자신의 몸을 감싸더니 다시 쌔근쌔근 잠을 잤다. 몸은 어른이지만 아직 어린 소녀를 벗어나지 못한 듯한 여자아이. 이 아이가 자신의 몸을 팔러 여기저기 불려 다니다니 도저히 믿어지지가 않았다.

복도의 괘종시계가 벌써 땡땡 다섯 번을 쳤다.

성진오는 길게 기지개를 켜며 침대에 누웠다. 그러나 잠은 결코 오지 않을 것임을 그는 예감했다.

의사는 절대로 휴식을 취하라고 했는데……. 성진오는 생각을 하며 눈을 감았다. 의사의 말대로 휴식을 취하기 위해서이다. 그러나 그의 머릿속은 점점 더 복잡해져만 갔다. 유리창을 통해서 본 가족들의 단란하고 행복스런 모습이 확대되어 왔다. 가장이 없기 때문에 쓸쓸하고 슬픔이 감돌 것이라고 생각했던 어제 저녁까지의 망상. 유리창 너머 보이는 가족들은 그의 망상을 여지없이 깨버렸다. 그는 이제 더 이상 일을 할 수가 없다. 따라서 돈도 더 이상은 벌 수가 없다. 돈을 벌지 못하는 남편은, 아들은, 아버지는 이젠 무용지물인가. 아직 더 일을 할 수 있는 나이임에도 불구하고 정년퇴직이라는 미명 아래 강제로 회사를 그만두어야 하는 50대 초반의 할아버지의 심정은 어떨까. 아직 자식들의 공부가 더 남았고 시집장가를 보내려면 목돈이 드는데, 가장 돈이 필요하려고 할 시기에 회사로부터 감원이나 정년퇴직이라는 미명 아래 쫓겨나고 만다.

집에 있게 되면서부터 생기는 불안과 초조, 그리고 사회에서 격리당한 것 같은 느낌에 건망증이 생기고 생각지도 않던 병들이 속속 겉으로 드러난다.

그렇게 몇 년이 지나다 보면, 자연 자식들은 아버지를 조금씩 조금씩 잊게 되고, 아내는 옛날보다 남편에 대해 소홀해진다. 그래서 신경 정신과를 찾아오는 젊다면 젊은 할아버지들이 꽤 있다는 얘길 들은 적이 있다.

그런데 성진오, 그는 어느 경우인가. 그의 직업은 말하자면 자신이 될 수 있는 데까지 얼마든지 뛸 수 있는 변호사이다. 그런데 이 무슨 운명의 장난으로 흔히 말하는 정년의 나이도 되기 전에 이렇게 주저앉고 말아야 하는가. 너무나 억울하고 답답한 마음에 소리라도 냅다 지르고 싶지만, 사실 또 그러기엔 그는 조금씩 조금씩 지쳐가고, 포기 단계에 있었다. 하지만 아무리 선고를 받은 자신의 생명이지만, 무언가 자신을 살릴 수 있는 불길과도 같은 무엇이 있다면 그까짓 것쯤은 거뜬히 물리치고도 남을 것 같았다.

예를 들면 그것은 자신의 육체를 불사를 수 있는 사랑이어도 좋고, 또는 무한한 자비를 가진 부처님을 모시는 중이 되어도 좋고 아니면 사랑의 가르침을 지금도 이 세상 곳곳에 포교하시는 하느님의 종이 되어도 좋았다. 그러나 무엇 하나 그를 버리고까지 몰두하고 싶은 것이 없었다. 그것이 문제였다. 나머지, 얼마나 남았는지 모르지만 이렇게 방황만 하며 허송세월을 보내기엔 그를 기다리는 시간이 너무 짧았다.

시간이 조금만 더 지나면 육체의 고통도 그를 짓누를 것이다. 아직은 그 단계까진 가지 않았지만 그 고통이 그를 삼켜 버리기 전, 그 전에 빨리 그는 자신의 새로운 인생을 찾아야 될 것임을 뼈저리게 느꼈다. 그러나 고기도 먹어 본 놈이 그 맛을 안다고, 이제껏 외곬수의 길을 걸어 온 그에게 이렇다 하게 잡히는 것이 하나도 없었다.

그의 변호사라는 직업은 꽤 매력적이었던지 어쩌다 모임이 있어서 술집에서 거창한 상을 앞에 놓고 지껄이다 보면 많은 여자들의 눈길이 그에게 와 머물렀다는 걸 그도 익히 알고는 있었다. 그러나 그때마다 그는 유혹을 뿌리치는 데에만 급급했지 달리 마음먹은 일이라곤 추호도 없었다. 그러나 성진오, 그도 한참 나이의 사내다. 어찌 외도에의 욕구가 없었겠는가. 더러는 모든 일을 다 팽개쳐 놓고 예쁜 계집이나 하나 끼고 팔도유람이라도 떠나고 싶을 때가 한두 번이 아니었다. 특히 그가 그의 정신과 육체를 혹사해 도와주고 있었던 많은 사람들에게서 배신감을 느낄 때나 그래서 그들에게서 진력이 날 때는 그 도가 심했다.

그는 항상 모든 사람들의 보호자 노릇만 했지, 응석이나 떼를 부려 본 적이 없었다. 심지어는 고민을 마음 놓고 털어놓을 마땅한 대상조차 없었다. 아주 어렸을 적, 6·25전쟁이 나기 전의 아버지와 어머니에 대한 기억 외에는 어린 나이에서 지금 마흔다섯의 나이에 이르기까지 어리광 한번 부려 본 기억이 없다.

남자는 나이가 들어도 어린애 같다고 누가 말했을까. 어쩌면 그 말이 명언인지도 모르겠다. 어느 순간에는 문득문득 모든 것 다 젖혀두고 포근한 어머니나 혹은 아내의 따뜻한 품속에 얼굴을 묻고 어리광을 부려보고 싶을 때도 있었다. 그러나 그에겐 그럴만한 어머니가 없었다. 이제까지의 어머니에 대한 기억이라곤 언제나 아쉬울 때 아들을 찾아와 손을 내밀던 기억 외에는 없다.

성진오의 아내 역시 마찬가지였다. 어릴 때부터 귀여움을 독차지하면서 자라온 외동딸이어서 그랬겠지만, 그녀 역시 너그러운 아내 역할은 하지 못했다. 항상 그에게 졸라왔고 응석을 부리려 했고 기대려 했다. 그녀는 남편이 벌어다 주는 돈 외에는 동전 한 닢 자립심이 없는 여자였다. 그리고 남편이란 존재는 당연히 그녀를 위해 희생하고 봉사해야 되는 줄 하늘같이 믿고 있는 타입의 여성이었다.

항상 옷을 해 달라고 졸라왔고, 구두를 맞춰야 된다고 말해 왔고, 새로운 침대 커버를 맞춰야 한다고 요구했고, 아파트로 이사 가고 싶다고 했고, 또 정원이 넓게 딸린 단독주택에서 살고 싶다고 말했다.

어느 한 순간이나마 남편의 마음을 이해하려는 마음가짐보다는 자신의 요구를 먼저 내세웠고 그것이 관철되어야만 직성이 풀리는 여자였다. 그렇다고 그의 아내가 악처라는 말은 결코 아니다. 다정다감하고 싹싹하고 애교도 있었고, 어디 데리고 나가도 남의 축에 빠지지 않는 미적인 센스도 있는 여자임엔 틀림없었다.

그러나 그녀는 성진오가 항상 그리워하며 자라온 모성애를 가지고 있지 못했다. 그녀의 모성은 자식들에게만 향했지 그 너그러운 어머니의 마음을 결코 남편에겐 나눠 주지 않으려 했다. 그래서 성진오는 더욱 고독했고 외로웠다. 그는 여덟 살 때부터 계속 어머니를 그리워하며 살아온 인생이라 해도 과언이 아니었다. 여덟 살 때 6·25전쟁이 터지고 부모와 헤어졌다. 아저씨 손에 끌려 어느 친척 집엔가 맡겨졌지만 그곳에서 그는 머슴살이나 다름없는 궂은일을 하면서 아버지와 어머니를 기다렸다. 아침에는 마당을 쓸었고 냄새나는 돼지우리에 돼지밥을 가져다주었다. 그 돼지우리에서 어머니가 그리워 운 적도 숱하게 많았다.

종전이 되자 그는 부모를 찾아 나서기로 작정하였다. 다행히 누군가 어머니가 살고 계신 곳을 일러 주었다. 물어물어 열한 살의 나이에 어머니를 찾았건만 화장 냄새가 역겨운 어머니의 얼굴은 이미 그의 어머니가 아니었다. 눈을 씻고 또 씻으면서 쳐다보아도 옥색 치마 저고리의 아리땁고 고운 자태의 어머니는 아니었다. 한복 대신 싸구려 원피스를 입고 있었고 하얀 고무신 대신 하이힐이 댓돌 위에 얹혀 있었다.

방안의 벽에는 못이 줄줄이 쳐 있었는데 거기에는 옷가지들이 여기저기 너저분하게 걸려 있었다. 어느 못엔가는 남자 파자마가 꼭 아버지의 것처럼 자신만만하게 걸려 있었던 기억도 있었다.

'아버진……. 빨갱이들이 잡아갔다. 그 후 죽었다는 소식을 들었지만 시체는 보지 못했단다.'

그 말을 하면서 어머닌 울지 않았다.

그동안 얼마나 울고 또 울었으면 눈물마저 메말랐으련만, 그러나 열한 살의 그에겐 왠지 어머니가 야속하였다. 그때부터 그에겐 얼룩진 모성이 있을 뿐이었다.

어머니와 자다가도 그는 어머니를 부르며 흐느꼈다. 마치 어머니를 잃어버린 자식같이 서럽게 울었다. 그럴 때면 어머닌 그를 끌어다 품속에 꼭 껴안았다.

그렇지만 그 품속이, 옛날 집을 잃어버려 엉엉 울다 지친 아이를 덥석 안고 집으로 데려가던 그 어머니의 품같이 느껴지지 않은 건 왜

였을까?

다시 복도에 있는 괘종시계가 땡땡 여섯 번을 치고 있었다. 성진오는 침대에서 벌떡 일어났다. 소녀는 아직도 세상모르고 쌔근쌔근 자고 있었다.

성진오는 윗도리를 걸치고 지폐를 몇 장 꺼내 탁자 위에 놓고는 마개를 따지 않은 맥주병을 그 위에 얹었다.

'안녕, 소녀야.'

제발 너와 모습이 비슷한 나라로 가서 살려무나.

도시의 아침

이틀을 꼬박 잠을 설친 성진오는 몹시 피곤했다. 그러나 정릉의 집에 다시 가 보고 싶은 마음은 추호도 없었다. 생각해 보면 그들을 원망할 이유는 하나도 없었지만, 또 그게 아니었다.

잘못은 성진오에게 있었는지도 몰랐다. 미리 연락을 하고 들이닥쳤더라면 가족들은 방황하다 돌아온 탕자를 반기듯 눈물로 그를 맞았을 것이다.

그러나 이미 엎질러진 물.

다신 생각 않는 것이 신상에 이롭다.

성진오는 부여로 다시 돌아갈까도 생각해 보았지만 잠시 보류하기로 했다.

아직 서울 거리에서 뭔가 할 일이 있는 것 같은 미진함을 느꼈기 때문이다.

성진오의 발길은 어느새 서소문을 향하고 있었다.

그곳은 아직도 공사 때문에 엉망이었다. 이놈의 공사, 언제 서울 거리는 공사 없는 깨끗한 거리가 될까. 어디를 가나 죄다 뜯고 파헤쳐 놓은 거리는 이제 신물이 날 지경이었다.

높다랗게 솟은 빌딩의 숲을 헤치며 아직도 보수의 손을 기다리고 있는 누렇게 퇴색된 타일벽의 4층짜리 건물을 그는 올려다보았다.

그곳에 '성진오 변호사 사무실'이라고 쓴 간판이 꼭 있을 것만 같았는데, 그것은 온데간데없고 대신 '서소문 제2직업안내소'라는 간판이 버젓하게 붙어 있었다. 그러나 성진오는 그 건물의 층계에 이미 발을 내딛고 있었다.

그의 발길은 3층의 어느 청색으로 칠해진 쇠로 만든 문 앞에 멎었다. 문은 반쯤 열려 있었다.

열린 문 너머로 나무 책상 두 개와 아코디언식 칸막이가 보였다.

바깥에서 서성이고 있는 낯선 중년 남자를 발견했음인지 안에서 '들어오세요'하는 여자의 낭랑한 목소리가 들려왔다.

성진오는 망설이다가 자신도 모르게 그 안에 성큼 발을 들여놓았다.

그곳엔 책상 두 개 외에도 지저분한 흰 회벽에 바싹 붙여 기다란 비닐로 입힌 소파가 놓여 있었는데, 그곳엔 꽤 이른 아침임에도 불구하고 초라한 행색의 여자아이 하나와 나이가 먹어 보이는 남자가 하나 쭈그리고 앉아 있었다.

책상에는 20대 후반으로 뵈는 여자, 50대 줄의 깔끔한 인상의 양복신사가 인상과는 어울리지 않게 쩝쩝거리며 이를 쑤시고 있었다.

"직업을 구하러 오셨나요?"

여자가 물으며 성진오의 아래 위를 훑었다.

"그러신 것 같진 않은데……. 무슨 일로 오셨어요. 선생님?"

여자는 상냥했다. 그러나 어딘지 노처녀임을 말하는 듯한 신경질이 얼굴 한 옆을 지나갔다.

성진오는 여자에겐지 모르는 얄궂은 미소를 지으면서 실내를 휘둘러보았다.

아코디언 칸막이 너머에도 사람이 있는지 두런두런 말소리가 새어 나왔다.

여자는 계속 성진오를 주시하고 있었다. '이곳에 오는 사람들은 으레 이렇게들 쑥스러워하며 망설인다니까.' 여자의 눈은 그렇게 말했다.

"저, 말씀 좀 물읍시다. 혹시 이곳에 변호사 사무실이 있지 않았나요?"

자신도 모르게 불쑥 튀어나오는 말에 성진오는 기가 막혔다.

이게 도대체 무슨 추태인가.

"아, 예. 우리는 이곳에 이사 온 지 6개월이 되었어요. 그 전에는 이곳이 변호사 사무실이었다지요, 아마?"

여자는 연상 이를 쑤시고만 있는 신사 쪽으로 얼굴을 돌리며 동조를 구했다. 신사는 고개를 끄덕이면서도 하던 일을 멈추지 않았다.

"예."

성진오의 목소리에 힘이 없어 보였던지 여자는 잔뜩 동정심을 담은 목소리로 또다시 물었다.

"그곳에 무슨 볼 일이 계셨던 모양이군요, 그렇죠?"

여자는 호기심을 발동하면서 채근조로 말을 이었다.

이를 쑤시던 남자도 하던 일을 멈추고 그를 주시했다.

갑자기 성진오는 난처한 처지가 되고 말았다. 뭐라고 변명 한마디쯤은 하고 이곳을 떠나야겠는데…….

"맞아요. 친한 친구가 그 사무실에 근무하고 있었지요. 연락처라곤 이곳밖엔 모르거든요."
"안됐군요."
이번엔 신사가 대답해 주었다.
그들은 생각보다 친절히 대해 주었다.
"죄송합니다. 이거. 아침부터."
"괜찮습니다. 만약 이 다음에라도 무슨 볼 일이 있으시면 찾아 주십시오."
남자는 웃으며 말하더니 곧 일어나 아코디언 칸막이 너머로 사라졌다.
성진오는 계단을 하나하나 세며 내려 왔다. 계단은 모두 마흔다섯 개나 되었다.
'내 나이와 비슷하군.'
성진오는 저절로 한숨이 나왔다.
차들이 분주하게 오가고 있었다. 이제 막 지하철이 도착했는지 시청역 지하도 아가리에선 한 무리의 사람들이 마치 경쟁이라도 하듯 서둘러 튀어 나왔다.
출근 시간에 늦지 않기 위해 그들은 서두르는가 보았다. 바쁘게 사는 그들에게서 한없는 부러움을 어쩔 수 없이 느껴야 했다.
지하도 옆의 가판에도 이제 막 신문과 잡지들의 정리가 끝난 듯 깨끗하게 정돈이 되어 있었다. 성진오는 신문 파는 청년에게서 신문 한 장을 샀다. 신문은 변함없이 동전 한 닢이었다.
그는 아직 조반 전이었다. 그의 배에서 신호가 보내지자 그때서야 자신이 어제 저녁부터 굶었다는 걸 깨달았을 정도로 그는 반쯤 얼이 나가 있었다. 술은 몇 잔 마셨지만 식사를 해야 한다고 생각해 본 기억이 나지 않았다. 성진오는 피식 웃으며 음식점을 찾았다.

한옥도 아니고 양옥도 아닌 묘하게 생겨먹은 집이 하나 눈에 들어왔다. 그는 자리에 앉은 후 메뉴를 훑어보았다.

그의 머리 위쪽으로는 순두부백반, 김치찌개 백반이라는 글자가 하얀 종이 위에 까만 붓글씨로 멋들어지게 적혀 있었다. 그의 자리 건너편 쪽에는 칼국수, 설렁탕, 육개장이 또 그런 식으로 적혀져 노란 벽 위에 붙여 있었다. 탁자 위에는 네 개의 양념병들이 나란히 놓여 있고 한가운데 메뉴를 적은 메뉴판이 투명한 플라스틱 속에 넣어져 깨알같이 적혀 있었다.

거기에는 벽에 붙여진 음식 외에도 수많은 음식 이름이 적혀져 있었다. 만두 종류, 육류, 일식에서부터 술의 종류도 다양했다.

음식점의 외양이 묘한 구조를 하고 있었던 만큼 음식 종류도 동·서를 합한 다양한 것이었다.

에이프런을 두른 여자아이가 나무젓가락과 스테인리스 스푼을 놓으며 그를 쳐다보고 서 있었다.

"다 되는 건가?"

여자아이는 또 싱긋이 웃으며 말했다.

"아니에요. 오늘 아침 식사는 육개장과 설렁탕뿐인데요."

"여기엔 여러 가지가 있는데?"

"그러나 그날그날에 따라 나오는 음식이 달라요."

성진오는 우스운 집이라고 생각하며 설렁탕 한 그릇을 시켰다.

식당엔 성진오 외에 젊은 남녀 두 쌍이 구석진 자리에 앉아 있었다.

이런 시각, 음식점에서 아침 식사를 하는 사람들이란 대개 뻔했다. 어쨌거나 성진오 역시 어제 평소와는 다른 하루를 보내지 않았던가. 생각할수록 리나는 묘한 아가씨였다. 낯선 남자 앞에서 그토록 천진하게 잠을 잘 수 있는 여자가 어떻게 자신의 몸을 파는 행위를 감히 생각해 냈을까. 반발심에서였을까? 아니면 그렇게밖에 살 수 없다고 자포자기를 한 때문일까.

실은 그러한 생활 방식이라고 성진오가 생각하는 것처럼 또 그렇게 처량하거나 불쌍한 일이 아닌지도 모른다. 그런 문제는 당사자가 아니고는 뭐라고 개입하여 말할 수 없는 것이기도 하다.

실로 오랜만에 먹어 보는 설렁탕은 꽤 맛이 있었다.

아직 부여로 돌아가고 싶은 생각은 없지만 그에겐 오라는 곳도 딱히 갈 곳도 없었다.

몇 개월 사람들과 두절되어 살았기로 이렇게 넓은 서울에서 만날 사람 하나 만들어 놓지 못했다니.

성진오는 자신이 한심스러워 보였다. 자기의 입장을 같이 이해해 주고 동감해 줄 친구조차 없는 자신이 딱해 보였던 것이다. 너무 일밖에 몰랐던 과거를 돌이켜 보며 또 한 번 새삼스러운 후회가 전신을 휘감았다.

혼자서도 시간을 보낼 수 있는 곳을 생각해 보았다.

공원 벤치, 다방······. 그러나 그곳은 혼자서 오래 있을 곳은 못되었다. 영화관이라면? 가까운 극장은 국제극장이나 혹은 중앙극장일 것이었다. 서서히 걸어가노라면 조조관람을 할 수 있을 것이었다.

그러나 성진오는 별로 구미가 당기지 않았다. 그는 현재 그와 말동무가 되어 줄 사람을 찾고 있었다.

그러나 그것은 헛일이었다. 꼬집어 생각나는 인물도 별로 없었고 몇몇 얼굴이 떠오르긴 했지만 그래도 망설여졌다.

오랜만에 보는 성진오에게 처음엔 위로의 말을 던질 것이고, 용기를 주기 위한 노력들을 하려 할 것이다. 그것은 수없이 들어온 말이

어서 그에겐 그다지 도움이 되지 않을 것이지만 그들은 그렇게 하는 것이 자신들의 진정한 우정의 표시나 임무인 양 얘기를 할 것이다.

성진오는 고개를 저으며 벌떡 일어섰다.

그가 갈 곳은 단 한 군데였다.

성진오는 부여로 향했다.

백제의 슬픈 종말을 말없이 전해 주는 낙화암과 백마강이 있는 곳, 부여를 향해 성진오의 발걸음은 한 발짝 한 발짝 다가갔다.

숙명적인 만남

"둥둥 두웅 둥둥……."

어둠을 깨는 법고法鼓 소리가 춤을 춘다. 태고처럼 깊이 잠든 산문山門의 새벽 3시.

이때부터 시작되는 송광사의 하루 일과는 도시의 샐러리맨도 감히 따를 수 없는 자로 잰 듯 정확하고 분주하다.

법고, 대종, 문판, 목어 등 4물치기 5분 전에 미리 깨어나 아침 예불을 올리기 위해 스님들은 준비를 한다.

방마다에선 일제히 불이 켜지고 장삼을 입는다.

아침 예불을 올리려 대웅전으로 모이는 시간이 3시 45분경이고 잠깐 동안 참선을 한다.

5시 반부터 30분간은 아침 휴식 시간인데, 이때는 세수를 하거나 한다.

6시에 아침 공양을 들고 11시 반이 점심 공양 시간이다.

대개 성진오는 6시 반이나 7시 사이에 일어나지만 더러는 스님들과 함께 눈이 떠지는 때도 있었다. 그 횟수는 날이 갈수록 점점 잦았다.

성진오가 제일 좋아하는 시간은 오후 2시부터 4시까지로, 그때엔 넓은 도량 안이 온통 독경 소리로 가득 메워진다.

낭랑하고 맑은 독경 소리를 듣노라면 성진오 자신도 모르는 사이에 합장을 하며 새삼 이곳이 신성한 절이라는 것을 실감하곤 했다.

다음 4시부터 1시간 동안은 저녁 청소 시간이고 5시에 저녁 공양을 든 후 세면을 한다.

그리고 6시엔 저녁 예불을 마치면 큰 방에 모여 잠자리에 드는 9시까지 참선독경이 계속된다.

성진오는 아침엔 스님들보다 늦게 일어나지만 취침시간은 그들과 같은 시각인 9시였다.

가끔 끊임없는 정진을 매일같이 꽉 짜인 일과 속에서 계속하는 스님들이 부러울 때도 있었다. 그럼으로써 그들은 잡생각 할 틈이 없었기 때문이다.

성진오는 너무나 많은 시간이 단지 자신만을 위해 할애되어 있는 것에 때로는 뿌듯하고 신기하기도 했지만 그 많은 공백이 잘못하면 사람을 좀먹을 수도 있다는 사실을 알아 갔다.

그래서 그는 부쩍 불경에 몰두하기 시작했다.

읽어갈수록 재미있는 구절도 있을 뿐더러 마음을 가라앉혀 주기도 해서 틈나는 대로 책을 손에서 놓지 않았다.

고학 시절부터 남보다 일찍 일어나고 또 늦게 잤지만 항상 시간은 그에게 부족했다. 새벽같이 일어나 신문 배달을 하고 학교로 향했다. 그리고 하교 후에는 또 다른 일을 하기 위해 여기저기로 뛰어야 했다. 자정이 다 되어서야 게딱지만한 자취방에 들어오면 그때부터 공부를 해야 했다.

서리서리 맺힌 한을 그는 출세로 앙갚음을 할 생각이었다.

출세만은 나를 이 지저분한 구렁텅이에서 구제해 줄 수 있다. 나의 목표는 출세다. 오직 출세뿐이다.

그는 자면서도 중얼거렸다.

성공을 해야 한다. 성공을 해서 내가 못 받은 사랑과 부를 내 2세에겐 물려주지 말아야 한다. 나도 남부럽지 않게 어여쁜 아내를 얻고 씩씩하고 슬기로운 아들과 갈래머리가 예쁘게 늘어지는 딸을 낳아 자랑스럽게 살아갈 것이다. 그 아이들은 아버지를 자랑스럽게 여기며 친구들에게 자랑할 것이다.

성진오는 항상 단란한 가정을 머릿속에 그리며 이불 속에 들어가곤 했다.

겨울이면 연탄을 아끼느라 추워서 오들오들 떨며 새우잠을 잤지만 그에겐 미래의 꿈이 있었다. 그 시절엔 그의 생은 온통 노력만으로 점철되어 있었다.

더러는 끼니를 굶기도 했지만 학비를 벌기 위해서라면 무슨 짓이든 다 할 수 있을 것 같았다.

생각하면 지독하고도 악착스러운 생활이었다.

자신의 힘으로 고등학교를 마치고 법대에 합격했을 때, 그때부터 그의 생은 찬란히 열리기 시작했다.

지금보다 오히려 당시엔 사법 고시 패스한 사위를 얻으려고 돈을 움켜쥔 극성스러운 부인네들이 설치고 다녔다.

성진오에게도 예외는 아니었다. 하나의 오차도 없이 그의 인생은 광활한 대지와도 같이 넓게 펴지기 시작했다.

공붓벌레, 독종이라는 별명도 그에겐 모두 듣기 좋은 소리였다. 학교 앞에 있는 다방 이름 하나조차 알지 못하고 다닌 4년간의 대학 생활 끝에 그는 무난히 사법 고시에 패스했다. 그것은 어쩌면 당연한 결과였다. 성진오와 같은 공붓벌레가 합격되지 않는다면 오히려 그것은 이상한 것이었다.

사법 고시에 패스하자 그에게도 유혹의 손이 다가왔다. 얼굴조차 모르는 소위 중매쟁이 아주머니들이 그에게 끊임없이 연락을 하기 시작했다.

그땐 이미 그의 가정 환경 같은 것은 시빗거리가 될 수 없었다. 오히려 그들은 자수성가한 젊은이에게 기특하고 존경스러운 눈길조차 아끼지 않았다. 피눈물나며 노력한 과정은 그들에겐 아무래도 좋았다. 그것은 결코 중요한 일이 될 수 없었고 결과만이 뭇사람의 눈에 찬란한 빛을 발했다.

중신애비들은 극성스럽게 그에게 좋은 자리를 해 준다고 뻔질나게 드나들었지만 그에겐 이미 이명희와의 굳은 약속이 된 터였다. 명희 역시 중매쟁이들이 건네는 상대들보다 나으면 나았지 그보다 부족한 상대는 아니었다.

마음 놓고 거리를 누비며 해 본 이성과의 데이트. 이젠 시험 걱정 따윈 하지 않아도 좋았다.

아름다운 여인과 거리를 걷노라면 사람들의 눈길이 모두 다 자기에게만 와 닿는 것 같았다. 그때만 해도 그에겐 어머니의 생각이라곤 털끝만치도 없었다.

단지 원망만이 가슴 깊숙이 응어리진 채로 그의 가슴을 항상 답답하게 짓누르고 있었을 뿐이었다. 거기엔 그리움이라든가 보고픔 따위는 전혀 없었다. 미움과 가시처럼 날이 선 원망만이 있었을 뿐이었다.

서울에 다녀온 이후 성진오는 불경과 더욱더 가까이하기 시작했다. 덧없는 세속, 변덕 많은 인간 생활보다는 오히려 책 한 권이 그를 살찌웠다.
　근 열흘간은 꼼짝도 않고 책만 보는 그를 법현 스님은 걱정스러운 눈초리로 쳐다보곤 했지만 뭐라고 말을 꺼내지는 않았다. 이따금씩 자비로운 눈빛을 보낼 뿐이었다.
　조심스럽게 그러나 온화하게 법현 스님은 성진오를 관찰하고 있었다.
　근 열흘을 그러고 있다가 답답증을 견디지 못한 어느 날 성진오는 산으로 올라갔다. 그리고 거기에서 마지막 남은 생에서 큰 획을 긋는 사건이 일어나고 말았다.
　그것은 참으로 예상 밖의 일이었다.
　꺼부수수하게 길어진 머리와 수염이 꼭 산도적 같은 인상을 줄까 봐 섣불리 접근은 못했지만 먼발치서 본 그녀는 그의 눈에 확실히 어떤 충격을 던졌다.
　어딘가에 갓 목욕을 하고 나온 듯한 함초롬한 인상이 퍽 그에게 어필했다. 나이는 도저히 짐작이 안 가는 어딘가 나사가 덜 죄어진 것 같은 맥 놓은 품이 예사롭게 보이지는 않았다.
　성진오는 그 다음 날도 그 근처에 나가 보았다. 숨마저 죽인 채 소리도 내지 않고 유유히 흐르는 강물과 하늘에 닿을 듯 높이 솟은 나무가 내는 바람소리만이 온 산을 흔들고 있을 뿐 여자는커녕 적막만이 산을 감싸고 있었다.
　'잘못 본 것일까?'
　그러나 분명히 보았다. 그 여자는 긴 머리채를 늘어뜨리고 소매가 반쯤 내려온 푸른 체크무늬 원피스를 입고 있었다.

성진오는 반시간 남짓 그러고 있다가 피식 웃음을 지었다.
'지금 새삼 여자에게 관심을 가져 무엇하겠다는 것인가. 나는 다른 사람과 다르지 않은가.'
세상을 외면하여 들어온 자가 새삼 이성에게 흥미를 느껴 어떻게 하자는 것인가. 또 설사 만나게 되었다 하자. 그 후엔 일을 어떻게 전개시켜 나가야 하며, 결말은 어떻게 지어야 하는가. 대책도 없고 어떠한 의도하는 바도 없이 무조건 어제 본 여자를 다시 보겠다는 일념 하나로 예까지 나와 버린 자신이 그렇게 우스울 수가 없었다.
성진오는 터덜터덜 절로 되돌아왔다. 법현 스님은 뒷모습을 보이며 손님인 듯한 사람과 함께 앉아 있었다.
순간 성진오의 눈이 빛났다.
'바로 그녀다.'
부질없는 호기심이 또 발동을 하기 시작했다. 자신을 나무라기도 늦었는가, 성진오는 한참을 그 자리에 서서 꼼짝도 하지 못했다.
인기척을 눈치 챈 법현 스님이 뒤를 돌아보더니 그에게 손짓을 했다.
"인사하십시오. 두 분 이제 앞으로는 자주 만나 뵙게 될 겝니다."
머쓱하니 서 있던 성진오는 무엇을 들킨 사람 모양 당황하며 목례를 했고 여자도 공손히 고개를 숙였다.
여자가 고개를 들고 눈을 치켜든 순간 그녀의 눈이 빛났다고 성진오는 생각했다. 어쩌면 여자도 성진오와 꼭 같은 생각을 했는지 모른다.
뭔지 모르지만 한 가닥 빛이 성진오에게 희미하게나마 비침을 그는 분명히 예감했다.
근 20년 동안 느껴보지 못했던 야릇하고도 이상한 기쁨이 목구멍에 차 올라오는 것 같았다. 갑자기 세상이 뒤바뀌어지는 것 같고 서서히 이 세상이 밝은 빛으로 물들여짐을 그는 분명히 느꼈다.

성진오가 퍼뜩 정신을 차려 주위를 둘러보니 법현 스님은 이미 어딘가로 가버린 뒤였고, 여자 또한 그에게서 몇 발짝 멀어져 가고 있었다.

'임나혜.'

그녀와 매일 얼굴이 마주치지만 더 이상 가까워지진 못했다. 성진오의 착각일진 모르지만 애써 외면하려는 빛이 역력한 그녀의 얼굴에서 항시 어색함을 발견하고 그는 혼자 얼굴을 붉히곤 하였다.

그렇게 짧은 가을이 가고 어느새 계절은 겨울의 문턱을 두드리고 있었다. 겨울의 절은 어떤 모습을 그에게 보여 줄까. 가끔 성진오는 그것에 대해 궁금히 여겼었다. 봄여름이야 절을 찾는 사람들도 많지만 겨울은 아무래도 관광객도 적고 추운 날씨 탓에 인적도 드물 것이리라. 사위가 얼어붙은 이 계절에 누가 일부러 산중의 절을 찾아오랴. 머물고 있는 사람마저 떠나고 싶은 스산한 계절.

성진오는 문득 여자를 생각해 보았다. 그러면 혹시 그녀도 떠나 버리는 것이나 아닐까.

별다른 대화는 없었으나 그래도 그녀는 자기와 같은 속세에 몸을 담은 인간이라는 점에서 더러는 위안도, 더러는 아쉬움도 느꼈던 터였다.

'우리는 끝내 아무런 인연의 끄나풀도 없이 이대로 헤어지고 마려는가.'

성진오는 까닭모를 초조함에 벌써부터 추위가 온몸을 감싸는 듯했다. 12월 초의 산속은 도시에서 여느 때 느꼈던 그 시기의 계절 감각보다 훨씬 더 추운 것 같았고 겨울의 모습을 도회지보다 훨씬 더 적나라하게 보여 주기에 족했다.
 아직 얼음은 얼지 않았다고는 하나 승려들은 모두 누비솜옷을 입었고 성진오 역시 파카를 입어야 했다.
 특히나 긴긴 밤에는 이불을 목까지 끌어당겨 덮고 자야만 할 정도로 한기가 온몸을 엄습해 왔다. 이럴 때 몸을 데워 줄 그 무엇이 있다면 더할 나위 없이 좋겠다고 이따금씩 그는 아쉬워했다. 그리고 그때마다 떠오르는 얼굴은 이내 이명희가 아니라 임나혜, 그녀였다.
 아무런 얘기조차 건네 보지 않은 처지였지만 왠지 그녀라면 차가운 자신의 몸을 포근히 품어줄 것만 같았다. 이명희에게선 느껴보지 못했던 자애롭고도 넓은 가슴으로 그의 병약한 몸을 품어 줄 것 같았다.
 성진오가 이불 속에서 뒤척이며 잠을 이루지 못하고 있을 즈음 임나혜 역시 마찬가지로 눈을 붙이지 못하고 있었다. 어쩌면 지금쯤 자기를 찾아 방방곡곡을 헤매고 있을 김경수 때문일까? 그러나 임나혜는 고개를 세차게 흔들었다.
 '그는 나를 찾아다니지 않을 거야. 그는 아마 나를 저주하며 어딘가에서 날아올지도 모를 부고장을 기다리고 있을지도 몰라. 그는 나보다 자식보다 재물을 더 사랑하는 사람이니까…….'
 갑자기 임나혜는 온몸에 소름이 돋음을 느꼈다. 자살을 하여 그의 기대를 만족시켜 줄까? 잔인한 보복심이 고개를 쳐들었다. 그러나 이내 처참해진 몰골로 죽어 있는 자신의 모습을 생각하자 끔찍했다.
 머리가 깨어진 채 피가 엉겨 붙어 있고 팔 다리가 뒤틀려 부러져 있다. 풀어헤쳐진 머리는 얼굴을 뒤덮어 피와 범벅이 되어 있고 그녀 주위에는 낯이 선 사람들이 모여 웅성대며 손가락질을 하고 있다.
 그때 멀리서 헐레벌떡 달려오는 남편 김경수. 그는 그러나 입가에 미소를 잃지 않고 있다. 그럴 줄 알았다는 회심의 미소.

임나혜는 벌떡 일어났다.

'바보 같으니. 너는 나에게 해 준 것이 하나도 없어. 돈, 돈을 벌기 위해 너는 열사의 나라로 도망만 다녔지. 너의 어렸을 적 가난을 나에게까지 떠맡기려 했어. 너는 돈을 벌 때까지 아기를 원하지도 않았어. 원하지도 않았던 아이를 내가 가졌을 때 너는 나를 원망했었지. 그러나 나는 내 마음대로 아기를 낳았지. 그것도 네가 중동에 있을 때 난산의 고통을 겪고 아이를 낳았어. 그래도 너는 귀국해서 수고했다는 말 한 마디 없었지.'

임나혜는 소리가 되어 나오지 않는 절망어린 낱말들을 열거하며 되씹었다. 그때 어디선가 바스락 소리가 나는 것 같았다. 그녀는 귀를 쫑긋 세웠다. 그러나 곧 적막과 어둠만이 그녀를 다시 에워쌌다.

그리고 잠시 후 그녀는 소스라치듯 놀랐다.

'아, 나는 지금 무엇을 생각하고 있었지? 나는 혹시 다른 남자가 나에게 스스로 접근해 주기를 바라지나 않았을까?'

그러나 그녀는 그것을 부정했다. 아니 부정하려고 애썼다. 그녀의 망막에 어른거리는 얼굴은 성진오. 그 사람이었다.

지적인 외모에 어딘가 외로워 보이고 허약해 뵈는 중년 남자. 그 남자는 의외로 나이답지 않게 수줍음을 타고 있었다. 그녀는 그가 얼굴을 붉히는 걸 몇 번 본 기억이 났다. 처음 인사를 나눌 때에 당황하던 모습도 새삼 떠올랐다.

'닳고 닳았을 그 나이에 수줍음을 타기란 쉽지 않아. 그는 왜 이 산중의 절에 혼자 기거하는 것일까? 가족이 없을까?'

그녀는 성진오에 대한 끝없는 의문에 잠기면서 서서히 잠이 엄습해 옴을 느꼈다. 그녀는 잠을 달게 맞으면서 눈을 감았다.

그녀는 알몸이었다. 그녀의 몸은 썩어가는 낙엽더미와 차가운 바위 위에 얹힌 채 누군가를 기다리고 있던 중이었다.

월광이 그녀의 나신을 비추었다.

"참 아름다운 몸을 가지셨군요."

나직하면서도 달콤한 목소리가 그녀의 귀를 간지럽혔다.

그녀는 그 목소리가 무조건 좋았다. 남자는 서서히 다가오며 그녀의 전신을 애무하기 시작했다. 짜릿하면서도 솜사탕 같은 남자의 혓바닥은 그녀를 핥아가기 시작했다. 남자가 그녀의 젖가슴, 배를 지나 하복부를 훑기 시작했다. 끈끈한 쾌감이 그녀를 흥분시켰다. 뜨거운 남자의 혀는 모든 걸 용해시켜 버릴 것 같았다.

임나혜는 더 이상 일초도 참을 수가 없었다. 그녀는 남자를 끌어당겨 자신의 젖가슴에 남자를 묻었다. 순간 그녀의 눈에 남자의 얼굴이 확대되어 왔다. 아, 그러나 남자는 성진오가 아니었다. 그것은 그녀의 남편 김경수였던 것이다.

갑자기 임나혜는 소리를 질렀다.

"아냐, 아냐. 당신이 아니야. 나를 죽이러 왔지. 앗! 사람 살려요."

남자는 갑자기 그녀의 머리채를 휘어잡았다. 휘어잡은 머리채를 손아귀에 움켜쥐고 그는 바위에다 사정없이 찧기 시작했다.

그녀는 소리를 질렀다.

"살려줘요. 살려줘!"

그때 성진오는 잠을 이루지 못해 절 안을 빙빙 돌고 있었다. 그런데 갑자기 여자의 비명 소리가 들려왔다.

"사람 살려요."

순간 성진오는 그것이 임나혜의 방에서 들려옴을 알았다. 그는 앞뒤 가릴 여유도 없이 문을 박차고 들어갔다.

희미한 달빛을 받은 창백한 얼굴이 공포로 일그러져 있었다.
그녀는 무서운 꿈을 꾸고 있음이 분명했다. 깨워야 될 것 같았다.
"여보세요. 정신 차리십시오."
성진오는 그녀의 팔을 세차게 흔들었다. 몸이 땀으로 뒤범벅이 되어 있었다. 머리카락이 방바닥에서 어지럽게 춤을 추고 있었다.
그는 자신도 모르게 길고 긴 머리칼을 쓰다듬으며 가지런히 손가락으로 빗겨 주었다. 그리움 같은 것이 왈칵 밀려 올라왔다. 그는 자꾸만 자꾸만 그러고만 있었다.
나혜의 머릿결은 부드럽고 매끄러웠다. 어쩌다 이 절간까지 밀려 왔을까. 집에서 소중히 간직되어져야 할 참한 여인이 어찌하여 이곳까지 와 있는 것일까. 정신을 차려요. 여인아, 정신을 차리고 따뜻한 너의 보금자리로 돌아가시오.
"제가 꿈을 꾸었나요? 당신은 왜 그런 얼굴로 나의 머리를 만지고 있지요?"
임나혜의 목소리는 아까와는 달리 차분하게 가라앉아 있었다.
그러나 성진오는 왠지 손가락 빗질을 멈추고 싶지 않았다. 그는 언제까지나 그러고만 있었으면 싶었다. 마음이 이렇게 평온해보기는 근래에 들어 처음이지 싶었다.
나혜의 두 눈에서 눈물이 주르르 흘러내렸다.
임나혜는 자신도 모르게 흐르는 눈물을 닦을 생각도 않고 숨마저 죽인 채 그가 하는 대로 가만 내버려 두었다. 어떤 따뜻한 손길을 자신도 기다리던 터가 아니었던가. 차고 냉정한 손길이 아닌 인간의 숨쉬는 체온이 있는 손길. 그것은 그녀가 바라던 바로 그것이었기에 그녀는 거부하지 않았다. 거부는커녕 그녀는 이미 자신의 마음과 육체를 환히 그에게 모두 맡기고 있었다. 이제 그 문을 열고 상대가 들어

오기만 하면 되었다. 둘 사이에 어떤 장애도 없었다. 적어도 이 순간에는…….

성진오는 문득 손짓을 멈추었다. 그리고 일어났다. 밖을 향해 한 발짝 두 발짝 걸음을 떼었다.

"가지……말아요……."

나지막하지만 간절한 목소리가 그를 붙잡았다. '이것은 운명이구나' 하고 성진오는 순간적으로 외쳤다.

"내가 필요하오?"

"그래요. 제발……."

그녀의 말이 채 끝나기도 전에 성진오는 허리를 구부려 난폭하게 그녀를 껴안았다. 그녀의 몸은 생각보다 더 야위어 있었다. 그는 연약한 여자의 몸이 으스러지도록 껴안았다.

갑자기 한 줄기 통증이 가느다랗게 전율처럼 등골을 스쳐갔다.

철 이른 바닷가

의사가 손을 씻으며 성진오를 돌아보았다.

"성 선생, 당신은 그동안 너무 몸을 함부로 하셨군요. 살고 싶지 않소?"

"살고 싶지 않은 사람이 어디 있겠습니까."

"그런데 왜 병원에도 오지 않고 약조차 복용하지 않죠? 이것은 현실입니다. 당신의 눈은 마치 꿈속을 헤매고 있는 것처럼 보이는군요. 당신은 환자입니다. 당신의 병이 얼마나 나쁜 종류의 것인지는 자신이 더 잘 알고 있잖소? 어떻게 하시겠습니까. 그냥 이 세상을 하직하겠습니까? 이거, 죄송합니다. 너무 노골적으로 말씀드려서……. 하지만 나는 너무 걱정이 돼서 그러는 겁니다."

성진오는 방 한구석에 천덕꾸러기처럼 처박혀 있는 약봉지들을 떠올렸다. 그는 그것들을 복용하지 않았다. 약 알맹이들이 자신의 몸을 치유해 주지 않으리라는 확신이 그렇지 않다는 것보다 더 크게 작용했기 때문이다. 그러나 그는 의사에게 구태여 그런 말까지 할 필요는 느끼지 않았다. 의사는 성진오보다 훨씬 더 모든 걸 잘 알고 있기 때문이다.

의사는 그의 생명을 건질 수 있다는 말은 결코 하지 않았다. 다만 생명이 연장되게는 할 수 있다고 했다. 그는 성진오에게 있어 솔직함에 관한 한 고마운 존재임에 틀림없었다.

성진오는 의사가 주는 약을 얌전히 받아들고 병원을 나왔다.

의사는 그의 등에 대고 결단 어린 목소리로 말했다.

"당신은 이제부터 계속 수혈을 해야만 합니다. 제발 내일 다시 와서 입원 수속을 밟으시오."

이젠 집에는 결코 가고 싶지 않았다. 별로 정이 없다거나 냉정한 성격이 아님에도 불구하고 가족에 대한 그리움은 이제 그에게 남아 있지 않았다. 대신 그는 임나혜의 얼굴을 그려 보았다.

무언가 사연을 간직한 건 틀림없는데 도무지 입을 열려고 하지 않는 외로워 보이는 여인.

결코 육감적인 얼굴이 아님에도 불구하고 남자를 자기 품안에 빨아들이려는 눈빛.

그립고 그립던 이성의 살이 그에게 와 닿았다고 느끼던 순간, 그는 그동안 억제되어 왔던 강력한 성욕을 뜨겁게 뜨겁게 느끼며 만족하고자 했다. 그러나 그의 병은 그의 남성마저 힘을 잃게 했다. 생각보다 싱겁게 끝났다. 그러나 여잔 그의 몸을 끌어안고 놓아주질 않았다. 부끄러운 탓이겠지. 성진오는 그렇게 생각했다.

그날 이후 그들은 남의 눈을 피해 자주 시간을 가졌다. 어느 땐 바위에 앉아 있는 두 남녀의 뒷모습이 법현 스님의 눈에 띄기도 했으나 이들은 그것마저 까맣게 모를 정도로 사추기思秋期의 정열에 모든 걸 내맡겼다.

성진오는 성진오대로 마지막 잡은 생의 불꽃을 놓치지 않으려는 안타까움과 아쉬움에 초조해 했고 임나혜는 또 그녀 나름대로 이것이 자신에게 주어진 마지막 행운일 것이라고 신께 감사를 드렸다.

그러면서 그녀는 지금쯤 귀국했을 김경수의 모습을 상상해 보았다.

임나혜가 이곳에 들어온 지 이미 한 달이 다 되어 갔으나 아직 아무도 그녀의 범상치 않은 듯한 과거에 대해 입을 여는 사람은 없었다.

남편이 해외로 취업을 떠나면서 했던 말이 지금도 엊그제 일처럼 귀에 생생하다.

"이번이 마지막이야. 외롭더라도 조금만 더 참아줘. 여태까지도 별 탈 없이 잘 견뎠는데 앞으로 2년 더 못 참겠어?"

그때 그녀는 이렇게 대답하고 싶었다.

'이젠 정말 지쳤어요. 돈도 좋고 재물도 좋지만 이게 어디 사람 사는 건가요? 나는 부처가 아니란 말예요. 나 역시 뜨거운 피를 가진 한창 나이의 여자일 뿐이에요.'

그녀는 말없이 남편의 눈을 바라보았다. 남편 김경수의 눈망울엔 야망이 훨훨 소리 없이 타고 있었다. 자신감과 투지가 불꽃을 내고 있었다.

"여보, 당신 마음 변하면 안 돼. 자주 편지할게."
"날……. 믿지 말아요."
자신도 모르게 튀어나온 말이었다.
그러나 남편은 별로 대수롭게 듣지 않는 듯했다. 공항의 아나운스먼트와 겹쳐서 들린 탓일까. 그의 얼굴은 조금쯤 멍청해 보였다.
그녀는 다시 소리 지르고 싶었다. 아까와 꼭 같이 '날 믿지 말아요'라고.
그러나 그는 이미 출구로 빠져 나갔고 '다른 사람들도 분주히 발걸음을 재촉하고 있었다. 남편이 서 있던 작은 공간도 이미 다른 이들의 발에 의해 무수히 밟혔고 남편의 모습은 그녀의 시야를 벗어나 있었다. 그때의 휑함이란…….'
마치 캄캄한 절벽에 혼자 버려진 느낌이었다.
3년 전 보낼 때도 이러진 않았다. 그땐 열사의 나라로 돈을 벌기 위해 떠나는 남편이 남아 있는 자신보다 더욱 측은해 보였고 불쌍해서 자꾸 눈물이 나왔었는데 왜 이젠 그 반대의 느낌이 드는 것일까.
그녀는 집으로 향하는 택시 속에서 그 원인에 대해 골똘하게 생각하느라 골머리가 다 지끈거릴 지경이었다.
'내가 변한 것일까?'
그녀는 결혼 후에 남자라고는 오로지 남편밖에 모르고 지냈다. 이제 그녀의 나이 서른셋. 흔히 하는 말로 한창 나이다.
스물여섯에 결혼하여 지지리 고생만 하다가 그녀가 서른, 남편이 서른넷이 되자 갑자기 남편은 중동에 가겠다고 했다. 그녀는 그때 찬성도 반대도 하지 않았다. 배 속에서 이미 꿈틀대고 있는 아기를 보호자 없이 낳는다는 것도 힘에 부친 일이겠지만 몇 년 떨어져 있음으로 해서 태어날 아이에게 풍요로움을 선사할 수 있는 기회가 이 방법

뿐이라면 그것도 괜찮겠다 싶었다.

그렇게 하여 중동 근로자로 3년 계약을 맺고 남편은 비행기를 탔다.

계약 기간이 만료되자 남편은 돌아왔고 그동안 모아진 돈은 이들의 처지로선 생각만 해도 이들 부부를 등 뜨시게 만들었다.

임나혜가 알뜰히 모은 덕도 있었고 김경수가 휴가 한번 안 나오며 지독하게 굴었던 덕도 있었다.

남편이 오랜만에 집에 왔을 때조차 그녀는 돈을 아끼느라 새벽같이 수산시장이며 어디로 돌아다니며 싼 가격으로 남편 환영잔치를 벌였다.

남편은 전보다 더 믿음직스러웠고 햇볕에 그을린 얼굴은 건강미가 넘쳐 있었다.

많은 선물은 애초에 기대도 않았으나 막상 그의 가방에서 한국에서도 흔하디흔한 화장품이 하나 덜렁 나오자 그녀는 실망의 빛이 역력한 얼굴로 그를 쳐다보았다.

"왜 선물이 마음에 안 드나?"

김경수는 밥을 한 숟갈 떠서 입에 넣으며 하얀 이를 드러내며 웃었다.

"겨우 이거?"

"겨우 이거라니? 뙤약볕에서 일한 대가로 그것 사는 것도 얼마나 아까운 일인 줄 알아? 더군다나 외제를 산다는 것부터 도시 나는 마음에 안 들더라구."

"명희는요?"

"명희? 아, 명희는 당신이 알아서 좋은 것으로 사 주구려. 내가 아기 선물을 사 봤어야지……."

"그렇지만 명색이 외국에서 아빠가 돌아왔는데 어쩌면……?"
"아니 왜 이래? 이 사람. 안 그래도 우리나라가 빚이 얼마나 되는 줄 알아? 굳이 외제 살 필요가 어디 있어? 너무 비싸더라구. 품질도 우리 것과 별 차이가 없다는 건 당신도 잘 알잖아."
"애국자 한 사람 또 탄생했네."
"이죽거리지 말아. 우리가 이런 문제로 다툴 필요가 있다고 생각하나?"
"당신이 너무 돈, 돈 하니까 하는 말 아녜요."
남편 말이 그른 것은 아니었지만 너무도 인간미가 상실된 돈의 노예가 되어 버린 것 같은 그가 그녀를 당혹케 만든 건 사실이었다.
그러나 그것보다 그녀를 더욱 절망에 빠뜨린 것은 또다시 중동으로 나가겠다는 얘기를 들었기 때문이다. 그녀의 의견 같은 건 애초에 들으려고도 하지 않았고 그는 자기 계획한 바대로 또 2년간의 계약을 체결하였다.
물론 다 잘 살아 보자고 하는 일이었지만 그녀에겐 재물보다 따뜻한 마음이 더욱 절실하였다.
남편을 배웅하고 돌아오는 차 속에서 임나혜는 여행을 결심했다.
'아이는 친정에 맡기고 며칠간만 다녀와야지.'
그녀는 누구에겐가 말하듯 나직이 중얼거렸다. 그리고 집에 돌아오자마자 가방을 챙겼다.
명희를 친정에 맡기고 강릉행 고속버스에 몸을 내맡기며 나혜는 잠시 어린 딸에게 죄책감을 느꼈다.
'그러나 명희야. 네가 이 담에 크면 이 엄마 마음을 이해할 것이다.'
천 가지 만 가지의 온갖 상념에 잠기며 강릉에 도착한 시각은 저녁 7시.

노을이 낮게 깔려 있는 작은 도시를 생소하게 느끼며 택시를 잡아 경포대로 향했다. 아직 해수욕이 시작되려면 1개월 남짓 남은 탓인지 주욱 늘어서 있는 가게들은 파리를 날리고 있었다. 그녀는 경포호 근처의 호텔에 여장을 풀고 해변으로 우선 나가 보았다.

철 이른 바닷가를 혼자 산책하는 여인의 모습이 다른 사람의 눈에는 어쩌면 낭만적으로 보일지 모른다. 그러나 당사자인 임나혜의 가슴은 공허했고 너무나 외로웠다. 이 순간 누군가가 그녀를 채간다면 그녀는 순순히 따라갈 것 같은 심정이었다.

임나혜는 그렇게 한 시간 남짓 거닐다 숙소로 돌아왔다.

분홍 커튼이 드리워져 있는, 더블베드가 있는 아늑한 방은 3층 305호실이었다.

방문을 열쇠로 열고 들어선 순간 침대 위에 오도카니 얹혀 있는 여행 가방만이 그녀를 맞았다. 여행 가방은 꼭 그녀의 지친 마음과 같았다.

이 세상이 아무리 황금만능 시대라지만, 아무리 돈 없이는 한 발짝도 움직일 수 없는 세상이라지만 남편과 자기는 무언가.

돈을 벌기 위해 5년간을, 그것도 가장 황금 시기에 돈 때문에 헤어져 있어야 하다니. 더구나 남편은 미안한 기색이라곤 없었고 마치 황금의 노예가 이미 되어 버린 사람 같았다.

어쩌면 남편의 생각에 비하면 자기는 사치스러운 불만일지도 모른다. 그렇지만 임나혜는 인간답게 살고 싶었다.

3년 떨어져 있으면 족했다. 아이와 함께 따끈한 저녁밥 지어 놓고 남편을 기다리고 싶었다. 퇴근 무렵이 되면 버스 정류장까지 아이의 손을 잡고 나가서 피곤에 지친 남편을 놀라게도 해 주고 싶었다. 그러면 남편은 하루의 피로가 싹 가시고 마중 나와 준 그들을 반가이

맞으며 미소 지을 것이다.

그녀는 작게 벌고 작게 먹고 마음이나 편히 살고 싶었다. 그러나 남편 김경수는 달랐다. 그는 한꺼번에 벌어서 대번에 호강을 하고 싶어 했다.

어릴 때 엄마는 돈 때문에 아버지와 자주 다퉜다. 싸우면 꼭 엄마는 구석에 처박혀 눈물을 찔끔찔끔 짰고 아버지는 세간살이를 마당에 내동댕이쳤다. 그러면 임나혜는 꼭 동생 둘을 데리고 동네 어귀 큰 소나무가 있는 곳에 갔다. 거기서 그녀는 하늘을 쳐다보고 내려오려는 눈물을 집어넣으려 눈을 자주 깜빡이곤 했었다.

그런 기억은 어쩌면 정보다 더욱 재물에 대한 애착을 길렀을지 몰라도 그녀는 그렇지 않았다. 재물 때문에 싸워야 하는 각박한 이유보다는 싸움 그 자체와 얼굴을 찡그리는 모양이 더 싫었다. 그래서 그때부터 그녀는 결심한 바가 있었다. 너무 물질에 집착하지 말고 웃으며 살아야지. 나는 그렇게 살 거야. 그녀는 늘 그렇게 생각했었다.

그런데 남편이 그녀의 작은 꿈을 허물고 있었다. 임나혜는 허물어진 꿈 조각을 잡으려고 허우적거리고 있다, 지금…….

남편이 부재중이던 지난 3년, 그녀는 친구들 모임에도 안 나가고 값진 옷 한번 안 사 입으며 남편의 건강과 보다 나은 내일을 위해 기도했다. 그러나 또다시 자기만 남겨 놓고 떠나 버린 남편의 건강은 지금 자신의 허허로움보다도 가치가 없었다.

그때로부터 2년이 지난 지금, 임나혜는 절에 들어와 있었다. 어쩌다가 운명의 신이 자신을 이 절간 구석까지 내몰았는가.

스산한 절의 겨울 문턱에 앉아 있는 자신의 처지도 그렇지만 성진 오라는 남자 역시 수수께끼였다. 어쩌다가 이 산속에 파묻혀 아까운 시간을 허비하고 있는가.

한참 생각에 골몰하고 있을 즈음, 자신의 어깨에 와 닿는 남자의 손을 의식했다.
　"성진오씨?"
　"음 아닌데요?"
　임나혜가 뒤돌아보았을 때 거기엔 며칠 전보다 더 핼쑥해진 성진오가 우뚝 서 있었다. 왈칵 반가움이 솟구치며 가슴 밑바닥으로 스며듦을 느꼈다.
　"그동안 어디 가셨댔어요? 좋은 일? 나쁜 일?"
　성진오는 쓸쓸한 얼굴에 엷은 미소를 지었다.
　어찌 보면 철없이 나이만 먹어 버린 큰 아이 같기도 하고 또 다른 눈으로 보면 세상의 온갖 풍상을 다 겪은 얼굴을 갖고도 있는 여자. 이 여자는 도대체 왜 아까운 인생을 낭비하고 있는가.
　"나에게 좋은 일이 어디 있을라구……."
　"왜 그렇게 말씀하세요. 앞으로도 얼마든지……."
　성진오는 큰 손으로 여자의 입을 막았다. 남자의 눈에 공허가 가득 담겨 있었다. 임나혜는 그의 외로움을 함께 나눠 갖고 싶었다. 그가 외로워한다는 건, 그가 외롭게 내버려 둔다는 건 자기의 책임인 것 같았다.
　"외로우세요?"
　"당신은?"
　'우리는 다 같아요. 당신만큼 나도 가슴에 구멍이 크게 뚫려 있어요. 이 구멍이 당신으로 인해 메워진다면 좋겠어요.'
　"당신은 나보다 더욱 따뜻한 손길이 필요한 사람인 것 같아."
　임나혜는 대답 대신 남자의 조금은 야위어 뵈는 어깨에 얼굴을 묻었다. 남자는 가녀린 여자의 등을 토닥여 주며 빈 하늘에 눈을 주었다.

하늘은 암청색으로 물들고 있었고 시름없어 뵈는 구름 몇 점이 한가로이 흘러가고 있었다.

"옛날엔 말야, 구름이 나를 따라온다고 생각했지. 또 달도 마찬가지였어. 학창 시절 밤늦게까지 도서실에서 공부하다 집으로 돌아올 때 하늘을 올려다보면 달은 꼭 나를 따라오고 있었어. 내가 뛰면 달도 어느새 내 머리 위까지 와 있었고 천천히 걸어가면 또 그렇게 달도 한가로이 내 머리 위에서 맴도는 거야."

"당신은 꼭 아이들 같아요."

정말 오랜만에 여자와 마음 놓고 앉아 있자니 동심의 세계로 돌아가는 느낌을 받았다.

어릴 때의 어머니는 깨끗하고 청초했는데……. 그리고 보니 그는 절에 들어온 이후 거의 어머니를 잊고 있었다. 어머니에게까지 신경을 쓸 여유가 없었다고나 할까. 아니면 일부러 도망치고 있었다고나 할까. 평생 씌워진 굴레 같은 운명의 끈.

"당신은 변호사라고 하던데요?"

"변호사……. 음 그랬었지."

"지금은 아닌가요?"

"아무것도 아니오, 지금의 나는. 나에겐 이제 아무것도 남아 있지 않소."

"꼭 제 얘기를 하는 것 같군요."

임나혜는 김경수를 생각했다.

지금쯤 귀국해서 친정으로, 친구 집으로 자기를 찾아 헤매고 있겠지. 죄책감과 묘한 감정이 범벅이 되고 있었다.

'아니 어쩌면 그는 일찍 포기를 했을지도 모른다.'

내가 혼자 경포에 간 것이 잘못이었을까. 아니면 이미 운명은 그렇게 결정지어져 있었던 것이었을까.

당초에 굳이 며칠을 있겠다고 내정하고 간 것은 아니었지만 그녀는 풍족하게 마련하여 갔다. 다 써야 되겠다고 마음먹은 것도 아니지만 남편 김경수의 한 달 월급쯤 되는 돈을 챙겼었다. 이유모를 반항심의 표시였을까.

경포에 도착한 다음 날 새벽, 그녀는 일찍이 눈을 떴다. 간단하게 옷을 차려입고 해변엘 나가 보았다. 바다는 잔잔했고 엊저녁보다 사람들이 많았다.

어부들로 보이는 그들은 새벽 바다를 나가 벌써 찬거리를 장만해 오는 듯싶었다. 그들은 도시 차림의 그녀를 힐끔힐끔 바라보았다.

이상하겠지. 도시 여자가 그것도 새벽에 혼자 바닷가에 나와 있는 것이……

그녀는 슬리퍼를 벗어 손에 쥐었다. 문득 물속에 들어가 보고 싶었다. 한 발 내딛자 차가운 물이 발등을 적셨다. 발바닥에 와 닿는 부서진 조개껍질이 성가시게 느껴졌다.

발목이 물에 다 잠기고 곧이어 정강이가 감겼다. 무릎이 물에 젖고 물을 먹은 롱스커트가 다리에 착 감기면서 그녀의 발걸음을 불편하게 만들었다.

그런데 다음 한 발 내딛는 순간 갑자기 발밑에 와 닿는 것이 없이 몸이 공중에 붕 뜨는 것 같은 느낌을 받았다고 생각된 찰나 그녀는 물속으로 고꾸라졌다. 입과 코로 짜고도 쓴 물이 마구 들어갔다. 사람 살리라는 말은 조금이라도 여유가 있을 때나 외치는 소리라는 걸 그때 그녀는 알았다.

한참을 버둥댔다고 느꼈을 때 누군가 그녀의 머리를 잡아끌었다. 그녀는 술술 잡아끄는 대로 끌려 나갔고 모래사장에 뉘어졌다. 정신은 잃지 않았으나 물을 많이 먹은 듯했다.
　너무 창피해서 눈을 뜰 수가 없었다.
　"조심하셔야지."
　무뚝뚝한 한 마디를 들으며 그녀는 눈을 떴다. 검게 그을린 얼굴의 남자가 그녀를 내려다보고 있었다. 반바지 차림에 웃통을 드러낸 남자의 체격은 숨이 막힐 정도로 우람하였다.
　그녀는 몸을 일으켰다. 희뿌연 아침 햇살이 모래사장을 비추고 있었다. 허옇게 드러난 허벅지와 가슴의 윤곽이 모두 나타난 윗몸을 손으로 가리며 그녀는 어쩔 줄 몰라 했다. 골이 띵했다.
　임나혜는 목례를 한 후 허겁지겁 그곳을 빠져 나왔다.
　뒤에서 몇 사람의 남자 목소리가 들렸다. 그녀를 비웃는 것만 같았다. 쥐구멍이라도 있다면 들어갈 것 같은 심정이었다. 뭇 남자들이 그녀의 몸을 훑어보았을 것을 생각하니 소름이 돋을 지경이었다.
　줄달음을 쳐서 호텔로 돌아온 그녀는 목욕을 했다. 그리고 짐을 챙겼다.
　'떠나야지. 역시 나는 가정 속에 틀어박혀야지. 무슨 기분풀이 하겠다고 이곳까지 쫓아와 망신을 당하고 그럴까.'
　생각할수록 수치스러웠다.
　검게 그을린 얼굴의 사내가 능글맞게 웃던 것이 자꾸만 눈에 삼삼했다.
　그녀는 커피숍으로 내려갔다.
　신혼부부인 듯한 화사한 차림의 젊은 남녀가 이마를 맞대고 소곤소곤 대고 있었고 여학생들 대여섯이 구석자리에서 열심히 조잘대고 있었다.
　그녀는 바다가 훤히 보이는 자리에 앉아서 커피를 시켰다. 커피 잔은 크림색의 투박한 잔이었다.
 커피란 확실히 집에서 입맛에 맞게 마셔야지. 언제나 밖에서 마시는 커피는 입맛에 안 맞아.
 한 모금 들이켜며 그녀는 얼굴을 찡그렸다.
 찡그린 눈에 들어오는 얼굴이 있었다. 검게 구릿빛으로 그을린 얼굴의 남자. 그는 아까 해변에서 그녀를 내려다보던 남자였다. 그는 아까부터 임나혜를 쳐다보고 있었던 듯했다. 그는 뻔뻔스럽게도 그녀와 눈이 마주쳐도 고개를 돌리지 않았다. 고개를 성급히 돌린 쪽은 오히려 나혜였다.
 그녀는 왈칵 수치심이 또다시 고개를 쳐들었다.
 그녀는 황황히 자리에서 일어나 계산을 치렀다. 그 길로 그녀는 해변으로 나갔다.
 제철을 아직 맞지 못한 바닷가는 새벽이나 한낮이나 매한가지로 쓸쓸했다. 아직 여름이 아님에도 아무 거리낄 게 없는 바다위의 태양은 제법 따가웠다.
 임나혜는 가까운 횟집에 가 앉았다. 그리고 보니 바닷가라고 와서 회 한 점 찍어 먹어 보지 못했다는 생각이 새삼 들었기 때문이었다.
 그녀는 광어와 아나고를 고루 섞어서 갖다 달라고 했다. 세상인심은 회에 있어서도 마찬가지였다. 무채를 잔뜩 썰어 접시에 담아놓고 그 위에 얇게 얹힌 몇 점 안 되는 회는 그녀를 실소케 했다. 위생 시설이 잘 되어 있지도 않았고 그나마 인심마저 사나웠다.
 그녀는 천천히 그것들을 씹었다. 그리고 잠시 친정에 버려 놓은 딸을 생각했다.
 그때 새로운 손님이 왔는지 횟집 아주머니의 걸걸한 목소리가 귀를 때렸다.

"오서 오세요. 아, 난 또 누구라고……. 김 씨네 아드님 아니셔?"
"예, 안녕하셨어요."
"직장은?"
"예, 잠시 쉬려고요. 저도 한 접시만 주소."
"그래요. 푸짐하게 드리리다."

조금 뜸을 둔 후에 그릇이 날라져 오는 것 같았다. 그녀는 '푸짐하게'라는 말에 이끌려 자신도 모르게 그 손님의 접시를 쓰윽 훔쳐보았다. 그러다가 마주친 눈길. 그 남자는 아까 그 구릿빛의 남자였다. 그는 구면인 듯한 미소를 그녀에게 보여주었다.

또다시 후끈한 수치심이 그녀의 몸을 훑고 지나갔다. 그녀는 얼굴이 달아올랐다. 그토록 노골적이고 정념에 타는 눈길은 이제껏 경험해 본 적도 들은 적도 없었다.

그는 접시를 손에 들고 그녀 앞에 앉았다. 그리곤 회가 '푸짐하게' 담겨 있는 접시를 그녀의 테이블에 놓았다. 이목구비는 사내답게 굵직했지만 그 얼굴엔 교양이 없어 보였다.

이제 남자를 차라리 외면하자. 도망 다닐 필요도 없고 무관심해 보이게 행동하자.

그녀는 먼 바다에 눈을 주며 멀거니 앉아 있었다.

남자가 손가락을 쫙 펴서 그녀의 눈앞에 대고 휘이 저었다.

"안 보입니까? 뭐해요?"

이상스러운 표정을 짓는 그 사내가 우스워 그녀는 어이없는 웃음이 저절로 나옴을 어쩌지 못했다.

"그렇지요. 그렇게 사셔야죠. 아까는 왜 죽으려고 했어요?"

그 사내는 임나혜가 자살하려고 일부러 바다에 빠져 버린 줄 착각하는 모양이었다. 그런 의도는 추호도 없었노라고 변명할 필요를 느끼지 않아 나혜는 그저 가만히 있었다.

"아까 물에 흠뻑 젖었을 땐 몰랐는데 자세히 보니 퍽 미인이신데요. 아니 무슨 일이 있기에 이렇게 아름다우신 분이 죽으려고 마음을 먹었을까?"

남자는 노골적이었다. 그런 사내가 밉지만은 않았으나 물론 고와 보이지도 않았다.

그녀는 어처구니없다는 듯 웃었다.

"웃으실 때 입술 모양이 아주 매력적입니다그려."

사내는 거침없었다.

임나혜는 도대체 이 남자의 됨됨이를 걷잡을 수 없었다. 무례하다고 해야 할 것인지, 귀엽게 봐 줘야 할 것인지…….

20대 후반의 나이로 짐작은 되지만 더 먹은 것 같기도 또 덜먹은 것 같기도 했다.

"오늘 저녁……. 어때요? 제가 좋은 곳으로 안내해 드릴게요."

시간이 갈수록 남자는 무례하기 짝이 없었다.

임나혜는 불쾌한 기분이 울컥 치솟아 올라서 더 이상 앉아 있기가 싫었다. 발딱 일어나서 계산대로 가는 그녀의 뒷덜미에 대고 남자는 외쳤다.

"계산은 놔두십쇼. 당신을 알게 된 기념으로 내가 해드리다. 하핫."

"미친 녀석."

임나혜는 나직이 중얼거렸다.

보호자가 없어 뵈는 나이 든 여자에게 뻗쳐 오는 유혹과 아무렇게나 대하는 불손한 태도에 구역질이 났다. 허점이 보이면 칼같이 달려들어 이용하고야마는 현대인들의 생리, 그 칼이 다시 본인의 목을 위

협할 것이라는 생각은 추호도 없이 목불인견으로 행동하는 야만인들.

임나혜는 호텔에 돌아오자마자 다 챙겨진 가방을 들고 경포를 떠났다. 그러나 그녀는 서울로 가지는 않았다.

그녀는 택시를 이용해서 소금강으로 향했다.

계곡이 깨끗하고 맑아서 좋았다. 경치가 절경이라 소금강산으로 불리는 그곳은 과연 아름다운 곳이었다. 마의 태자가 그 바다위에 상을 차려놓고 식사를 했다는 식당암에 잠시 앉아 보았다. 편평하고 넓은 바위가 안방에 앉아 받아먹는 자개밥상보다 좋아 보였다.

새끼줄과 나무토막으로 만들어 놓은 출렁거리는 다리를 지나 마당이 넓은 집에 민박을 정했다. 그곳엔 이미 자리 잡은 20대 청년들이 점심식사 준비를 하느라 부산했다.

"서울서 오셨는가요?"

주인아주머니가 물었다.

임나혜는 고개를 끄덕이며 좁은 툇마루에 걸터앉았다.

"저 사람들도 서울서 왔대요. 학생들인 모양이에요. 그제 밤에 왔어요. 밤이 되면 좀 시끄럽더라도 참으셔야 할 거에요."

주인아주머니는 계속 수다를 떨 작정이었다.

"근데 며칠이나 묵을 거지요? 숙박비를 좀 선불해 주었으면 해서……. 아시겠지만 민박은 다 그래요. 그래야지 우리도 계산을 잡거든요."

짜증이 날 정도로 아주머니는 계속 수다를 떨어댔다.

저녁은 생각이 없어 임나혜는 차가운 냉돌방에 그냥 드러누웠다.

바깥의 젊은이들은 여전히 기타를 퉁기며 노래를 부르고 있었다.

젊음이 부러웠다. 너무도 부러웠다.

나도 한때는 저랬었지.

임나혜는 쓰게 웃었다. 자신의 처지를 초라하게 만든 남편이 미웠다.

어느새 잠이 들었던지 귀에 익은 목소리에 얼핏 눈이 떠졌다.

"아주머니, 저, 사람을 찾는데요, 서울 여자인데…… 머리가 길고 나이는 30대 초반쯤 되는……."

"몸이 말랐수?"

"예."

"여자 혼자요?"

"예, 혼자 왔지요."

"그런데 왜 그러우?"

"아 만나기로 했거든요. 그래서……."

"그럼 이 방 손님이군. 들어가 보시우. 자는 모양인데……."

"그래요? 그럼 좀 있다가 깨면 들어가지요."

임나혜는 신경질이 치밀어 올랐다. 경포에서 본 구릿빛의 사내가 분명했다. 어떻게 여기까지?

도대체 왜 나를 끈질기게 따라다니는 것인가. 이런 일이 벌어지리라곤 상상도 못했던 터였다. 두렵기도 하고 신경질이 나기도 하는 마음을 안정시킬 수가 없었다.

임나혜는 남자가 문을 벌컥 열고 들어올 것만 같아 조마조마했다. 그러나 남자는 시간이 가도 나혜의 문을 두드리거나 귀찮게 하는 일은 하지 않았다. 그것이 오히려 나혜의 호기심을 자극하기 시작했다.

혹시 방으로 쳐들어오면 어쩌나 하는 두려움과 아무런 자극도 가하지 않는 남자에 대한 호기심에 잠을 이루지 못하던 그녀는 살며시 방문을 열어 보았다.

기타를 쳐 대며 시끄럽게 굴던 젊은이들도 다 사라지고 젊음을 자랑하며 활활 타오르던 장작불도 스러진 쓸쓸한 마당 한가운데에 그 남자의 뒷모습이 보였다. 통나무로 잇대어 만든 좁디좁은 의자에 앉아 있는 남자의 뒤는 낮과는 또 다른 감정을 나혜에게 던져 주었다.

흐린 달빛에 등을 드러나 보이는 남자에게서 그녀는 뭔지 모를 연민과 자신의 뒷모습을 보는 것 같아 울컥 눈물이 솟구칠 것 같았다. 그녀는 자신도 모르게 그에게 다가갔다.

남자의 담뱃불만이 생명을 가진 듯 깊이 빨 때마다 잠시 반짝였고 사위는 쥐죽은 듯 고요했다.

갑자기 여자는 남자에게서 야릇한 감정을 느꼈고 이 커다란 사내를 품에 안고 싶다고 생각했다.

꽉 짜이고 빈틈없는 남편과 허점이 많아 보이는 정반대 타입의 남자. 두 남자에게서 엄청난 차이를 느끼는 순간 남편에 대한 심한 반발이 치솟은 건 또 왜일까.

나혜는 말없이 남자의 옆자리에 앉았다. 한 5분 정도 지났을까. 따스한 그리고 듬직한 남자의 손이 자신의 등 언저리에 닿는 걸 느낌과 동시에 짜릿한 전율을 느꼈다. 남자와 동침하고 싶다고 느낀 것도 바로 그때였다.

야만스럽게까지 느껴지던 낮의 감정은 다 어디로 사라졌는가. 그녀는 미처 거기까지 생각이 미치지 못한 채 화끈하게 달아오르는 자신을 느껴야 했다.

"나를 경계하지 마시오."

남자의 손마디에 힘이 주어졌고 담배를 피우는 대신 또 다른 한 손이 그녀를 감싸 안았다. 그녀는 그가 하는 대로 가만히 있기만 하면 되었다.

사랑은 결코 아니지만 자신을 속절없이 부어 버릴 그 무엇이 그녀는 필요한 거였다. 너무도 목말라 하던 인간의 정, 이성이 아닌 인간의 감정이 그리운 거였다.

그들은 밀착된 채 흔들거리는 다리를 건너 마치 불빛을 싫어하는 박쥐마냥 숲을 찾아 갔다.

운명의 덫

태양이 비치는 낮에 남자를 또 본다는 것에 나혜는 자신이 없어졌다. 어제 짧은 순간이나마 억제하였던 모든 것을 이름도 성도 모르는 남자와 나누었지만 지금은 또 달랐다.

나혜는 가방을 챙기고 먼동이 트기도 전에 그곳을 빠져 나왔다. 남편과는 맛보지 못했던 성을 눈뜨게 해 준 남자에게 오히려 감사를 느끼는 자신이 창녀 같기도 했지만 이제부터 그녀는 후회 같은 건 하지 않으리라 맘먹은 터였다.

그 길로 그녀는 서울로 향했다. 친정집에서 아이를 찾아놓고 살림에 열중하고자 했지만 웬일인가. 자꾸만 자꾸만 소금강에서의 정사가 불현듯 떠올라 그녀를 뜨겁게 만들었다. 그러던 어느 날부터인가 그녀는 남자를 떠나온 걸 못 견디게 후회하기 시작했다. 연락처라도 알아둘 걸…….

자꾸만 그날 밤의 정사에 집착이 가고 그 남자를 다시 만나 갈증을 풀어야 온전히 지탱할 것 같았다.

그녀는 다시 경포로 갔고 그 남자가 집적대던 횟집을 찾아갔다.

조심스럽게 말을 꺼내는 나혜에게 횟집 아주머니는 그의 서울 회사를 가르쳐 주었다.
 "자기는 이곳에 와서 모 건설 회사가 직장이라고 하지만 우린 이미 다 알고 있다우. 그는 서울통운이라는 데서 막일을 하고 있지. 아, 이곳에 제 부모가 살고 있는데 그것을 모를 줄 알고?"
 "서울통운이라면 회사가 어디에?"
 "경기도 인천이라지 아마?"
 "예."
 "왜 그러우? 그 사람에게 뭐 볼일이 있는 모양이지요? 그러나 색시 조심해요. 무슨 일인지 모르지만 그 사람 아주 불량배로 소문났어요."
 아주머니는 충고까지 하며 그가 있는 곳을 알려주었다.
 그녀는 마치 실성한 사람처럼 그를 찾아 나섰다.
 서울통운이라는 회사는 작은 업체여서 찾기가 여간 어렵지 않았다. 전화번호도 모르고 찾기란 하늘의 별따기만큼이나 어려웠다. 전화번호부에도 안 나와 있었다.
 사흘째 인천 바닥을 헤매고서야 나혜는 겨우 그의 회사를 찾을 수 있었다. 설마 하던 생각이 너무도 적중한 탓에 그녀는 조금 진이 빠졌다. 서울통운은 소기업이었고 그 남자는 거기서 일당제로 일을 하는 처지였다. 하루 벌어 소주 값으로 다 날려 버리는 하루살이 같은 생활을 영위하고 있었다.
 그녀가 그가 일하는 곳으로 갔을 때 그는 마침 일을 중단하고 땀에 흠뻑 젖은 러닝셔츠를 벗어 막 쥐어짜는 중이었다.
 맨 처음 그녀의 눈에 들어온 것은 그의 얼굴이 아니었다. 옷을 벗어 드러난 완강하고도 딱 벌어진 넓은 가슴팍이었다. 체면불구하고 그곳에 자신의 지친 몸을 묻고 싶었다.

남자는 처음 눈을 둥그렇게 떴으나 곧 빙그레 웃었다. 그 눈은 이렇게 말하고 있는 듯했다.

'나는 네가 올 줄 알았지.'

순간 나혜는 알몸으로 한길에 서 있는 듯한 강한 수치심을 느껴야 했다.

그녀는 자신도 모르게 뒤돌아서 뛰기 시작했다. 그러나 몇 걸음도 달리기 전에 억센 남자의 손에 잡혔다.

"저기 다방이 보이지? 그곳에 가 기다려요."

비열함이 남자의 얼굴을 가득 덮었다. 그러나 나혜는 길들여진 양처럼 우스운 꼴을 그 사내에게 보이며 다방으로 걸어갔다.

몇 번인가 되돌아갈까 생각했지만 몸과 마음이 일치되지 않았다.

너절하고 냄새나는 다방에 어울리지 않는 이 여인을 종업원들이 힐끗힐끗 쳐다보았다. 수치심에 얼굴이 화끈거렸다.

30분 남짓 지나자 남자가 입구에 들어섰다. 다방 종업원들이 서넛 한꺼번에 그에게로 다가가 팔짱을 끼며 잡아당겼다. 남자는 그녀들의 엉덩이를 한 번씩 툭 치더니 나혜에게로 성큼 다가왔다.

"재주도 좋으시군. 어떻게 귀부인께서 여기까지……."

"……."

"사실 나도 말이야, 귀부인이 가끔 생각났지. 그런데 그 날은 너무 하셨어. 이별의 키스쯤은 나눴어야지. 우리 정도의 사이엔 말야."

불량기와 비열함이 돋는 어투에 나혜는 소름이 끼쳤다. 그녀는 갑자기 억울한 생각이 솟구쳤다. 그녀는 자리에서 벌떡 일어나 출구를 향했다.

"이봐요!"

남자가 따라 나왔다.

"아이, 차도 안 마시고 갈 거야?"

"누구예요?"

종업원들의 목소리가 나혜의 귀를 따갑게 때렸다. 눈물이 줄줄 흘러내렸다.

그녀는 정신없이 걸어 나와 택시를 세웠다. 곧바로 따라 나온 남자가 동승을 했다.

"기사 양반, 연안부두로 갑시다."

남자는 스스럼없이 말했다. 나혜는 남자가 하는 대로 따를 수밖에 없었다.

곧이어 택시는 연안부두에 닿았고, 횟집이 즐비한 한 곳에 마주앉았다.

"자, 다시 만난 것을 축하하는 의미에서 축배를 듭시다. 이런 때는 한 잔의 소주가 제격이고 또 지금쯤은 마시고 싶을 텐데……."

나혜도 마시고 싶었다. 취하지 않곤 남자의 얼굴을 똑바로 쳐다볼 수가 없었다. 나혜는 남자가 따라주는 대로 몇 잔인가를 마셨다.

"대체……당신은 왜 나에게 그렇게 불량스럽게 굴어요? 원래 그런 사람인가요?"

"하핫 우습군. 난 노가다놈이야. 귀부인과는 질적으로 다르다구. 나에게서 고상한 인품 찾는 거야? 우습군."

남자의 눈이 나혜의 구석구석을 뒤지더니 그녀를 잡아챘다.

"가자구."

나혜는 어딜 가느냐고 묻지 않았다. 몇 걸음 가지 않아 그들은 그들이 갈 목적지에 당도했고, 나혜는 애써 익숙한 척하며 비좁고 남루한 방으로 들어갔다.

모닥불이 꺼질 때 | 223

"순전히 육체에 의해 맺어진 사이로 우리는 수개월 만났어요. 나라는 여잔⋯⋯. 당신은 어쩌면 이 순간부터 나에게서 멀어질지도 몰라요. 내가 싫죠?"

성진오는 담담하게 말을 잇는 나혜의 목소리를 들으며 몇몇 새가 무리를 지어 남쪽 하늘로 날아가는 걸 쳐다보았다.

"내게서 더 이상 뜯어낼 돈이 없자 그 남자는 떠났어요. 발 없는 말이 천리를 간다더니 남편이 누구에게선가 그 소식을 들은 모양이에요. 곧 귀국한다는 편지가 날아들었어요."

"그런 얘긴 나한테 왜 하는 거요?"

"저라는 여자⋯⋯."

그러나 나혜는 더 이상 말을 잇지 못했다. 성진오 역시 그녀에게 뭐라 할 말을 찾지 못해 입을 꾹 다물고만 있었다.

그래서 임나혜와 성진오는 둘 다 과거의 상처를 안고 어쩌면 정리를 해야 할 시기에 같은 심정을 가진 사람끼리의 만남이었기에 더욱 마음을 트고 쉽게 가까워질 수 있었다.

그들이 비록 불가에 귀의한 것은 아니었지만 마음은 이미 속세를 떠나 있었다. 모든 탐욕과 인생의 희로애락은 이미 버린 마음으로 맑디맑은 인간 본연의 자세로 서로를 포용할 수 있었다.

불행했던 과거와 역시 불행하기만 한 현실을 잊기 위한 노력이 어쩌면 이 두 사람을 더욱 친밀하게 했는지도 모른다.

법현 스님이 아실까봐 조심스럽게 남녀는 밀회를 즐겼다.

가까운 마을로 내려가 소쿠리에 담긴 채 짧은 겨울 해에 말리기 위해 널려져 있는 딱딱한 누룽지를 몰래 한 주먹 집어다 둘은 나눠 먹기도 했다. 그리고 숲에 떨어져 추위에 떨고 있는 가시 돋친 밤송이를 발로 비벼 샛노란 알밤을 까서 나혜의 입에 넣어 주기도 했다.

성진오는 그러면서 문득문득 어린 시절, 철없던 날로 되돌아가는 착각을 느끼며 더 한층 푸근한 정을 그녀에게 품었다.
인적이 끊어진 숲속에서 임나혜의 무릎을 베고 누운 성진오는 말했다.
"참 이상하오. 당신과 나……. 어쩌다 이런 곳 이런 상황에서 가까워지게 되었을까 모르겠오."
"왜 벌써 후회가 되나요?"
"허허 그런 의미가 아니란 걸 당신은 잘 알고 있잖소."
임나혜와 성진오는 서로 각자의 남편과 아내에게선 느껴보지 못했던 안락함을 서로 느끼곤 흡족한 마음이었다.
이 사람만은 믿을 수 있는 사람 같아. 임나혜는 혼자 생각해 보았다. 그러나 동시에 조용히 고개를 저었다.
"이미 늦은 일이고 다 부질없지."
"뭐라고 했소?"
"아, 아니에요. 그저 하는 말이에요."
"당신은 아직 창창한 젊음이 있소. 괜스레 쓸데없는 마음먹는 건 아니겠지, 설마?"
"그럴 리가 있어요? 당신이야말로 지금부터 한창 일할 나이인데……. 왜 절에서 허송세월을 보내고 있는지 알 수가 없어요. 스님께서도 자세한 얘긴 안 해 주시구요."
"쓸데없는 데에 신경 쓰지 말아요."
이따금씩 통증과 어지러움이 그의 등골을 스쳐 지나가는 걸 요즘 들어 더욱 빈번히 느끼며 그는 다시 한 번 병원에 가 봐야 함을 상기했다.
'당장 입원하시오.'

의사의 말이 칼날이 되어 그에게 와 꽂혔다.

임나혜는 눈을 깜빡이며 성진오를 바라보았다. 그러나 성진오는 구태여 아무 말도 하지 않았다. 어차피 혼자 가야 할 길. 그 누구도, 같은 피를 나눈 친동기간이나 부모일지라도 그 고통을 나눠가질 순 없었다.

차라리 백치가 된 채 이 순간만이라도 온전히 소유하고 싶었다.

지금 눈을 감는다 해도 그에게 어떤 미련이나 안타까움이 있진 않다. 다만 이미 늦은 시기에 사람을 만났는데 그 사람과 헤어진다는 생각을 하면 가슴이 저려올 뿐이다.

보호가 필요한 연하디 연한 여인. 언제 무슨 일을 저지를지 모르는 불안함을 가슴으로 벅차게 싸안은 채 미소를 잃지 않는 불행한 여인.

포수에게 쫓기는 불안한 심장을 가지며 두려움에 떠는 암사슴 같은 여인.

"당신에 대해 궁금한 게 너무 많아요."

성진오는 대답 대신 눈을 감았다.

'아무것도 묻지 말아. 나는 대답할 아무것도 준비된 게 없어. 그냥 느끼는 대로 보이는 대로만 나라는 인간에 대해 알아줘.'

성진오가 눈을 뜨자 그의 코앞에 임나혜의 호기심 어린 눈망울이 기다리고 있었다.

"나한테 다 말해 주세요. 당신의 고민을 나눠 갖고 싶어요."

'제발······. 이 고통은 나눠줄 수도 나눠가질 수도 없는 것이니까 입을 모으고 있어 줘.'

성진오는 그러나 아무 말도 하지 않았다. 이 순간 필요한 건 말이 아니라고 생각했다. 그는 대답 대신 임나혜를 잡아당겼다.

그녀는 순순히 당겨져 왔다.

성진오의 눈 저 위로 한 줄기 바람이 향기 잃은 앙상한 아카시아 나뭇가지를 뒤흔들고 지나갔다.

짧은 불꽃

먼발치에서 성진오는 김경수의 모습을 보았다. 그는 그리 크진 않지만 다부진 체구를 가지고 있었고 걸음걸이가 힘찼다.
김경수는 법현 스님과 몇 마디 말을 주고받더니 꾸벅 인사를 하였다. 그리고 이내 그의 모습은 성진오의 시야를 벗어났다.
성진오는 천천히 걸어 법현 스님 가까이로 다가갔다.
"허허, 한 사람은 찾고 한 사람은 숨고……참 세상……. 나무관세음보살."
성진오는 그 남자가 임나혜를 찾아온 손님임을 눈치 챘다.
"뭐라고 하셨습니까?"
"쫓기는 사람을 돕는 게 우리의 일 아니겠습니까. 다신 임나혜 씨를 찾아오지 않을 겝니다."
성진오는 다소 가라앉혀지는 자신의 마음을 새삼 발견하고 또 한편으로는 놀라움을 금치 못했다.
어느새 자신은 그 여자를 깊이 사랑하고 있음을 부인할 수 없었기 때문이다. 사랑이란 젊은이들만이 가질 수 있는 특권이자 축복이라고 그는 늘 생각해 왔으나 이젠 그것이 아니라는 걸 새삼 깨닫고 있었다. 사랑이란 나이도 초월하고 생과 사도 초월하는 인간의 원초적이고도 적나라한 감정임을 그는 지금 느끼고 있는 것이다.
이 나이에 여자에게서 이토록 절절하고 순수한 사랑의 감정을 느끼다니. 그러나 곧이어 성진오는 고개를 세차게 저었다. 그는 깊은 곳에서 힘들게 밀려 올라오는 슬픔을 느껴야 했다. 그래, 지금 새삼 한 여자를 사랑해서 어떻게 하겠다는 얘기인가.

그러나 한편, 마지막으로 누군가를 절실하게 사랑하다가 간다고 해도 그건 어쩌면 행운일지도 모른다는 생각이 아니 드는 것도 아니었다.

예리한 아픔과 함께 밀려오는 설레는 기쁨. 이것이 참사랑인가.

그날 내내 임나혜의 모습은 보이지 않았다.

저녁 9시.

고요가 온 절을 휩싸고 있는 시각, 성진오는 잠을 이룰 수가 없었다. 엎치락뒤치락을 몇 번인가 거듭하다가 그는 끝내 자리를 박차고 벌떡 일어섰다. 그리고 살며시 장지문을 열고 마당으로 나섰다.

임나혜의 처소엔 불이 꺼져 있었다. 그는 가만히 문을 두드려 보았다. 기척이 없었다. 문은 잠겨 있지 않았고 안에는 아무도 없었다.

성진오는 갑자기 가슴이 답답해 옴을 느꼈다. 여자가 절을 떠난 것이라 생각했다. 아니 정확히 말하자면 자신의 곁을 떠난 것이라 여겨졌다. 초조했다. 마지막으로 쓰러질 듯이 간신히 자그맣게 타던 불꽃이 갑자기 불어오는 세찬 바람을 못 이겨 꺼지고 만 것이다.

다리에 힘이 좌악 빠져나갔다. 망연자실 어둠 속에 가만히 서 있었다.

김경수의 말랐지만 단단해 뵈는 체구와 가늘디가는 임나혜의 모습이 눈에 포개졌다.

'그녀는 간 것이다!'

성진오는 어린아이같이 슬픔을 억제할 수 없었다. 마지막 부여잡았던 한 가닥의 가는 끈이 툭 둔탁한 소리를 내며 끊어졌다.

터덜터덜 힘없는 다리를 끌고 처소로 돌아왔지만 그는 넋이 나가 보였다.

그 밤을 꼬박 뜬 눈으로 새운 뒤 아침 일찍 법현 스님께 문안 인사를 하러 갔다. 스님에게선 하등의 별다른 기미를 발견할 수 없었다.

차마 입이 떨어지지 않아 묻지도 못하고 그는 스님 곁을 빠져 나왔다. 스님들은 아침 공양을 드릴 준비를 하고 있었다.

성진오는 다시 한 번 나혜의 처소로 가 보았으나 그곳은 어제와 마찬가지로 싸늘하기만 했다.

부쩍 눈에 띄게 나빠진 건강을 걱정하기도 싫었다. 거울 속에 비쳐지는 자신의 얼굴빛이 점점 창백해져 가는 것도 아랑곳하지 않았다.

서랍 가득 쌓인 하얀 약봉지들. 생각만 해도 지긋지긋했다.

약이 나의 생명을 어느 정도 연장해 준다고 해도 그는 먹지 않을 작정이었다. 약이나 주사에 의해 연장되는 생명은 이미 자신의 생명이 아니라고 여겼다.

며칠 신경을 쓴 탓인가. 눈가에 잡힌 주름이 더욱 나이를 말해 주는 듯했고 어지러움이 옛날보다 그 도가 더욱 심했다.

신이 저주스러웠다. 공평하지 못한 것만 같았다. 한 사람에게 너무 큰 시련을 주었다. 어린 시절부터 지금껏 그의 어깨에 지워진 짐을 어서 벗겨 주었으면 싶었다.

그것은 죽는 길밖에 없는 일인가. 어렵게 부지해 온 목숨이 이렇게 쉽게 그 종말을 고하게 될 줄이야.

임나혜가 없어진 지 사흘이 지났으나 아무런 연락이 오지 않았다.

기다리다가 이젠 그녀에 대한 원망이 앞섰다. 남편을 따라 가정으로 돌아간 것인가. 짧은 기간이었지만 정을 흠뻑 쏟았는데…….

그날도 성진오는 임나혜와 다정한 대화를 주고받던 추억에 잠기며 이미 누래진 잔디밭에 하염없이 앉아 있었다. 그는 누군가 그에게 살금살금 다가오는 기척도 눈치 채지 못한 채 넋을 잃고 있었다.

나무 꼭대기에 걸려 있던 까치밥은 어느 사이엔가 없어져 있었다. 나뭇가지에 희미한 달이 걸려 있었다.

"딸아이에게 갔다 왔어요."

조그만 여자의 목소리가 허공에서 울려나오듯 그의 귀를 때렸다.

"갑자기……. 미안해요. 보고 싶었어요. 혹시 걱정하지 않으셨어요?"

단편적으로 여자가 짤막하게 뱉었다. 뒤돌아본 그의 얼굴 앞 가까이 눈물에 젖은 여자의 눈이 가로막고 있었다.

성진오는 여자를 왈칵 끌어안았다.

"이젠 됐어, 이젠 됐어."

자꾸만 남자는 이렇게 중얼거렸다.

"당신이 보고 싶었어요."

울먹이는 목소리였다.

사랑스러운 여자의 목소리. 그는 새삼스럽게 엷어져 가는 자신의 생명이 안타까웠다. 살고 싶었다. 여자를 위해서 살고 싶었다. 아름다운 무지갯빛 사랑을 엮으며 즐겁게 이 여자와 살고 싶었다.

며칠 전과는 다른 느낌.

살고 싶다. 살고 싶다고 성진오는 절절하게 외쳤다.

"살고 싶어."

그러나 조그맣게 속삭이듯 그녀의 귓부리에 대고 말했다.

그녀는 말의 뜻을 알아차리지 못했다. 절에 들어와서 느낀 것은 세속에 대한 물욕의 허무함이었다. 그래서 미련 없이 떠나자는 마음이 생에 대한 집착보다 더욱 확실했다.

그런데 지금 새삼 인생에 미련이 오는 것은 어인 까닭인가. 이 여인과 백년가약을 맺고 싶어서인가. 아니면 못다한 사랑을 이 여인으로 하여금 불태워 보자는 것인가.

성진오는 걷잡을 수 없는 생의 욕구에 갑자기 온몸에 불이 붙는 듯함을 느껴야 했다. 동시에 그는 또다시 뜨겁게 절규했다.

"아! 나는 살고 싶다."

휘파람 소리

의사는 성진오를 지그시 쳐다보며 말했다.

"이제부터 제가 말하는 걸 똑똑히 들으십시오. 지금 입원하겠습니까, 아니면 시체로 이곳에 실려 오시겠습니까?"

"그렇게까지?"

"놀라지 않으실 줄 알았는데요. 누구보다도 선생님이 더 잘 알고 있지 않습니까. 기력이 예전과 같습니까? 어떻게 여기까지 올 수 있었지요? 도저히 이해를……."

어제 저녁 성진오는 도저히 견딜 수 없는 고통과 함께 거의 혼절을 했다. 마지막이 점점 다가오고 있음을 그는 피부로 느껴야 했고 나약한 인간으로서 어쩔 수 없이 병원까지 또 오게 된 것이다. 다시는 찾지 않으리라 결심하고 지난번 병원을 나섰지만 자신도 모르게 또 찾아 온 것이다.

"명확히 말씀드리겠습니다. 지금이라도 입원하신다면 최선은 다해 드리겠습니다만……."

'늦었다는 얘긴 이젠 그만 해도 되오.'

성진오는 코트를 집어 들었다.

나는 죽음을 기다리리라. 내가 영원히 가지고 싶은 여자 나혜의 곁에서.

나혜가 보고 싶다.

그의 머릿속에서 가족 관계는 이미 없어진 지 오래였다. 명랑하게 살고 있는 아내와 아이들. 그들보다 나혜에게 더 치닫는 마음은 그의 발을 부여로 향하게 했다.

그러나 마음과는 달리 현기증이 그의 몸을 저지했다. 비틀거리는 그를 의사가 부축했다.

어렴풋이 말소리가 들렸다.

"김 간호원, 입원실 준비하지, 빨리."

얼마가 흘렀는지 감을 잡지 못하며 그가 눈을 뜬 것은 환한 햇볕이 그의 볼을 간지럽혔을 때였다.

"여보⋯⋯여보⋯⋯."

낯선 목소리의 여인이 그를 부르는 것 같았다. 분명 나혜가 아님을 느낌과 동시에 그는 또다시 깊은 잠에 빠져 들었다.

뿌연 안개 속에 성진오는 홀로 서 있었다. 그는 그곳에서 나혜를 찾고 있었지만 그녀의 모습은 보이지 않았다. 사방은 꽃으로 뒤덮여 있었고 온갖 새들과 나비가 날고 있었다. 평화스러운 모습이 그를 그곳에 안주하게 만들었다. 그는 그곳이 아마 천당이라고 생각하며 드디어 이승과는 이별했음을 감지했다. 춥지도 않고 향내가 그윽했다. 그는 그곳에 더 있고 싶었지만 나혜가 없어서 어떻게 할까 생각했다.

그는 나혜를 찾아 온 사방을 헤맸다. 꼭 자기 곁에 있는 것만 같은데 자취를 찾을 수가 없었다. 그러다가 그는 드디어 나혜를 발견할 수 있었는데 그녀는 깎아지른 절벽 아래 저만치에 서 있었다.

나혜가 그를 손짓했다. 그가 절벽 아래 한 발 내딛는 순간 공포가 엄습해 오며 외마디 소리를 질렀다.

"악—"

"여보, 여보!"

"아빠!"

울음소리가 방안에 가득했다. 다들 고개를 숙이고 울고 있었다.

"물 좀 줘."

그가 나직이 말했다.

"여보 정신 차리세요."

"아빠, 저예요, 명길이에요."

온 가족의 모습이 눈앞에 펼쳐졌다.

의사가 말했다.

"성 선생은 정신력이 굉장하군요."

성진오는 그의 정맥엔 무수한 주사바늘 자국이 나 있었다. 그것은 그가 며칠 혼수상태를 헤맨 것을 알려주기에 족했다.

"내가 며칠이나 이곳에?"

"여보, 이젠 괜찮아요. 당신은 닷새 동안 이곳에 누워 있었어요."

"안 돼. 난 가야 할 데가 있어."

"어딜 가시려구요. 안 돼요."

"난 가야 해."

"그동안 얼마나 당신을 찾았는데요. 이젠 안 돼요."

그는 도로 눈을 닫았다. 너무도 변해 버린 자신이 새삼스레 이상해 보였다. 어찌 하여 일생동안 살을 맞대고 살아온 아내보다 나를 닮은 자식들보다 나혜 쪽이 더 소중한 것인가.

생의 막바지에서 만났기 때문일까. 나혜는 지금쯤 나를 얼마나 찾

모닥불이 꺼질 때 | 233

고 있을까. 그녀가 가여워서 더 이상 누워 있을 수가 없었으나 몸이 말을 듣지 않았다.

"거울 좀 갖다 줘요."

작은 거울 속에 비친 자신의 모습은 너무나 초라했고 늙어 보였다. 나혜에게 이런 모습은 보이고 싶지 않아.

그렇게 해서 병원 생활이 또 시작됐다. 너무도 지겨워서 탈출했던 병원에 또다시 갇히다니.

이튿날부터 방문객이 줄을 이었다.

다들 위로와 원망이 뒤섞인 말을 뱉었다. 그러나 그런 건 아무래도 좋았다. 임나혜만 눈앞에 나타나 주길 바라며 하루하루를 약과 주사로 보냈다.

그는 식욕이 없음에도 불구하고 부여까지 갈 힘을 기르기 위해 억지로 먹어야 했다.

누구에게도 나혜의 얘기를 꺼낼 수 없음은 너무나도 불행하고 안타까운 일이었다.

근 한 달 동안을 그렇게 병원에서 버텼다. 물론 순간적이겠지만 이젠 제법 혼자서 정원을 산책도 하고 기력이 조금 회복되어가기 시작했다.

의사는 솔직하게 그에게 말했다.

"선생께선 이미 아시니까 얘기지만 정리를 해 두시는 게 좋을 것입니다. 저는 언제나 환자에게 솔직히 모든 걸 말해 주는 위주죠."

"정리라면?"

"가령……뭐 정리해 둘 게 많지 않을까요."

성진오는 고개를 끄덕였다.

"정리할 게 딱 하나 있긴 있어요."

성진오는 의사에게 말을 하려 했다. 허나 입을 다물었다. 자신의 아내에게 쓸데없는 얘기가 들어가는 걸 원치 않았기 때문이었다.
"선생님, 저 하루만 시간을 주십시오."
"외출 말입니까?"
"예."
"누군가 동행을 한다면……좋아요. 우리 간호원 중 한 명을 붙여 드리지요."
그러나 그는 나혜를 보러 혼자가야 했다. 다른 누구에게도 그의 사랑을 들키고 싶지 않았다.
그러던 어느 날인가 방문객이 그를 찾아 왔다. 그는 한 통의 편지를 성진오에게 내밀었다.
순간, 그는 그것이 나혜의 전갈일 거라는 걸 직감하고 기쁨의 전율에 몸을 부르르 떨었다.
역시 그것은 나혜의 편지였다.
그가 막 봉해진 봉투를 뜯고 읽으려는데 남자가 그의 눈을 제지했다.
"우선 말씀드릴게요. 사실 진즉 찾아왔어야 했지만 우리도 워낙 바빴고 또 선생 거처를 아는데 상당한 시간이 걸려서요……."
그는 꼭 변명을 하는 듯, 죄송하다는 듯 느릿느릿 말을 했다.
"아, 아무래도 좋습니다. 여하튼 감사합니다. 예까지 이걸 전해 준 것만도……."
그런데 남자의 표정이 좀 이상했다.
성진오는 불길한 예감과 함께 떨리는 마음으로 글을 읽어 내려갔다.

죄송합니다. 성진오 씨.

저는 어쩔 수 없이 이 길을 택합니다. 당신보다 먼저 가는 저를 부디 용서해 주세요. 당신의 얘기를 법현 스님께 다 들었습니다. 그런 줄도 모르고 저는 제 불행만 고민했군요. 당신마저 없다면 저는 도저히 살아갈 희망조차 없다는 생각을 했습니다. 그래서 애초에 제가 선택했던 길을 갑니다. 제 생명을 대신 당신께 드릴 수 있다면 얼마나 좋을까요.

성진오 씨. 짧았지만 제가 누렸던 행복에 대해 당신께 감사드립니다. 안녕히……

임나혜.

성진오는 손이 부들부들 떨렸다.

이래선 안 돼.

이건 뭔가 일이 잘못된 걸 거야.

이런 일이 어떻게 일어날 수가 있어.

"전 나혜 오래비입니다. 3일 전 장례를 치르고야 틈이 생겨 선생을 찾았지요. 정말이지 힘들었어요. 선생도 어디가 편찮으십니까? 나혜와 어떻게 아는 사입니까?"

바보 같은 질문에 성진오는 그를 한방 갈겨 주고 싶었다.

한참의 침묵이 흐른 뒤 힘겹게 성진오가 입을 열었다.

"장지가 어딥니까?"

"그 아이가 부여 송광사 근처에 묻히길 원했기에 그곳에 묻었지요."

"음——"

성진오는 길게 신음을 내뱉었다.

"어찌나 추운지. 손이 꽁꽁 다 얼었어요. 계집이 제 서방 놔두고 놀아나다니, 우린 할 말도 없습니다. 원 창피해서 얼굴을 들 수가 있어야지——."

그 남자는 성진오를 힐끔 쳐다보았다. 그는 '너도 같은 부류지?'라고 말하는 듯했다. 그러나 그런 건 아무래도 좋았다.

그 남자는 별로 슬픈 빛도 없이 말을 이어갔다.

"아, 글쎄 그것이 약을 먹고 죽었지 뭡니까. 동네 창피해서 원. 시집 쪽에선 아무도 안 나왔어요. 나 같아도 안 와요. 죽어도 싸지!"

"닥쳐!"

성진오는 베개를 그 남자의 면상에 집어 던졌다. 남자는 깜짝 놀라 인상을 쓰더니 하얗게 사색이 된 성진오의 낯빛에 질렸는지 비실비실 뒷걸음치며 나가 버렸다.

성진오는 옷을 주섬주섬 입었다. 후회가 미친 듯이 온몸을 휘감았다.

"나 혼자 살겠다고 병원에서 호강하고 있는 동안 나혜는……."

자책과 후회가 그를 미치게 만들었다.

비틀거리며 병원 문을 나와서 마침 오는 빈 택시에 몸을 싣는 순간 황급하게 달려 나오는 의사와 간호사의 모습이 시야에 들어왔다.

그는 운전기사에게 돈을 집어 주며 일렀다.

"얼마든지 드릴 테니, 부여 좀 갑시다."

어리둥절한 운전기사는 의사와 성진오를 번갈아 보더니 차를 몰기 시작했다.

성진오는 자신의 죽음을 예감하며, 지난번 꿈에 보이던 나혜의 마지막 모습을 떠올렸다.

"나혜……."

다시는 불러보지 못할 정다운 이름.

그동안 미처 흘릴 사이도 없었던 눈물이 볼을 타고 주르르 흘러내리기 시작했다.

운전기사의 휘파람 소리를 아득하게 들으며 그의 맥박도 점점 그 속도가 느려졌다.

그리움의 세월

그리움의 세월

여자가 현관에 들어섰을 때, 이층에서는 음악 소리가 들려오고 있었다.

'주혜가 또 와 있구나.'

탁자에 흐드러지게 꽂혀 있는 붉은 장미는 여자에게 그 사실을 확실히 입증시키고 있었다. 남편과 주혜는 지금 어떤 이야기를 하고 있을까.

이곳은 분명 내 집임에 틀림없건만 오히려 나를 내모는 듯한 저 음악 소리와 탐스러운 장미 다발.

여느 때 같으면 그대로 백을 든 채 휙 하니 밖으로 나갔을 것이다. 그러나 오늘은 그러지 않았다. 밖에 바람이 심하게 불고 있는 탓인가.

그 여자는 실없이 웃었다.

순자가 의아한 눈빛으로 주인 여자를 올려다보았다.

두말없이 되돌아서 나갔다가 주혜가 돌아갔을 즈음해서 다시 들어

오던 주인 여자가 오늘은 조금 이상스러워 보였나 보다.

순자는 그 여자의 언뜻 날카로워진 눈빛 속에서 형용할 수 없는 분노의 빛이 한순간 반짝 불타다가 맥없이 스러짐을 보았다.

"난 꽃을 쓰레기통에 버리려고 했었어요. 화가 났거든요. 주혜라는 여자가 잘난 체하며 여기에도, 또 선생님 방에도 꽃을 가득 꽂아 놓지 뭐예요……. 그렇지만 나로선 어쩔 수가 없었어요, 아주머니."

"……."

"정말 뻔뻔스러운 여자예요."

순자는 아직도 주혜가 이층에 있는 것이 자기의 책임인 양 어쩔 줄 몰라하며 변명을 늘어놓았다. 그리고 또 덧붙였다.

"글쎄, 오늘은 마치 이곳이 제 집인 양 행세를 하지 않겠어요. 커피도 자기가 끓여서 선생님께 갖다 바치구요. 저녁까지 얻어먹고 염치없이 갈 생각도 않고 여태까지 뭉개고 있는 거예요. 선생님도 그렇지, 왜 아직 그 여자를 붙들고 있는지 내가 애간장이 다 탄다니까요."

순자의 음성은 빳빳하고 갈라진 듯했다.

때때로 꽃을 사온다던가, 작은 선물 따위를 사오는 남편의 제자들이 있었다. 남편은 꽤 알려진 시인詩人이며 H대학 교수였다. 그래서 가끔 문학소녀들과 제자들이 그에게 가르침을 받고자 집으로 찾아오곤 했었다. 그러한 일은 당연한 것으로서 별로 신경을 쓰지 않고 있었고, 또 남편과는 서로가 사생활에 대한 간섭은 피차가 하지 않는 것이 습관화되어 있었던 것이다.

그런데 이번 경우는 조금 달랐다.

남편과 주혜는 어떤 선을 넘어서 특별한 감정이 교류되고 있음이 틀림없는 것 같았다. 불길한 예감이 여자의 마음을 흔들었다.

남편은 자신이 돌아왔음을 알 리 없다. 어쩌면 돌아오건 말건 상관하지 않을지도 모른다.

두 번인가, 차라리 이런 형용할 수 없는 뼈저림의 시간을 버리기 위하여 불쌍한 여자가 되어 버렸던 기억이 문득 다시 생각났다. 이미 막이 내린 극장에 오도카니 앉아 집 없는 여자처럼 시간을 메웠었다.

집으로 돌아왔을 때 주혜는 이미 가 버린 뒤였고 이층 남편 방은 죽음 같은 정적만이 감돌고 있었다.

그 여자는 옷을 갈아입지도 않은 채 그대로 귀퉁이에 놓여 있는 의자에 무너지듯 앉았다. 버림을 받았다는 느낌. 그것은 지금 새삼스러울 게 없는 건지도 몰랐다. 그런데도 이제는 이 집이 낯설고 황량하고 무덤 같음을 버릴 수 없었다.

"당신 말이야……."

어느 날 남편은 그 여자가 귀가하는 시간을 기다렸음인지 거실로 내려와 앉아 있었다. 남편의 음색은 깔깔했고 얼굴은 차갑게 굳어 있었다.

"당신 혹 알코올 중독 아니오?"

알코올 중독이냐고? 그 여자는 되묻지도 않고 표정 없는 얼굴로 남편을 바라보았다.

"어제, 당신 명동의 화식집에서 식사를 했는가 봅디다. 어디 얘기 좀 들어 봅시다."

그 여자는 남편에게 별로 특별히 할 얘기가 없었기에 다만 남편의 입만 바라보고 있었다.

"점심시간 남자들이 북적대는 그 시간에 오로지 당신 혼자 맥주를 들이켜고 있었다구? 내 친구가 놀란 목소리로 내게 전화를 했습디다. 창피해서 원……. 사업하는 여자는 그렇게 때와 장소를 가리지 않아도 되는 것이오?"

그 여자는 계속 아무런 대꾸도 하지 않았다.

술과 친하게 된 것이 과연 사업 때문이었을까? 남편과 별거 생활을 시작하면서 메울 수 없는 공허―단지 공허라고 하기에는 불충분하고 부정확한 표현일지 모르지만―를 메우기 위한 수단으로 조금씩 마시게 되었다. 그러나 알코올중독이란 무시무시한 단어로 나를 매도하다니……. 아니, 남편 말처럼 그 여자는 알코올 중독인지도 몰랐다. 이젠 술이 없이는 견디기 어려운 시간들이 점점 늘어가니까.

"저녁을 가져올까요?"

순자가 그 여자의 정적을 깨며 문을 열었다.

"아니, 와인을 가져 오너라. 그리고 탁자 위에 꽂혀 있는 장미꽃을 어서 내다 버리도록……."

순자의 얼굴은 잠시 망설이는 듯하더니, 주인여자의 심정을 이해한다는 뜻인지 두어 번 머리를 끄덕이더니 문을 닫았다.

그 여자는 쓰레기통에 무참히 버려질 장미꽃 다발을 상상했다. 그 꽃은 주혜의 마력이며 남편에 대한 사랑의 징표 같은 것일 게다. 그러나 그 꽃은 이제 극형이 가해져 쓰레기통에 버려질 것이다.

당연하지. 그런 의미의 꽃은 내 집에 필요 없어. 쓰레기통에 처박히는 것이 제격이야.

그 여자는 전율이 일었다. 주혜의 그토록 생기에 넘친 싱싱한 생명이 저항 없이 무참해지는 것을 바라보는 것 같아서였다.

주혜의 정체는 무엇인가?

주혜가 두 번째 다녀간 날, 순자는 이렇게 말했다.

"참 이상해요. 선생님하고 주혜라는 여자가 어딘가 모습이 닮은 것 같았어요. 꼭 오누이 같더라니까요."

부부는 모습이 닮는다고 하지 않던가. 어쩌면 주혜와 남편 사이는 오래도록 부부생활을 해 온 나보다 더욱 가까운지도 모르지.

순자가 와인병과 컵, 그리고 과일을 쟁반에 받쳐 들고 들어왔다.

"꽃을 몽땅 쓰레기통에 버렸어요……."

더 계속하려는 순자의 말을 그 여자가 막았다.

"자거라."

머쓱하니 잠깐 서 있던 순자가 또 말을 했다.

"선생님께 아줌마가 오셨다고 알릴까요?"

"그만 둬!"

"주혜를 만나 보세요."

"시 공부를 하겠다는 여자겠지."

"아무래도 다른 제자들과는 틀린 것 같아요. 나이도 보통 찾아오는 사람들보다 더 먹었구요."

"네가 상관할 게 못돼. 어서 가서 자래두."

"네."

순자는 물러났다.

그 여자는 완전한 자기만의 공간이 확인되자 술을 조금씩 목 안에 넣었다. 갑자기 정욱이 몹시 보고 싶었다. 단 하나뿐인 아들. 지금은 미국에서 공부를 하고 있는 정욱에게 새삼스러운 애정이 솟구침은 그 여자 자신이 지금 외롭다는 징표인가.

바이올린 공부를 위해 일찍 외국으로 나간 정욱을 만난 지는 1년이 되어 간다.

저번 겨울방학에 정욱은 왔었다. 자기 어머니의 발자취를 더듬듯 명동 매장으로, 공장으로 따라다니며 정욱은 말했다.

"엄마는 전생에 인형이 아니었을까요? 그렇지 않고서야 어떻게 이 일과 어머니는 그렇게 잘 어울릴 수가 있어요?"

"호호 녀석도 왜 그런 생각을 했니?"

"엄마가 만드는 건 내가 어렸을 때나 다 장성한 지금이나 오로지 인형뿐이잖아요."

공장에는 검둥이 인형이 산더미처럼 쌓여 있었다.

"하긴 20년 가까이 인형을 만들고 있다. 꿈속에서도 늘 인형만 나타나는 걸."

"미국의 어느 가게에서 난 엄마의 인형을 보고 깜짝 놀라 샀어요. 그것도 검둥이 인형이었죠. 그날 밤 난 검둥이 인형 꿈을 꾸었어요. 그 인형은 나중에 무서운 귀신으로 변했는데, 어렸을 때 엄마가 내게 손수 만들어 준 생일 선물 인형이 밤에 귀신으로 변한 것과 꼭 같은 꿈이었죠. 다음날 아침 난 아무도 모르게 어머니 인형을 어렸을 때 개천에 버린 것처럼 내다 버리고 말았죠. 난 무서웠거든요. 어머니, 미안해요."

"사내 녀석이 귀신 꿈을 꾸어서 되겠니? 너도 네 아버지처럼 별난 신경을 가진 게야."

정욱이 인형을 버렸다는 것이 내심 서운했지만 그런 걸 내색할 수도 없었다.

음악은 천장을 타고 내려와 둥둥둥 마치 시간의 흐름을 점찍기라도 하듯 둥둥둥 들려온다. 현악기인가? 그 여자는 남편이 자신의 단단한 등뼈를 칼끝으로 난도질하는 것처럼 느껴졌다.

'아, 미칠 것 같아. 정욱아, 네가 버린 인형처럼 네 아버지는 날 버리고 있다.'

음악소리가 들리지 않게 되고 그들이 이제는 무엇을 할까 생각될 즈음 두꺼운 얼음처럼 차갑고 단단한 밤을 꿰뚫고 층계를 내려오는 발소리가 들렸다.

'이제 주혜가 돌아가는구나, 아아…….'

그 여자는 목구멍 속으로 되뇌었다.

그 여자는 자신도 모르게 와인을 한 모금 입에 담은 채 현관 쪽에 귀를 기울였다.

"안녕히 계세요."

더 이상의 말소리는 들리지 않았고 뒤이어 현관문 닫는 소리, 그 문을 잠그는 소리만이 그 여자의 귀를 울렸다.

그 여자는 남편을 불러야 한다고 생각했다.

'당신은 도대체 요즘 어떻게 된 거예요? 그 여자 주혜는 당신과 어떤 사이죠? 난 모멸감 때문에 미칠 것 같아요.'

남편은 아무 망설임 없이 이층 계단을 밟고 있었다. 이젠 아내에 대해서 관심조차 없단 말인가. 그 여자는 더 이상 참을 수 없어 성급히 문을 열었다. 그리고 격한 어조로 남편을 불러 세웠다.

"여보!"

그 소리는 남편의 등 뒤에 가 꽂히는 듯했다.

잠깐, 아주 잠깐 동안 남편은 화들짝 놀라는 듯하더니 천천히 그 여자를 향해 돌아섰다.

"당신, 언제 돌아왔어? 난 아직 안 돌아온 줄 알았지. 저녁은 들었소?"

여느 날과 다름없이 남편의 얼굴은 하나도 변한 것이 없었다.

"주혜가 놀러왔다는 걸 알았을 터인데 이층으로 올라오지 않고서……. 당신을 만나고 싶다고 여직 기다리지 않았소."

그 여자는 더 이상 남편에게 할 말이 없었다.

"주무세요."

단지 그 말을 하려고 그 여자는 남편을 불러 세웠는가. 그 여자와 남편의 눈길은 허공에서 서로 엇갈리고 있었다.

"아줌마, 저 순자예요."
매장에서 그 여자는 순자의 전화를 받았다. 순자의 음성은 분노한 것이었다. 아직 퇴근하려면 두어 시간이나 남은 저녁나절이었다.
"웬일이냐?"
좀처럼 매장으로 전화를 하지 않는 순자였다.
"이럴 수 있어요? 너무 분해서 전화했어요, 아줌마."
"아니, 밑도 끝도 없이 갑자기 그게 무슨 소리냐?"
"이층으로 올라갔단 말예요."
"이층으로 올라가다니?"
혹시 무슨 복면강도라도 들어왔단 말인가. 엉뚱한 생각이 그 여자의 머릿속을 스쳐갔다.
"주혜라는 여자가 또 왔단 말예요. 선생님한테 단단히 반한 눈치지 뭐예요. 하두 수상해서 이층 선생님 방까지 몰래 올라가서 방문에 귀를 대었더니……."
"누가 너더러 그런 짓 하라던?"
"누가 하라긴요. 꼬투리라도 잡아서 내몰려고 그랬죠. 그랬는데요."
잠깐 순자가 뜸을 들였다. 그 여자는 자신도 모르게 조바심을 하며 침을 꼴깍 삼켰다. 도대체 어떤 장면이 연출되고 있었는가?
순자는 이제 목소리를 낮추었다.
"주혜라는 여자가 흐느껴 울더라구요. 아줌마, 당장 집으로 오세요. 그냥 놔두었다간 큰일이 날 것만 같아요. 무언가 선생님과 주혜

사이에 일이 벌어지고 있는 게 틀림없어요."

 이젠 남편을 잡고 울기까지 하다니……. 그 여자의 발 한 쪽이 수렁에 빠진 듯한 느낌에 자꾸만 허우적거렸다.

 순자에겐 야단을 치고 전화를 끊었지만 귓속으로 왱왱 순자의 말소리가 맴을 돌았다.

 남편과 주혜 사이엔 필시 범상치 않은 일이 일어나고 있음엔 틀림없다.

 언뜻 이층 남편의 방문을 홱 열어젖히는 자신을 떠올랐다. 깜짝 놀란 남편이 주혜를 품에서 떼어 버리고 있었다.

 그 여자는 고개를 가로 저으면서 중얼거렸다.

 '아니야, 아니야.'

 그 여자는 외출 채비를 했다. 천천히 바바리를 입고 단추를 채웠다.

 "집에 무슨 일이 생겼나요?"

 점원 미스 박이 걱정스러운 얼굴로 그 여자를 바라보았다.

 "별일 아니야."

 그 여자는 자신에게 확신이라도 시키듯 잘라 말했다.

 "어딜 가시게요?"

 "여행사엘 다녀와야겠다."

 '이럴 때일수록 침착해야 해.'

 "차가 공장에 나가 있어요. 전화를 할까요?"

 "괜찮아."

 명동을 빠져나간 그 여자는 지하도를 지나 조선호텔 쪽으로 천천히 걸음을 옮겼다. 차를 부르지 않은 건, 걸으면서 시간을 벌자는 속셈에서였다.

 그 여자는 맥없이 걸었다. 분주히 오가는 사람들이 그 여자를 떠밀

기도 했다.

이제 와서 남편으로부터 어이없는 배신을 당하다니, 오늘은 남편하고 어떤 결말이든 얻어야 할 것 같았다.

이대로 두 사람을 방관하고 볼 수만은 없어. 2월 중순의 바람은 아직도 그 여자의 이마를 차갑게 때렸다.

그 여자는 마음이 더욱 추웠다.

성급한 판단에 여행사를 가려고 나오긴 했지만, 일단 남편과는 어떤 결말을 얻어 놓고 미국을 가든지 해야겠다는 마음이다. 그 결말이란 무엇일까? 그 여자는 막연히 남편과의 이혼을 떠올리며 가슴이 섬뜩해짐을 느끼지 않을 수 없었다.

'우리 아들 정욱아, 네가 그립구나. 나는 지금 너의 아빠와의 이혼을 생각하고 있단다.'

그 여자는 "정욱아"하고 소리 내어 불러보았다. 그러나 그 소리는 목소리가 되어 나오진 않았다.

커피를 마셔 보았지만 마음은 진정되지 않았다. 밤이 늦도록 쏘다녔다. 쏘다닐수록 마음은 점점 비어만 갔고 남편과 헤어져야만 된다고 생각하니 견딜 수가 없었다.

그 여자가 집으로 돌아갔을 때는 늦은 시각이었다. 남편 방에는 불이 켜져 있었다. 3년 전부터 서로 불편함을 없애기 위해 별거를 시작했었다. 그것이 잘못되었을까?

결혼을 치르던 날, 남편은 신혼여행을 간 바닷가에서 한참을 무엇인가 골똘히 생각하고 있었다. 한동안 그렇게 침묵하더니,

"내게 부조가 없음을 용서하시오"라고 말했다.

새삼스러울 게 없는데도 남편은 당신의 아버지와 어머니가 없음이 고통인 양 그런 낯을 했었다.

"아버지를 전쟁통에 잃었다는 것을 당신도 잘 알 것이오. 내 아버지는 훌륭한 분이었소. 훌륭한 아버지를 가졌다는 걸 난 늘 자랑으로 여겼소. 빨갱이 놈들에게 개죽음을 당한 것은 아버지가 군수였기 때문이기도 했지만 많은 사람들이 아버지의 인격됨됨이를 우러러보았기 때문이라오."

남편은 당신의 아버지에 대해 존경스러운 마음을 아직도 금치 않았다. 그러나 그는 어머니에 대하여는 한 번도 그 여자에게 들려준 이야기가 없었다.

"아마 돌아가셨을 거요"라고만 말했다.

외로운 사람이었기에 가정이라는 테두리를 철저하게 아끼고 사랑했던 남편임을 그 여자는 다시금 상기했다.

주혜가 돌아간 뒤부터 정 교수는 아내가 언제쯤 돌아올 것인가에 신경을 쓰고 있었다. 아내에게 고백할 일이 있었기 때문이었다. 이제 아내가 돌아왔는가. 현관문 소리가 났다. 그는 습관처럼 시계를 보았다. 11시 5분이었다.

저녁을 먹는 기색은 없고 세수를 하는지 수돗물 소리가 들렸다. 그리고 이내 아래층에서는 아무런 기척이 없었다.

정 교수는 비스듬히 누워 담배를 피우며 아내가 이층으로 올라오지 않을까 귀를 세우고 있었지만 갈피를 잡을 수 없이 두서가 없는 마음이었다. 어디서부터 말을 꺼내야 아내가 이해해 줄까.

주혜가 울면서 고백을 했을 때 그는 전신에 피가 싹 가시는 듯 했다.

"엄마는 6개월 전에 돌아가시면서 오빠를 찾아가라고 하셨어요."

주혜의 말이었다.

"그럼 어머니가 여직 살아계셨단 말인가?"

행방불명이 된 어머니, 끝내는 돌아가셨으리라고 믿었던 어머니, 그 어머니가 6개월 전까지 살아계셨다니……. 그는 믿기지가 않았다.

"엄마는 오빠를 몹시 보고 싶어 하셨어요. 특히 임종 때는 오빠만 찾았어요. 그렇지만 엄마는 오빠에게 큰 죄인이라며 끝내……."

주혜는 더 이상 말을 잇지 못하였다.

어머니 때문에 깊은 밤 이불을 뒤집어쓰고, 어린 나이에서 다 크도록 소리 죽여 울던 자신이었다. 아내와 결혼을 하고서는 그런 일은 점차 일어나지 않았으나 각 방을 쓰기 시작한 며칠 뒤, 술이 잔뜩 취한 어느 날, 이불을 뒤집어쓰고 운 적이 있었다. 다만, 그 날은 어머니를 외쳐대고 목청껏 울 수 있었다.

어머니는 누구인가. 나를 낳고 나를 버린 어머니가 어머니인가. 그러나 어머니임에는 틀림없다. 어머니는 어디에 계신가.

그의 기억 속에서 완벽히 떨어져 나갈 수 없는 것은 오히려 존경하는 아버지보다 어머니 쪽이었다. 전쟁이 일어났을 때 아버지의 비참한 죽음은 오히려 깜깜하게 묻어 버릴 수도 있었다. 그러나 어머니만은 용서되지 않는 만큼 일렁이는 불꽃처럼 그의 가슴에서 끈질기게 타오르고 있었던 것이다.

최초의 그의 기억은 하얗게 쏟아지는 마당가 우물곁에 서 있는 분홍저고리 남치마에 흰 앞치마를 두르고 늘 입가에 미소가 떠나지 않는 어머니였다.

그는 그런 어머니가 좋았다. 한밤에 꿈을 꾸며 오줌을 펑 쌌을 때 어머닌 그 미소 대신에 무서운 얼굴로 옆집에 가서 소금을 얻어 오라고 하셨다.

옆집에는 늘 머리를 풀어헤치고 하늘을 향해 누워 있는 젊은 여자

그리움의 세월 | 251

가 살고 있었다. 폐병을 앓는다고 했다. 종잇장처럼 얼굴색이 하얀 그 여자는 청포도가 익을 무렵이면 죽을 것이라 했다.

너무도 무서워 그 집은 갈 수가 없었기에 어머니 남색치마 안으로 기어들며 엉엉 울었다. "다신 오줌을 안 싸겠어요." "정말이냐?" "엄마, 꼭 약속해요." 그것은 아마 네댓 살 때였을 것이다.

어머니는 그때 스물 대여섯을 넘긴 젊고 아름다운 여자였다는 것이 이제 분명하게 느껴진다.

풀머리를 곱게 빗어 쪽을 지고 그 쪽의 한복판에는 항상 자주 댕기가 물려 있었다. 남색치마와 연분홍치마와 자주댕기……. 그런 어머니의 기억은 이미 그의 유아기에서부터 단단한 바위처럼 그의 가슴에 자리 잡고 있었다.

물론 어머니의 그런 모습 말고도 어느 집 유리창가에 불이 환히 밝혀 있는 것을 바라보면 외롭던 시절에 떠오르는 여러 가지 추억은 그에게 많았다. 그런 추억은 어렴풋이 아침 안개처럼 슬며시 그에게 떠오르거나 때로는 아픔으로 그의 목을 조르는 일로 구분되어졌다.

그러나 6·25 전쟁이 일어나기 전까지 그의 생생한 기억들은 동화책에서 보는 아름다운 이야기처럼 자신의 어린 시절 또한 아름답고 때 묻지 않은 이슬 같은 것임을 그는 알고 있다. 그러나 전쟁이 일어나고 난 뒤 어머니의 이야기는 빙산일각이며 검은 휘장으로 가리고 싶은 죄악만이 그에게 남아 있었다.

'주혜가 누이동생이라니?'

아, 어머니는 후일 자기를 찾아 어떻게든 주혜가 같은 핏줄임을 밝히려 했음이 분명하다.

처음 주혜가 그를 방문했을 때 시詩를 쓰고 싶은 여자려니 했다. 서른여덟쯤 된 나이였고 어딘가 낯설지 않은, 호감을 가지게 하는 미색을 겸비하고 있었다. 주혜가 시를 쓰겠다고 한 것은 바로 오늘을 위한 방문에 지나지 않았다.

"오빠, 가엾은 어머니였어요. 오빠는 어머니를 용서해 주셔야 해요."

주혜가 일어나며 남긴 마지막 말을 되씹으며 정 교수는 또다시 어머니 기억에의 가혹한 형벌을 받는다고 생각했다. 끝까지 질기도록 나를 놓아 주지 않는 어머니. 과연 당신을 나는 용서할 수 있는가. 선연히 살아나는 과거는 역시 그의 가슴속에 완고히 매몰되어 있었음이 틀림없었다.

주혜가 돌아간 뒤. 정 교수는 마음속에 악마의 깃발처럼 흔들리고 있는 어머니의 모습 때문에 통곡하며 울었다. 어머니……. 어머니. 그가 오늘까지 살아오면서 헤맸던 목마름은 어머니의 악령을 다시 찾으려 했던 것일까.

철둑 밑 냇가에서 희고 반질반질한 돌을 정신없이 줍고 있노라면 어머니는 그를 찾아왔다.

"돌이 그리도 좋으니?"

어머니는 맑게 웃었다. 청청한 치마가 바람결에 날리면 어머니는 더욱 아름답게 보였다.

"돌은 깨끗하고 부서지지도 않아 좋지요."

"그래……. 너는 이 다음에 이 돌과 같은 사람이 되어야 한다. 네 아버지처럼. 아버지는 돌 같은 양반이지."

자라면서 어린아이는 모든 사람이 아버지를 기억하게 하는 것은 존경 바로 그 자체였지만 어머니는 달랐다. 어린 시절부터 자신의 생애에 돌보다 더 견고하게 나무보다 더 뿌리깊이 자신의 속에 자리 잡

그리움의 세월 | 253

은 것은 어머니였음을 어쩔 수 없었다.

어머니는 높은 양반 가문의 딸이라 했다. 또한 어머니만한 여자가 이 세상에는 둘도 없다고 모두들 말했었다. 자신 또한 이 세상에 그처럼 아름다운 여인은 또다시 없을 것이라고 생각지 않았던가.

그런 어머니를 6·25 전쟁은 왜 그리도 기막히게 변모시켜 놓았을까.

아내에게조차도 완벽히 어머니의 과거를 숨길 수밖에 없었던 정 교수였다. 어머니의 과거란 오욕과 피의 냄새와 증오였다. 그는 그 부정할 수 없는 사실 때문에 인생의 절반을 절름발이처럼 살아왔었다. 늘 어머니의 과거 속에서 헤어나지 못한 채 결혼을 하고 자식을 낳았으나 항상 허수아비 같은 자신 때문에 손을 휘저어 옛날 남색치마에 분홍저고리, 자주댕기를 드리운 어머니를 찾지 않았던가.

정 교수는 아내에게 모든 사실을 고백할 때가 왔음을 알았다. 완벽하게 숨겨왔던 절름발이 과거를 아내에게 얘기하여 난 이제 두 발로 힘차게 걸으리라.

정 교수는 계단을 하나 둘 세며 내려갔다.

'초등학교 6학년 무렵 6·25 전쟁이 일어났고 아버지가 놈들에게 끌려가 총살이 되었소. 어머니는 나를 친척집에 맡겼지.'

정 교수는 한 계단씩 내려가며 아내에게 말하듯 중얼거렸다.

'그곳은 항구도시였는데, 나는 바닷가에서 어머니만을 그리워하며 울었소. 휴전이 되어도 어머니는 소식이 없었지. 그래서 난 무작정 어머니를 찾아 나섰으나, 우리가 살던 집은 이미 폭격에 그 자리만 비참하게 남아 있을 뿐이었소. 친척들도 어머니의 소식은 모른다고 모두들 고개를 내저었어.

어떻게 해서 어머니를 찾았는지는 지금 어렴풋한 기억으로 남아 있으나, 어쨌든 천신만고 끝에 어머니를 찾았을 때, 어머니는 무척 낯선 얼굴을 하고 있었지. 그곳은 의정부라고 기억되는데 조그만 문간방에 세 들어 살고 계셨지. 벽에는 울긋불긋한 옷들이 아무렇게나 포개져서 걸려 있고 거울 앞에는 미제 화장품들이 유난스레 많이 진열되어 있었소.

어머니는 화장 짙은 이상야릇한 여자로 탈바꿈되어 있었지. 어머니는 눈동자에 눈물을 가득 담고 나를 껴안으려 했지만 난 자신도 모르게 고개를 돌리고 말았소. 어린 나이였지만 나는 그런 여자를 꽤 많이 보았던 기억에 어머니를 외면해 버리고 말았던 거요. 우리 또래의 아이들은 곧잘 그런 여자를 졸졸 따라다니며 '갈보'라고 놀리곤 했더랬소. 그런데 나의 어머니가 그런 모습을 하고 있다니, 하늘이 무너져 버리는 것 같았소.

잠시 후 어머닌 주저하더니 날더러 안방에 가 있으라 했고, 그곳에서 여인네들의 동정을 나는 온몸 가득히 받아야 했지.

설핏 잠이 들었는데 두런거리는 아주머니들의 얘기가 내 귀에 와 꽂히는 것이었소.

"자슥한테 부끄럽지도 않은가. 오늘 하루쯤 참으면 어때. 얼굴값을 한다니까. 그 얼굴의 화냥기라니……."

"검둥이고 흰둥이고 하루에 몇 놈씩 끼고 지랄이니 색정에 곯아 버렸더라니까, 글쎄."

"얼굴이 아깝지."

저마다 한 마디씩 던진 말은 나의 가슴을 난도질해 댔소.

역시 어머닌 내 예감대로 놀랍게 변해 있었지.'

정 교수는 계속 중얼거리며 계단을 한 칸 한 칸 내려갔다. 다리엔 힘이 없어 쓰러질 지경이었다. 정 교수는 잠시 계단의 중턱에 걸터앉았다. 담배를 찾으려 주머니를 뒤적이며 또 그때의 일을 생각했다.

그래……. 그 얘길 듣고는 더 이상 참을 수 없어 어머니 방으로 뛰어 들어갔어. 그때 어머닌 거울을 보며 몸단장을 하고 있었지. 너무나 기가 막혀 말도 못하고 노려보며 씩씩거리는 나에게 어머닌 울면서 말했소.

"왜 왔냐? 돈 많이 벌어서 널 찾으려고 했는데, 이 녀석아!"

어머니의 피를 토하는 듯한 목소리였다.

"난 처음에 오산에 있는 미군 부대 세탁소에서 일을 했단다. 오직 너를 만나려는 일념으로 닥치는 대로 일을 했어. 정말이야. 믿어 주렴."

어머닌 비굴하고 비참한 얼굴로 나에게 애원하다시피 통곡하며 말을 했다.

"그런데 어느 날 밤 검둥이한테 그만 당하고 말았어. 내 말 알아듣겠지? 하늘이 무너지는 것 같았지만 인간의 심리란 이상하더라. 이왕 이렇게 된 바에야 돈이나 벌자는 생각이 들더구나. 모두가 이 에미와 네가 살기 위해서 할 수 없다는 마음이 든 거지. 나를 이해해 다오."

어머니의 화장한 얼굴은 눈물로 얼룩져 더욱 괴상한 얼굴이 되었다.

나는 그때 온몸이 덜덜 떨리고 있었다. 백길 낭떠러지로 떨어지고 있는 듯한 느낌이었다.

돈을 벌 때까지만 그런 짓을 해야겠다는 어머니였고, 달리 갈 곳도 없는 나는 어머니의 행동을 용서하진 않았지만 같이 기거할 수밖에 없었다.

부대를 따라서 우리 모자는 후조처럼 이동하면서 살았다.

군복을 줄여 옷을 입고 가죽 소리가 신선하게 들리는 워커를 신고 살았다. 미제 초콜릿과 치즈 등이 들은 레이션 박스가 우리 방엔 가득했다.

사람들의 경멸어린 눈초리는 나를 못 견디게 만들었지만 할 수 없는 일이었다.

다시 오산으로 옮긴 지 3일이 지난 날, 어머니와 나는 오랜만에 둘만의 오붓한 시간을 가지며 노래를 부르고 있었다. 그때 레이션 박스를 들고 키가 큰, 눈이 유난히 파란 미군이 방문을 열었다. 그리고 다짜고짜 나를 보면 갓뎀! 갓뎀!을 연발하며 눈을 부릅뜨는 것이었다.

결국 쫓겨 나고 만 나는 오도카니 쪽마루에 걸터앉았다. 뒤이어 들려오는 이상한 소리는 나를 몸서리치게 만들었다. 부엌에는 미군의 M1소총이 세워져 있었다. 총을 쏴 버릴까? 총의 안전장치를 풀고 얼마동안 망설였는지 이마에서는 땀방울이 흘러내리고 있었다. 그때 안에서 옷을 입는 기척과 미군의 낄낄거리는 소리가 들렸다. 깜짝 놀란 나는 총을 그대로 둔 채 대문 밖으로 도망쳐 버렸다. 그런데 찰나였다. 총소리가 밤하늘을 흔들며 들려왔다.

미군은 방을 나오자 총대를 어깨에 메고 그 총을 멘 채 상체를 구부리고 워커 끈을 맸는데 그 순간 총소리가 났고 미군은 다행히 죽지 않았다.

그 일이 있은 후 어머니는 너무도 놀랐는지 그 일을 그만 두었다.

정 교수의 손가락에 끼워진 담배가 거의 다 타고 있었다. 성냥갑에다 담배를 문질러 끄고 그는 뚜벅뚜벅 계단을 걸어 내려갔다. 그리고 아내의 방문을 노크했다. 똑똑.

아내의 방에는 불이 꺼져 있었으나 자고 있진 않았던 것 같았다. 그러나 안에선 기척이 없었다.

"당신에게 할 말이 있소."

정 교수는 낮게 말했다. 그러나 역시 반응이 없었다. 손잡이를 틀어 보았다. 문은 잠겨 있었다.

정 교수는 몸을 돌렸다. 그는 다시 계단을 천천히 오르고 있었다.

어머니의 과거는 그렇지만 그것으로 끝나지 않았다. 그 후 어머니는 아버지의 옛 친구 되는 사람과 접촉하기 시작했다. 그 아저씨는 나에게 잘해 주었지만 난 싫었다. 가끔씩 그 아저씨는 우리와 같이 잘 때도 있었다.

어머니와 포개져서 괴상한 짓을 하고 있던 그 아저씨의 배를 힘껏 걷어차고 나온 그날, 그날 이후 나는 어머니를 잊으려고 얼마나 발버둥 치며 살았던가.

그는 그날 이후 자신이 혼자 살아왔던 헐벗음을 상기했다. 혼자만의 피나는 생존 싸움은 오히려 죽음보다 더 무서운 것이었다.

주혜는 그 아저씨와 어머니와의 태생이라고 했다. 내가 주혜의 오빠가 된다니 웃기는 일이 아닐 수 없었다.

신문팔이, 껌팔이, 도둑질도 했다. 양평역에서 청량리역까지의 무임승차, 또 청량리역에서 기차를 타고 동대문 평화시장에서 물건을 사다가 팔았다. 신문팔이를 하며 고학을 하기 시작했고, 그러면서 깡패들한테 숱한 매를 맞기도 했다. 그러나 공부를 해야 한다는 모진 마음으로 모든 어려움을 이겨나갔다.

정 교수는 이제 성공한 셈이었다. 그는 몇 줄의 시를 쓰면서도 남색치마와 분홍저고리, 자주댕기와 옥양목 앞치마를 한시도 잊은 적이 없었다.

어머니가 돌아가셨다는 주혜의 말을 듣고서야 비로소 어머니를 용서해야 될 것 같음을 느낀 것은 왜인가?

정 교수는 아내가 올라오는 발자국 소리를 듣고 있었다.

아내가 문을 열고 들어오면 그는 아내에게 이렇게 말할 참이었다.

'할 얘기가 있소. 내 어머니에 대한 얘기요.'

그러나 그럴 수는 없다는 생각이 들었다. 자신을 지배했던 암울하고 죄스러웠던 오욕을 이제 와서 아내에게까지 지배하게 할 수는 없다는 결론이었다. 모르는 과거란 역시 캄캄한 어둠 속에 가둬 버리는 것이다. 이제 악령으로부터 떨어져 나왔으니 헤맴은 없을 것이다.

그런데도 왜 이리 마음이 무거운가.

아내가 문을 열고 들어섰다. 아내는 울고 있었음이 분명한 얼굴로 눈시울이 벌겋게 젖어 있었다. 아내를 울게 한 건 무엇인가?

그는 아내에게 자신의 모든 것, 전쟁의 포격으로 상처밖에 남지 않았던 과거—절름발이 인생일 수밖에 없었던—를 털어놓을 때가 왔음을 느꼈다.

그는 일어나 창문을 열었다. 밤이 깊어지자 바람은 더욱 세게 불어 마당의 대추나무를 흔들었다.

대추나무는 새순을 싹트게 하려는 안간힘의 연습인 양 스액, 스액 몸부림쳤다.

"여보……. 당신에게 시누이가 생겼소. 주혜가 내 동생임을 오늘에야 알았소."

그는 아내 앞으로 다가가서 분명한 소리로 말했다.

기폭처럼 찢기다

기폭처럼 찢기다

 길 건너 작은 절의 종이 둥둥 울렸다. 청화는 신들린 여자 모양 창문께로 달려갔다. 진회색 하늘에서 장대 같은 빗줄기가 땅바닥에 홈을 파며 내리꽂히고 있었다. 허허로운 산비탈을 쓸어내리면서 쏟아지고 있었다. 배경의 풍치에 따라 빗줄기는 다른 모습으로 보였다. 그녀는 창턱에 기대어 한참을 서 있었다. 길 건너 절의 지붕이 시체처럼 보였다. 순간 그녀의 몸을 타고 흐르는 짜릿한 것이 있었다. 종소리는 여운을 남기며 그녀의 귓가를 맴돌았다. 불쌍한 중생을 구하려는 듯 둥근 파장을 만들며 그녀의 내부로 다가왔다.
 청화는 갑자기 무릎을 꿇고 오열을 터뜨렸다. 그녀는 이마에는 비지 같은 땀방울이 솟구쳤다.
 종소리가 끝나가 그녀의 발작은 약속이나 한 듯 뚝 그쳤다.
 종소리만 나면 저렇게 발작하듯 울며불며 중얼거리고 야단을 피니 이상하단 말야. 진표는 수심어린 눈으로 그녀를 바라보며 다가갔다. 그리고 그녀의 손을 잡았다. 그러자 청화는 깜짝 놀라 그를 노려보며 얼굴을 일그러뜨리는 것이었다. 그녀는 무서움을 느끼는 듯 공포스러운 표정으로 진표의 손을 뿌리쳤다.

그녀는 더 한층 공포로 질린 눈이 되어 갔다. 어깨와 다리를 사시나무 떨 듯 덜덜 떨어가며 진표를 노려보고는 알아듣지 못할 만큼 입술 사이에서만 나는 소리로 중얼거렸다. 그녀는 진표 앞에 버티어 선 채 뚫어져라 눈에 힘을 주고 있었다.

'나, 청화는 부처님에게 가까이 다가가고 있다. 나 혼자만이 그의 진리를 알고 있다. 나는 버림받은 게 아냐. 버림받을 수 없다. 나는 머잖아 그에게 다가가 영원히 깨달은 자가 되리라.'

이히히……. 그녀는 꿈결처럼 웃었다. 이제 광채를 띠던 눈빛도 어슴푸레해져 있었다. 그녀는 숨을 헐떡이며 진표를 향해 푸근한 미소를 지었다. 입이 있는 대로 벌어진 묘한 웃음이었다.

그녀는 갑자기 후다닥 밖으로 뛰쳐나갔다. 진표는 멍하니 뒷모습을 바라보다가 주저앉았다.

진표가 청화와 블록집에서 함께 생활을 시작하게 된 것은 운명 같은 우연한 만남 때문이었다.

청화가 깨달음을 얻고자 모든 것을 다 버리고 부처님을 섬기는 여승이 되었던 것처럼 그 역시 이제야말로 다른 것을 다 버리더라도 그녀 하나만을 위해 일생을 바치기로 결심한 때문이었다.

만일 청화가 옛날의 그녀 모습대로 있었다면 문제는 달랐을 것이다. 그러나 청화는 제정신이 아니었다. 그녀를 보살핌으로써 그녀에 대한 인간적인 죄가 용서되리라고 그는 믿었다.

사실 또한 그랬다. 청화가 미칠 수밖에 없었던 것은 그날의 월남 사건 때문일 것이었다.

초저녁에 그는 청화를 끌고 밖으로 나왔다. 방 안의 공기가 답답하여 그녀에게 저녁 바람을 쐬어주고 싶었다.

청동빛 밤이 대지 위에 나래를 펴고, 별들은 가만가만히 보석처럼 빛나고 있었다. 하늘은 아름다웠다. 멀리 희끄무레한 절의 기와지붕이 언덕 위 어둠 속에서 높이 떠 있었다.

둑방 대로에는 칸델라의 불빛이 휘황하게 꽃처럼 떠 있었고 시끌왁자한 소리가 이쪽까지 퍼져오고 있었다.

그녀의 표정 없는 얼굴, 흐릿한 눈동자는 뚜렷이 보이지 않았다. 그녀는 말이 없었고 시종 의연한 침묵을 지키고 있었다. 그는 돌멩이 하나를 주워 산등성이 쪽으로 높이 날렸다.

"난, 난 부처님 곁으로 갈 수가 없었어요. 부처님은 날 받아들이지 않으셨어요."

"당신이 잘못한 건 없어!"

"나는 내 몸을, 영혼을 더럽혔어요. 중인 내가······."

"당신은 더럽혀진 게 아냐."

"아녜요. 난 순결하지 않아요."

"전쟁 중에 그런 일은 있을 수 있어. 어쩔 수 없었지. 나만은 알고 있어."

"부처님도 알고 계세요."

"당신은 한 인간으로서 한 인간을 회복시킨 거야. 그게 왜 잘못되었다는 건가. 그건, 당신이 당신 스스로를 용서 못하기 때문이야."

"아! 난 그때 차라리 죽었어야 했어요. 전쟁은 나 같은 사람을 없앴어야 했어요. 가혹한 일이에요."

그들은 산등성이 쪽으로 발길을 옮겼다. 덤불 속에 발을 밟을 적마다 풀잎 스적이는 소리가 들렸다. 벌레들이 생명의 소리를 내고 있었다. 찌륵찌륵——신선한 공기가 부풀어 올라 후끈한 땅의 지열이 식어서 몸을 감쌌다.

"언제 집을 나왔다고 했지?"

"월남에서 돌아온 후 병원에 석 달간 입원하고 퇴원했어요. 정신병동은 끔찍해요. 집에 와서는 1주일에 한 번씩 약을 타러 병원에 다녔죠. 그러던 어느 날 집에 들어가지 않기로 결심했어요. 그리구 늘 당신을 한번 만나 무언가 확인을 해야 되겠다는 생각을 했었기 때문에 당신에 대해 수소문을 했지요. 당신의 군대 시절 소속을 기억하고 있었기에, 그곳에서 당신의 거처를 알려주더군요."

"당신의 정신은 지금 정상이야, 자신도 느껴?"

"대충은……. 뭔가 무겁게 느껴지면서 헐떡거려지는 순간이 오거든요. 참 이상도 하지요. 그때 나는 자신이 어떻게 되는 건지 몰랐어요."

"집으로 돌아가!"

"집? 결국 집으로 돌아가도 마찬가지인 걸요."

"어떻게 할 셈이지?"

진표는 그녀를 내려다보았다. 머릿단이 물결처럼 굼실거렸다.

"우린, 아버지가 돌아가시자 갑자기 곤란해졌어요. 어머닌 행상을 시작했어요. 계피떡, 인절미, 도넛과 김밥을 이고 다녔어요. 내가 중이 되겠다고 결심한 것도 그때였어요. 가난에 신물이 나고 염증을 느꼈어요."

"어머닌 반대하셨겠지?"

"천만에요. 어머닌 한 식구라도 덜어지는 것 때문에 기뻐했어요."

"……."

"우리 집은 지금도 내 병원비나 약값을 대 줄 형편은 못 돼요."

진표는 먼 하늘을 올려다보았다. 그가 파월 장병으로 뛰어든 것은 고등학교를 졸업하고 나서 대학을 진학할 수 없었던 방황과 좌절에서 비롯된 것이었다.

군에 먼저 입대했던 선배들은 하나같이 편지를 써서 보낼 때마다 영웅이 된 것처럼 청룡 맹호를 부르짖었다. 사나이로 태어나서 사나이답게 싸우다가 멋지게 조국을 지키다 죽어간다. 아니 이런 것이 아니더라도 그는 방황의 절제를 위하여 그 멀고 먼 이국의 정글 속으로 떠나지 않을 수 없었는지 모른다.

그는 담배 연기를 길게 내뿜었다. 그리고 문득 하늘을 올려다보는 속에서 팬텀기 편대가 진동하며 하늘을 날아가고 있는 것을 본 것 같았다. 105밀리 조명탄이 하늘 복판에서 펑 터뜨려지며 포성이 울렸다. 머리가 빠개지는 듯했다.

초소 벙커 속에 들여 밀어지던 화염방사기……. 그는 세차게 고개를 흔들었다. 구덩이 속에는 복초複哨를 임명받은 세 사람의 사병이 그리고 지상병과 교대 근무를 하기 위한 그가 있었다.

그들은 구덩이 속에서 서로의 숨소리와 절은 땀내와 발꼬랑내를 맡고 초조하게 시간을 기다리고 있는 중이었다.

베트콩이 언제 어디서 마빡이나 정강이를 혹은 심장에 총구를 들이댈지 몰랐다. 바로 산 너머에 정규군 일개 대대가 도사리고 있었다.

갑자기 하늘이 환해지면서 타는 듯 붉은 빛이 온누리를 비쳤다.

따따따따……. 마구 휘갈기는 총성 소리. 밖으로 기어 나왔던 전우들이 날카롭게 찢겨지는 짐승의 울음소리를 내면서 허공으로 치솟다가 퍽 고꾸라지는 것이었다. 삽시에 피바다가 되었다.

그는 그때 전우들과 함께 눈알에 총알이 박히는구나 생각을 하면서 전우들의 시체 위에 처박혔다.

알 수 없다. 이렇게 죽는 것이 바로 전쟁의 허망이라는 것인가. 내가 죽는 것에 무슨 의미가 있단 말인가. 내가 죽는다고 해도 역사는 변하지 않고 전쟁도 끝나지 않는다.

그는 그리고 점점 정신이 마비됨을 느꼈다. 피가 낭자하게 온몸을 적셨다. 그러나 본능은 그토록 무서운 것일까. 그는 꿈틀거리며 아무런 의식도 없이 맹목적으로 기어가고 있었다.

그 몸부림 위에는 기폭처럼 찢긴 살점이 너덜거렸다. 눈 부근이었다. 피와 흙과 머리칼이 한데 엉겨 붙어 수세미가 되었다.

대낮처럼 밝던 하늘이 칠흑처럼 어두워졌다. 전쟁은 끝났는가 사위가 조용했다.

얼마를 있다 제정신으로 돌아온 것일까? 베트콩들의 무리들이 어둠을 누비며 갈 법도 한데 보이질 않았다.

'저것들을 죽여야 할 텐데⋯⋯. 보복을 해야지. 그런데 아군의 포병대대는 오늘 밤 안으로 온다고 했는데 왜 소식이 이 어둠만큼이나 깜깜한가. 무전병도 죽었단 말인가. 헬리콥터는 주무시고 있는 건가.'

'이 벌판에서의 피날레. 이것이 나의 죽음이구먼.' 그는 살아야만 한다는 집요한 생각 때문에 자꾸자꾸 앞으로 나갔다.

그때 난 산산조각이 난 나의 죽음을 목격했지. 그리고 어머니하고 부르짖었다.

그런데 어떻게 된 일일까. 아침이 다가오는 여명 속에서 어슴푸레 보이는 선원의 용마루. 그는 그것이 하나의 현실이 아닌 꿈속의 환영이라고 믿고 싶지는 않았다. 선원은 점점 더 커다랗게 다가와서 그의 시공을 덮는 듯했다. 마침내 그는 그곳으로 가면 살 수 있을지도 모른다는 한 가닥 희망이 솟았다.

폐허가 되어 버린 선원⋯⋯. 그곳에 사람이 있을까. 아니 사람이 있을 리 없겠지. 모두 피란을 갔을 것이다. 그러나 가서 좀 쉬어야겠다. 당장 고꾸라져 죽더라도……

그가 선원 가까이 갔을 때 선원의 끝머리에 작은 점 하나가 어른거리는 것이 눈에 들어왔다. 그 점은 살아 있는 것처럼 움직였다.

좀 더 가까이, 좀 더……. 온 힘을 다해 그는 선원으로 좁혀갔다. 기적처럼, 어쩌면 틀림없이 기적이었다. 그것은, 그 움직임은 사람이었다.

그곳은 닌빈에서 본 절과는 전혀 다른 분위기였다. 사람들은 또한 나트랑에서도 이런 선원을 보지 못했을 것이다. 그것은 고원의 꼭대기에 있었고 황무지였으며 숲이 있는 지름길은 자갈투성이였다.

이 길은 선원의 저 벼랑 끝에서 끝이 나는데 고원의 밑에는 뱀같이 꾸불꾸불한 강이 내려다보였다. 선원은 마치 툭 불거져 나온 바위에 의롭게 핀 한 송이의 꽃처럼 벼랑 위에 서 있었다.

새벽의 햇살이 그 지붕과 용마루를 은은히 비쳤다. 새벽의 찬 공기는 빛바랜 선원을 부스러뜨렸다.

그는 선원으로 연결되는 지름길을 통해서 수십 번 쉬어가며 마지막 목숨을 다해 그곳까지 기어갈 수 있었다. 지름길 옆에는 갈대가 우거져 있었고 그것은 사람의 키만큼 자라 있었으며 억셌다. 이에 끼어든 떡갈나무, 아카시아나무가 뒤엉켜 하늘을 가리고 선원은 몇 백 년을 오래도록 견디어 온 것 같았다.

그것은 그리하여 신비스럽게 보였다. 그러나 그가 가까이 가서 보았을 때 선원은 건드리기만 해도 금방 무너질 것같이 헐어 있었고 그곳도 역시 전쟁의 아픔을 겪고 있음을 말해 주고 있었다. 폭격을 맞아 한 귀퉁이는 무너져 내렸고 벽 여기저기 총구멍이 나 있었다.

돌계단 층계 입구에 머리가 달아난 돌부처상이 서 있는 곳을 지나 그는 쪽문을 열고 법당으로 들어갔다. 비파를 타는 비천녀의 가는 눈꼬리와 산신들, 칠성님들, 호법산장들, 아란존자, 지장보살 등을 그린 탱화가 법당 벽을 가득 메우고 있었다.

이처럼 낡은 선원에 사람이 있다는 것은 신기한 일이었다. 어쩌면 아까 그 움직임은 신기루가 아니었을까.

쥐 한 마리가 습하고 냉기가 도는 텅 빈 마룻바닥을 슬금슬금 기어가고 있었다. 그는 몹시 갈증이 났고 빈사 상태에 빠져 더는 움직일 수 없었다. 어렴풋이 분명 아까 보았던 검은 점, 그 점이 눈에 어른거리는 것 같았다. 그리고 그는 이제 참말 죽는구나 하는 기분에 젖어들며 물을 찾다가 완전히 정신을 잃었다.

"어디서 오셨나요?"

얼마의 시간이 흘렀을까. 그의 의식 속으로 사람의 말소리가 들려왔다. 몽상이 아니라면 이 기괴한 현상은 어디서 비롯된 것일까? 분명히 소리는 여자의 목소리였고 월남 여인의 목소리가 아닌 한국 여성의 음성이 아닌가!

그 소리는 그의 영혼을 꿰뚫고 들어와 불상에서 번뜩이는 황금빛이 이 방을 아까 황금빛으로 물들였던 것처럼 그의 영혼을 채웠다. 그는 돌아보기가 두려웠고 한 쪽 눈마저 뜨기가 두려웠다. 실제가 아니라면 하는 두려움과 실망 때문에 그러나 그가 눈을 가늘게 떴을 때 승복을 입고 머리칼이 없는 스님 하나가 부처님 좌상 앞에 앉아 미동도 없이 염주알을 매만지고 있었다. 여자의 음성을 들었던 것은 그의 착각이었다.

"나, 물, 물 좀……."

그의 소리에 스님은 뒤를 돌아보았다.

"나 좀 사, 살려 주시오."

스님은 한순간 얼어붙은 듯 꼼짝 않고 있었다. 스님은 나무관세음보살을 되풀이 외고 있었다.

이윽고 스님이 나가는 듯했다. 잠시 후 목탁 두드리는 소리가 다시 들려 왔다. 그 맑은 속이 텅 비어 있는 나무 두드리는 소리는 어떤 광폭한 무서움이나 공포조차도 몰아낼 수 있는 소리 같았다. 스님은 왜 이런 때 목탁만 치고 있는 것일까.

이윽고 스님이 돌아와서 그에게 물을 먹였다.

"이제 정신이 드세요?"

그제서야 진표는 정말 정신이 번쩍 드는 듯했다. 그가 잘못 들은 게 아니었다. 그녀의 목소리는 가늘고 미성이었다.

"고맙습니다."

"여기까지 오셨다니 부상당한 사람의 힘으로는 힘든 일인데……. 부처님이 보살피신 거예요."

"혼자 계십니까?"

"예."

여승은 계속 염주알을 만지작거렸다.

청화(법명)는 원 이름이 김미숙이라고 했다. 월남과 월맹이 아직 전쟁을 시작하기 전, 가르침을 받던 묘순 스님을 따라 1년 전에 이곳에 왔다고 했다. 이곳이 위험해지자 월남 스님들은 모두 이곳을 떠났고 자신도 이웃 절에 가신 묘순 스님이 돌아오는 대로 한국으로 돌아간다는 것이었다. 그 스님은 오늘이나 내일 안으로 올 것이라고 했다.

묘한 느낌이었다. 파랗게 깎은 머리 아래 드러난 얼굴은 젊다기보다는 아직 어렸고 청순했다.

여승은 온 힘을 기울여 병원에서 하는 것처럼 환자의 요구와 감정에 응해 주었다.

　서두르지 않고 부산하지도 않으며 결코 이성으로 생각지 않는 것 같은 것은 그녀가 이미 부처님에게 귀의했기 때문일까.

　여승은 그를 극진히 보살폈다. 그럼에도 불구하고 그의 한쪽 눈은 이미 부패한 벌레의 시체처럼 그 흔적을 잃어가고 있었다. 그는 누워서 부대로 돌아갈 것만을 생각했다.

　상처의 통증과 비례해서 적에 대한 증오심이 솟구치는 것은 아니었다. 누가 누구에게 깊은 원한으로 총질을 한 것이 아니라는 생각이 들었기 때문이다. 단지 세계인의 역사 속에 우스꽝스럽게도 엑스트라가 돼 주었다는 생각이었다.

　부대는 지금 어디에 있을까. 어떻게 되었는지 도무지 알 길이 없었다. 묘순 스님이 온다니 그 스님을 기다렸다가 그에게 모든 것을 알려 달라고 할 수밖에 없다고 절망 속에서 기대를 품었다. 부대에서는 그를 사망자 명단 속에 끼어 넣었을 것이다. 그러나 그는 확실하게 여기 이렇게 존재해 있지 않느냐고 외치고 싶었다.

　부대의 전우들이 그의 존재를 세상에서 없어진 것으로 믿는다는 것은 그를 분노케 했다. 그렇게 한 인간을 아무렇지도 않게 파묻어 버릴 수도 있다는 사실 때문에 저항이 생기는 건지도 몰랐다. 아니 인간이란 목숨만을 가진 존재는 아니었다. 그 이상의 의미를 가지고 이 땅에 끊임없는 생명을 이끌어도 가고 있지 않은가.

　그는 확고한 이념으로 전쟁터에 나오진 않았다. 그러나 전쟁에도 꿈이 있다고 생각했었다. 그러나 얼마나 어리석은 꿈이었던가. 그는 이제 한 인간의 사고 속으로 돌아와 있었다.

　그 옆에 비록 머리는 깎았지만 젊고 아름다운 여자가 신비한 빛을 띤 눈으로 그를 간호하고 있는 것이다.

가끔 여자의 손길이 그의 살갗에 스칠 때 그 어린아이처럼 보드랍고 따스한 감촉이 그의 호흡에까지 와 닿곤 했다.

그러나 여승은 인적 없는 숲속의 호수처럼 잔잔한 얼굴로 그의 주변을 맴돌 뿐이었다. 그의 고통을 전부 나누어 가질 수 없다는 안타까움 때문에 그녀는 온 신경으로 그를 돌보고 있으면서도 그에게 부족하다는 느낌으로 묻곤 했다

"어떻게 해 드릴까요. 필요한 것을 말씀하세요."

그는 고개를 저었다. 여자의 그윽한 눈길에서 볼 수 있는 사람의 진심만으로 그의 고통은 다소 무마될 수 있었기 때문이었다. 또한 여기 이 한정되고 특정한 장소에서 그녀가 동원할 수 있는 것은 제한돼 있음을 그는 이해하고 있었다.

그는 육체적인 고통에서 벗어나기 위해 끊임없이 잠을 청했다. 그리고 다시 의식이 들 때에는 가늘게 뜬 눈 속으로 여승의 기도하는 모습이 들어왔다.

여승은 그가 열심히 잠을 청하듯이 열심히 염주알을 매만지고 있었다.

그녀의 감은 눈자위 부근과 동그란 어깨 위에는 경건한 기운이 감돌고 있었다. 옴짝거리며 나무관세음보살을 외우는 그녀의 입술이 꿈결처럼 보였다.

그러나 그런 것이 남자의 신앙은 아니었다. 그에게는 낯선 인간에게 진실로 기구를 대신해 주는 타인의 인간성만이 더욱 가슴에 부딪쳐 올 뿐이었다.

종교란 것은 객관적이어서는 아무 소용이 없는 그런 것이었다.

그들 두 사람은 한 방에 있었고 촛대 위에 꽂힌 촛불이 어두움을 다소나마 헤쳐 주고 있었다. 그러나 그것은 물체를 분간하기 어려울

정도의 흐릿한 밝음이었다.

그는 누운 채 옆에 앉아 불경을 잃고 있는 여승의 얼굴을 올려다보았다. 얼굴의 절반가량이 촛불에 흔들리며 음영을 드리우고 있었다. 긴 속눈썹이 그 그림자를 흔들며 어지럽게 움직이고 있었다.

바깥은 바람이 부는지 열대나무의 넓은 잎사귀가 휘익 바람에 날리는 소리가 났다. 연이어 천둥소리가 들리고 법당문 사이로 섬광 같은 것이 스쳤다.

그녀는 여전히 움직이지 않았다. 그는 뭔가 참을 수 없는 기분이 되어갔다. 여자의 경직된 듯 부드럽게 흐르고 있는 콧날 위의 안정감이 더욱 그를 자극하고 있었다.

이윽고 그는 입을 열었다.

"제 소원은……."

그가 뚜렷이 간청하는 시선을 그녀에게 던졌기 때문에 그녀는 시선을 들어 말했다.

"아무 말씀도 마세요."

여자의 음성은 차가운 듯했으나 밑바닥에는 간절한 애원의 호소가 깔려 있었다. 맑고 검은 갈색이 도는 눈은 언제나 우수를 띠고 있었고 두 겹의 호선에 의해 맵시 있게 휘어진 입술의 양끝은 살짝 위로 치켜졌고 콧날은 갸름한 얼굴 위에 오뚝했다.

그는 밤마다 그 여자의 꿈을 꾸었다. 하얀 원피스를 입고 검은머리가 어깨까지 치렁치렁했다. 그 여자를 강간하기 위해 흉기를 들고 그녀 앞으로 다가서다가 그는 부처님의 황금빛에 짓눌려 자지러지곤 했다.

그는 가위에 눌린 듯 외마디 소리를 질렀다. 여자는 놀라 방으로 뛰어들어서는 잠 속에서 허우적거리며 비명을 지르고 있는 군인을 발견했다.

군인의 외짝 눈에서는 세수를 한 후처럼 물 같은 땀이 흐르고 있었다.

여자는 군인의 옆에서 잠시 입을 오므렸다가 펴면서 간절하게 부처님을 찾았다. 여자의 눈에 눈물이 번지고 있었다. 군인이 신음 속에서 눈을 뜰 즈음, 무엇을 의미하는 눈물인지 여자는 하염없이 울고 있었다.

머리를 파르라니 깎은 승려가 운다는 것이 이상했다.

"전쟁터의 꿈을 꾸셨나요?"

여자는 남자의 눈을 보며 흠칫 놀라 말했다. 남자의 얼굴이 일그러졌다. 그는 부르르 몸을 떨었다.

"여기서 뭘 했소?"

"우리의 가엾은 중생들의 영혼을 위해서 기원했어요."

여자는 남자의 시선을 비끼며 혼자 중얼거렸다.

"자비롭다는 부처님은 왜 전쟁을 가만 내버려 둡니까. 말해 보시오. 애꾸가 되도록 내버려 두는 이유는 뭐지요? 이것도 다 업보요?"

"부처님을 욕되게 해서는 안 됩니다. 그분은 항상 우리 곁에 있어요."

"수천수만의 사람들이 이데올로기에 의해 죽어갑니다. 죄 없이 뜻 없이 죽어가요."

"관세음보살."

"관세음보살을 부르면 우리는 구원됩니까?"

"그렇지요. 부처님의 눈으로 보면 우리는 한낱 작은 존재에 불과해요."

남자는 여자를 빤히 쳐다보았다.

"당신은 부처님과 함께 밤마다 기원하고 그와 함께 자지요?"
"네?"
여승의 표정이 흔들렸다고 생각되는 순간 그녀는 승복자락을 단정히 모으며 일어섰다.

밤은 어둠 속에서 포효하고 있었다. 바람은 비를 몰고 와 광폭하게 휘두르는 듯했다. 멀리서 아주 멀리서 포 소리가 폭풍우 속을 뚫고 있었다. 촛불의 불꽃이 문 사이로 들어온 바람 때문에 가물거리며 꺼질 듯하더니 다시 살아나고 있었다.

침묵이 흘렀다.

여자가 말없이 일어나 돌아서는데 남자가 여자의 어깨를 홱 낚아챘다 여자가 화들짝 놀라며 부르르 몸을 떨었다. 남자의 손아래 여자의 떨림이 느껴졌을 때 남자의 손에는 침략자의 잔인한 근성이 그 고개를 들며 혓바닥을 뽑아내고 있었다.

여자의 얼굴은 삽시에 새하얗게 되었다. 당혹과 절망이 그 단아한 얼굴을 덮치고 있었다.

"왜, 왜 이러세요?"

"부처님이 나와 당신의 굶주린 영혼을 이제야말로 구원할 거요."

남자는 본질 안에 가두어 두었던 악의 끄나풀을 잡아당겼다. 남자는 이제 악마의 편에 서서 그와 가담하고 있었다. 인간에게 내재해 있는 선과 악의 다툼 속에서 악이 득세하고 있는 상황을 남자는 묵인했다.

남자는 촛불을 확 불어 껐다.

방도 바깥처럼 완전한 어둠 속에 들었다. 포 소리는 들리지 않았다. 바람에 쓸리는 나뭇잎 소리만 간간히 들렸다.

"당신과 나는 태초로 돌아가는 거요. 진정한 인간의 모습으로 말이

오. 승복을 벗으시오."

"오- 관세음······."

여자가 공포에 떨며 부르짖었지만 남자에게는 그 소리가 들리지 않았다.

"당신과 나, 이렇게 있음으로써 부처님도 있는 것이오."

"아녜요. 아녜요······. 절 놓아주세요."

여자는 흐느끼면서 끊임없이 부처님을 찾았다. 남자는 신과 인간을 동시에 반역하는 쾌감 속에서 흡혈귀처럼 그녀의 몸을 헤집었다. 남자는 적어도 한순간 인간의 비극으로부터 해방되어야 했다.

그 절절한 갈구가 결국은 자신과 타인의 인간성을 파괴하며 비통한 잔해를 남길 뿐임을 그는 계산하지 못했다.

동물성이란 인간성 이전의 거대한 존재로서 증명되었다. 결국 인간이 동물로 회귀하는 통렬한 순간을 인간은 때로 경험하며 사는 것이 운명이기도 했다.

여자는 절규하며 미친 듯 울어대었다. 그러나 다음 순간 여자는 남자를 세게 끌어안았다. 억제되었던 성의 문을 누군가 열어 주기를 기다렸다는 듯 여자의 본능이 여자의 이성을 덮치려 하고 있었다.

이국에서, 깜깜한 적막 속에서 본능으로 돌아간 두 남녀의 육체는 부처님마저도 눈감아 주려는가. 이따금 천둥을 동반한 번개가 법당을 번쩍 비추었으나 그것도 짧은 시간이었을 뿐이다. 그러나 그 순간적인 빛에 반개한, 노여움을 담은 부처님의 눈길이 그를 노려보았다.

순간 그는 더 이상 그녀를 안을 수 없었다. 스르르 손의 힘이 빠져나갔다.

다음날 새벽, 군인은 그곳을 빠져나왔고 세월은 흘러 오늘이 되었다.

오늘, 그동안 많이 변했다.
"이제 집으로 갈까? 피곤하군."
진표는 청화의 손을 잡았다.
"난 지금 월남을 회상하고 있었지. 어쩌면 당신의 인생을 내가 보상하게 될 거라는 생각이 들더군."
청화는 말없이 따라 일어났다.
"넘어지지 않게 조심해야 되겠어."
두 사람은 몸을 맞대고 산을 내려왔다.
월남에서의 뼈아픈 상처도 잊고 진표는 나름대로 새 생활을 개척하기 위하여 빈 터에서 블록을 찍어 파는 일을 하였다. 어쩌면 거친 남성들의 세계일지도 모를 그 세계에서 외눈박이 진표는 나름대로의 생을 구축하고 있었다.
전쟁이 가져온 어쩔 수 없었던 과거도 이미 그는 잊어가고 있었다.
그런데 어느 날, 그는 월남이 아닌 한국에서, 그것도 이곳에서 그 여승을 다시 만났던 것이다.
진표는 그때 블록을 운반해 주고 빈 경운기를 타고 털털거리며 돌아오는 길이었다. 그때 웬 젊은 여자가 천천히 하천을 끼고 걸어왔다. 하얀 블라우스는 별로 깨끗해 뵈지 않았고 감색 스커트도 구겨져서 엉망이었다.
커다란 눈은 초점이 없었고 화장기 없는 얼굴이 창백해 보였다. 이상하게 눈에 뜨이는 것은 그녀 머리에 꽂혀 있는 꽃이었다. 보라와 연분홍, 하얀 꽃들이 여자 머리 여기저기에 많이 꽂혀 있었다.
여자는 뿌연 흙먼지를 일으키며 지나가는 트럭을 보자 실없이 헤실거렸다. 손을 흔들기도 했는데 금방 초점 없는 멍청한 눈으로 돌아가는 것이었다.

그녀는 하천을 따라 천천히 걸어갔다. 여자가 문득 고개를 돌렸다. 여자의 마른 동공이 흔들리면서 멎었다. 해는 뜨거웠고 하천 위쪽으로는 한창 푸른 옷을 입은 남한산성이 줄기가 가로놓여 있었다.
  여자의 생각에는 하천을 계속 올라가면 결국 산과 맞닿으리라는 결정적인 생각이었다. 여자는 속으로 산속에서 하룻밤을 보낼 수밖에 없다는 마음이었다.
  진표……. 그를 영원히 못 만날 것인가.
  여자는 눈을 가늘게 뜨고 한참이나 먼 산을 바라보았다. 갑자기 번지는 입가의 미소가 이상했다. 그녀는 머리에 꽂았던 꽃 중에서 하나를 뺐다. 멈칫 서서 꽃을 든 손등에 푸른 심줄이 솟으며 떨었다 여자는 꽃을 아무렇게나 버렸다. 여자는 창백해지며 거의 백지장처럼 하얗게 질렸다. 고뇌와 우수가 여자의 얼굴을 가득 메웠다. 이윽고 그녀는 입을 오물거리며 들리지 않을 만큼 낮은 소리로 중얼거렸다.
  그녀는 고개를 푹 꺾고 두 손을 맞잡은 채 엉거주춤 서 있었다. 그녀는 부처님께 인도된다고 생각하는 중이었고 그래서 눈을 꼭 감았다.
  여자는 정신이 반쯤 나간 것 같기도 했고, 아닌 것 같기도 한 야릇한 느낌을 주었다. 그런데 등줄기가 섬뜩한 것은 웬일인가? 진표는 한 손으로 이만의 땀을 훔치고 담배를 입에 물었다. 그는 잠깐 일렬 종대로 이어져 있는 움막 쪽으로 시선을 돌렸다. 때 구정물이 흐르는 애들이 아랫도리를 벗고 갈비를 뜯듯 옥수수를 뜯고 있었다.
  어디선가 크게 틀어놓은 라디오 소리가 늙은 개 짖듯 왕왕거렸다.
  저만큼 절의 지붕 끝머리로 풍경風磬이 매달려 있었는데, 그것이 햇빛을 받아 반짝거렸다. 일순 진표의 뇌리에 번갯불처럼 스쳐가는 게 있었다. 그는 경운기를 옆으로 몰아붙였다. 그 여자가 역시나 알 수 없게 켕겼던 것이었다.
 '그럴 리가……. 그래. 절대로 그런 우연이란 있을 수 없다. 허나 역시 우연은?'
 진표는 입에 물었던 담배를 발로 비벼 꺼버리고 죽은 듯이 서있는 여자에게로 다가갔다.
 진표의 눈이 점점 좁혀졌다. 커다랗게 퍼졌다. 이 여자는……아니야. 이 세상에는 서로 비슷하게 닮은 사람들이 얼마든지 있다. 더구나 이 여잔 여승도 아니잖은가. 아니겠지……아니겠지…….
 여자는 곁에 무엇인가 나타났다는 걸 그제서야 안 듯, 꿈에서 깨듯 고개를 서서히 돌렸다. 여자의 눈은 출렁이고 있었다.
 여자가 절망적인 시선으로 진표를 보았을 때 느닷없이 찬물을 끼얹은 느낌이었다. 그는 가슴이 벌렁거렸다. 여자가 머리채를 양손으로 감아올리며 비통한 표정으로 그를 봤다. 여자의 초점은 흐릿했다.
 틀림없었다. 그 여자였다.
 확실한 건, 그 여자와 그가 햇살이 쏟아지는 밝은 빛 속에 휩싸여 경운기 한 대와 외짝 눈을 갖고서, 불투명하게 우연히 만났다는 것이었다. 두 사람 모두 살아서……. 살아 있다는 것. 이것은 중요한 일이다. 그는 때로 이 여자가 죽어 버렸을지도 모른다는 생각을 했었다.
 여자의 눈이 조금씩 부풀어졌다. 이윽고 화등잔만하게 커지며 부르르 몸을 떨었다. 왕왕거리던 라디오 소리가 괴성을 지르고 있었다. 그 사이로 아이들이 악을 썼다. 물이 첨벙거렸다.
 진표는 목줄기로 흐르는 땀을 훔쳤다. 화득화득 가슴이 타는 것만 같았다. 가슴속은 마른 짚가리처럼 타들어갔다.
 둑 밑에 한층 늘어진 개가 어슬렁거리며 이쪽으로 오고 있었다. 아이들 소리가 그를 밀어냈다. 그런데 그는 움직일 수가 없었다. 혀로 입술을 축였다.

진표의 집은 제멋대로 자란 잡풀 가운데에 있었다. 집이라야 블록을 엉성하게 쌓아 지은 것으로 창고와 진배없었지만, 그런대로 발 뻗고 잘 수는 있는 곳이었다.

해바라기가 햇볕을 따라 웃고 있었고 겨울에 사용하던 연탄난로가 거뭇하게 죽어 있었다.

진표는 패잔병처럼 걸음을 멈추었다.

지금 월남에도 하계夏季 몬순의 끈끈하고 후덥지근한 공기가 들판을 뒤덮고 있을 것이다. 6월……. 고비사막의 열풍이 바다를 지나 내륙 지방으로 몰아와 때때로 스콜을 뿌린다. 생각해 보면 파월 이후 얼마나 많은 매복과 정찰 탐색 작전을 했던가. 그것은 만약……. 내가 죽는다면 하는 불안만을 안겨 주었지.

나동그라져 있는 도끼날 밑에 패다만 나무 등걸이 콧물감기에 걸린 듯 시름히 누워 있었다. 여자는 힐끔 진표를 보았다. 아무런 감동도 없는 표정이었다. 여자의 발이 잡풀 속에 숨겨져 그를 올려다보았다.

"나에 대해 생각한 적이 있었나요?"

"많이……. 그것은 지울 수 없는 죄일까? 나의 신은 용서하리라는 편에 서더군."

"용서가 안 됐어요."

"그럴 리야 없겠지만, 만약에 당신을 만난다면 하고 자주 공상을 했었지. 그건 운명이라고."

"운명?"

여자는 실소했다.

"왜 그러지, 청화?"

진표는 그녀의 블라우스 뒤로 팔을 둘렀다. 진표가 그녀의 야들거리는 어깨에 손을 댔을 때, 여자는 깜짝 놀라 뒤로 멈칫 물러섰다. 그리고 놀란 눈이 되어 후다닥 마치 토끼가 놀라 뛰어가듯 도망쳤다.

이상하게 변한 여자 때문에 진표는 우울했다. 여자는 확실히 실성을 했다.

"어딜 가? 당신 건강치도 않은 것 같은데……."

"놔!"

여자는 앙칼진 소리로 말했다. 그녀의 눈에서 불이 확 풍겨 나왔다. 여자는 땀을 찍찍 흘렸다.

"어딜 가려구?"

"저 산에 가서 자려구. 낄낄."

"돌았군."

진표는 무너지듯 그녀의 발치에 무릎을 꺾으며 그녀 손을 잡았다. 그녀의 눈을 허공만을 헤매고 있었다.

"난 당신이 죽기를 바랐어요. 죽어 있기를 얼마나 바랐는데."

여자의 눈에 눈물이 고였다.

"난 나의 부처님과 당신을 찾았지요. 두 분 중 어느 쪽이 더 진리인지 알 수가 없었어요. 오오……."

여자는 심하게 오열을 터뜨렸다. 잠시 후 그녀는 폭염 속에서 입에 거품을 물고는 눈을 희멀겋게 뜨고 바들바들 떨며 사지를 뒤틀었다. 진표는 여자를 안고 집으로 향했다.

그렇게 해서 그녀와 진표의 생활이 시작되었고 그러기를 7개월 남짓 되었을까. 청화는 대체로 제정신이었으나 때때로 발작할 때는 아무도 못 말렸다.

경운기를 팔아서라도 그녀의 입원비를 마련하려고 진표는 서둘렀다.

그날도 경운기를 팔 생각으로 청화를 남겨둔 채 여기저기를 싸돌아다니다가 늦게 돌아와 보니 청화가 안 보였다.

하릴없이 빌빌대던 박朴가가 청화가 있는 숲으로 가게 된 것도 부처님의 뜻이었다면 그건 너무 가혹한 형벌이었다.

초저녁부터 마신 술 탓으로 몸이 자꾸만 옆으로 기우뚱 무너지는 것 같았다. 한겨울의 독한 감기에 걸려서 사흘 만에 일어난 몸이었다. 몸이 말이 아니게 쇠약해진 게라고 생각하면서도 술을 퍼댔다.

매섭게 추운 날씨가 때아니게 후둑후둑 떨어진 소나기로 인해 더욱 그 추위가 더했고 이 달동네는 여느 때와 다름없이 추위에 꽁꽁 얼어붙어 있었다.

왠지 오늘 밤을 견디기에는 너무나 그 자신도 맥이 빠지는 기분이었다. 그는 공지를 따라 힘없이 걸었다.

어디를 가나 자신을 깔보는 듯한 냉담한 눈빛들이 박 가를 괴롭혔다. 사람들은 모두 목발쟁이 늙은 사내, 찌그러진 남자라고 외치는 듯했다.

으레 그러려니 하고 오늘날까지 살아오긴 했지만 잠깐 스쳐간 소나기 탓일까? 아니면 병들어 누웠을 때 갈 곳 없는 자신의 신세가 서글픈 탓이었을까? 자활촌의 부회장이라는 감투도 그를 위로하지는 못했다. 여기저기 버린 쓰레기더미의 시궁창 냄새는 더욱 그를 못살게 했다.

그가 진표의 공지를 지날 때 엉성하게 아직 그 생명을 유지하고 있는 잡풀 속에서 이히힛 하는 여자의 웃음소리를 들었다. 곧이어 희끄무레하게 뛰어가는 여자의 모습도 보였다. 그는 고개를 갸우뚱하고 그냥 가던 길을 갔다.

그런데 뛰어갔던 여자가 다시 되돌아와 그의 앞으로 덮치듯 다가들었다.

"어딜 가니?"

그제야 박 가는 절뚝거리던 발길을 멈췄다. 거의 허벅지가 다 드러나 있었고 터질 듯한 젖가슴이 러닝셔츠 밖으로 삐져나올 것 같은 미쳐 버린 청화였다. 그는 이상하게 그 순간 그녀 앞에 서자 마음이 그토록 평안할 수가 없었다. 허나 그녀는 전연 방비하고 있지 않았다. 박 가는 혀끝에 와 닿는 침을 의식했다. 그는 자신도 모르게 청화의 젖가슴을 움켜쥐었다. 그의 입에서는 술 냄새가 물씬 풍겨 나왔다.

청화는 키득거리며 박 가의 손을 뿌리치고 뒤로 빠져 달아났다.

어디선가 끄이익끄이익 하는 새의 울음소리가 들렸다. 그녀는 목발 짚은 사내를 올려다보았다. 그리고 눈길을 거슬러 하늘을 쳐다보았다. 갑자기 한기가 온몸을 감쌌다.

"뭘 원하지?"

박 가는 그녀를 잡은 손에 힘을 주면서 말했다.

"너와 나는 낙오자야. 그러니까 나는 떳떳하게 너를 소유할 수가 있을 것 같다."

그녀는 가만히 고개를 끄덕였다. 그래, 많은 사람들은 두 발로 걸을 수 있는 데에 자부심을 갖는다. 그런데 이 남자는 다리 한 짝이 없기 때문에 불행해 보인다. 아! 불행이 덤벼든다. 한 쪽 발이 덤벼든다. 이런 자들은 비열한 수법으로 자기를 감춘다. 비린내가 난다.

그녀는 깔깔거렸다. 박 가가 그 웃음소리에 멈칫했다. 그는 바람이 휘몰려가는 마른 가슴팍을 그녀에게 밀었다.

그는 철장 안에서 초라하게 서 있는 자신의 모습을 보는 듯했다. 그는 그 철장 안에서 빠져나와야 한다고 생각했다. 밖의 세상을 향해 달려 들어가야지⋯⋯. 보통사람들처럼 그렇게.

잡풀 위에는 어둠이 퍼져 있었다. 풀벌레 소리가 캄캄하게 묻혀 가고 성처럼 쌓인 블록은 늪처럼 어두웠다. 그리고 암흑이 끝나는 개천과 그 위의 한길은 불빛으로 반짝거리고 있었다. 거기엔 지금도 반짝이는 생명이 살아서 꿈틀거리고 있으리라. 바스락거리는 소리조차 없는 이쪽은 죽어 있는 것일까.

그때 바람이 불어와 잡풀을 뒤흔들고 지나갔다. 잡풀들이 아픈 소리를 냈다. 쓸쓸했다.

그들은 잡풀 위에 나란히 앉았다. 어둠 속에 웅크린 산이 마주 보였다.

잠시 박 가는 말없이 앉아 있었다. 여자의 따스한 체온을 느끼며……. 시간은 강처럼 흘러갔고 믿음들도 하나하나 그 강물에 떠내려간 오늘 그리고 내일. 죽는 날을 지키기 위하여 한번은 멋지게 살아보자던 꿈도 사실 산산조각이 나버린 현실.

그런데 이상한 감동으로 그는 자신을 속이고, 청화를 속이고 싶지 않다는 생각이었다. 마음이 이토록 평화스러운 건 역시나 이 여자가 어떤 티끌만한 더러움도 감정 속에서 배재해 버린 때문이 아닐까.

여자를 겁탈한다고는 말하고 싶지 않았다. 그는 여자를 조심스럽게 끌어안았다. 이 여자에게는 적어도 순수한 자기의 진실을 보여 주고 있다고 고집하고 싶었다. 그는 마르고 앙상한 잡풀을 바라보며 그녀가 바로 이 잡풀이 아닐까 생각하였다.

그런 마음으로 그는 여자에게 할퀴듯 덤벼들었다. 여자는 아무것도 모르는 것 같았다. 믿음을 모으고 있는 하나의 천사처럼…….

순간 그는 조급해지기 시작했다. 그는 그녀의 가슴속으로 손을 헤집고 들어갔다. 청화는 비로소 본능적인 공포에 얼어붙은 듯 몸이 굳어졌다.

"사, 사람 살려요오……."

거치른 손이 입을 막았다. 이미 사내의 숨소리도 격해져 불을 뿜는 듯 귓바퀴를 어지럽혔다. 가슴을 헤집던 손이 아래로 미끄러져 내려가며 속옷을 벗겨 내렸다. 덫에 걸린 새처럼 그녀는 꼼짝할 수가 없었다. 무자비하게 사내의 몸이 그녀의 위로 와 닿았다. 사내의 팔뚝을 깨물었다. 다리를 버둥거리며 사내의 몸을 밀어냈지만 이미 사내는 그녀의 아랫도리를 파고들었다. 그녀가 또 다시 소리를 지르려 하자 사내의 손이 그녀의 광대뼈를 쥐어박았다.

순간 청화의 몸은 축 쳐지고 있었다. 이런 고통은 생전 처음이라는 생각밖에 없었다.

도대체 나의 죄가 무엇이었던가.

아무리 생각해 보아도 잘 모르겠다. 아니다. 나는 이미 큰 죄인인 것이다. 나의 부처님은 결코 나를 용서치 않고 계심이 틀림없다.

찢겨지듯 그녀의 마음은 허해지면서 정신이 가물가물했다.

흐릿해져 가는 정신 속에 분개한 부처님의 노한 눈길이 그녀의 의식을 완전히 덮어 버렸다.

청화가 진표에 의해 발견된 것은 밤이 늦어서였다. 그녀는 잡풀 속에서 아랫도리가 벗겨진 채 반듯이 누워 있었다.

청화를 집에 안아다 눕힌 후 진표는 이를 부드득 갈았다. 작업복 팔소매를 팔꿈치까지 걷어 올렸다.

"어떤 놈인지 쥑이 뿌린다."

진표는 뒤집힌 눈으로 으르렁거렸다. 그러다가 갑자기 목이 막혔다. 저주도 증오도 아닌 이상한 연민이 그를 흔들고 있었다. 청화는 숨만 깔딱거리고 있었다.

호롱불의 작은 빛이 그녀가 실신 상태에 있는 것을 보여 주었다.

진표는 그녀의 머리칼을 쓸어 주었다. 그녀의 흐트러진 긴 머리는 물결 같았고 아름다웠다.
 "미안해, 미안해."
 청화는 대답이 없었다. 그는 마치 주문을 외듯 청화 곁에서 미안해만을 되풀이했다.

무너지는 소리

무너지는 소리

정민은 자신의 내부에서 무너지는 소리를 듣고 있었다. 블록도 싼 값으로 모두 팔아넘겼고, 이 쓰러질 듯한 움막을 부숴 버린다 해도 아까울 것도 없었다. 강정민, 그만은 20평의 땅을 정부로부터 얻는 것도 바라지 않았다. 자신의 또 하나 다른 눈이 그의 속에서 칼빛처럼 싸늘한 눈으로 그를 꿰뚫어보고 있었다.

한 치의 양보도 없이 눈은 그를 냉소하며 묻고 있었다. 강정민…… 넌 여태 무엇을 했으며 무엇을 기대했었는가. 자네는 자네의 양친에게, 자네의 친구에게, 자네가 어떻게 싸워 이룩한 땅이었고 어떻게 살기를 원했는데, 마지막은 어떻게 되어지더라고 똑바로 말할 수 있겠는가?

자네는 스스로 실패했는가? 그렇진 않다고? 그럼, 자네는 실패자가 아니지 않은가. 그러나 현재 자넨 분명히 실패하려고 하지 않는가. 두 번째의 실패를 맞이할 준비는 되어 있나? 그러나 그 모두는 타의에 의한 짓밟힘 때문이라고 자네는 말하고 싶겠지. 여하튼 자네는 그 짓밟힘 속에서도 항시 살아났다. 그런데 이번은 죽지 않고 다시 살아난다는 것이 왜 이토록 어려운가. 그건 용기 탓이겠지.

자네의 가슴엔 짓밟은 자가 질러놓은 불이 활활 타오르고 있지? 그 불붙는 것에 대한 저항은 없는가. 왜 죽어가고 있나. 세 번째 다시 자네는 일어나야지.

내가 나를 괴롭히고 있다. 정민은 실소를 했다. 순수하게 살아간다는 것이 참으로 어리석은 일일까. 지금 세상에는 가슴으로 뜨겁게 살아간다는 것이 안 되는 것일까.

그는 1년 남짓 순간순간마다 목마름을 담고도 애정을 가지고 살아왔던 세월이 새삼 뼈아프게 느껴지는 것이었다. 도대체 어디 가서 이 대가를 받아야 하느냐 말이다. 이 좌절된 상처는 어떻게 치료를 받아야 할까.

우습다. 마치 크레인이 뒷덜미를 잡아 끌어올리는 것 같지 않느냐. 자신에게도 수치감을 느껴야 하다니……. 하룻밤을 자고 나면 깜짝깜짝 놀랄 소식만 터지는 세상에. 누가 불안과 초조라는 것을 선반에 얹어놓고 마음 편히 그것들을 남의 것인 양 바라볼 수 있겠는가.

"당신 뭘 그렇게 상심해요? 난 실망하지 않구 있는데……. 결코 여기서 끝이 나는 건 아니잖아요."

선영이 상한 정민의 얼굴을 보며 딱하다는 듯 말했다.

"나는 졌어. 그게 나를 괴롭히는 거야."

"인간이란 자의만으로 안 되는 일이 있고, 또 타의 때문에 안 되는 일도 이 세상엔 너무 많잖아요. 그것이 바로 인간이 끈질기게 살아가야 하는 삶이라면 고통도 덜할 수 있을 거예요."

"아냐, 이런 생각이 들었어. 내 육신의 껍질이 마치 바스러질 듯한 창호지로 둘러싸여 있는 것 같다고. 나는 지금 몹시 혼란에 빠져 있는 상태인가 봐."
　정민은 웃었다. 그리고 그는 밖으로 나왔다. 이제는 이 땅과 가버릴 시간들에게 안녕을 할 때가 멀지 않았다는 생각을 하니 쓴웃음이 나왔다. 그는 흙을 살그머니 쓰다듬었다. 이렇게 터무니없이 끝나야 하다니 참으로 슬프구나. 그는 흙에게 말했다.
　선영을 아이와 함께 시골로 보낸 뒤, 정민이 한 일이란 고작 성남의 불모지에 와서 그 땅을 개간하는 일이었다. 그리고 그 다음엔 시멘트로 블록을 찍었었다. 그렇게 여기저기에서 모여든 가난한 자들끼리 이제 겨우 작은 삶의 터전이 마련되려는 때에 철거령이 내려진 것이다. 철거민들이 갖는 철거 계고장마저도 손에 쥐지 못한 이곳 사람들은 그나마 정부에서 선심 쓰는 20평의 딱지(땅)마저도 할애 받지 못하는 실정이다.
　정민은 이 고통스러운 쇠사슬에서 편하고 싶었다. 쇠사슬 하나하나씩을 풀어서 거기에서 헤어 나오고 싶었다. 어딘가에는 이런 쫓김이 없는 곳이 있을 것이었다. 그는 눈을 지그시 감았다. 다시금 지난날의 압력이 그와 화해하지 않은 채 떠올랐다. 쇠망치와 해머와 행거를 들고 달려오던 사람들. 그들의 팔에는 완장이 띠처럼 둘려져 있었다. 머리에는 노란 캡이 씌워져 있었다. 움막을 부수는 소리. 아우성치며 달려들던 아녀자들의 눈물.
　정민의 등엔 땀방울이 줄줄 타고 내렸다. 그의 얼굴 위로 햇볕은 더욱더 뜨겁게 부어졌고, 백주대로는 그의 심정과는 아랑곳없이 하얗게 생생한 생활의 냄새를 풍겨왔다.
　새삼스럽게 두려워하진 말자고 정민은 자신에게 말했다. 일시에 꽝꽝대며 와르르 무너졌어도 다시 꽝꽝거리며 여태껏 살지 않았던가. 한두 번 겪은 일도 아닌데 이번엔 왜 이리 불안할까. 힘 있게 여전히 아무 일도 없었던 것처럼 부드러운 마음으로 살다 보면 철거의 소리도 잊게 되고, 저 언제 올지도 모를 습격자들의 얼굴도 사라지겠지.

정민은 그들이 풍비박산을 만들고 가버려도, 그들이 가고 나면 다시 재를 털고 꾸역꾸역 몰려나와 자신들의 움막을 짓고 뻔뻔하게도 집요히 거주하던 지난날의 삶의 뿌리를 다시 생각해 냈다. 돈만 있으면 사람 머리에 호랑이 뿔도 만드는 세상이라지만, 돈이 없어도 사람 머리에 호랑이 뿔을 만드는 곳이 바로 이곳 사람들일 것이다.

정민은 몰래 쳐들어온 철거반이 왕창 휘두르고 가버린 뒤 가장 쓰라린 고통을 맛보았고, 그때는 그처럼 허망하여 자신조차도 산산이 조각난 문신을 보는 듯하였다.

그럴 때마다 그는 인간의 삶이 얼마나 끈질긴 것인가에 생각이 미쳤으며, 그 자신이 점점 그 생활에 익숙해지자 껌껌한 절벽도 대낮처럼 밝은 절벽으로 탈바꿈을 하게 되었다. 그러나 이런 경지까지는 어느 정도 순례자의 입장에 있어 주었던 철거반의 미덕도 있었을 것이었다.

작열하던 태양도 서서히 용트림을 거두어 가고 있었다. 뒤엉킨 새털구름덩이들이 거만을 부리면서 벌판 위를 천천히 지나갔다.

정민은 자기 집 블록 공지에서 자라고 있는 잡풀을 하릴없이 뜯고 있었으나 내내 무거운 기분이었다. 마음속에서는 철거반이 아직 그렇게 빨리 철거시키리라는 뚜렷한 확신은 서지 않았지만, 요컨대 목줄을 매어 개집 속에다 틀어박아 놓은 개의 심정이 이럴 것이라는 생각이 들었다. 공연히 암담한 것은 아닐 것이었다. 마음은 캄캄한 바다로 먹칠이었다.

그의 갈등은 또 시작되는 것인가? 정민은 자문해 본다. 나름대로 소신껏 살아왔었다. 그런데 소신껏 살아온 자기에게 남은 것은 끈덕지게 백안시만 당하는 초라한 모습뿐이었다. 이것이 이제는 회의적인 의아심으로 그를 채찍질하는 것이었다.

왜 이렇게 되어 버렸을까? 비록 모든 것의 변천이 극심한 문화의 첨단을 걷는 오늘의 시대라 할지라도 인간의 존엄성만은 남아 있어야 하지 않는가. 눈·코·귀·입 없이 너덜너덜해져서 살 수는 없다. 움막 속에서 배를 곯고 겔겔거리며 죽어간다고 하더라도 나의 존엄성만은 살아 있어야 할 것이다.

영화감독? 정민은 되물었다. 그들 흥행사들이 다시 재기할 것을 간절히 요청해오면 모르되, 그게 나와 무슨 상관이 있단 말이냐? 인간이 가진 향기가 곤죽이 되어 짓밟혀 버렸던 그 찢겨짐.

정민의 입가에 냉소가 번졌다. 불모지의 땅. 소위 개척지에 들어와서 나름대로 꿈꾸는 것을 실현코자 실히 1년 남짓 걸렸었다.

그는 새삼 충무로 거리를 활보하던 자신을 떠올렸다. 강 감독. 그 언어는 어떤 광휘로운 사치성까지를 동반한 멋진 것이었다. 조감독 생활에서 메가폰을 쥐기까지는 참으로 눈물겹도록 피나는 세월이 아니었던가.

정민은 갑자기 피로를 느꼈다. 그 피로감의 부피는 순수 예술에 대한 향수인지도 몰랐다.

정민은 뜨끈거리는 블록에 우두커니 붙어 앉아 진땀을 쏟으며, 하얗게 퇴색해 가는 마을을 내려다보았다. 맞은편 언덕에서 불도저가 황토 흙을 밀어내는 모습이 작은 짐승처럼 드러났다. 그 황토 흙 위에 트럭이 멎으며 블록을 내려놓고 있었다. 다리가 짧은 똥개 한 마리가 언덕을 내려오다 다리 한 짝을 올리고 오줌을 갈겼다.

이곳은 성남단지의 단대리다. 썩은 냄새와 파리 떼와 철거민들이 있고, 개척자들이 살고 있는 여기는 남의 나라가 아닌 나의 나라다. 난 한 인간으로 떳떳하게 살려고 이 개척지에 들어왔다. 그런데 지금 나는 만족도 감동도 없이 헛되이 보내는 무수한 나날에 공허를 느끼고 있는 게 아닌가. 나에게 또다시 패배란 있을 수 없는 일이다. 그는 주먹을 불끈 쥐었다.

그는 텅텅 빈 극장 안을 떠올렸다. 만일 극장이 계속 관객들로 메워졌다면, 흥행의 결과는 결국 그를 승자로 만들었을 것임은 불을 보듯 훤한 일이다. 충무로의 중앙교차로 모퉁이에 새로 지은 '현대 영화사'. 그는 이곳 단대리에 오기 직전에 감독으로서의 길도 마지막이라고 느끼며 그곳을 찾아갔었다. 그는 당당하려고 애쓰면서, 그러나 당당해지지 못하는 자신을 혐오하며 현관의 두꺼운 유리문을 밀었다. 벌써 모가지가 푹 꺾이고 있었다.

2주일을 간신히 채우고, 극장 측에서 임의로 그간 만든 영화를 종영시켜 버렸었다. 혈색이 좋고 몸집이 땅땅한 영화사의 최 사장은 안경을 위로 치올리며, 정신을 싸늘한 눈으로 훑었었다. 더 이상 그 치욕스러웠던 장면은 생각하고 싶지 않다. 단지, 무언가 사장이 그의 발목을 꽉 거머쥐고 있다는 느낌에서 거푸 발길질을 해야겠다는 생각을 강렬히 했었다는 기억이 새삼 자신을 부끄럽게 했다. 그때 심장에 무거운 충격이 왔었다. 사장의 발길에 머리와 허리를 걷어 채인 듯 했었다. 순수하다고 자부했던 영혼이 예리한 칼로 잘려져서 피를 콸콸 쏟는 듯한 아픔을 느끼지 않을 수가 없었다. 휑한 찬바람이 가슴을 가득 메워 더 이상 바람 찰 곳이 없다는 것을 그는 뼈저리게 실감했었다. 그는 문득 유리창 밖을 내다보았고 경직되는 자신을 느꼈다. 하늘은 잿빛으로 낮게 가라앉아 있었다.

커다란 기대를 안고 이곳으로 올 때는 적어도 그 나름대로 노동은 신성하다는 뚜렷한 의식이 내재되어 있었다. 자, 이제 어느 누구의 간섭도 받지 않고 개척지로 들어가 다시 자기를 구축하는 길뿐이라고……

그 당시 그는 어떤 면으론 지성이라는 편린에 구역질이 나 있었는지도 몰랐다. 블록을 찍는 그 땀의 대가야말로 작위적인 가치를 지닌 것으로 인정했다. 그러나 그에겐 노동마저도 자유로울 수 없는 것이었나 보다.

정민은 하늘을 쳐다보았다. 구름이 낮게 드리워진 하늘은 철모르는 아이처럼 평화스러워 보였다.

한길의 지저분한 시장이 술렁대기 시작하며 오늘도 하루를 시작하고 있었다. 벌거숭이산에는 여전히 불도저가 붕붕거리며 산을 깎아내리는 것이 보였고, 재건대 자활촌 앞 언덕길은 햇빛을 받아 번들대고 있었다. 개천 줄기는 시장 곁에 쌓인 쓰레기 더미에서 나오는 썩은 냄새를 거부라도 하듯 번쩍거렸다. 그것은 이쪽 둑방의 분뇨 냄새 때문이리라. '행복변소'의 분뇨 냄새는 지독했다. 철거민 천막들은 털 빠진 짐승처럼 처연해 보였다.

시장 위쪽의 한 길가에는 우리들이 곧잘 어울렸던 술집들이 있었다. 우리는 늘 그 길을 걸었었고, 그 길에서 얘기하며 웃었고, 거기서 또한 슬퍼했다. 그곳에는 천 년보다 더 긴 세월이 머물러 있는 것 같았다.

정민은 웅성대며 모여들고 있는 둑방 사람들을 돌아보았다. 어디를 보나 선량한 사람들이었다. 이들은 울타리 없이도 함께 모여 살 수 있는 사람들이었다. 그런데 엄청나게 높은 담과 담 위에 있는 뾰족한 창살, 그리고 육중한 철대문…… 이들이 겹겹이 쌓는 소외 의식은 언제나 그를 우울하게 만든다. 담 없이도 살 수 있다면 그건 참으로 이상적인 삶이 아닐까. 그의 눈에는 적어도 이곳 사람들만은 그렇게 살 수 있는 사람들 같았다. 다만 딱한 것은 이들이 누군가의 횡포에 짓눌리며 산다는 것이다. 아, 이것이 부조화가 아니고 무엇인가.

집을 모두 옮겨놓은 선영이 정민의 곁으로 다가왔다.

"당신, 조심해요. 꼭……."

"짐은 박 씨네로 다 옮겨 놓았나?"

"그건 다 되었지만, 영 불안해서 견딜 수가 없어요."

선영의 얼굴에 드리워진 그늘이 더 짙어졌다.

"뭐, 별 사고는 없겠지."

"돌까지 준비를 해놓고……. 사람들이라도 다치면 어떡해요? 철거반들도 가만있지 않을 거예요."

"이쪽이 각오하고 있다면, 저쪽도 각오는 하고 오겠지. 싸움이란 원래 상대적인 것이니까."

"제 생각엔 웬만하면 자진 철거하는 게 옳을 것 같아요. 이쪽에선 그럴 만한 근거도 없으면서……."

"이젠 이미 늦었어. 당신은 여기 오지 말라고 했잖아."

"나라고 가만있을 수 있어요?"

선영이 눈을 빛냈다.

"당신은 홀몸이 아니잖아!"

"안 가요!"

"허어, 미쳤어. 어린애를 생각해야지, 이 바보야. 애들 싸움은 장난이 아니란 말야. 모두 생명을 걸고 싸우는 건데, 만일 잘못되면 어떻게 하려고 그러지?"

선영이 불만스러운 눈빛을 정민에게로 보내며 멀어져 갔다. 그 뒷모습이 정민을 찡하게 만들었다.
 그때 철거반을 태운 노란색 덤프트럭이 벌판을 가로질러 오는 것이 보였다. 미리 저 아래의 다리를 건너고, 얕은 개천을 깔아뭉개며 온 모양이었다. 그들이 일으켜 놓은 흙먼지가 주위를 뽀얗게 만들고 있었다. 멀리서 보아도 그들의 손마디에는 무엇인가가 들려져 있다는 걸 알 수 있었다. 계속 올라올 줄 알았던 그 트럭이 어느 지점에선가 일단 멈췄다.
 선영은 노란 캡들을 보자 현기증이 일며, 정민이 자기를 무심하게 버려두었던 지난 몇 개월이 성큼 눈앞으로 다가들었다. 그 바다는 파란색이었지만, 왜 노란색이 그때를 회상시키고 있는 걸까?
 바람·구름·이슬·하느님·바다……. 이렇게 마음속으로 생각하다가 바람에 쓸리는 풀잎소리를 들으며 그녀는 바람만이 그녀의 것이 아니라는 것을 알아야 했다. 남편과 아이가 있는 여자의 영혼이 바람처럼 허공에서 나부대다니…….
 남편인 정민이 시련을 거의 극복하고 훌쩍 성남단지의 개척지로 들어가, 그가 옳다고 생각하는 삶을 엮어 보겠다고 그녀의 곁을 떠나자 그녀는 매일 기다리는 여자가 되었었다. 그녀의 안쪽을 기다림의 새가 까우욱 까우욱 상처 입은 듯 날고 있었다.
 "그는 오늘 올 거야. 아니, 내일은 꼭 올 거야."
 그러나 그는 오지 않았다. 하루하루가 깜깜하고 지루했다.
 1분은 1시간의 60분의 1입니다.
 1시간은 1일의 24분의 1입니다.
 3학년인 집주인 아들의 수학책을 넘겨보면서 초와 분을 안타깝게 쪼개보고 모아 보았던 그 시절.
 "철아, 아빠 오시는 꿈꾸었니?"

태어난 지 1년밖에 안 된 아이의 볼에 입맞춤을 하면서, 그녀는 확실한 기대와 설렘을 갖고 밤을 새우고 아침을 맞았다.

내가 세 든 작은 집은 바닷가의 어부 집이었지. 새벽이면 주인 어부는 작살과 그물을 둘러메고 장화소리를 뚜벅뚜벅 내며 사라지고는 했다. 나는 낭떠러지에서 바다를 내려다볼 수 있었고, 주인 어부의 등도 볼 수 있어. 낭떠러지 위에 나의 방 창문이 있었으니까.

바다는 긴 밤을 잉잉대며 울기만 했지. 답답하도록 울기만 해서 늘 마음을 황폐한 늪으로 이끌어 갔어. 똑같은 그 파도소리, 허허로운 백사장과 갈매기와 배들과 비린내, 방죽에 철썩 부딪치며 와 닿는 물결……. 파가니니의 선율을 떠올리며, 나는 망망한 대해의 한 마리 갈매기가 되어갔지. 갈매기……. 끝없는 유랑을 하며 은빛 날개를 펄럭이는 그 고독.

나는 때때로 바다로 내려가 고함을 지르기도 했었지. 그때 바다는 아버지의 해수처럼 가래가 끓는 소리로 골골거리기도 했다.

나는 얼마나 비상하고 싶었던가. 바다를 걷어차면서 저 높은 창공으로 날아가는 새떼들처럼……. 바다는 푸른 페인트를 칠해 놓은 것 같았고 지루했어. 그래도 나는 그 바다밖에 얘기 상대로 삼을 만한 게 없었지. 혼자만의 대화, 얼마나 권태스러웠던가. 그 단 하나의 낙도 나를 금방 지치게 만들었지. 낮에는 커피를 마시고, 더러는 음악을 듣고, 낮잠을 자기에도 지겨워져서 방파제로 나가 목청껏 소리를 지르기도 했었지. 만일 철이마저 곁에 없었다면 나는 어찌 되었을까.

바다가 때때로 은빛으로 번뜩이는 순간이 있었다. 나는 그때 시퍼렇게 다듬어진 칼날처럼 바다를 이고 있는 파란 하늘에 숨어 버리고 싶었지. 커다란 바위 속에 숨어 있는 초록빛의 해초를 보았을 때도 나는 숨고 싶었었다. 구름 속에서 내려오는 비행기의 각질을 보았을 때도 그랬었다. 그것은 나의 가슴속 깊숙한 곳에 있는 고독이라는 조립나사가 나를 한껏 죄었기 때문인지도 몰랐다.

그런데 드디어 변화가 찾아왔지. 갑작스레 맞닥뜨린 그였다. 난 그때 창문을 열고 바다를 바라보고 있었을 거야. 파도가 치며 물보라를 일으키고 있는 모래사장으로 웬 남자가 파도와 장난질을 하면서 뛰어오고 있었다. 그가 나의 남편이란 것을 알고 마악 뛰어나가는데, 바로 앞에서 그의 고함이 들려왔지. 한 번은 작게, 두 번은 크게. 그리고 그 고함은 파도소리에 밀려 사라졌어. 그는 물보라에 젖은 커다란 운동화를 들고 나를 안을 수 없어서 쩔쩔매다가 운동화를 팽개치고 나를 안았다.

그런데 남편의 얼굴은 밝지가 않았다. 저녁을 먹고 아이와 놀고 잠자리를 깔고 누웠을 때, 나는 남편으로부터 어떤 확신을 얻을 수 없다는 미심쩍음 때문에 초조해지고 있었다. 마치 공복의 위벽을 끈끈히 적시는 용액처럼 남편에게 있는 어둠이 나를 앗아가고 있었던 것이다.

"이상하군! 파도소리가 가슴을 죄어오는 것 같애."

"매일 난 저 파도소리에 미치고 말 것 같았어요."

"그랬겠는데······."

"이번엔 날 데리구 갈 거지요?"

"왜?"

"당신이 날 데리러 왔는 줄 알았는데 그게 아닌 것 같아서요."

그는 내 말을 무심히 듣는 양 선하품을 했다.

"전 당신과 함께 갈 테에요. 이젠 바다가 싫어요. 그리구······."

나는 단호히 고집을 부렸다.

"거긴 집이 없어."

집이 없다니……. 그럼, 이이는 땅 위에서 자지 않고 공중에서 잤단 말인가.

"그래……. 거짓말같이 방도 없지."

나는 창가로 갔었다. 밤바다는 깜깜했다. 가랑비가 언제부터인가 내리고 있었다. 바람이 때로 힘차게 바다를 도마질하며 사라졌다. 라디오에서는 태풍 주의보를 알리고 있었다.

아니야. 나는 여기서 더 이상 견딜 수가 없어. 딸막거리며 또 쓰라림의 세월을 유예하라니……. 저 깜깜한 바다에 뛰어들어 차라리 물귀신이 되는 게 낫지.

"그럼, 당신은 여태 거기서 무얼 했다는 거예요?"

정민은 정말 자기가 거기서 무엇을 했는지 생각해 보았다. 도대체 철거민들이 임시 살고 가는 개척지란 어떤 데냐? 거기 가서 한번 죽자 하고 살아 보자. 적어도 개척지란 이 특수 상황은 내게 삶의 의미를 부여해 주고 한번쯤 값지게 사는 삶을 만들어 줄 것이다.

하지만 어림없었다. 착각이었다. 생각과 현실은 너무도 판이하게 달랐어. 도깨비불을 쫓는 거나 다를 바 없었다. 나는 나 자신에게 속아 넘어갔던 거다. 대체 선영에게 무어라고 그 맥 빠지는 이야기를 전한단 말인가.

무당굿을 하듯 떠들썩했던 신문도 책임은 있었다. 황야의 이리가 되고 싶은 사람은 이곳으로 가면 좋으리라. 억만장자의 꿈을 가진 자들도 이곳으로 모여라.

거기에 무엇이 있었단 말인가.

"그곳은 내가 이룩하려 했던 신세계와는 전혀 달랐어. 내가 얻은 땅은 정부에서 아직 손을 미치지 못한 불모지였어. 키만큼 풀들이 높이 자라 있었지. 나는 그곳을 한 달이나 걸려 풀을 뜯어내고 자갈을 들어내어 평평한 땅으로 만들었어. 내 땅이 되리라는 신념에……. 거기서 블록을 찍기 시작했지. 블록으로 대충 담을 쌓고 움막처럼 만들어 집이랍시고 살았어. 씽씽 기분이 나더군. 그런데 웬걸, 어느 날 철거반이라며 구청에서 사람들이 나왔어. 그들은 사정없이 부셔 버리더군. 모두 다…….”

"그래서 어떻게 하셨어요?"

"나의 이상이 허무맹랑했었다는 걸 절실히 느끼기 시작했던 것도 그때였지. 그렇다고 그대로 손을 들 수는 없잖어. 땅굴을 팠지. 몇몇 사람들도 그랬어. 땅굴을 파고 그 속에서 살았어. 두더지 같다는 생각이 들더군. 밤이면 졸졸 벽을 타고 물이 흐르기도 했지. 때론 한밤중에 내가 식인종이 아닌가 하는 착각에 빠지더군. 나는 고집이 생기기 시작했지. 결코 여기서 쓰러지지 않겠다. 나는 이기고 말 테다.”

"지금도 땅굴인가요?"

"시간이 지나니까, 뱀이 허물을 벗듯 살금살금 기어 나와 저마다 다시 움막을 지었지.”

"당신두요?"

"그렇긴 하지만……. 당신과 애를 데리고 갈 만하지 못해. 굶주림보다는 외로움이 더 무섭더군. 당신을 이해 못하는 건 아냐.”

그녀는 그때 꼭 같은 흐느낌만을 계속하고 있는 바다를 생각지 않을 수 없었지. 그 바다의 권태……. 나와 마찬가지로 남편도 같은 해와 달을, 어둠을 보내고 있었던 것을.

대학시절의 나. 내가 짊어지려 했던 삶이란 이런 게 아니었다. 활화산처럼 활활 타오르고 터지는 싱싱한 석류처럼 맑은 빛깔의 삶. 지금도 난 알 수가 없다. 도대체 그런 삶만을 신이 베풀어 주리라던 어리석음을. 그건 어림없는 오산이었어. 내가 기다리고 기다렸던 꿈의 세계를 갔을 때 나는 무엇을 얻었던가.

남편이 마련한 다섯 평 남짓한 네모진 곳을 과연 집이라고 할 수 있을까? 불도 땔 수 없었다. 블록 위에 가마니를 깔았고, 그 위에 베니어판 두어 장을 깔았더랬지. 창문 대신에 환기 구멍을 만들어 놓고, 지붕은 적당히 얼기설기 장대로 기둥삼아 가마니와 판자쪼가리로 만든 공간……. 땅 밑으로 올라오는 습기. 노래기와 지네와 쥐들과 양아치와 철거민, 태양, 벌거벗은 산, 염소 떼와 털 빠진 황소의 등처럼 살풍경한 들판. 이것이 남편이 꿈꾸던 신세계이며, 내가 그렇게도 가고 싶어 했던 꿈의 세계였다.

"노란 캡이다!"

누군가 찢어지는 소리로 외쳤다.

선영은 화들짝 놀라며 황급히 정신을 가다듬었다. 지금이 어떤 상황이라고? 선영은 불룩이 솟아오른 자신의 배에 가만히 두 손을 대고 기원하는 마음이 되었다. 우리를 도와주세요, 하느님…….

사람들이 일제히 아우성치며 몰려들었다.

"여러분, 섣부른 짓을 먼저 하진 마시오. 경망스런 행동은 도리어 해가 될 뿐입니다."

정민은 일단 그들을 제지시켰다. 문득 그의 뇌리에 이 세상에서 가장 귀한 것의 하나가 집이 아닐까 하는 생각이 들었다. 우리는 그 집을 빼앗기지 않으려고 투쟁을 하고 있다. 많이 요구하지도 않는다. 손바닥만큼이라도, 제발…….

그런데 또 하나의 노란색 덤프트럭이 뒤를 이어 달려왔고, 이윽고 멎었다.

정민은 눈 하나 깜짝하지 않고 그들을 바라보았다. 그의 초조한 얼굴은 창백해 보였다. 새삼 그들과 부딪히고 보니 자기들의 상황에 비해 상대는 너무나 자신만만해 보였고, 하늘이라도 무찌를 것 같이 기세가 등등 해보였다. 그들은 한참 만에 제각기 차에서 뛰어내렸다. 한결같이 근육이 좋아 뵈는 젊은 패들이었다.

정민은 태연하고 유유한 표정으로 서 있었지만 마음은 실상 흔들리고 있었다.

"실한 놈들만 왔구먼 잉."

"트럭 한 대 가지고는 부족하다 싶었던 모양입니다."

"확 붙으면 말여, 사람 몇 명쯤은 가겠어."

"각오해야지."

저마다 한 마디씩들 했다.

"행동 개시할 때가 온 것 같군."

각목몽둥이를 든, 이곳에서 가장 싸움 잘하기로 소문난 대식이 화를 잔뜩 숨긴 목소리로 소리쳤다. 정민은 그의 각목몽둥이를 보며 조심하라고 일렀다.

"무조건 몽둥이를 휘둘러도 안될 거야. 만약 그러다 사람이라도 죽으면 어떻게 되겠나? 쇠고랑이지. 그러니까 저들도 섣불리 하지 못하는 게 아닌가."

"그러지 말게. 붙어보면 알겠지만 서로 죽기 아니면 살기지. 체면 따지고 뒷일 계산하는 새끼가 어디 있어! 결국 피의 대결이 되고 말게 뻔한 이치야."

정민은 잠자코 듣고 있었다. 피의 대결······. 그런 것은 왜 일어나야만 하는가? 모든 근원은 결국 우리가 밟고 있는 이 땅 때문이 아닌가?

"왜 저렇게 서 있는 걸까?"

대식이 침을 탁 뱉으며 말했다.

"시간을 끌어 보자는 게 아닐까?"
"월남전쟁도 늘 이런 식이었지."
"비겁하게……. 이놈들아, 올 테면 와라. 똥물을 주겠다. 제기랄!"
이들은 철거반이 온다는 소문에 벌써 보름 전부터 웅덩이를 깊게 파 공중변소를 만들어, 그곳에서만 변을 보기로 합의를 했던 것이다. 그리고 그 똥을 그들에게 퍼부어 주기로 사전에 약속을 해 놓았던 것이다. 그 공중변소를 '행복변소'라고 했다. 어쩌면 그 똥물이 그들에게 행복을 줄지도 모른다는 일말의 기대를 가지고 그들의 머리를 짜내어 지은 이름, 그것이 '행복변소'였던 것이다.

다른 사람들도 함께 들끓었다.

그때 저쪽의 무리들이 움직이기 시작했다. 머리에는 노란 캡을 뒤집어쓰고 팔뚝에는 노란 완장을 두른 제복의 그들.

"온다. 온다!"

몰려 있던 둑방 사람들이 술렁였고, 아녀자들까지 우르르 소리를 질렀다. 그 소리는 개천을 넘어 저 한길 건너까지 퍼져 나가고 있었다. 아녀자들은 똥물과 돌을 잔뜩 준비해 놓고 여차하면 움직일 태세였다.

"자, 이제 시작입니다. 자기 보호를 철저히 해야 합니다. 몸을 다쳐선 절대 안 됩니다."

정민의 외침 따위가 이미 흥분해 버린 사람들의 귀에 들릴 리가 없었으나 그는 외쳤다. 정민 자신에게도 그 소리는 들리지 않았다. 대신 정민은 점점 정신이 맑아져오는 것을 느끼고 있었다.

"들어오세요. 아직 덜 취했나 봐. 여기 앉아요."

미스 장은 말했다.

"계속 긴장하고 계시는 것 같던데요?"

그녀는 옷을 갈아입고 있었다. 정민은 안락의자에 비스듬히 앉았다.
"아늑하군."
화장품과 젊은 살과 우울한 고독의 냄새가 배합되어 신선한 감각이 닳아 있었다. 닳아버려서 남은 건 무얼까? 그래, 이 여자가 가지고 있는 달콤한 욕정이 아닐까. 그것이 방 가득히 퍼져 있다고 정민은 느꼈다.
망설이며 서울로 왔을 때, 그는 그 많은 사람들의 무리 속에서 홀로 떨어져나간 소외감 때문에 한동안 쩔쩔매었다. 솔직히 말하자면, 미스 장과의 만남에 있어 영화에 대한 욕심은 그다지 가지고 있지 않았다. 말하자면 선영과 철이가 없는 빈자리를 혼자만 채우고 있다는 것이 그에게는 그토록 어려웠던 것이다. 그것은 까닭을 분명히 헤아릴 수도 없는 자기의 불모의 시간을 버리는 데 조금이라도 도움이 된다면 미스 장을 만나는 게 좋지 않겠느냐는 마음에서 시작되었다.
결국 그녀와 헤어져야 한다고 생각은 하면서도 헤어지지 못한 채 그녀가 잡아끄는 대로 여기까지 올 수밖에 없었다. 그렇게 서성거릴 수 있었을까? 그는 자신에게 묻고 있었다. 아직도 뭔가 훌훌 벗어던지지 못한 채 우유부단해 있는 자신. 지금도 마음속에서 서성이고 있는 이 도피적인 감정은 대체 어디서 오는 것인지.
단대리를 떠날 때 과연 그는 미스 장을 만날 것인지 아닌지에 대하여도 매듭을 정확히 짓지 못한 채 떠났다. 사람들은 물고기 떼들 같았다. 도시는 터져나갈 것 같았지. 이 많은 무리들은 대체 무얼 생각하며 무얼 먹고 살까? 군중 속의 고독이라는 말이 있다. 그는 새삼 그 말을 실감하면서, 바로 그 자신이 고향을 등진 자가 성공하지도 못한 채 고향을 찾아온 것 같은 느낌을 받았다. 그것은 그의 마음이 그만큼 허전해 있는 탓이었을 것이다.

미스 장과의 다섯 시 약속을 떠올리면서, 그는 새삼 비참한 기분이 되어 그녀를 만나지 말아야겠다는 생각도 들었다. 어쩐지 그 자신 단대리의 병균을 몸 안 구석구석 달고 다니는 느낌이었다. 그는 그걸 떨어버려야겠다고 다짐하면서 미스 장과 만나기로 한 다방으로 발길을 돌리고 있었다.

미스 장의 얼굴을 보았을 때, 그는 자기의 손을 보듯 그녀의 얼굴이 익숙한 것에 놀랐다. 결과적으로 내심 그녀의 얼굴과 몸과 마음을 찾고 있었던 건 아니었을까. 마른 나무에 물을 주면 그 나무가 싱싱해지듯이, 그녀가 그에게 물을 줄지도 모른다는 기대는 착각일까?

"꼭 오실 줄 알았어요."

전부터 낯이 익은 김 실장과 앉아 있던 미스 장이 활짝 웃으며 그를 반겼다.

손을 내미는 김 실장과 악수를 했다.

많은 영화 이야기와 풀어진 와이담 얘기 등 술을 퍼대면서 끝없이 낄낄거리고 난 뒤의 허탈감. 그녀가 김 실장에게 마음은 주지 않았어도 젊은 살을 맞댈 수 있었다면 그건 하나의 실리이겠지. 요즈음 그러한 일은 이미 합리화되어 버린 지 오래니까, 그들은 아주 스스럼없이 자리를 같이하기도 하고 남에게 그 자리를 내주기도 한다. 슬프다는 생각이 들었다. 실리적일 수 있는 여자가 실리는 다 떼어 버리고 마음을 주고 싶어 하는 남자가 있으니……. 그게 바로 자기라는 걸 생각하면 더욱 그렇다.

정민이 감독할 작품은 벌써 미스 장이 직접 원작자와 타진을 하여 사두었다고 했다. 물론 정민이 다시 재기할 수 있도록 세심한 배려를 마련한 미스 장의 마음을 모를 리 없는 그였다. 그러나 그는 딱 부러지게 열의가 돋지를 않았다. 물론 작품만 좋다면 그가 그것을 받아들이지 않을지라도 그 작품은 그녀의 능력으로 보아 또 어딘가로 팔려 나가겠지.

그는 더블침대와, 음반이 가득 쌓여 있는 전축과, 장식용으로 비치해 둔 듯한 책들, 벽에 걸려 있는 그녀의 스틸 사진, 화장대 서랍과 장신구들이 가지런히 놓여 있는 것을 휘둘러보았다.

아무리 생각해 보아도 그는 헌 구두가 편하다는 느낌이었다. 지금 그는 마치 새 구두를 신은 느낌이었고, 새 구두는 그를 불편하게 만들었다. 불현듯 선영이 생각났다. 그녀를 윤택하게 해 주지 못하는 남편으로서의 자책감.

칡덩굴 바구니에는 장미꽃과 카네이션이 한아름 담겨 있었다. 장미가 불타는 빛깔로 향기를 뿜어내며 그를 보고 웃는 듯하였다. 순간, 그는 장미꽃 속에 싸여 있는 선영을 상상하였다.

"헤이⋯⋯. 웃어, 웃어보라니까."

"장미꽃 향기에 취해 웃을 수가 없어요."

선영은 웃지 않았다.

미스 장이 냉장고에서 치즈와 과일을 꺼냈고, 술병과 술잔을 쟁반에다 담았다. 에어컨이 벌소리처럼 윙윙거렸다.

"전 몇 년을 두고라도 감독님 곁을 쉽게 떠날 것 같지 않아요."

"무슨 소리! 다 헛일이야."

그녀가 음반을 걸었다. 달콤한 음악이 흘러나왔다. 하늘엔 별들이 촘촘히 박혀 빛나고 있을 테지. 문득 단대리의 하늘이 생각났다. 단대리의 하늘만큼은 서울 하늘보다 더 아름다운 별들로 가득하여 더욱 빛나겠지. 까닭 없이 그 하늘이 가슴에 사무쳐왔다.

"술 좀 하세요."

글라스에 술을 따르며 그녀는 달라진 눈빛으로 말했다.

"내가 완전히 취해서 자빠졌으면 좋겠어?"

"어머, 그런 게 아니구요……."

"왜 미스 장은 날 좋아할까?"

"번드르르한 남자들만 제 곁에 있어요. 하지만 감독님은 뭔가 고집이 있어 뵈요. 깨끗한 고집 같은 거……."

그녀는 일어나 에어컨의 스위치를 끄면서 말했다.

"미스 장, 오늘 고맙더군."

"고맙기는요. 나와 주신 것만으로도 충분해요. 영화를 적극 하시겠다고 말씀해 주세요. 대본을 드릴 테니까 가서 읽어 보세요."

"확실하게 자신이 서면 그걸 읽도록 하지."

"그럼, 감독님은 아직도 마음을 못 잡으셨다는 거예요?"

"자신이 없어! 순수성을 버리고 싶은 자신 말야."

"왜 못 버리는 거예요? 고집이 언제나 좋기만 한 건 아니잖아요."

"영화계를 떠날 때 나는 피를 쏟았어. 아직도 남아 있는 피가 있는 것 같아?"

"그렇다고 그런 심정을 누가 알아주기나 해요?"

"알아달라고 그러나? 스스로 해결이 나지 않으니까 그렇지."

그녀가 정민의 곁으로 다가들었다.

"제발 부탁이에요. 이번 기회를 놓치지 마세요. 가지 말고 여기서 계세요."

여자의 눈물이 그의 팔등을 적시고 있었다.

정민이 눈을 뜬 것은 멀리서 들리는 듯한 딸가닥 소리 때문이었다. 창문이 어두운 것을 보면 아직 날이 새진 않았는데, 미스 장은 벌써 일어난 모양이었다. 아직도 무겁게 남아 있는 눈을 비벼 뜨고 그녀는 아침 해장국을 장만하고 있으리라. 딸가닥거리는 소리가 매우 조심스러웠다. 그것은 선영의 그 소리와는 전혀 달랐다. 그 소리는 정민을 불안하게 만들었다. 이런 식으로 관계를 맺으며 영화를 만들면 뭘 하나? 떳떳할 수 없는 스스로가 공연히 죄스러운 기분이었다. 너무 뻔뻔스러워 보였다. 그것은 하나의 허영심에 지나지 않는다. 이런 식으로 영화를 만들진 말자. 좀 더 확고한 신념이 서기 전엔 다신 영화계에 발도 들여놓지 않으리라.

정민은 드디어 그날 새벽에야 그가 영화계로 돌아온다는 마음의 준비가 아직도 덜 되어 있다는 것을 깨달았다. 미스 장과 어울렸던 것은 단대리 생활에서의 권태를 도피하고 싶었던 것에 지나지 않았다. 단대리, 나는 끝내 그곳을 개척하고 떠나리라. 언제든 나는 영화 세계로 돌아가고 말리라.

벌써 일단의 철거반 무리가 새까맣게 몰려오고 있었다. 그들은 손에 해머와 행거와 각목몽둥이를 쥐고 있었고, 이쪽 사람들은 곡괭이와 부삽을 들고 있었다.

철거반은 이쪽의 사태를 이미 관망한 눈치였다.

"1진만 왔어도 버티어볼 만한데, 2진까지 왔으니 힘들겠지?"

정민이 대식에게 물었다.

"불리한 건 매일반이야."

정민은 가벼운 한숨을 쉬었다. 이런 극한 상황에서 잠깐 동안이나마 영화 생각을 한 것마저도 이들에게 죄스럽다는 느낌이 들었다.

이 둑방 사람들의 기대가 허탈감으로 터질 때 과연 어떤 사태가 일어날 것인가. 언제나 소리 없이 살았지만, 한번 오기가 났다하면 무지막지하게 덤벼드는 사람들. 언제는 목숨 아끼며 살아왔던가. 이곳 사람들이 곧잘 씨부렁거리는 말이었다.

싸움은 그들이 거지할멈 네 집 앞까지 와서 그 움막을 부수려할 때부터 터졌다. 그 움막이 철거반에 의해 너무도 힘없이 헐리었다. 사람들은 미친 듯이 달려 들어갔다. 머리를 풀어헤친 거지할멈 내외의 모습도 그들과 뒤엉켜 있었다. 아녀자들은 양동이에 담긴 똥물을 들고 가 그들에게 퍼부었다. 똥물세례에만은 그들도 뒤로 멈칫했다. 삽시에 코를 찌르는 악취가 온 마을을 진동시켰다. 선두에 서 있던 사람이 멈칫거리는 그들에게 지시했다.

"물러서지 마. 끝까지 밀고 나가는 거야. 어서!"

둑방 사람들과 그들은 서로 치고받고 이제는 아비규환의 수라장이 되었다. 여자들은 돌을 던지기도 하며 아낌없이 똥물을 퍼부어 댔다.

개천 저쪽 한길에는 이 일과는 무관한, 이미 다른 곳에서 철거되어 온 사람들이 새까만 무리를 이루어 이쪽의 광경을 지켜보고 있었다. 그들은 부럽게도 20평의 땅을 정부로부터 할애 받은 자들이었다.

철거반들은 해머를 휘둘렀고, 둑방 사람들은 삽으로 대결했다. 그러나 그들은 점점 거슬러오면서 움막들을 하나 둘 부수기 시작했다. 이젠 그들이 정민의 움막을 부수려 했다.

이상했다. 여태 초연하게만 마음먹으려 했던 선영의 가슴속에서 피가 끓어오르는 것⋯⋯. 무언가 확 뒤집히면서 피가 거꾸로 서는 것 같았다.

"안 돼!"

선영은 그 누구에겐가 노란 캡을 향해 달려들었다.

"이놈들아. 그건 내 집이야. 못 건드린다. 못 건드려⋯⋯."

"이거 놓지 못해!"

노란 캡의 젊은 사내는 우람한 체격이었다. 그의 눈에는 핏발이 서 있었다. 선영을 밀어 버렸다. 뒤로 벌렁 나자빠진 그녀는 다시 그에게 달려들었다.

선영은 그의 바짓가랑이를 꽉 잡고 있었다. 죽을힘을 다해 늘어지는 것이었다.

"부수지 마. 부수지 마. 그게 어떤 집인데, 부수면 안 돼……."

한편에서는 돌팔매와 똥물과 행거와 해머와 각목이 휘둘러지고 있었고, 더러는 땅에 쓰러지는 사람들도 있었다. 또 더러는 피를 철철 흘리는 사람들도 있었다.

"이놈들. 이 죽일 놈들아, 네들은 에미 애비도 없냐, 응? 생사람 죽이는 이놈들, 죄 받는다. 네 자식 생각을 해두 그렇지. 우린 어디서 살라고……."

어떤 여자는 몸부림을 쳤다.

"하늘이 무섭제잉! 이 날부랑당 같은 놈들, 이 늙은일 죽여, 죽이랑께!"

어떤 노인은 고함을 지르며 이리 뛰고 저리 뛴다. 그 노인은 한 사람을 잡아 '행복변소' 안으로 처넣을 심보였다. 그러나 아무리 잡으려 해도 이젠 도저히 젊은이의 혈기를 당해낼 수 없어 그럴수록 자신만 자꾸 늘씬하게 얻어터지는 것이었다.

바짓가랑이를 붙들고 늘어졌던 선영은 사내의 발길질을 연거푸 몇 번 받았다. 선영은 뒤로 저만치 나가떨어져 땅 위에 쓰러졌다.

"악!"

선영은 갑자기 견딜 수 없는 통증과 함께 현기증이 이는 것을 깨달았다. 그녀의 움막이 지진이 일어난 것처럼 흔들렸으며, 마침내는 움막이 빙글빙글 돌았다. 무언가 자신의 내부에서 변화가 일어나고 있음을 선영은 누운 채 의식했다. ……이상하다. 왜 배의 진통이 이토록 심할까. 그녀는 눈을 감은 채 고개를 주억였다. 순간, 하체에서 찐득찐득한 액체가 뭉클 쏟아져 내리는 것을 느꼈다.

선영은 침을 삼켰다. 그리고 눈을 살그머니 떠 보았다. 어쩐지 지금 보는 하늘이 마지막 하늘이 될지도 모른다는 생각이 들었다. 파란 하늘에 깃털 같은 것이 한 점 떠 있었다. 그 깃털은 어디론가 흘러가고 있었다. 언젠가 어디서 본 듯한 그런 하늘이었다. 그때도 저토록 하늘이 파래서 꼭 찌르고 싶었지. 찌르기만 하면 푸른 물이 뚝뚝 떨어질 것 같았지. 언제였을까? 기억의 앙금을 헤집으며 그녀는 옛날로 돌아가고 있었다.

눈을 감은 그녀의 얼굴이 백지장처럼 하얗다. 스커트 밑으로 드러난 뽀얀 양다리로 피가 줄줄 흘러내리고 있었다.

그래, 고향에서 국민학교를 다닐 때였어. 고향의 뒷산에서는 늘 뻐꾸기가 청아한 소리로 울었지. 뻐어꾹 뻐꾹……. 그 소리는 너무 슬퍼 캄캄한 밤을 온통 적시곤 했다. 학교를 갔다 오면 늘 까막산에 올라가 놀곤 했다. 솔잎을 스치는 바람 소리를 들으며 송진을 따기도 하고 까치밥이라는 빨간 열매를 입 안에 넣으면 달착지근했다. 산에는 산딸기가 많았다. 산딸기 덤불 밑에는 꼭 뱀이 똬리를 틀고 잠을 잘 것만 같아서 언제나 산지기 아들에게 산딸기를 따 달라 해서 입 속 가득히 넣고 우물거렸더랬다. 그 아이는 늘 옷이 더럽고 발가락이 불거져 나오는 신발을 꿰고 있었지만, 콧날이 오똑하고 눈동자가 물속처럼 맑았었지. 소년은 쌍꺼풀진 큰 눈으로 늘 슬픈 표정을 짓고 있었다.

산에는 온통 철쭉꽃이 흐드러져 있었다. 철쭉꽃 밑에 앉아서 내려다보는 마을은 한 폭의 그림처럼 아름다웠다. 냇물 중간에는 물레방아가 돌아가고 있었는데, 산산이 부서지는 물방울이 오색무지개 빛깔로 반짝반짝 빛나고 있었다. 엄마가 나를 찾으러 올 때면 언제나 저녁연기가 집집마다 모락모락 피어올랐고, 엄마 뒤에는 검둥이가 꼬리를 늘어뜨리고 쫄랑쫄랑 따라오고 있었다. 그때 하늘은 아름다운 저녁놀을 그리고 있었지.

그녀는 눈을 감았다. 눈을 감아도 눈 속에는 그 하늘이 가득 괴어 있었다. 다시 귀를 뚫고 처절하게 외쳐대는 고함과 함께 와르르, 블록 무너지는 소리가 들렸다.

아, 저건 내 집이야. 저 소리는 내가 무너져 내리는 소리야.

어디선가 정민의 소리가 들렸다. 찢어진 소리였다. 저것은 아직도 자기가 쓰러지지 않았다는 소리야. 아아, 그는 아직 무너지지 않고 있구나. 하긴 그래. 그렇다고 그가 무너질 수야 없지.

어지러워. 이젠 눈조차 뜰 수 없어.

그녀는 신음했다. 손이, 발이, 가슴이, 하늘이, 그리고 땅이 흔들거리며 그녀의 몸을 붕 뜨게 만들었다. 그녀는 손을 뻗어 한줌의 흙을 꼭 쥐었다. 그러나 기운이 이미 다 빠져 버린 그녀의 손은 맥없이 땅만 긁고 있었다.

아기가……. 아기가 죽었어!

그녀는 알아챘다. 선영은 눈쌀을 잔뜩 찌푸렸다. 이젠 귀도 멍멍해지는데 가장 확실한 것은 우리의 아기가 사라져 버렸다는 점이다. 배의 진통은 계속되었고, 하체로 붉은 피가 콸콸 쏟아져 내리고 있는 것을 느낄 수 있었다.

아빠, 이번 애는 딸인 것 같았어. 이 아이는 정말 딸이었을 거야. 계집애는 머리가 길어야 예쁘니까 긴 머리채를 만들어 갈래머리로 꽁꽁 땋아 주고 예쁜 리본을 매달아주어야지. 그런데……. 그 탈출구 없는 허탈 속으로 그녀는 빠져들고 있었다.

눈물이 뺨으로 흘러내리고 있었다.

"왜 이래, 여보? 선영이……."

정민이 죽은 듯이 벌렁 드러누워 있는 선영을 끌어안았다. 선영의 신음 소리만이 간간이 들렸다.

"바보야……. 이 바보야."

정민은 선영의 다리가 얼룩져 있는 것을 보았다. 넋 나간 듯 멍해 있던 정민이 이윽고 고개를 꺾으며 짐승처럼 울음을 터뜨렸다.

이미 사방은 전쟁이 지나간 자리처럼 폐허가 되어 있었다. 철거반들도 물러났다. 정민은 갈가리 찢어져 토막 나는 자신의 마음을 걷잡을 수 없었다. 무엇이 이렇게 만들었는가? 이 의문에 대한 분노와 슬픔과 좌절과 허탈감. 하지만 아직은 이 의문을 풀 시기가 이른 것이다. 인생을 다 산 것은 아니지 않느냐?

"선영아, 미안하다. 그러나 우린 이제야말로 시작이다. 다시 시작이다. 젊음이라는 큰 재산이 있으니까 열 번 쓰러뜨려도 다시 일어날 테다. 자, 용기를 내자. 가장 중요하게 남은 건 우리의 용기뿐이다."

아직 내게 이런 힘이 남아 있었는가, 정민은 자신을 의심했다.

땅에는 부서진 벽돌과 찌그러진 냄비, 부러진 곡괭이, 그리고 토막 난 노란 캡이 처절하게 뒹굴고 있었다. 울음도 메말라 버린 쉰 목소리로 아낙네들이 땅을 치며 몸부림치고 있었다.

정민은 할머니 집에 맡겨 놓은 아들을 생각했다. 둥글고 포동포동한 탐스러운 녀석. 녀석은 지금쯤 동네 꼬마들과 어울려 놀고 있을까? 할머니 품에서 새근새근 잠을 자고 있을까. 모든 것이 다 부셔졌어도 이 아빠는 아직 꿋꿋하단다. 철아, 네가 보고 싶구나.

햇살이 잘게 부서져 내리고 있었다. 정민은 선영을 안고 천천히 폐허가 된 공지를 걸어 나가고 있었다.

여름임에도 거리는 황량한 바람이 불고 있었다.

점괘占卦

점 괘占卦

　노인은 오늘도 남산 약수터 근방에 누런 광목 쪼가리를 펴 놓고 있었다. 색 바랜 광목 위에는 손금이 그려져 있었고 사주, 관상 따위의 글이 커다랗고 천박스럽게 쓰여 있었다.
　광목 쪼가리 네 귀퉁이에 얹혀 있는 네 개의 돌은 노인의 연륜을 말해 주듯 손때가 묻어 반질반질했다. 노인은 필터가 없는 값싼 담배를 피우고 있었다.
　김 선생은 퇴근 후 매일 저녁마다 남산에 올라가는 것이 빼놓을 수 없는 그의 일과였다. 항상 올라가는 그 곳이건만 한 번도 그 노인 앞에 사람이 앉아 있는 것은 보지 못했다. 그 노인 또한 돈벌이에는 관심이 없는지 무심한 눈빛으로 먼 산만 늘 바라보고 있었다.
　매일 보게 되는 노인인지라 어느 땐 김 선생도 그와 아는 체라도 하고 싶은 충동을 느껴보지 않은 것은 아니었으나 노인의 움직이지 않는 자세가 김 선생의 그러한 마음을 충분히 거부하고 있었다. 하기사 꼭 그렇게 해야겠다는 생각이 뚜렷한 것도 아니어서 김 선생도 굳이 그 노인에게 가까이 가려고 하지는 않았다.

　약수 한 컵 떠먹고는 곧장 돌층계를 내려오는 것이 고작인 김 선생에게 남산행이 뭐 그렇게 특별한 의미를 가지고 있는 것은 아니었다. 다만 하숙집이 남산 밑에 있었던 덕분에, 낮 동안의 분필가루 공해에서 다소나마 해방되어 보자는 생각에서였다.

　김 선생이 하숙하고 있는 집은 방이 열 개나 되었다. 그중 두 개의 방과 마루는 주인이 사용하고 나머지 여덟 개의 방에는 모조리 하숙생이 기거하고 있었다. 김 선생과 같은 국민학교 선생이 하나, 고등학교 학생이 셋, 대학생이 하나, 회사원이 둘이 있었다.

　하숙생은 모조리 남자여서 이렇다 하게 별다른 기대감도 없이 아침이 되면 출근하고 저녁이면 어김없이 기어드는 그런 곳이었다.

　가끔 옆방에 묵고 있는 회사원이 그의 애인인 듯한 여자를 데려오기는 했다. 그러나 그 여자는 실수 없이 10시 이전에는 돌아갔다. 그렇다고, 김 선생이 그들의 방에 특별히 귀를 기울인다는 얘기는 아니다. 다만 자기 전에 변소라도 가려고 나오면 그들 방문턱에 놓여 있던 두 짝의 구두 중 여자 것은 이미 없어져 버린 후였기 때문에 그렇다고 미루어 짐작하는 것뿐이다. 그래서 김 선생은 생각했었다.

　'참 참한 아가씨로군' 하고.

　그런데 그 여덟 명의 하숙생에게는 남자라는 것 말고도 또 한 가지 공통된 점이 있었다. 그것은 모두 집이 지방이고, 또 공교롭게도 모두 호남 지방 사람들이라는 것이었다. 그래서 그런지 그들 모두는 특별한 유대 관계가 있는 것은 아니었지만 서로 동향이라는 점에서 친밀감을 느끼고 있었다. 집들이 모두 지방인 관계로 무슨 명절이나 될 라치면 저마다 고향을 찾는다. 이번 설에도 모두 빠짐없이 고향엘 다녀왔다. 그중 고등학생과 선생 하나는 떡과 유과 따위를 한 보따리

들고 왔기 때문에 그들은 주인아주머니가 따끈하게 끓여온 커피와 더불어 맛난 저녁을 들기도 했다.
　이번에 고향에 갔을 때도 김 선생 부친은 어김없이 사진 한 장을 그의 코앞에 들이대고 있었다.
　"저 윗동네에 사는 하동 정씨 집안인데……."
　연로하신 부친의 서두는 항상 이런 식이었다. 밑이 찢어지게 가난한 살림인데도 한 가지 양반 가문이라는 체면 때문에 가슴을 펴고 사는 노인, 그 노인네가 바로 김 선생의 부친이었다. 그래서 혼담이 오고 갈 때도 항상 무슨 가문이니 누구의 몇째 손이니 하며 혈통을 앞세운다.
　그렇다고 찢어지게 가난한 그의 집에 시집보내겠다는 확고한 색시집의 언질이 있는 것도 아닌 듯했다. 단지 매파가 어떻게 구해 온 사진이나, 혹은 당신 자신이 점찍어 놓은 어느 집안의 이야기를 김 선생에게 해 주시는 것이었다.
　김 선생 부친은, 그가 마치 무슨 벼슬이나 하여 서울에서 선생질을 하는 줄로 대단한 착각을 하고 계셨다. 그래서 집안에 재산은 없지만 착실하고 똑똑하고 잘생긴 아들 하나를 둔 것을 무슨 든든한 밑천이나 되는 듯 자랑삼고 계셨다. 사실 그것은 그의 부친 눈에나 비친 아들의 모습일 뿐이었다. 요새 세상에 가장 시세 없는 직업 중의 하나가 선생 아닌가.
　그러나 김 선생 부친의 눈에는 그리 보인다니 그건 어찌할 수 없는 노릇이어서 김 선생은 가끔 주변머리 없고 그렇게 똑똑치도 착실하지도 못한 그 자신을 원망하기도 한다.
　혹, 김 선생은 그 자신을 과소평가하지 않는가 하는 생각이 들 때도 없진 않았다. 그러나 학교에 출근해 보면 단번에 그것은 사실이라

는 것이 입증되어진다. 왜냐하면 이 똑똑하고 잘생긴 부친의 아드님
께서는 학교의 미혼 여선생에게서도 인기가 없고 하물며 그의 담임
반인 5학년 2반 아이들에게서조차 별 인기가 없음을 그는 이미 깨달
은 지 오래기 때문이다.
　다른 반 담임 선생들은 생일 같은 때에 학생들에게서 선물도 더러
받는 모양이지만 김 선생은 아직 한 번도 그런 선물을 받아 본 적이
없었다. 그렇다고 그러한 것을 바란다는 것은 아니다. 다만 언젠가
교무실 책상 서랍 속에 넣어진 삶은 계란 두 개를 발견한 적이 있을
뿐이었다. 그나마 이것이 과연 그에게 먹으라고 넣어진 것인지 아니
면 잘못 알고 그의 책상 서랍 속에 넣어진 것인지 몰라 한참을 망설
이다 그냥 책상 서랍 문을 닫고 말았다.
　일단 그렇게 망설이다 보니 그 다음 날에도 그것을 벗겨 먹기가 어
째 쑥스러웠다. 옆 책상 선생들의 눈도 있고, 혹 옆의 최 선생 것이
라도 되면 어쩌나 하는 소심증에 걸려 끝내 그 계란은 부패되도록 김
선생 책상 서랍 속에서 굴러다녀야만 했다.
　김 선생은 대충 이러한 인물이었다. 그런데 김 선생의 위대하신 부
친께서는 당신의 자식이 최고라고 알고 있으니, 김 선생보다 더욱 딱
한 사람은 필시 그 노인네임에 틀림없는 사실이었다.
　서른이 넘도록 남의 집에서 하숙을 하고 있는 김 선생에게 붙여진
별명은 '꺽다리 노총각'이었다. 학생들은 그가 없을 때에 그를 '꺽다
리'라고 부르고 교무실에서도 다들 '꺽다리' 혹은 '꺽다리 노총각'이
라고들 장난을 치곤 했다. 스물아홉 살의 노처녀 민 선생마저도 그를
그렇게 부르기를 서슴지 않았다. 그럴 때마다 그는 속으로 중얼거렸
다.
　'주제 파악 좀 하시지. 여자 스물아홉보다는 남자 서른둘이 더욱

낫다는 걸 왜 모르나?'

그러나 노처녀인 그 민 선생에게조차도 그는 별 관심의 대상이 되어 있질 못했다.

김 선생은 학교가 끝나면 곧장 남산 밑에 있는 하숙방에 기어들어 갔다가는 이내 저녁을 먹고 남산 약수터를 향한다. 데이트조차도 그에게는 기억에 없어진 지 오래고 단지 시곗바늘 같은 하루하루를 지내고 있을 따름이었다.

언젠가 옆방의 회사원인 이승규 씨가 그에게 말했다.

"어이, 김 선생. 김 선생은 뭣 땜에 사시오? 가끔 여자도 데려오고 그러슈. 없어? 내가 하나 소개시켜 줄까요? 우리 회사에 그럴싸한 여직원이 하나 있는데, 선생하고는 어울릴 것도 같단 말이야."

김 선생은 그 말에 짐짓 흥미가 없는 것처럼 보이려고 애썼으나 내심 이승규 씨가 좀 적극적이고 구체적인 자세로 그 일을 진척시켜 주길 바라고 있었다. 그러나 시큰둥하는 김 선생의 얼굴빛을 보고는 이승규 씨는 다시는 그 말을 꺼내지 않았다. 그리고 속으로 빈정거렸다.

'여자에게 관심 없는 척하려고 애쓰고 있군.'

그렇다고 김 선생이 여자를 사귀어 본 적이 아주 없는 것은 아니었다. 교육 대학 시절 같은 과의 여학생과 소위 열렬하다고 말할 수 있는 연애를 한 적이 있었다.

이승규 씨로 인해 김 선생은 그때의 추억에 새삼 젖어들었다.

학창 시절, 시골에서 부쳐 온 돈으로는 하숙비를 내고 나면 그야말로 차비도 없을 지경인 때도 한두 번이 아니었다. 그럴 때마다 혜련이는 버스표도 몇 장 손에 쥐여 주고 어느 땐 분식 센터에서 냉면이나 우동을 사 주기도 했다. 혜련이가 준 버스표는 눈물이 나도록 고마워서 버스 차장에게 내기조차 아까울 지경이었다.
 '혜련이는 참 착한 아이였는데…….'
 김 선생은 아껴 두었던 반 토막 난 담배에 불을 붙였다.
 졸업하던 해 혜련이는 부모의 주선으로 소개받은 청년과 결혼을 했다. 뭣도 없는 김 선생은 혜련이를 책임질 능력이 전혀 없었으므로 감히 그녀를 붙잡아 둘 엄두도 못 내었다. 김 선생을 원망하며 하숙방에서 멀어져 가던 혜련의 뒷모습은 요사이도 가끔씩 그의 가슴을 찢어 놓곤 했다. 억지로라도 붙잡을 걸 했다 싶은 생각이 때늦은 지금에도 가끔씩 그를 안타깝게 만들었다.
 '지금쯤 혜련이는 국민학생의 학부형이 되어 있겠지. 혹시 우리 학교에 그 애가 다닌다면? 그리고 혹시 또 그 아이가 내 반 아이가 된다면?'
 김 선생은 몸에 전율이 일었다. 그리곤 고개를 저었다.
 '소설 같은 이야기야.'
 김 선생은 다 타 버린 담뱃불 때문에 손가락이 뜨거워 옴에 비로소 재떨이에 그것을 던졌다.
 '이 놈의 담배 같은 인생을 언제나 벗어나나?'
 김 선생은 맨바닥에 벌렁 드러누웠다. 체육 시간에 너무 뛰었던 탓인지 슬슬 눈이 감기기 시작했다.
 천장에는 혜련이 고운 웃음을 짓고 있었다. 그것은 김 선생에게 있어 유일하게 아름다운 추억이었다. 그 외의 그의 과거란 온통 가난에 찌들린 우중충한 기억밖에는 없었다. 모친의 근심어린 얼굴과 부친의 돈키호테 같은 허황된 꿈. 시집간 누님마저 지지리 궁상으로 고생하는 그의 집안에 도대체 미래라는 것이 있기나 한 것인지…….
 김 선생은 그래서 더욱 여자 사귀기를 꺼렸다. 결혼을 하려고 해도 돈이 필요하고 데이트를 하려고 해도 돈이 필요한 게 세상이다. 하숙비와 교통비를 제외한 김 선생의 박봉은 모두 시골로 부쳐진다. 그래도, 어느 땐 월급날이 채 되기도 전에 돈을 부치라는 부친의 편지가 도착할 때가 있다. 사람 미칠 노릇이었다. 그러나 그것도 한두 번이지 번번이 독촉 편지가 날아들 때는 화가 치밀어 올라 씩씩거릴 때도 있었다. 그래서, 모른 척하고 있을라치면 부친은 다짜고짜 상경을 해서는 호통을 치곤 하셨다.

"내가 널 어떻게 공부시켰는데, 그깟 돈 몇 푼 못 부치느냐? 사실 말이다만 우리 형편에 2년제라도 대학이 될 법이나 했냐? 그 은혜를 잊어선 안 된다."

사실, 김 선생은 대학 등록금의 대부분은 장학금과 아르바이트로 충당하면서 다녔다. 시골집에서 부쳐온 돈으로는 등록금은커녕 빠듯이 하숙비 정도나 겨우 될 금액에 불과했다.

그러나 지금에 와서 굳이 그런 걸 따지는 것도 우습고, 또 당연히 부모님의 생계를 돌보아 드려야 한다는 걸 모르는 바는 아니다. 그러나 어지간히 볶아야지. 정말 부친의 지나친 요구는 김 선생을 곤혹스럽게 만들었다.

그날도 김 선생은 학교에서 돌아와 저녁밥을 먹고는 남산 약수터로 향했다. 그런데, 유독 그날은 이상하게 사주 보는 영감에게 말이라도 걸고 싶었다. 김 선생은 주머니를 뒤적거려 5백 원짜리를 노인 앞에 놓았다. 노인은 성의 없는 눈빛으로 김 선생을 바라보았다.

"손을 이리 내밀어 보슈."

노인은 확대경을 대고 김 선생의 손금을 보았다. 그리고 그의 얼굴을 찬찬히 살폈다.

"두고 보슈. 얼마 안 있어 재수 좋은 일이 생길 거요. 어쩌면 크게 출세를 할 길이 열릴지도 몰라."

믿지 않는다는 듯이 히죽이 웃고 있는 김 선생에게 그 노인은 화가 난다는 듯이 또 한 번 힘주어 말했다.

"틀림없다니까, 당신 관상이 그걸 말해 주고 있어."

물론, 관상쟁이 따위의 말을 곧이곧대로 믿을 정도로 바보는 아니었지만 괜히 마음속이 부우하니 부풀어 오르는 것을 막을 도리가 없었다.

"당신 지금 넉넉지 못하지? 머지않아 그 때를 벗을 거라 그 말이오. 이제 돈 걱정은 안 해도 될 것이오."

점괘도 이만저만해야지. 우연히 본 그 노인의 관상이 김 선생을 완전히 흥분시키고 있었다.

약수를 평소보다도 많이 들이켜고 걸음마저도 흥분하여 휘청거렸다. 거의 돌계단을 다 내려왔을 무렵 길 건너 저쪽에 사람들이 모여서 웅성거리고들 있었다. 김 선생도 재빨리 그곳에 가 보았다. 거기에는 마흔이 갓 넘었을까 한 빨간 원피스 차림의 여자가 쓰러져 있었다. 정신을 잃은 듯했다. 허연 허벅지가 아스팔트 위에 아무렇게나 나와 있었다.

김 선생은 여러 사람을 헤치고 들어가 다짜고짜로 그 여자를 들쳐업었다. 생각보다는 꽤 몸무게가 나갔으나 김 선생은 땀을 뻘뻘 흘리며 뛰었다. 한참을 그렇게 뛴 뒤에야 병원 간판이 눈에 보였다.

그 여자는 지나가는 차에 받혔던 모양이었다. 다리와 엉덩이에 심한 멍이 들어 있었다. 여자는 가까운 곳에서 산보 나온 듯한 옷차림이어서 소지품은 물론, 그녀의 신분을 증명해 줄 만한 것은 아무것도 없었다. 의사의 말에 의하면 현재로서는 외상 이외에 별 커다란 문제꺼리는 없으나 이런 류의 사고는 후유증이 제일 두렵다는 것이었다.

김 선생은 그 여자를 데리고 온 죄로 그녀가 의식을 회복할 때까지 옆에 지켜 앉아 있어야만 했다. 여자의 손가락에 끼어 있는 왕방울만 한 알반지가 김 선생의 눈을 자극했다. 꽤 값나가는 듯해 보였다. 여자의 팽팽한 피부나 고운 손가락 등으로 보아서는 젊어 보였으나 눈가에 나타난 확연한 주름은 어쩔 수 없이 나이를 말해 주는 듯했다.

그 여자의 침대 밑에서 깜박 졸았는가, 시계를 보니 20분 정도는 잤는가 보았다. 기지개를 켜면서 하품을 째지게 했다. 순간, 김 선생은 그를 응시하는 눈길을 의식했다. 침대 위의 여자가 눈을 뜨고 이쪽을 쳐다보고 있었다.

"어떻게 된 일이죠?"

여자가 대뜸 이렇게 따지듯이 물었다.

김 선생이 미처 설명할 사이도 없이 그 여자는 일어나서 문으로 향했다. 그러나 몇 발짝 못 가 비명을 지르며 주저앉았다. 엉덩이에 받쳐진 손에 힘을 주며 몹시 아픈 표정을 지었다. 김 선생은 서둘러 의사에게 달려갔다. 의사는 그녀에게 좀 더 누워 있을 것을 종용했으나 그녀는 그리 탐탁지 않은 눈치였다. 그러나 병원을 나서려고 해도 문제가 있었다. 그녀가 신고 갈 신발은 물론이려니와 무엇보다도 병원비가 문제였다. 김 선생 수중에 돈이 있을 리 없고 설사 있다고 하더라도 알지도 못하는 여자의 병원비를 댈 만큼 어리석지도 않았다.

여자는 전화번호를 하나 일러 주었다. 그녀의 말에 따라 다이얼을 돌렸으나 전화벨만 지치지 않고 계속 같은 톤으로 따르릉 따르릉 울릴 뿐이었다.

"전화를 안 받는데요. 댁을 저에게 가르쳐 주신다면 제가 직접 갖다 오지요."

여자는 망설이는 듯하더니 말을 했다.

"사실은 저에게 가족이라곤 하나도 없어요. 그러니, 아무도 전화를 안 받는 건 당연하지요. 죄송해요. 제가 가서 치료비를 가져오는 수밖에 없어요."

"그렇지만 병원 측에서 댁을 뭘 믿고 내보내 주겠습니까?"

"대단히 죄송하지만, 저 대신 이 병원에 남아 있어 주시겠어요? 그러면 제가 빨리 갔다 오겠어요."

마음이 내키는 건 아니었지만 무조건 사람을 의심할 수도 없는 노릇이어서 김 선생은 난감할 따름이었다. 게다가 교육자의 입장이라는 사명 의식이 갑자기 그를 자극하기도 하여 더 이상 그녀를 의심할 수도 없었다.

그 여자는 병원 실내화를 끌고 병원을 나섰다. 그 여자 손가락의 커다란 알반지가 또다시 눈에 띄었다. 그러나 차마 반지를 맡겨 놓고 병원비를 가져오면 되지 않느냐는 말은 입 밖에 내지 못하고 말았다.

시간은 자꾸만 흘러가고 있었다. 이마에서는 진땀이 찍찍 나기 시작했다. 그 밤을 꼬박 병원에서 새면서까지 기다렸으나 그 여자는 끝내 오지 않았다. 눈 뜨고 코 베어 가는 빌어먹을 세상이라더니, 김 선생은 하도 기가 막혀 어처구니가 없었다.

병원 측에 사정 얘기를 해 보았으나 의사와 간호사는 김 선생마저 의심의 눈초리로 보는 게 확실했다.

하는 수 없이 김 선생은 하숙집에 전화를 거는 수밖에 도리가 없었다. 주인아주머니가 별로 달갑지 않는 표정으로 가져다준 돈으로 그 여자의 병원비를 낸 다음에야 비로소 그는 풀려났다. 그 덕으로 학교마저 지각을 한 김 선생의 사정 얘기를 들은 동료 교사들은 그를 보고 왜 그렇게 사람이 착하기만 하냐며 질책을 해대었다.

"이 놈의 점쟁이 그냥 두지 말아야지……."

김 선생은 애꿎은 노인을 탓하고 있었다. 아니 애꿎다고만 말할 것은 사실 못되었다. 왜냐하면, 노인의 그 말 때문에 붕 떠버린 김 선생의 머릿속이 그러한 일을 저지르게 한 동기가 되었을지도 모르는 일이었기 때문이다.

'내가 뭐 기사도 정신이라도 발휘하듯이 그 몸무게의 여자를 들쳐업고 뛰다니, 내가 역시 바보짓을 했어. 남들은 다 보고만 있었는데, 왜 하필이면 내가 그 십자가를 져야 했담.'

김 선생은 생각할수록 어처구니가 없었다. 하숙비의 3분의 2가 어이없이 도난당하고 만 것이다.

그러나 운이 나빠 그런 걸 이제 와서 어쩔 수 없는 노릇이었다. 김 선생은 그날도 약수터에 올라갔다. 그 노인이 뻔뻔스럽게도 변함없이 앉아 있었다. 김 선생은 그 노인을 노려보았다. 그러나 다른 사람의 눈에는 실상 그렇게 뵈지 않았는지도 모른다. 왜냐하면 워낙 선량한 얼굴을 가지고 있던 터에 그가 화를 내도 학생들은 무서워하지 않았기 때문이다.

노인은 모른 체하며 계속 먼 산만 바라보고 있었다.

김 선생은 금세 풀이 죽어 층계를 터덜터덜 내려오고 말았다. 아, 그런데 길 건너편에 그 여자가 택시를 기다리는지 그 자리에 꼼짝 않고 서 있는 모습이 눈에 들어왔다. 김 선생은 제 눈을 의심하면서도 그 여자에게로 달려갔다. 틀림없는 그 여자였다. 빨간 원피스까지도 꼭 같았다.

"아, 역시 만났군요."

도리어 여자가 반색을 하며 김 선생을 맞았다.

"그날 저녁 겨우 집에까지는 갔는데 도저히 한 발짝도 되돌아 나올 수가 없었어요. 그렇다고 병원 전화번호도 몰랐구요. 점심 무렵에야 병원에 기듯이 하여 가 보았으나 이미 선생님은 가신 후더군요. 그래, 혹시 오늘도 이곳을 지나가시지나 않을까 하는 마음에 아까부터 기다리고 있었어요. 본의 아니게 폐를 끼쳐드려 정말 죄송합니다."

여자는 정중히 사과를 하더니 지갑을 열어 돈이 들어 있음직한 하얀 봉투를 꺼냈다.

"죄송합니다. 제 병원비예요. 그럼, 이만……."

그녀는 총총히 사라져 갔다. 아직도 몹시 아픈 듯 허리 근처에 손을 받치고 걷는 모습이 눈에 띄었다.

김 선생은 하얀 편지 봉투를 바라보며 빙긋이 웃었다. 절로 웃음이 새어나왔다.

"휴, 내 하숙비의 3분의 2가 되돌아오다니."

김 선생은 하숙집에 도착하자마자 봉투를 열어 보았다. 돈은 김 선생이 지불한 금액보다 배나 되었다.

김 선생은 너무나 놀라 하마터면 소리를 지를 뻔했다. 그러나 김 선생은 양심상 그 돈을 다 가질 수는 없는 노릇이었다. 그는 항상 그게 탈이었다. 지나치게 고지식하고 지나치게 소심한 것이 항상 화근이었다.

김 선생은 주인아주머니에게 돈을 갚고 나머지는 그 봉투 속에 고스란히 도로 넣었다. 그리고 언젠가 또 만나게 되면 되돌려 주리라 결심했다.

그러나 1주일이 지나도록 남산의 건널목에서는 그 여자가 발견되지 않았다.

그러는 중 시골에서 부친이 연락도 없이 올라오셨다. 십중팔구 돈 때문이리라 생각하며 김 선생은 부친을 맞았다.

"네 어미가 말이다, 기침이 너무 심해. 그래서 약첩이라도 달여 먹였으면 하는데…….”
 "아, 왜 그러고 있어. 어서 돈 좀 주거라. 너는 안 봐서 몰라. 어찌나 기침이 심하던지, 내 두고 볼 수만은 없어서 이렇게 달려왔다."
 "그렇지만, 아버님…….”
 "웬 말이 그렇게 많아. 에미가 죽어가는 걸 보고만 있을 참이냐? 나도 오죽하면 이렇게 달려 왔겠냐?"
 김 선생은 하는 수 없이 예의 그 봉투를 부친에게 내미는 수밖에 없었다. 그러나 그것은 부친을 노하게 만들었다.
 "내가 널 그렇게 안 봤는데, 부모에게 너무 인색하구나. 돈이 있으면서도 안내놓으려고 하다니."
 부친은 그 길로 곧 하향하셨다. 일일이 모든 상황을 설명하기도 복잡하여 입을 꾹 다물고 있는 김 선생을 그의 부친은 단단히 오해하며 돌아갔다. 부친은 서운한 뒷모습을 김 선생에게 남겼다. 그것이 김 선생을 마음 아프게 만들었다.
 김 선생은 도무지 일이 왜 이렇게 돌아가는지 아리송하기만 했다. 꼬이다가는 풀리고 풀리다가는 또 꼬이고…….
 '이젠 그 돈을 또 어떻게 채우지? 월급날까진 아직 보름이나 남았는데…….'
 김 선생은 난감했다. 혹시 남산에서 또 그 여자를 만나게 된다면 어떻게 하느냐 하는 문제로 김 선생은 장시간 고민을 했다. 그래서 하는 수 없이 보름간만 남산행을 중단하기로 했다. 눈이 오나 비가 오나 다니던 약수터였으므로 한쪽이 텅 빈 것 같은 서운함이 가슴속을 차지했으나 어쩔 도리가 없었다.
 보름이 지난 후 월급봉투를 받은 김 선생은 어느 때보다 기뻤다. 집에 도착하자마자 그 돈을 챙겨 두었다. 장문의 편지와 함께 시골 부모에게는 약간의 돈만 송금하기로 결심했다. 노한 부친의 얼굴이 잠시 눈앞에 어른거렸지만 그는 두 눈을 질끈 감았다.

이젠 가벼운 마음으로 남산엘 오를 수 있게 되었다. 김 선생은 휘파람을 불며 층층계를 두 칸씩 껑충껑충 뛰어 올랐다.

그날도 노인은 누런 광목 쪼가리를 펼쳐 놓고 있었다. 노인은 자꾸만 올라오는 조그만 개미를 손톱으로 눌러 죽이고 있었다.

김 선생은 그 노인 앞에 쭈그리고 앉았다. 노인은 그를 한 번 힐끔 보더니 중얼거렸다.

"전번에 한 번 보지 않았소."

"또 봐 주십쇼."

"글쎄, 당신의 관상은 출세할 관상이라니까 그러네. 아직도 좋은 일이 없었나 본데, 그러면 기다려 보슈."

김 선생은 자리에서 일어났다. 이번엔 흥분되거나 하는 감정은 없었다.

약수를 한 컵 마시고는 김 선생은 계단을 뛰어 내려갔다. 그런데 거짓말같이 그 여자가 길 건너편에 또 서 있는 것이었다.

그는 차에 치일 뻔하며 그곳으로 건너갔다.

"안녕하십니까."

그는 깍듯이 인사를 했다.

"아, 네. 이곳엘 자주 오시는가 봐요."

"매일 오죠. 약수터에를 말입니다. 그런데 댁에게 나머지 금액을 돌려드려야겠는데요. 병원비보다 훨씬 많은 금액을 저에게 주셨더군요. 전 그걸 받을 이유가 없어요. 그래서 돌려드리고자 합니다."

"괜찮아요. 저를 위해 수고를 하셨는데 그까짓 건 아무래도 좋아요."

"아닙니다. 전 꼭 드려야겠어요."

김 선생의 고집에 그 여자는 웃으며 그렇다면 할 수 없는 일이라고 양보를 하고 말았다.

그녀와 김 선생은 하숙집으로 향했다. 퀴퀴한 냄새가 배어 있는 방에까지는 차마 들어오란 말은 못하고 돈이 들어 있는 봉투를 그녀에게 주었다.

찬찬히 보니 그 여자는 꽤 미색이었다. 손가락에 낀 커다란 알반지는 바뀌어져 있었다.

"제가 저녁을 대접해드리면 안될까요?"

김 선생은 머뭇거렸으나 곧 그녀를 따라나섰다.

그 여자는 택시를 잡았다. 택시는 엠베서더 호텔 앞에서 멈췄다.

"뷔페 좋아하세요?"

김 선생은 난처했다. 말은 많이 들어 보았으나 실제로 이런 호텔에서 뷔페를 먹어 봤을 만큼 그는 여유가 있은 적이 없었기 때문이다. 푸짐하게 있는 음식을 접시에 덜어서 먹으며 그는 시골의 부친과 기침을 해대는 노모를 생각했다.

그 여자는 세련된 솜씨로 그것들을 맛보기 시작했다. 김 선생은 되도록 촌스러워 보이지 않으려고 노력하며 그녀가 하는 대로 따라 했다. 생각 같아서는 왕창 집어서 먹고 싶었으나 한 가닥 체면이 그러한 김 선생의 생각을 나무라고 있었다.

"커피는 집에서 대접해 드릴게요."

김 선생은 어안이 벙벙해지고 있었다. 이것이 점쟁이 노인이 말하는 것인가 하고 생각하기도 했다.

김 선생은 자석에 이끌리듯 그녀를 따라가고 있었다.

그 여자의 집은 그의 하숙집에서 그리 멀지 않은 곳에 있었다. 널

따란 정원을 지나 현관 열쇠 구멍에 키를 꽂는 그녀의 손가락의 빛나는 알반지를 그는 또다시 쳐다보았다.
 가슴이 두근거려 오기 시작했다. 여자 혼자 사는 이 대궐 같은 곳에 자신이 초대되어 오다니, 그는 자기의 눈을 의심했다.
 거실의 스위치를 올리자 그곳은 마치 천국 같았다. 웅장한 응접세트 위에는 레이스가 예쁘게 얹혀져 있었고 천장에 매달린 새장에서는 예쁜 색의 새가 주인을 맞아들이는 듯 지저귀고 있었다. 게다가 옅은 하늘색의 커튼은 훨씬 이곳을 신비스럽게 만들었다.
 그 여자는 김 선생을 남겨 놓고 이 층으로 올라갔다.
 김 선생은 이제 다소 여유를 가지고 그곳을 훑어보았다. 값나가 보이는 동양화가 두 점 벽을 장식하고 있었고 휘황찬란한 샹들리에가 마치 쏟아질 듯이 그 빛을 뿜고 있었다.
 붙박이 장식장에는 국적을 알 수 없는 양주들과 유리잔들이 고급스럽게 자리를 차지하고 있었고, 바닥에는 연둣빛의 카펫이 김 선생의 구멍 뚫린 양말을 부끄럽게 만들었다.
 김 선생은 될 대로 되라는 마음으로 소파 위에 털썩 주저 앉았다. 앉기만 해도 절로 잠이 쏟아질 듯이 푹신한 의자는 김 선생을 황송하게 만들기에 충분했다. 그는 소파를 가만히 쓸어 보았다. 감촉이 좋았다. 두꺼운 유리가 깔린 탁자 위에는 은도금 담뱃갑 세트와 라이터가 놓여 있었다. 그는 배짱 좋게 담배 한 개비를 꺼내 그 라이터로 불을 붙였다. 담배도 금박 줄이 쳐져 있는 것이 외제였다.
 김 선생은 갑자기 무서운 생각이 들었다. 혹시 귀신에 홀리지 않았는가 하는 생각이 들기도 했고, 또 무슨 나쁜 범죄 조직의 소굴에 휘말려든 것 같기도 했다.
 조금 있자 눈처럼 하얀 가운을 걸친 여자가 층계를 내려왔다. 불빛에서 보는 그녀의 얼굴은 아름다웠고 요염하기까지 했다.
"많이 기다렸죠."
그녀는 부엌으로 가서 잠시 달가닥거리더니 커피 두 잔을 쟁반에 받쳐서 가져왔다. 그것은 김 선생이 마셔 본 어느 커피보다 고소하고 맛이 있었다.
그 여자는 비디오를 켰다. 요즘 일류 극장에서 상영되고 있는 외화가 24인치쯤 되는 화면을 가득 메웠다.
김 선생은 자신도 모르게 시계를 보았다. 거의 12시가 되어 가고 있었다. 그는 후닥닥 일어섰다.
"왜 그래요?"
"집에 가 봐야겠어요. 시간이 이렇게까지 많이 된 줄은 몰랐지 뭡니까."
"아이, 오늘은 여기서 쉬세요. 낙도 없는 어두운 하숙집에 가서 뭘 하시려구 그러세요."
그녀는 사뭇 아양까지 떨었다.
김 선생은 무엇에 홀린 듯 도로 주저앉고 말았다.
'에라 모르겠다, 될 대로 되라지, 설마 죽이기야 하려고.'
하기사 김 선생이 죽어 버리면 시골의 부친과 노모는 누가 돌봐드리나.
김 선생은 할 수 없는 인간이었다. 이런 곳 이런 무드에서 그 따위 일에 잠시나마 마음을 쏟다니……
"보세요. 재미있어요. 남자 분들은 저런 와일드한 영화를 좋아하지 않아요?"
"예, 그렇긴 합니다만……. 여자 혼자 사는데 어떻게 저런 테이프가 다 있습니까?"

말을 꺼내 놓고 보니 또 바보 같은 질문을 했다 싶은 마음이 들었다.
"여자 혼자 있다고 남자 손님이 없으란 법이 있나요? 오늘도 이렇게 남자분이 계시잖아요."
여자는 가운을 벗을 참이었다. 김 선생은 눈을 질끈 감았다. 남자 앞에서 여자가 옷을 저렇게 벗다니, 김 선생은 너무나 놀라 차라리 눈을 감아 버렸다.
여자가 까르르 웃으며 김 선생 앞으로 다가왔다. 여자는 가운 속에 잠옷을 걸치고는 있었으나 하늘하늘한 날개자락 같은 잠옷은 옷이라기보다는 차라리 알몸이었다.
바짝 긴장이 되어 꼿꼿이 서 있는 여자의 유두가 김 선생의 팔에 닿았다. 그는 움찔 놀랐으나 온 몸으로 퍼지는 야릇한 전율은 그를 흥분시키고 있었다. 온몸의 신경이 곤두서고 남성이 바지 위로 불쑥 솟아올랐다.
화면 따위는 이제 눈에 들어오지도 않았다. 그 여자는 살며시 그에게 자신의 가슴을 얹어 왔다. 김 선생은 자신도 모르게 그 여자를 힘껏 껴안았다.
여자의 손이 김 선생의 바지 지퍼를 만지려고 했다. 그는 더욱 고조되어 가는 성욕으로 인해 머릿속이 터져 버릴 것만 같았다. 마치 나무토막과도 같이 딱딱해진 남성은 그 돌출구를 찾아야만 했다.
그 여자는 비디오를 껐다. 그리고 김 선생의 손을 이끌고 이층으로 올라갔다. 김 선생은 그녀의 값나가는 알반지가 끼어 있는 손을 힘주어 잡았다. 그는 그것의 값을 속으로 매겼다.
3백? 5백? 천? 그는 그 수를 더듬어 보았다.
그녀의 침실은 거실보다 더욱 아늑하고 값져 보였다. 쿠션이 좋은 침대는 어느 영화에 나오는 것처럼 화려했다.
'도대체 이 여자는 뭣 하는 여자일까?'
그러나 의혹도 잠시뿐, 그는 그녀의 이끌림에 몸이 녹아나는 듯했다.
그런데 얼마나 그러고 있었을까. 갑자기 문이 열리며 불이 켜졌다. 눈이 부셔 미처 눈조리개의 역할이 시작되기도 전에 억센 발길이 그를 걷어차기 시작했다.
"이런 나쁜 놈. 이게 무슨 짓이야. 남의 여편네와 놀아나다니……."
그는 알몸을 부끄러워할 사이도 없이 심하게 걷어 채이며 창밖으로 던져졌다. 그러는 중에도 그의 손에 느껴지는 알반지의 감촉은 그를 기쁘게 했다.
그의 몸은 이 층에서 무참하게 마당으로 팽개쳐지고 있었다.
"악!"
외마디 소리를 지르며 김 선생은 눈을 번쩍 떴다.
꿈이었다.
그의 손에는 토막 난 분필 조각이 꼭 쥐어져 있었다. 그리고 언제 왔는지 전보가 문틈에 끼어 있었다.
'모친위독급하향'
그는 어느새 방문을 나서고 있었다.

작가평

나상裸像의 진실과 문학성
-이철호, 그는 무엇인가-

洪承疇
(한국문인협회 戱曲分科會長)

　예술가의 주요한 가치는 그 묘사의 진실에 있고, 열렬하게 욕구하는 것이 진실을 낳는 가장 확실한 동기가 된다.
　따라서 인간의 지식은 아무리 노력한다 해도 체험 그 이상을 능가하지 못한다.
　이철호, 그는 항상 나상裸像으로 있다.
　아니, 나상으로 온 그의 인생은 도무지 가장을 않는다.
　아마도 구원久遠한 나상으로 끝날지도 모른다.
　단지, 부당한 착의着衣에의 집념과 패기가 내면에 가혹하리만큼 집중될 뿐이다.
　그彼처럼 벗어던진 상황에서 근육으로 진리의 산에 곡괭이질 하는 작가도 드물다.
　그는 원목原木으로 유영遊泳한다.
　그래서 그의 문학은 어쩔 수 없이 적나라한 겸허의 성에 갇히고 숨는다.
   그는 나서기를 즐기지 않는다.
   그의 내면에 펄럭거리는 깃발 같은 절실한 함성을 아무도 듣지 못한다.
   솟구쳐 오르는 화산의 분화구를 여간해선 내보이지 않는다.
   그의 나상은 철저한 극기 연속이다.
   그는 꼴찌를 좋아한다.
   그것도 일종의 나상의 공통된 현상이다.
   그는 멈추지 않는다.
   추월할 사람도 없고 추적당할 염려도 없다.
   구르는 돌에 이끼가 앉지 않는 것처럼
   우린 그에게
   이끼가 곰팡이처럼 싯누렇게
   끼기를 바라지만
   그는 항상 거부하면서 흐른다.
   그의 발장구나 자맥질이
   언제까지 이냥 계속될 건지
   지금으로선 감히 측량하기가 어렵다.
   그의 수심을 알 길이 없다.

   정착을 싫어하는 작가,
   손아귀에 잡히지 않는 작가,
   구름 같은 사나이
   광야에 번지는 산불 같은 사나이,
   야심野心으로 초사焦思되는 사나이,

나신이 시시각각으로 조화되는 사나이,

그의 옷은 어떤 것일까,
그의 태깔은 어떤 것일까,
그의 생각은 무엇일까,
요순 같은 그의 은은한 미소는
과연 무엇을 의미하는 것일까?
위대한 작가는
문학의 한 장르에 예속되기를
싫어한다고 했다.
그는 천지와 초원 간에
고삐가 풀린 망아지처럼
시와 소설 그리고 수필로
동분서주한다.
천의무봉天衣無縫으로 종횡무진한다.

한 줄의 글을 쓰는 것이
피를 말리는 아픔이라면
한 줄의 글을 쓰지 못하는 것도
뼈를 깎는 아픔일 수밖에 없다고 그는 말했다.
그러기에 그는
피를 토해내는 것 같은 아픔과 생리로
문학을 배설한다.
기복에 눈 팔지 않고
귀추에 주목한다.

음陰과 양陽의 경계선에서
인因과 과果의 반추 작업을 한다.
기독교적인 사랑에서
불타의 적선과 자비의 경계를 넘나든다.

그는 잔인하리만큼 자신에게
냉혹하다.
혹독하리만큼 자기를 다스린다.
그것은 이를테면
나상의 미덕이요, 문학성이다.
그의 작품에는
한 치의 착오나 여유,
동정 같은 끗발이 용납되지 않는다.
예리한 칼날을 댄다.
외과의外科醫의 차가운 메스와 같다.
정확하고 면밀하여
일말의 사심私心이나 사정이 삽입될 여지가 없다.
비도秘刀를 휘두르는 가차 없는 해부다.

그는 철저한 리얼리즘의 작가다.
무서우리만큼 현실과 대결한다.
숨 막힐 정도로 물고 늘어지는
끈적끈적한 감탕의 못이다.
빠지면 뺄 수가 없다.
들어간다, 신축한다, 허우적댄다.

마침내 액사縊死한다, 익사溺死한다……
그는 야누스의 고뇌에서
그는 인간의 수면獸面과
애증愛憎의 피안彼岸을 자유분방하게 파헤쳤고,
뱀, 배리背理, 사십구일재, 타인의 얼굴 등에선
인간의 심연적 치부를 자궁째 들어내어
우리의 등골을 싸늘케 했다.
그는 태연한 자세로
허기야 그는 본래 나체였으니까
추醜를 양치질해 냈다.
그는 애초부터 아담이었으니까
위선이나 허세를 알 리가 없다.
우린 여기서
작가, 이철호 씨의 근원적 결벽증과
소박한 당위성에 부딪혀
수긍과 박수를 보낼 수밖에 없다.

그는 치부와 진통의 부분을
미학으로 승화했다.
그에겐 문학과 의술이 한 개의 교차점을 통한다.
어디까지나 익숙한 한길이었다.

결국, 그는 마취와 극약을 겸용한 응급실적인 처분으로
문학을 정화淨化했다.
그의 작품들 거의가 그러하다.

그는 특히 여체의 미를 구가謳歌했다.

그의 문학은 한마디로 생리적인 신진대사요,
정신적인 미의 연가戀歌이다.
그의 글은 섬세한 생활의 악기요, 감정의 드라마이다.

그의 글은 사색의 문에서보다는
현장의 급류에서 건져 내는 생동감이 있어서 좋다.
그의 글은 논리적인 측면에서 보다는 직시적直視的인 5감五感을 통해 들어온다.
그의 글은 부담이나 강요의 흔적이 안 보여 좋다.
그는 물 흐르듯이 흐른다.
물은 항상 거침없이 흐르는 법은 없다.
흐르다 비탈에 말리면 우회하고,
바위와 부딪히면 꺾이기도 하듯이
순리대로 천천히 가는 물의 생리처럼 그는 다만 흐를 뿐이다.
여기서 주목할 것은 그가 결코 홀로 흐르는 것이 아니라 우리와 같은 애독의 동업자와 함께 서두르지 않고 흐른다는 점이다.
문학은 표현의 욕망에 있다.
표현은 적나赤裸의 상태가 좋다.
꾸민다는 것은 가교에 속한다.
가교는 진교眞橋가 세워지면 물러나야 한다.
다듬어지지 않은 옹근 통째로의 재목.
세련이나 기교보다는 진설과 자연으로 점철해 가는 작가.
이철호 씨의 문학이 그렇게 오래도록 순수성에 머물러 우리들을 기

쁘게 해 줄 것을 바라면서도,

  그가 언제 옷을 입을 것인가,

  그 착의着衣의 생을 기대하는 이율배반적인 착상에 빠진다.

  그의 옷은 어떤 것일까?

  제3의 문학의 장을 기다리며 여기 사랑하는 마음으로 발문을 대한다.

아무 일도 없었던 어느 봄날

초판 인쇄 발행일 2006년 11월 25일 정은출판사 발행
2 판 인쇄 발행일 2022년 7월 1일

지 은 이 | 이철호
펴 낸 이 | 박종래
펴 낸 곳 | 도서출판 명성서림
등록번호 | 301-2014-013
주　　소 | 04552 서울시 중구 삼일대로8길 17 3~4층(충무로 2가)
대표전화 | 02)2277-2800
팩　　스 | 02)2277-8945
이 메 일 | ms8944@chol.com

값　18,000원
ISBN 979-11-92075-91-4

※ 잘못 만들어진 책은 바꿔드립니다.
　이 책 내용의 일부 또는 전부를 재사용하려면
　반드시 저작권자의 동의를 얻어야 합니다

■ 경암 이철호 연보

1962. 4.	계간 문예 「배리」로 소설 천료	
1972.	「숫자의 개념」 현대문학에 수필 발표	
1973.	「전 간호원」 수필문학에 발표	
1974. 12. 25.	『한방가정 피부미용법』 현대아동문화사	
1982. 4. 25.	수필집 『무상연가』 우성문화사	
1982. 5. 10.	장편소설 『야누스의 고뇌』 신원문화사	
1982. 8. 25.	『백만인의 가정한방백과』 우성문화사	
1983. 7. 30.	『문화사의 에로티시즘』 행림출판사	
1985. 4. 10.	『여체의 미학』 교음사	
1985. 5. 25.	『여성미용과 가족건강백과』 한국사회교육재단	
1985. 10. 30.	수필집 『환자와의 대화』 도서출판 선비	
1986. 7. 20.	수필집 『당신품에 얼굴을 묻고 싶을 때』 범조사	
1986. 8. 30.	장편소설 『태양인』 사사연	
1987. 2. 15.	『한방과의 만남』 어문각	
1987. 8. 15.	단편소설집 『타인의 얼굴』 범조사	
1987. 9. 30.	수필집 『생활이 나를 속일지라도』 범조사	
1988. 5. 30.	『체질대로 삽시다』 기린원. 6쇄 발행	
1988. 11. 10.	한의서 『수험생의 건강관리』 기린원	
1989. 4. 20.	『약이 되는 식품』 어문각. 초판 1쇄, 2판 2쇄 발행	
1989. 4. 30.	장편소설 『겨울산』 어문각	
1989. 12. 10.	『현대인의 건강과 한방』 어문각	
1989. 12. 25.	한국대표지성자선수필집 『사랑의 밤 너머엔 슬픔의 아침이』 어문각	
1991. 1. 15.	장편소설 『잃어버린 자유계약』 유림	
1991. 2. 20.	『장터순례』 유림	
1992. 1. 30.	『한방 의학백과』 서음 출판사	
1993. 6. 25.	수필집 『겨울 속의 가을 남자』 한겨례	
1994. 10. 25.	한의서 『이야기 한방 봄・여름편』 예문당	
1994. 10. 25.	한의서 『이야기 한방 가을・겨울편』 예문당	
1994. 12. 8.	평론집 『수필창작론』 양문각	
1994. 12. 25.	『체질대로 살면 생활이 즐겁다』 1・2권 기린원	
1995. 6. 22.	한의서 『체질궁합과 행복 만들기』 기린원	
1996. 12. 15.	수필집 『살림만 하기엔 억울해』 문학관	
1997. 3.	『수필창작의 이론과 실기』 정은출판사 다섯 번째 개정판, 검인정교과(교재)용 2016.1.30. 5판 1쇄 발행	
1997. 8. 20.	장편소설 『풍운의 태양인 이제마』 1・2・3권 명문당	
1998. 5. 20.	한의서 『한방 성의학』 1・2권 명문당	
1999. 1. 11.	한의서 『한방 의학백과』 민중서관	
1999. 9. 15.	『문학과 삶』 혜화당	
2001. 7. 18.	『수필평론의 이론과 실제』 정은 문화사	
2003. 1. 20.	단편소설집 『너에게 하지 못한 이야기』 정은문화사	
2003. 8. 25.	칼럼집 『귀는 귀한데 어찌 눈은 천한고』 정은문화사	
2004. 9. 6	『낭송(낭독) 문학을 위한 길잡이』 정은문화사	
2005. 11. 22.	『문학, 내 삶의 영원한 본향』 정은출판사	
2006. 11. 25.	한・영 단편소설 선집 『아무 일도 없었던 어느 봄날』 정은문화사	
2008. 3. 20.	한・영 시집 『이젠 사랑하는 사람을 만나고 싶지 않다』 유어북	
2008. 12. 15.	장편소설 『신은 지금 어디에 있는가』 한국문인	
2010. 9. 10.	장편소설 『바람의 도시』 한국문인	
2014. 11. 5.	『문학으로 모든 질병을 치료한다』 신아출판사	
2014. 11. 5.	시집 『홀로 견디기』 신아출판사	
2017. 4. 13	시집 『앉아서도 꿈꾸는 숲』 명성서림	
2019. 5. 20.	장편 다큐멘터리 『허준 & 동의보감』 1・2・3권 명문당	
2022. 2.	회고록 『겨울나그네』 한국문인출판부	
2022. 2.	신작장편소설 「떠나가는 노래」 종합문예지 〈한국문인〉 연재 중